EL TEATRO DE LOS SUEÑOS

El TEATRO DE LOS SUEÑOS

POLLY SAMSON

Traducción de Daniel Casado Rodríguez

Ọ Plata

Argentina • Chile • Colombia • España
Estados Unidos • México • Perú • Uruguay

Título original: *A Theatre for Dreamers*
Editor original: Bloomsbury Publishing
Traducción: Daniel Casado Rodríguez

1.ª edición: julio 2023

ISBN: 978-84-92919-28-4
E-ISBN: 978-84-19497-27-7
Depósito legal: B-9.710-2023

Fotocomposición: Ediciones Urano, S.A.U.
Impreso por: Rodesa, S.A. – Polígono Industrial San Miguel
Parcelas E7-E8 – 31132 Villatuerta (Navarra)

Impreso en España – *Printed in Spain*

Para Romany.

«Todos nos hemos embarcado en viajes...
Hemos emprendido la marcha sobre las corrientes,
hacia la aterradora soledad azul de la libertad,
donde cada persona debe navegar por sí misma.
Aun así, resulta reconfortante saber que hay islas».

—Charmian Clift

«Estoy viva. La vida es mi arte».

—Marianne Ihlen

Subo desde el puerto y por las escaleras de la calle de las Cagadas de Burro a un paso firme, con una piedra con forma de corazón en el bolsillo. Camino a solas y, aunque no hay ningún testigo, contengo el impulso de pararme a reposar en los postes de descanso tras la parte más empinada. Camino con cuidado, pues el más ligero tropiezo puede convertirse en una caída, algo que asquea a la gacela que sigue viviendo en mi cuerpo cada vez más rígido.

Los peldaños de mármol relucen tras siglos de uso; la luz que reflejan es pura. Incluso en una mañana tan nublada como esta, con una niebla tan baja que es capaz de tapar el continente e invadir el muelle, estas calles teñidas de blanco relucen.

Dos niños bajan los peldaños dando saltitos hacia mí, con los brazos entrelazados. Soy tan anónima como un pastor o un mulero, al llevar la antiquísima chaqueta de *tweed* de Dinos, con las manos en los bolsillos y las botas atadas con comodidad. Las líneas de mi rostro han quedado más pronunciadas debido a todos los años que he pasado bajo el sol, y mi cabello no ha sabido lo que es el tinte o siquiera las tijeras de un peluquero desde quién sabe cuándo, pero ¿qué más da? Lo tengo apartado del rostro en una coleta baja, como siempre he hecho. Sigo aquí, un poco más magullada, un poco más maltrecha, pero, por mucho que me sorprenda, la chica que pisó esta isla por primera vez hace casi sesenta años sigue en mí. Sospecho que solo quienes me conocieron en aquel entonces serían capaces de ver a través de esta capa cada vez más gruesa, y me entristece pensar en lo rápido que dicho grupo se va reduciendo.

Anoche recibí la llamada sobre Leonard. Me quedé sentada en silencio durante un rato y escuché el canto de los búhos. Saqué mis viejos cuadernos, las libretas de poca monta que me llevé a la isla en 1960, y lo encontré en mis garabatos redondeados y llenos de esperanza. Me empezó a dar tortícolis. Los gallos cantaron durante toda la noche. Dormí mal y me desperté a una mañana repleta de sueños.

Los visitantes veraniegos se han ido hace tiempo; hay inquietud en Atenas debido a la austeridad, los refugiados, los niños perdidos y los incendios en plena calle. Mandan barcos al mar para sacar a personas del agua. Tenemos tanto de lo que preocuparnos que dirías que podríamos haber dejado pasar las elecciones presidenciales de Estados Unidos, pero esta mañana, cuando estaba en el puerto pasando el rato con la buena taza de expreso amargo que me puedo permitir al día y observaba las mulas a las que dirigían desde los barcos con su cargamento, me ha llegado la noticia del nuevo presidente. Se ha deslizado del agua con el periódico y se ha propagado a toda velocidad, como un hedor por el ágora. Oí quejidos horrorizados hasta de parte de los burros, murmullos de incredulidad en cada mesa, transeúnte y barco. Por un momento, me ha aliviado pensar que al menos Leonard se ha librado de enterarse de esto.

Me detengo frente a la tienda de Maria en las Cuatro Esquinas y aguzo el oído en busca de alguna voz. Me sentiría como una idiota si alguien me viera acercarme a su puerta delantera con mi piedra con forma de corazón, por lo que me preparo para pasar por delante según doblo la esquina de la calle Crisis. No es que se llame así de verdad, pero sí algo parecido, y eso fue lo que oímos cuando Leonard volvió de la notaría, se quitó su sombrerucho barato y puso las escrituras de su casa junto a él en la mesa, con una sonrisa un poco tímida al principio, cohibida, como si fuéramos a pensar que estaba alardeando.

Más adelante aquel mismo día, volvimos armados de cubos prestados y cepillos de mangos largos para pintarlo todo de blanco, y Leonard había conseguido pilas nuevas para el gramófono que había colocado en el centro del suelo de piedra. Pese a que algunos de sus discos se habían deformado como los relojes de Dalí y había sido imposible escucharlos, nos sumimos en la música de Ray Charles, Muddy Waters y una cantante que me gustaba pero cuyo nombre no recuerdo. Más tarde, nos colocamos frente a una hoguera entre los limoneros de la terraza, con jarras de *retsina*, un poco de hachís, y nos pusimos a bailar. Pantalones cortos manchados de pintura, extremidades bronceadas, pies descalzos. Bebés nacidos de la guerra, pues la mayoría de nosotros éramos más jóvenes que él, y él, a decir verdad, no era más que un cachorrillo. Nos aferramos a la libertad por la que nuestros antepasados habían luchado, y nuestros apetitos se estiraron mucho más allá de sus sombras estrechas y destrozadas por la guerra.

¿Fueron las drogas y los anticonceptivos lo que hicieron que aquel cambio fuera posible? ¿Se trataba de una revolución consciente? ¿O acaso solo éramos niños que ansiaban la letargia, el sexo y la alteración mental para calmar la ansiedad que se había apoderado de nuestro ADN y que había detonado en nuestros jóvenes cerebros como nuestro propio Hiroshima privado?

¡Ja! Y pensar que para mi padre no era más que una *beatnik*.

No le pedíamos mucho a esta isla, más allá de días soleados que fueran lo suficientemente largos como para que la Guerra Fría no nos afectara, una buena jarra de vino por seis dracmas y una casa blanca y resistente por dos libras y diez chelines al mes. No le hacíamos mucho caso a su nombre: Hidra. Un nombre que significa «agua», por mucho que un terremoto de hace muchísimo tiempo hubiera enterrado sus manantiales y la hubiera secado salvo por unos pocos pozos.

En la mitología griega, la monstruosa Hidra era el guardián del Inframundo.

—Una serpiente de muchas cabezas con una halitosis tan fétida que mata con un solo aliento —digo cuando me toca proponer un acertijo.

Leonard se echa a reír. Alguien tiene un *buzuki*, y otra persona, una guitarra. Hay *ouzo*, estrellas, una luna delgada como el borde de una cuchara. Unas cuantas ramas de matorrales secos arden con el crepitar de la resina, y se nos iluminan los ojos en una explosión de chispas. Nos volvemos más salvajes y lanzamos las copas contra la pared de la nueva casa de Leonard. Para atraer la buena suerte, claro.

Sin embargo, Marianne, mientras va a buscar una escoba, pregunta:

—¿Qué clase de costumbre es esta? —Y ninguno de nosotros (estadounidenses, canadienses, griegos, británicos, franceses, suecos o checos, ni siquiera el cerebro australiano sobre unos zancos que es George Johnston) es capaz de pensar en una excusa para explicar esta lluvia de cristales rotos, a excepción de que Marianne había sido la primera en lanzar su copa.

Le doy un apretón al corazón de piedra que llevo en el bolsillo. Intento recordar por qué se fueron al poco tiempo de que Leonard comprara su casa. Poco más de un mes después de eso, ya recuerdo a Marianne acercarse a mí para darme la piedra. Creo que fue en noviembre.

Un viento ruso de aliento gélido, olas que rompen contra las rocas del puerto, pulpos estirados como mallas viejas a lo largo de la cuerda de un barco en el muelle. Leonard con su chubasquero (sí, azul, aunque todavía nada famoso en absoluto), pasándole su maleta de cuero al barquero, y ahí aparece Marianne, con una camisa arrugada y mojada por la lluvia y pantalones de marinero, cargando varios bultos grandes, ágil y rápida como un chico. Se da la vuelta y me llama; el viento le mece el cabello frente al rostro.

Es la primera vez que me mira desde hace semanas.

—No, no. No lo soportaré si te pones a llorar. —Suelta el equipaje, vuelve corriendo hacia mí, y la lluvia cae de forma bella sobre su piel. No puedo dejar de abrazarla; me alivia mucho comprobar que no quiere irse enfadada—. No pongas esa cara de abandono —continúa, apartándose de mi abrazo antes de cerrar mis dedos alrededor de la piedra. Me cuenta que es lo primero que Leonard le había dado. La piedra encaja en la palma de mi mano, es del color de la carne y tiene unas vetas de color blanco y malva. De verdad es un corazón, y, por el modo en que me está mirando, sé que, como ella y Leonard se van a ir juntos, me ha perdonado.

Tiene una sonrisa muy dulce, muy llena de esperanza.

—Me lo dio justo cuando el que tenía en el pecho había quedado hecho añicos por culpa de Axel. Me dijo que me vendría bien uno de repuesto.

Los ojos de Marianne son azules como el cielo en verano, y su cabello, de un color tan rubio que sorprende. Me cuesta creer que en algún momento me haya considerado una rival.

—Han cambiado tantísimas cosas, así que, por favor, sé feliz por mí. Mi niño me espera en Oslo, pero mi corazón se quedará aquí, en la isla, contigo, hasta que volvamos… Ay, mi dulce Erica, no llores.

Leonard me ofrece su pañuelo y hace que pase la mirada desde el puerto húmedo hasta las humeantes montañas grises y moradas. Este lugar lo ha tratado bien: esta isla, esta mujer. Señala por donde han venido.

—Ahí está mi bella casa, y el sol para broncear mi mente del color de un gusano… —Me despeina el cabello como le haría a una niña pequeña y me dice que no planea pasar mucho tiempo lejos.

Leonard no vuelve a mirar atrás ni una sola vez, pero Marianne sigue despidiéndose con la mano hasta que el barco desaparece en la espuma agitada. Al pensar en todo ello, me parece tanto ayer como historia antigua. Me sobrecoge una oleada de soledad. Demasiadas despedidas.

Un limonero que ha crecido por encima del muro tiene unas tiras de insecticida colgadas. Me miento a mí misma al imaginar que ella sigue ahí, al otro lado del muro, recogiendo tomates en la terraza. Y también Leonard y aquel niño tan trágico de ella. Marianne estaba en sus momentos más felices cuando creaba un hogar, cuando llevaba flores a su mesa y calma a la tormenta de Leonard, cuando cosía cortinas y servía vino, con el bebé Axel dormido por las cuerdas de la guitarra de él… Pienso en Axel Joachim, o «Barnet», como Leonard empezó a llamarlo, chupándose el pulgar mientras dormía, con su cabello desteñido por el sol tan blanco como su almohada.

Leonard saca su guitarra a la terraza y nos observa bailar. Las ascuas relucen bajo los limoneros, justo al otro lado de este muro, pero el grito de un trabajador me hace volver a poner los pies en la tierra, y el recuerdo me parece entonces tan lejano como Marte. Estábamos embriagados por los ideales, borrachos con las esperanzas de nuestro avance lánguido hacia un futuro que había aprendido de su pasado. Llego a la puerta de la casa de Leonard algo mareada y se me escapa un lamento al pensar en aquel hombre de la Casa Blanca, en un mundo que empieza a ir al revés.

Las pesadillas siempre te encuentran, por mucho que vivas en una roca.

No hay nadie alrededor que escuche mis murmullos, aunque ya han dejado flores en el peldaño. Los muros blancos de la casa de Leonard se alzan sin expresión, con las persianas grises cerradas. Por su aspecto, deduzco que la mano de latón de Fatima se ha pulido hace poco. Espero que alguien haya entrado a cubrir los espejos. Me inclino sobre el peldaño y coloco la piedra entre las demás ofrendas: claveles moribundos, bolsitas de té, naranjas, una rosa solitaria. Pienso en volver a recoger la piedra, pero era suya y de Marianne, no me pertenece a mí.

—Un talismán —me dijo Marianne, antes de añadir con una risita—: Quizá sea el corazón petrificado de Orfeo.

Me arrodillo en el peldaño. Al otro lado de la puerta, en el pasillo, el espejo guarda sus secretos por encima de una mesa pulida cubierta por una tela de encaje en la que desplegaban sus tesoros.

Marianne y Leonard se inventaban historias; además del corazón de Orfeo, también contaban con el cuerno de cabra fosilizado del que Dionisio había bebido, fragmentos dorados y azules de Epidauro, una campana de monasterio hecha de hierro que Marianne había encontrado enterrada en un pinar de Santorini, una gran caja de hojalata oxidada con un relieve de una mujer con los ojos vendados que toca un arpa sin cuerdas. El espejo tallado era su oráculo. Leonard había pintado con una tinta dorada: «Cambio. Soy el mismo. Cambio. Soy el mismo. Cambio. Soy el mismo». Una vez me hizo detenerme para mirarlo. Encendió unas velas, recitó una especie de plegaria y me pidió que me quedara mirando el espejo hasta que supiera quién era.

Cambio. Soy la misma. Imagino que tenía buenas intenciones, aunque se acabó dejando llevar y Marianne me odió durante un tiempo. Pero bueno, que así eran las cosas en aquellos tiempos.

Aquel fue el último año sin electricidad por aquí. A veces me parece toda una lástima. Una hora o dos después de la puesta del sol, los generadores se quedaban en silencio, y a nosotros nos iluminaban solo la luna y el fuego. Las lámparas, braseros de carbón e iconos que parpadeaban sobre cuencos de aceite con unas llamitas que flotaban en corchos. Todo el mundo es bello a la luz de las velas. A pesar de que estos días doy por hecha la existencia de mis fogones y mi nevera, los recuerdos de aquella época son maravillosos. Cambio. Soy la misma.

Estuve ahí un Sabbat. La luz de las velas, los platitos de sal y aceite, olivas y anchoas frescas. Marianne había conseguido de algún modo hornear una hogaza de jalá en su horno caprichoso. Las bendiciones de Leonard no se habían extraviado. El mantel tejido a mano, el agua fresca de los pozos, el cristal que relucía en las lámparas de queroseno, las anémonas blancas que hundían la cabeza con gracilidad en un jarrón de cerámica; hasta el aire a su alrededor brillaba.

Pienso en esas noches iluminadas por las lámparas, llenas de música y baile, en las canciones rusas y lúgubres de Magda, en las sombras que danzaban por las paredes, en las guitarras, el *buzuki* y el acordeón. Mikhailis con su violín, canciones judías que Magda y Leonard conocían, y, en ocasiones, mientras tocaba su guitarra, unas pocas líneas o versos titubeantes de los suyos, los cuales parecían perseguirlo como gatos al lechero.

Creo que no ha estado aquí desde hace casi veinte años, por lo que me sorprende acabar llorando como lo hago. Ni siquiera he traído un pañuelo conmigo. Aunque, a diferencia de Leonard, quien se lanzó de cabeza a esta casa con la esposa y el hijo de otro hombre, no esperaba que este lugar se convirtiera en mi hogar.

CAPÍTULO UNO

Muchos salen a cenar vestidos con la ropa desgastada de un mochilero a lo largo de las ondeantes calles polvorientas del este que empezaron a conocerse como el camino de los *hippies*. El hombre al otro lado de la mesa te empezará a hablar de su verano del amor casi antes de que te enteres de cómo se llama, y, mientras sirve el vino, tu mente reemplaza el traje gris con unos pantalones cortos con parches y unos pies bronceados y descalzos, una guitarra sobre una cuerda con nudos. Pero no fuimos a Grecia haciendo autostop y no habíamos pensado en India, ni siquiera en Estambul o en Beirut. Y no éramos *hippies*, o al menos no lo habíamos sido al emprender el viaje. Ni siquiera estoy segura de que los *hippies* se hubieran inventado en la década de los sesenta.

Mi viaje durante aquella Pascua fue fabricado por una mente que solo soñaba con un chico, concretamente Jimmy Jones, quien combinaba un rostro poético con un cuerpo musculoso y grácil de forma natural que saltaba, corría, hacía equilibrios, giraba sobre sí mismo y salía victorioso una y otra vez en competiciones de flexiones con mi hermano. Mi primer amor llegó con el fulgor de la pasión ardiente, un genio que salía de una lámpara sucia que dio brillo a mi vida y me abrió al mundo.

Jimmy Jones tenía veintiún años, cuatro más que yo, y sus deseos se extendían más allá de cumplir los míos. Tenía planes para viajar aquel verano, y su mochila se sacudía con impaciencia al pie de su cama tambaleante. Yo lo necesitaba con desesperación, estaba a la deriva desde que el cuidar a mi madre moribunda había llegado a su fin de forma tan abrupta y no quería nada más que la piel cálida de Jimmy Jones, sus besos suaves y una mochila para mí también.

Mamá me dejó el medio para escapar a través de un enigma. No había muchas pistas que seguir, sino tan solo la sorpresa de mil libras sin explicación en una cuenta de ahorros de la oficina de correos, y, tras ello, la fortuita llegada de un libro. La autora de dicho libro era Charmian Clift, una escritora australiana que vivía en Hidra y que, durante los años que había pasado en Londres, había sido la mejor amiga de mi madre. Yo estaba en busca de cualquier camino que se me presentara y pensé que Charmian podría arrojar algo de luz sobre los secretos que mi madre se había llevado a la tumba.

La oficina de secretarias en la que trabajaba era una cámara de tortura por triplicado debido al traqueteo de las teclas, las campanillas de aviso y los pellizcos que nos daban en el culo. Lo más emocionante que pasaba allí era un pastel de nata para celebrar algún cumpleaños. No era para nada la vida de ensueño que mi madre había deseado para mí en su lecho de muerte. Yo soñaba con el sol y un mar brillante, con un joven apuesto que se lanzaba desde lo alto de las rocas, salía a la superficie y sobrevivía. Soñaba con la luz que se colaba por las persianas para caer sobre una cama, aunque estoy segura de que en aquellos tiempos tenía mucho que decir sobre la libertad y sobre escapar de la rutina. En general, soñaba con soñar.

Mi educación se fue a pique cuando mi madre enfermó, por lo que mi futuro se quedó como algo sin imaginar siquiera. No había nada que me atara a Londres. Mi padre, si hubiera vivido en la Edad Media, seguro que me habría colocado.un cinturón de castidad de hierro forjado. Durante el gris invierno en Londres después de la muerte de mi madre, él supo que algo me estaba alegrando los días y decidió que tenía que pararle los pies a ese algo. A ese chico, quien tampoco había acabado sus estudios, no se le permitía pasar por la puerta.

Los días se convirtieron en semanas de planes de huida a medio trazar. Hacía muchísimo frío y no dejaba de llover; las actividades al aire libre en los lugares secretos y las esquinas de madera de los parques reales de Londres se convirtieron en reuniones húmedas. La mayoría de los días, como mi padre casi no me dejaba salir, Jimmy me esperaba en el restaurante de mala muerte frente a mi oficina para acompañarme de vuelta hasta Bayswater en medio de los árboles que goteaban y la hierba mojada. Así conseguimos varios breves momentos en el pabellón de los Jardines Italianos, o en los huecos de ciertos árboles del parque St. James que me avergüenza reconocer que me resultaban familiares. ¡Me sorprende que nadie nos arrestara nunca! Me aferré a él mientras planeábamos nuestra huida, bajo el toldo que era su chubasquero.

La muerte de mamá había sido tan ordenada como su vida. No nos dejó ningún cabo suelto que nosotros tuviésemos que atar. En casa, sufríamos una tensión extraña y constante, una especie de zumbido casi imperceptible, justo bajo la provocada por el dolor. Menos mal que Bobby ya se había mudado.

La vida de mamá había estado aromatizada por los buenos olores de la plancha, los pasteles horneados y una pizca de colonia Ma Griffe cuando padre llegaba a casa, aunque a veces también había un aliento a jerez y lágrimas. Como norma general, nuestro padre no permitía que lloráramos. Cuando ella se estaba muriendo, Bobby solo había llorado en la silla junto a su cama cuando él no estaba en casa.

Durante la última fase de su enfermedad, me quedé a su lado. Un profesor vino en tren desde Ascot para hablar conmigo, pero se marchó sin conseguir mi promesa de que iba a volver a clase. Las enfermeras de mamá también me dieron sus consejos, me dijeron que me iba a quedar atascada si no volvía a la escuela para los exámenes y me sacaba el graduado. Todo el mundo asumía que estaba aterrada por que mi madre fuera a morir si yo abandonaba la sala, pero, más que la muerte, lo que en realidad me daba más miedo era dejarla sola y débil a merced de mi padre.

Ropa de cama y un camisón limpios y recién planchados. Leer y dormitar y, más adelante, también cumplir con todas las tareas de enfermera comunitaria. Mamá pasaba cada vez más tiempo dormida conforme avanzaban los meses y sonreía cada vez que me veía al despertar. Me quedaba escribiendo historias en sus cuadernos baratos, unos cuentos salvajes sobre chicas, lobos y casas con habitaciones ocultas. Cuando estaba lúcida, hacíamos listas en los cuadernos y me instruía en el arte de mantener la casa tal como le gustaba a padre. La casa en sí eran dos pisos de la calle Palace Court, ocho habitaciones altas que debían quedar impolutas y ordenadas. El castillo de padre y la prisión de mamá. Lo que le dedicaba a una vida incapaz de contenerla era, a decir verdad, insoportable.

Poco tiempo después, a nadie pareció importarle que yo hubiera dejado de ir a clase, y mucho menos a mí. Mi hermano estudiaba en la escuela de arte Hornsey y se preocupaba por faltar a clase mientras se mordisqueaba las uñas en la silla junto a la cama de mamá.

—No me molesta que me dibujes mientras muero —le dijo ella cuando todavía tenía fuerzas suficientes para reconfortarnos como bebés mientras no dejábamos de llorar.

Su último día pasa tras mis párpados como una película proyectada. Empiezan los colores, los destellos de luz, las imágenes dan saltos y se atascan. Se despertó cuando Bobby entró en la habitación. No había estado en casa desde hacía tiempo y navegaba sobre un mar de excusas. Me guardé mi opinión para mí misma, ahuequé y ordené cojines, la ayudé a incorporarse un poco y peiné lo que quedaba de su cabello. Su voz sonaba llena de esfuerzo por culpa de la medicación, y el brazo le temblaba cuando señaló hacia su escritorio con tapa.

—Hoy necesito que me ayudéis a poner en orden mis asuntos.

En un cajón cerrado había dos paquetes rectangulares pequeños, uno dirigido a mí y el otro a mi hermano.

—Son para más tarde. Por favor, no miréis aún —nos dijo, y me puso mi paquete en las manos—. Tened aventuras —continuó—. Atreveos a soñar.

Sucedió aquella noche, con las manos cruzadas sobre su pecho, como un ángel durmiente. De algún modo, se evitó una investigación forense, aunque nunca dejaré de sospechar que ella y su médico aceleraron el final.

En el paquete de Bobby se encontraban las llaves de un coche descapotable de color verde porcelana que estaba aparcado en la plaza detrás de Palace Court. Lo mejor de todo era que nadie supo que ella había tenido un coche hasta que murió, aunque sí sabíamos que había aprendido a conducir, porque padre la dejaba llevar su Austin de vez en cuando, mientras él se quedaba en el asiento del copiloto y no la dejaba decidir ni una sola vez cuándo cambiar de marcha o poner el intermitente.

Todo iba mejor siempre que a padre no se le recordaba la existencia del coche. Bobby tenía la precaución de nunca entrar en el piso haciendo ruido con las llaves ni de mencionar el precio del combustible.

Caía un diluvio de proporciones bíblicas el día que llegó el libro de Charmian Clift, pues, como ya he dicho, siempre llovía en el Londres que recuerdo de aquella época. Bobby entró y se sacudió agua del cabello. Parecía saludable de un modo un tanto indecente, más deportista corpulento que artista muerto de hambre, con las mejillas sonrosadas por haber corrido bajo la lluvia y el cabello hecho un pajar húmedo. Empezó a rebuscar entre el correo sobre la mesa del pasillo, se guardó una carta que había llegado para él e hizo a un lado un paquete dirigido a mamá.

—Deberíamos haber enviado algo para hacérselo saber a los demás… —Se interrumpió a sí mismo con un suspiro apesadumbrado—. Bueno, ya qué más da.

Dado que mi padre no podía soportar que se mencionara su nombre siquiera, las cartas de mi madre se quedaban en la mesa hasta que me las llevaba y escribía las malas noticias una y otra vez.

—Ya sabes que él nunca se encarga de nada dc esto —dije, y Bobby me fulminó con la mirada para que me callara, pues padre salía del baño en aquel momento mientras se secaba las manos con una toalla que me entregó cuando terminó, como si fuera una ayudante de un baño público.

—Esta toalla no se ha cambiado desde hace semanas —dijo, echándonos de allí con un gesto—. ¿Qué hacéis los dos ahí parados delante de la puerta?

Agarró a Bobby por la barbilla y le hizo girar la cara hacia la luz.

—Por el amor de Dios, Robert. ¿No te he enseñado a afeitarte como Dios manda? ¿Qué es este estilo de vagabundo? ¿Se supone que son patillas?

—Déjame —dijo Bobby, pero eso solo hizo que padre lo sujetara con más fuerza.

—Espero que nuestro Robert no esté pensando en hacerse Teddy Boy ahora —dijo, antes de darle un golpecito en la mejilla que fue medio bofetada.

Por favor, una pelea no, por favor. Me llevé las manos a los oídos. Padre bien podría haberme obligado a quedarme en casa por puro capricho. Jimmy Jones, quien sabía que me estaba esperando en casa de Bobby, era lo único en lo que podía pensar. Mi nuevo vestido amarillo pálido tenía cremallera.

Por fin nos dejó en paz, y siempre que salía me sentía como si me estuviera escapando, aunque solo fuera para ir al bar. Mientras corríamos a toda prisa bajo la llovizna, no pudimos evitar darnos la mano y soltar un gritito cuando llegamos al pequeño coche verde de mamá.

—¿Ha sido así toda la semana? —me preguntó Bobby conforme nos acomodábamos en nuestros asientos, y, sin esperar a que contestara, continuó—: Pronto nos iremos de aquí, bonita, te lo prometo. —El olor a perro mojado de su gabardina llenaba el interior del coche, que ya no olía al perfume de mamá. Aun así, me gustaba que me llamara «bonita».

Volví de puntillas al amanecer, sigilosa como un gato. Era lo que mi padre, si alguna vez me hubiera pescado, habría denominado una «fiestera buscona», una «ramera». El paquete de papel marrón para mamá me seguía esperando en el pasillo. Estaba atado con cordel negro, y los sellos eran muy bonitos: un gran olivo, un búho, un santo primitivo. Me pregunté quién le habría escrito desde Grecia y me escabullí hasta mi habitación con el envoltorio. Con un padre como el mío, era todo un riesgo regresar a las 05 a.m. a casa. El corazón me latía a mil por hora mientras me lavaba la cara en el lavabo. Todavía húmeda, me senté frente a mi tocador y corté el cordel del paquete que había estado dirigido con unas letras mayúsculas bastante firmes a Constance Hart, y no a la señora de Ronald Hart, como habría sido lo correcto en aquellos tiempos anticuados.

Un libro con un paisaje de casas blancas alrededor de un pequeño puerto en la cubierta, titulado *Peel Me a Lotus*, de Charmian Clift. Miré su fotografía de autora y no vi nada de la moderna vecina de arriba que en otros tiempos había conocido como la amiga de mi madre. Recordé a aquella otra Charmian Clift: elegante, alta, con su abrigo de color marrón claro atado con firmeza, un bolso de piel de cocodrilo que colgaba de la curva de su brazo, pintalabios brillante y una sonrisa de oreja a oreja. Solo me la había encontrado de vez en cuando, y ya hacía años de aquello, aunque a menudo pensaba en la primera vez que nos vimos y me preguntaba qué habría sido lo que la había hecho llorar. Nos habíamos cruzado en el vestíbulo, donde mamá me había resguardado mientras nuestro padre le daba a Bobby una buena tunda. Estaba encogida de miedo, cubierta de lágrimas y mocos, cuando había oído el chasquido de la puerta delantera y había notado una ráfaga de aire. Retrocedí hacia las sombras, avergonzada por los sonidos que salían de nuestro piso. Charmian me había llevado de la mano hasta el piso de arriba mientras me preguntaba cómo me llamaba, a qué escuela iba y qué libros me gustaba leer. Nos quedamos sentadas juntas en el último peldaño; ella me rodeaba con los brazos, y, a pesar de que solía actuar con cautela frente a los desconocidos, con Charmian me había parecido algo de lo más natural. Me había preguntado por mi edad, y yo le había contestado que tenía ocho años, tras lo cual me sorprendió su repentino silencio y la lágrima que se le deslizó por la mejilla. Después de eso no entendió bien mi nombre y me llamó Jennifer, aunque no me importó, pues me sonaba más bonito que el que tenía en realidad.

La foto del libro mostraba que su belleza se había vuelto más salvaje, casi desordenada. Entre sus pómulos pronunciados y las cejas, sus ojos eran profundos y conmovedores, casi amoratados.

La sinopsis hablaba de una isla en Grecia, de la vida del inmigrante, pero entonces apareció mi padre y tapó toda posibilidad de sol con su sombra. Se estaba abrochando los tirantes, y, como yo iba vestida con mi camisón, era incapaz de mirarme.

—Sí que te has levantado pronto —dijo, estirando sus tirantes de un lado para otro—. He pensado que debía venir a ver qué pasaba, porque no te oí volver anoche.

—Tendré tu camisa planchada en un segundo. Es por eso que me he puesto la alarma —mentí, antes de bostezar y hacer un ademán hacia mi cama, arrugada con mucho arte. Carraspeó, pero yo hablé antes que él—. Ah, por cierto, he abierto este paquete que ha llegado para mamá. Es de Grecia. ¿Recuerdas a Charmian Clift, la mujer que vivía arriba con sus dos hijos? Lo ha enviado ella. Es su libro… —parloteé para cambiar de tema. Tan ingeniosa, según parecía, como mi madre.

Soltó un resoplido lleno de amargura.

—Ah, así que ha escrito otro librucho, ¿eh? La señora aires de grandeza y «ay, claro, tomaos otro cóctel». Eran australianos los dos, ¿sabes? —La palabra *australianos* bien podría haber sido cartílago por el modo en que la escupió, y, con un último chasquido de sus tirantes, salió de mi habitación para que pudiera acabar de «adecentarme para el trabajo».

Leí el libro de Charmian en el bus. Lo leí en mi cabina, mientras los metros de cintas perforadas chasqueaban y traqueteaban por el télex. Leí sobre una vida de riesgo y aventura, sobre una familia que nadaba desde las rocas en aguas cristalinas, sobre las flores de la montaña, sobre artistas admirados y personas pretenciosas ridiculizadas con discreción, sobre su marido George (quien sonaba muy inteligente y astuto, aunque no recordaba haberlo visto nunca), sobre la pobreza y la supervivencia y los extraños del lugar y los santos y la carrera para preparar una casa para el nacimiento de su tercer hijo, sobre una invasión de turistas y medusas y un terremoto, sobre vidas que transcurrían volando cerca del sol. No fue de extrañar que me perdiera en aquel libro más allá de la hora de comer y que Betty, la reina de la oficina, tuviera que amonestarme. Escondida entre el libro estaba la carta doblada de Charmian, bastante sencilla.

«Queridísima Connie: Escribí este libro sobre el primer año que he pasado con mi familia en esta isla, y por fin se va a publicar en Gran Bretaña. Habla de él todo lo que puedas y, por encima de todo, no dejes que lo que he escrito te quite las ganas de venir. Siempre te recibirá con los brazos abiertos alguien que cree con firmeza que todavía tienes una oportunidad. Charmian».

Noté el aleteo del deseo al leer sus palabras, además de una intensa añoranza por aquella cálida bienvenida y la oportunidad para mí misma. No podía esperar a enseñarle el libro de Charmian a Jimmy.

Jimmy Jones ya se había librado de las ataduras de su familia al dejar su carrera de Derecho y emerger como algo más brillante y colorido, más similar a Jack Kerouac, Sartre y Rilke que a las leyes civiles. Las alas de Jimmy lo habían llevado hasta un estudio de madera en el fondo del jardín de la señora Singh, donde unos cuantos empleos esporádicos lo liberaban para pintar, dedicarse a sus poemas y quedarse en la cama hasta la hora de comer.

Mi opinión sobre la isla era demasiado emocionante para transmitirla por teléfono y para el oído tan agudo de padre. Siempre estaba de mal humor y se le ocurría de todo para mantenerme ocupada en el piso. Ni siquiera me dejaba tirar un par de calcetines suyos cuyos talones se habían desgastado por completo. Es una de las cosas que más recuerdo de aquellos grises meses después de la muerte de mamá: que me obligara a sentarme en lo que había sido la silla de ella, una muy bonita con botones en el respaldo y cubierta de un terciopelo verde guisante, con su caja de costura a mis pies, mientras él se quedaba dándole sorbos a su té, acomodado en su butaca mientras veía *Dixon of Dock Green*.

Volví al tema de Charmian Clift y su libro. Era un martes de pastel de salchichas, su plato favorito. También había preparado salsa y puré de patatas, por lo que había más posibilidades de que estuviera de buen humor.

Pero me equivocaba. Por la cara que puso, habría dicho que había comido algo podrido.

—Erica, ¿de verdad tenemos que hablar de las amigas de tu madre mientras comemos?

Se me hacía difícil creer las historias de mamá sobre papá antes de la guerra, sobre su sonrisa apuesta y su andar de bailarín. Su conocido ingenio gracioso se había llevado un duro golpe en Dunkerque; su motivación había desaparecido. Solía escalar montañas por diversión y le había propuesto matrimonio a mi madre en lo alto de las nubes de la cima de los Brecon Beacons. Cuando había estado apostado en El Cairo, consiguió que le enviaran flores cada semana que él había pasado fuera. No escatimaba en las facturas del sastre de mamá ni para pagar sus champús y su maquillaje. Ella había seguido vistiéndose cada noche antes de que él volviera de la oficina, aunque no recuerdo que él nunca la tomara en brazos en la puerta para llevarla a un restaurante o al teatro. La rutina era lo único que lo mantenía cuerdo: su whisky en la bandeja, cubitos de hielo y pinzas plateadas y el periódico doblado, la cena y luego su butaca y la tele mientras ella iba de un lado para otro para servirle té y atenderlo.

Cuando tuvimos la edad suficiente para quedarnos solos en casa, mamá solía escapar algún que otro fin de semana —a casa de nuestra tía abuela Vera en Hampshire, a casa de la prima

Penny con «el problema» en Gales—, aunque no sin recibir un castigo a su vuelta. Una vez padre tiró una cazuela por todo el suelo de la cocina y nos dijo que lo dejáramos todo allí desparramado hasta que ella volviera, dos noches más tarde. Él se había quedado plantado por encima de ella para vigilarla sin decir nada mientras mamá se ponía de rodillas y frotaba el destrozo coagulado con un cepillo y un cubo. Prefería no pensar en ella en el suelo, encogida de miedo a los pies de padre, y decidí castigarlo al insistir en hablar sobre Charmian.

—Se han hartado de la rutina. Al parecer, se mudaron a otra isla griega durante un año, y Charmian escribió un libro sobre eso también. Me pregunto si mamá lo habrá leído… —Me interrumpí al ver que se quitaba la servilleta de encima y echaba la silla atrás para levantarse de la mesa.

—No te molestes en ir a buscarlo en la estantería, no lo encontrarás por aquí. Se les debería caer la cara de vergüenza a todos esos personajes decadentes que arrastran a sus hijos de un lado para otro, odian a las personas ordinarias y se pasan la noche bebiendo con sus artistas de «mírame y no me toques» y sus amigos maricas. —Se limpió la boca con fuerza y lanzó la servilleta junto a su plato vacío.

Me fui a mi habitación y añadí una posdata a mi carta para Charmian Clift. ¿Podría buscarme una casa que pudiera alquilar? Y ¿cuánto costaría?

Y allí, por fin, está Jimmy, bajo un rayo de luz, como si hubiera salido de una película, y a mí me parece más apuesto que cualquier estrella cinematográfica. Me abre la puerta con una sonrisa traviesa. Nunca he visto un rostro que quedara tan transformado por una sonrisa: Jimmy, en una situación normal, tenía un aspecto un tanto afligido; sin embargo, cuando sonreía, era como si amaneciera de repente, y, tal como me había imaginado, llevó una mano a la cremallera de mi nuevo vestido amarillo pálido.

—¿Quieres venir conmigo a una isla griega? —Estaba detrás de mí mientras subía por la escalera hasta su cama y me respondió dándome un mordisquito en el culo.

Hicimos el cálculo. Para cuando fuimos con Bobby y los demás al bar Gatehouse, nos habíamos dado un año. La banda estaba acabando de tocar. Me alegró ver al saxofonista, un veterano lúgubre con su chubasquero desgastado que teñía su música de un tono de lo más conmovedor. Una luna de papel. Un mar de cartón. Pensé en Jimmy Jones y en mí en la isla de Charmian, en las estaciones pasando de la una a la otra, con mantas extra para la cama, carbón ardiendo en un brasero. El contrabajo emitió un sonido metálico; la canción del saxo se redujo a un horizonte nacido en unos cuantos alientos tristes. Le quité un cigarrillo a un amigo de Bobby y me senté en el borde de su mesa, con la cabeza llena de planes. Jimmy fue a hacer cola a la barra.

La nueva novia de Bobby estudiaba en la escuela de arte: era su tipo, delgada y con huesos como de pájaro, vestida como una bailarina de ballet que no estaba de servicio, con un jersey de punto trenzado y unos pantalones pirata ceñidos y negros. Era monocromática adrede, con un rostro demasiado pequeño para unos ojos delineados de negro tan extravagantes, un cabello azabache cortado hasta su delicada nuca y el cuello de un cisne. Estaba sentada en un taburete en medio del grupo, cruzando y descruzando sus largas piernas mientras decía «guay» y «súper en la onda» sin parecer para nada cohibida.

—Edie Carson, esta es mi hermana Erica, prisionera de Palace Court, Bayswater; Erica, esta es Edie, reina de Wood Green. —Bobby nos señaló a la una y a la otra con una jarra a rebosar de cerveza, la cual salpicó en la mesa entre Edie y yo, y, cuando ambas nos estiramos para limpiarla, nuestras cabezas chocaron, y Bobby añadió—: No os calentéis mucho la cabeza. —Y ambas soltamos un resoplido.

Poco después ya habíamos vuelto al estudio de Jimmy, y, a pesar de que hacía tanto frío que nos veíamos el aliento, nos dimos calor el uno al otro. La cama de Jimmy estaba sobre una plataforma en todo lo alto, bajo el tragaluz, y la de Bobby era un canapé situado detrás de caballetes amontonados y una cortina de terciopelo morado. A Edie no le daba nada de vergüenza que se oyeran sus gritos.

Unas pocas noches después, Bobby le habló a Edie Carson sobre nuestros planes de viaje, porque, en cuanto Jimmy y yo empezamos a ir más en serio, él supo que no quería quedarse atrás. Edie tenía sus propios planes, pues ella y su mejor amiga, Janey, no iban a esperar que llegara la primavera. Quedamos para encontrarnos con Edie y Janey en el puerto de El Pireo la semana antes de Pascua.

CAPÍTULO DOS

El dinero de mamá nos dejó comprar comida y combustible suficiente para que el viaje desde Londres y a través de Francia e Italia transcurriera sin peligro ni hambre. Los chicos se recuperaron bastante rápido de los fétidos horrores que nos esperaban en nuestros primeros retretes en cuclillas. Yo no estoy segura de haberme recuperado alguna vez.

Casi llegamos hasta París durante la primera noche, y solo paramos para echar gasolina y comprar baguettes, paté y un refresco de naranja. En un hostal de Chantilly caímos rendidos en una enorme cama que no dejaba de rechinar y que tenía unas sábanas de lino sorprendentemente crujientes. El desayuno fue bastante memorable: la luz amarilla del sol entraba por la ventana e iluminaba un mantel a cuadros, un gran cuenco de café con leche y mi primer croissant, el cual fue más hojaldrado y lleno de mantequilla que ningún otro que haya comido desde entonces. El coche de mamá se portó bien y no se estropeó ni una sola vez. Ojalá pudiera decir lo mismo sobre Bobby.

Salimos de Londres tres semanas más tarde de lo planeado; por mi culpa, tal como Bobby no dejaba de repetirme. No había encontrado un momento apropiado para hablarle del tema a padre, quien había llegado a una fase de luto que involucró sacar todos los libros de mamá de las estanterías y obligarme a vaciar su armario. Su olor había salido de los pliegues de su ropa. Me había sorprendido con su enagua rosa de seda en la cara.

—Nada de esto te sirve a ti —me había dicho—. No tienes su figura.

Cuando salimos del hostal y de París, el mal humor de Bobby arrojó una nube negra sobre el viaje.

—Podría haber estado bien visitar el Louvre, pero no... —dijo, volviéndose hacia Jimmy, quien seguía aferrado a la esperanza de que fuera a rendirse en su empeño de ir a toda prisa para encontrarse con Edie en El Pireo—. Y ya puedes olvidarte de ir al Crazy Horse, colega. Espero que creas que haber esperado a la niña ha valido la pena. No digas que no te lo he advertido: no tenemos nada más por delante que la N7.

Odiaba que me llamara «la niña», pero ansiaba darle un abrazo a mi hermano de todos modos. Cuando uno de los dos tenía que llorar por la muerte de nuestra madre, lo hacíamos en los brazos del otro. Tal vez fuera una niña cobarde, tal como decía él, pero ¿acaso no iba a dejar de castigarme nunca? ¿No iba a perdonarme? Bobby había sido criado en la casa llena de odio de nuestro padre, así que parecía que no iba a ser así.

Bobby había pasado toda su vida con miedo de padre. Todos le teníamos miedo. Nunca olvidaré la cara que puso mamá la primera vez que vio las marcas que el cinturón de padre le había dejado a Bobby. Estábamos comiendo huevos duros y yo estaba en la trona, así que Bobby habría tenido cinco o seis años.

—¿Por qué no te sientas? —Mamá había estado de los nervios con nuestros lloriqueos, así que, al final, él se acabó sentando poco a poco, con una mueca de dolor. Bobby se retorció y gritó cuando ella le bajó los pantalones cortos para ver que su trasero, normalmente tan blanco como el delantal de ella, estaba lleno de marcas rojas sorprendentes como una quemadura.

Padre no se avergonzaba de ello, a juzgar por el modo en que entró a grandes zancadas, meciendo los cubitos de su bebida.

—Así en el futuro sabrás que debes hacer lo que se te pide, jovencito.

Vi a Bobby encogerse de miedo, aquella vez y muchas otras, hasta que aprendió a quedarse en su habitación. Y a mamá hecha un ovillo, llorando sobre un trapo de cocina, y yo tratando de no estremecerme cuando la gran cara de padre se acercó a mí. Me habría gustado salir de allí y esconderme, pero estaba atada en mi silla. Hasta ahora me hace entrar en pánico de tan solo pensarlo: el huevo y su cáscara destrozados cuando mamá abrió el puño.

A pesar de que Bobby se había pasado todo el viaje tenso, no esperaba que fuera a llenar el espacio del enemigo común que habíamos dejado atrás tan rápido. Nada de lo que decía conseguía arrancarle una sonrisa, y entonces, en Grenoble, bebí el agua del lugar y me pasé la mañana siguiente encorvada sobre mí misma, hasta que Jimmy insistió en que paráramos y colocáramos la tienda de campaña antes de que alcanzáramos la meta de Bobby para el día: la costa. Desperdiciamos un día más por culpa de mi estómago, y, mientras temblaba y me encontraba mal, creí haber perdido el amor de mi hermano para siempre.

Me crucé con él fuera de la estación de servicio de alrededor de San Remo y creí que había estado llorando. Torció el gesto y dijo que era agotador conducir durante catorce horas hacia la frontera sin parar.

Sus lágrimas habían dejado un rastro sobre sus mejillas, pues tenía el rostro lleno de polvo por el viaje. Seguí en mi empeño y traté de hablarle de mamá, de papá, pero Bobby me dio un fuerte empujón y dijo que ya ni siquiera quería pensar en ninguno de los dos.

—Hazme caso, la familia es un concepto demasiado sobrevalorado. Cuanto antes te des cuenta, mejor —me dijo.

Seguimos conduciendo e hicimos caso omiso de Pisa y de su Torre Inclinada a lo lejos al avanzar hacia el interior. Sonaba muy quejica incluso para mí misma cada vez que le suplicaba que paráramos en algún lugar para ver el paisaje o siquiera para estirar las piernas un rato. Mi primer viaje al extranjero no estaba resultando ser nada de ensueño. Las cúpulas y las torres pasaban a toda prisa ante nosotros, los cipreses estiraban sus sombras, las ruinas romanas llamaban y ofrecían la sombra de pinos mansos, solo que no a nosotros. Estaba empezando a odiar a Edie Carson. Si no fuera por Edie Carson, no estaríamos en aquella interminable carretera de resentimiento. Bobby dijo que debería haber vendido el coche en Inglaterra para ir en tren en lugar de esperarnos a Jimmy y a mí. Yo le dije que ojalá lo hubiera hecho. Edie tenía una amiga española en un circo francés, un trabajo que sonaba sospechoso con un escultor de Roma, y la tía de Janey las había invitado a su *castello* cerca de Siena. Me pregunté en voz alta si una isla griega y Bobby serían una parte tan vital de su itinerario.

Le dio un golpe al volante.

—Todo es culpa tuya —respondió.

Jimmy estaba sentado apretujado y en silencio a su lado, con el mapa. Yo estaba guardada como la niña malhumorada en la que me había convertido junto a nuestro equipaje y nuestro equipamiento para acampar. De vez en cuando, la mano de Jimmy me encontraba allí atrás, pero también los ojos de Bobby en el espejo retrovisor.

Se suponía que yo debía haberlo solucionado todo; los había hecho esperar con la promesa de que iba a hacerlo. Al final, habíamos tenido que esperar hasta que cumplí los dieciocho, hasta que Bobby fue a casa a quitarle mi pasaporte a padre de las manos. Fue una escena horrible; la más horrible, a decir verdad. Me pasa por la cabeza una vez más, un carrete de una película casera o el inicio de una migraña: acusaciones sobre la influencia corruptora de Bobby; el rostro de padre, al rojo vivo; Bobby espetándole que solo me quería como una criada desde que mamá había muerto.

Padre, con su boca retorcida en un gesto salvaje para gritar:

—Es mejor eso a que tú la conviertas en una ramera para todos tus amigos.

Bobby, de repente muy alto y con frialdad:

—Gracias a Dios que mamá no está aquí para oírte, viejo.

Y padre, tirando una silla al suelo al rugir:

—Que te den, Robert, no eres más que su chulo. Tu madre debe estar retorciéndose en su tumba.

Bobby, con una valentía sorprendente:

—Tuvo que morir para alejarse de ti... Te lo escondía todo porque tenía miedo... Tanto miedo que ni te dijo lo del coche, no me extraña que... —Entonces nuestro padre fue a por él con las tijeras que yo había estado usando para recortar cupones de descuento de una revista antes de dejarlas porque me temblaban demasiado las manos como para seguir. Bobby le propinó una patada que le hizo perder el equilibrio y padre cayó al suelo, jadeando, mientras Bobby plantaba los pies junto a él y los vecinos aporreaban la puerta. El retrato de padre se había caído de la pared y se le había roto el cristal. Desde el otro lado del cristal agrietado, un joven soldado nos miraba con un bigote negro y recortado y un par de rayas que le habían pegado a la manga hacía poco. El hombre perdido que rugía en nuestra dirección no se parecía en nada a aquel orgulloso defensor de la patria. Se abalanzó sobre nosotros con mi pasaporte en la mano, se lo tiró a Bobby y apretó el puño antes de rendirse.

—Llévatelo. Llévatela a ella. No volváis a pisar esta casa nunca más.

—Si no fuera por Erica, podríamos haber disfrutado de todo esto —estaba diciendo Bobby, haciendo un gesto hacia la ciudad medieval que estábamos dejando atrás.

Para cuando llegamos al transbordador nocturno en Bríndisi, ya había dejado de hablarme del todo. Estaba de mal humor, encorvado sobre el volante, seguro de que había perdido a Edie. Salimos directos del transbordador, con náuseas tras el viaje por mar de dieciséis horas, y continuamos por la costa hacia Corinto, a través de unos pueblecitos llenos de cúpulas y tabernas, olivares, pinares y la invitación constante de un mar azul blanquecino. No, no podíamos parar por nada, ni siquiera para ir a por un café griego.

La primera vez que pisamos el suelo heleno fue cerca del anochecer de aquel mismo día. Bobby aparcó un momento para pedir aclaraciones sobre el mapa en un pueblo desierto y bañado por la luz dorada y polvorienta. Había solo un hombre allí y parecía que había salido de las páginas de la Biblia: con barba y una túnica mientras se valía de un bastón para dirigir a unas escuálidas cabras por un camino. Jimmy salió del coche a toda prisa, se estiró y se subió de un salto a un muro, tras lo cual miró el paisaje y me ayudó a subir con él con cierta dificultad. Lo seguí a través del brillo plateado de una plantación de olivos, gimoteando y llorando. Un tiempo después, Jimmy se percató de ello y dejó de hacer el mono para secarme las lágrimas con los pulgares.

—Me ha estado tratando así desde que se peleó con papá —sollocé conforme un aluvión de griego enfurecido se desataba a nuestras espaldas. El hombre barbudo estaba agitando su bastón. ¿De verdad le acababa de escupir a Bobby?

—¿Qué está…? —preguntó Jimmy, volviéndose hacia mí.

Bobby se había llevado las manos a la cara, y el hombre se estaba alejando junto al tintineo de las campanas de sus cabras.

—¡No soy un puto alemán! —gritó Bobby en dirección al hombre.

»Germanos, germanos, es lo único que he entendido —nos dijo a nosotros—. Eso y cabrón. —Y entonces, sin previo aviso, cuando empecé a reírme, se lanzó sobre mi brazo y me lo retorció.

Llegamos a El Pireo tan solo un día más tarde de lo acordado. Edie no estaba allí, y Bobby no logró encontrarla hasta dos infernales días más tarde. Había estado dando vueltas por todas partes para buscarla, con la camiseta empapada de sudor. Ella y

Janey estaban subidas a una mesa de cemento cerca del hostal juvenil, echando unas risas con otros chicos que habían encontrado por el camino: una chica guapa pelirroja y un par de escandinavos musculosos que parecían ser mellizos. Edie y Janey llevaban boinas francesas.

Vi a mi hermano sonreír por primera vez desde que habíamos salido de Londres conforme se acercaba sigilosamente tras ella y se agachaba para besarle, o tal vez lamerle, la inocente piel de su cuello. Uno de los chicos se puso de pie de un salto.

—¡Eh, eh!

Sin embargo, Edie se echó a reír y le dio la mano a Bobby incluso antes de darse la vuelta para ver de quién se trataba.

—Sabía que acabarías llegando en algún momento —le dijo.

CAPÍTULO TRES

El puerto de Hidra aparece ante nosotros de repente, con cierto dramatismo, como un telón que se alza entre las montañas. La simetría de las paredes de roca y las mansiones crea una forma de herradura perfecta alrededor del agua, donde unas casas blancas a distintos niveles se alzan como los asientos de un anfiteatro.

Es un truco de magia hecho por la propia roca, un teatro para soñadores. El escenario está iluminado por el sol y el mar, y yo me aferro a la baranda de la cubierta mientras Jimmy me abraza por la cintura como si creyera que fuese a saltar por la borda conforme el puerto y su ciudad de juguete se acercaban a nosotros de repente. Paso la mirada de las montañas a los zigurats que son las casas y de vuelta a los coloridos barcos del puerto, y, por primera vez desde que nos fuimos de Londres, soy feliz. Me imagino a mí misma desplegándome contra el trasfondo de las colinas teñidas de verde de la isla, encontrando el camino entre las terrazas y los grupos de pinos. La sal me salpica la cara, y las palabras de mamá vuelven a mis oídos; si tuviera alas, saldría volando. Unas rocas de color marrón rojizo, arbustos, matorrales, amarillo ácido, hierba. Unos tejados inclinados de color naranja y casas blancas como la sal que se alzan hacia los dioses, con todos sus ojos hacia el puerto.

Varias personas suben a la cubierta para admirar el paisaje al que se dirigen y señalan hacia molinos, lugares a los que quieren ir a nadar y los cañones negros que delinean las murallas de la fortaleza. Jimmy ha estado leyendo a Henry Miller y me susurra al oído:

—Aquí está. La salvaje y desnuda perfección. —Me aparto de Jimmy y me aferro a la proa conforme nos acercamos más a Hidra.

El vapor me hace toser, pero he estado aquí arriba desde que Bobby anunció, delante de todos, que tendría que haber vendido el coche de mamá en vez de cargar conmigo. Creo que mi crimen fue perder de vista la vieja bolsa de ante de mamá que contenía los cheques de viaje. La encontré poco después, arreglé la tira y subí aquí pensando en rendirme y volver a casa. Jimmy había hecho un diminuto intento por acompañarme, aunque se echó atrás cuando le dije que estaba harta de que nunca se molestara en defenderme.

A pesar de que me arrepentí de inmediato, me alegré de huir de los intentos de Bobby por echarlo todo a perder, y del escrutinio de las mujeres de chales negros que había abajo, con sus dentaduras con huecos y pollos atados. Aun así, al estar sola, mis pensamientos fueron de mis problemas con Bobby a una enorme añoranza por mi casa y por mamá, por lo que me permití llorar tanto como para competir contra el mar Egeo. Mamá habría sabido llegar al origen de lo que perturbaba a Bobby, y yo echaba de menos el agarre firme de su mano. Incluso me permití pensar que mi hermano se merecía una buena tunda por parte de nuestro padre.

El transbordador suelta dos largos pitidos con su bocina. Los pasajeros y los burros se reúnen junto a la pasarela de desembarque; en el foso del público, los botes pintados han empezado a mecerse debido a nuestra llegada. En un arrebato de superstición y emoción, me abro paso entre los demás pasajeros para ser la primera en pisar la isla.

Bajo de la plataforma y respiro hondo. Las baldosas pulidas son de mármol rosa. Unos hombres con carros de madera descargan sacos; el ganado se mueve de un lado para otro; los botes de porcelana pasan de un hombro a otro; cajas de nísperos y mandarinas; personas que gritan. El puerto tiene un aspecto festivo, con sus banderas y banderines, azules y blancos como el mar y el cielo. Echo un vistazo entre las personas que esperan a los pasajeros en busca de un rostro que pueda ser el de Charmian. Hay mujeres con cestas de la compra y curas con túnicas negras y gafas de sol; tiendas, cafeterías y bares; toldos a rayas; burros decorados con cuentas y cargados con un peso exagerado; tanques de queroseno que hacen rodar por el paseo marítimo; el golpeteo de los barriles de vino al amontonarlos.

Dejo que Jimmy se encargue de sacar nuestro equipaje del barco como pueda y salgo corriendo para ir a buscarla. ¿Debía reunirme con ella bajo el reloj? El tintineo de las herramientas de los obreros es agudo y resuena. Huelo a excrementos de burro, diésel y pescado conforme corro hasta el centro del puerto. Hago caso omiso de Bobby, quien no tiene ni el más mínimo atisbo de fe en cualquier plan que su hermana adolescente pudiera haber hecho. Me sigue gritando, y yo me doy la vuelta para sacarle el dedo y veo a Edie y a Janey echarle un buen vistazo a un grupo de marineros jóvenes que relucen con su ropa blanca y sus gorros con pico.

Hay mamposteros atados a una plataforma de madera en lo alto de un campanario y, de cara a mí, la estatua de mármol blanco del héroe con su león montada en su pedestal, con la bandera de Grecia ondeando con orgullo, y el supermercado de Katsikas en la esquina, además de sillas como la de Van Gogh y mesas sobre los adoquines, tal como ella había descrito.

Me dirijo a la entrada; no está fuera, pues solo una de las mesas está ocupada, y por dos hombres. Mi visión se ajusta al pasar por la puerta y veo latas de aceite, cubos de hojalata y palas que cuelgan de las paredes, balas de desechos de algodón. Oigo un traqueteo: dados, fichas, piezas de ajedrez, *komboloi*. Un fuerte olor a anís y pescado frito. Solo hay hombres sentados a las mesas de mármol, por lo que me invade la sensación decepcionante de que Charmian Clift no está aquí y de que voy a tener que volver con Bobby a través de la muchedumbre de Semana Santa que busca alojamiento y decirle que no tenemos ningún lugar en el que quedarnos.

41

En la mesa del exterior, uno de los hombres echa atrás su silla. Se despliega como una navaja, alto y de extremidades delgadas y cabello marrón y descuidado, con una chaqueta al menos tres tallas más grande de la que debería.

—¿Buscas a Charm? —La piel de su rostro también parece ser tres tallas más grande de lo adecuado para él—. Imagino que eres la pequeña Erica de Bayswater. —Carraspea con una tos ronca por el tabaco—. Así que ya eres lo suficientemente mayor como para ir por ahí tú sola, ¿eh? —Deja su cigarrillo en un platillo y extiende una mano rugosa en mi dirección con un agarre firme—. George Johnston —se presenta—. Su marido.

Me lleno de alivio además de timidez. Tiene una extraña mirada elástica que pasa de la travesura al desprecio y al nervosismo.

—Creo que nunca nos vimos por Palace Court —continúa. Es un rostro lleno de contradicciones: sus ojos suplican que se le alimente, pero su labio inferior que sobresale muestra una expresión dispuesta a la burla cruel; puede que muerda la mano que le da de comer.

—Sí, soy Erica…

Señala con la barbilla a su compañero de bebida, un hombre cabizbajo con una espalda larga y encorvada y una barba desgreñada.

—Y este es Pat Greer. —El hombre le dedica a George una mirada agotada—. Patrick, quiero decir, nunca Pat —se corrige George con una sonrisita.

—No, y, por Dios, nunca Paddy tampoco —dice Patrick, exagerando su acento irlandés para añadir énfasis.

Le dedico una sonrisa rápida a Patrick antes de volverme hacia George.

—Había quedado con tu esposa para cuando llegáramos aquí. Me escribió sobre una casa que podíamos alquilar. —Echo un vistazo en dirección al puerto, hacia el grupo irregular que se dirige hacia nosotros—. Los demás están en camino —añado, intentando que no se me note el pánico en la voz.

Menudo grupo tan dispar hemos acabado juntando en El Pireo y en el barco, todos cargados con sacos de dormir, guitarras, caballetes y mochilas. Bobby, con el rostro sonrojado por la vergüenza de haberme estado llamando a gritos y Jimmy, cargando con su equipaje además de con el mío.

—Puedes esperar sentada, Ricky —dice George—, porque no está aquí. —Y, antes de que me dé tiempo a decidir si me gusta este nuevo diminutivo para mi nombre, grita hacia el interior—. Eh, Nikos, aquí hay una chica cansada que necesita algo de beber, y ya que estás, yo me tomaré otra Metaxa.

Le da un golpecito a su vaso vacío.

—Me da por beber cuando Charm no está por aquí. —Entonces me presenta al propietario risueño como Nikos Katsikas—: El único hombre al que tendrás que ganarte en esta isla... si no quieres morirte de hambre. Y, por suerte para todos nosotros, es uno de los pocos que habla inglés.

—Pero ¿dónde está ella? ¿Dónde está Charmian? —La voz me sale aguda. Bobby me ha visto y está liderando a toda la tropa por el puerto.

George me sigue la mirada y se dirige a Patrick arrastrando las palabras:

—Ahí vienen, más y más de estos gorrones, atraídos por nuestras aguas azules y perfectas y nuestro alquiler barato para poder vivir su inmoralidad descuidada lejos de las miradas fisgonas de la ciudad. Que Dios nos ayude a todos.

Insisto un poco más mientras George me examina por encima del borde de su vaso vacío. Debo sonar como una niña de seis años: no puedo evitar saltarme las erres cuando estoy nerviosa, y estoy segura de que me he ruborizado.

Patrick rompe la tensión.

—Charmian está en Poros, ha ido al banco de allí.

George se muerde una uña, de mal humor.

—Se suponía que iba a volver esta mañana. —No se suele ver a un hombre adulto con las uñas mordidas hasta dejarlas en carne viva como ha hecho él—. El problema es que el lugar en el que está Charm y en el que dice estar no siempre son el mismo —continúa conforme Bobby y los demás se acercan con todos los bártulos.

—Caray. —George se echa atrás y alza las manos en un gesto de terror exagerado—. Ricky..., ¿cuántos habéis venido?

Bobby se queda a mi lado, mientras recupera el aliento.

—Qué idea más tonta la de salir corriendo así, Erica.

Una pila desordenada de personas y equipaje se esparce entre las mesas y se produce un barullo para pedir bebidas y para preguntar dónde está el baño.

—Que Dios nos sorprenda confesados —musita George en mi dirección—. ¿Se supone que Charmian tiene que encargarse de toda esta panda?

—En la casa solo viviremos cinco de nosotros —lo tranquilizo al ver que vuelve a morderse la uña—. Los suecos tienen donde quedarse, y creo que la mayoría de los estadounidenses tienen habitaciones en la escuela de arte. —Hago un gesto para que los demás se acerquen.

—Lo último que necesita esta isla es otro grupo de pintores mequetrefes y poetas mariposones —gruñe George.

—Bobby ha venido a pintar, y Edie y Janey también —respondo, tratando de contener mis risitas—. Y este es Jimmy; es un poeta, pero no tiene nada de mariposón. Lo han publicado en la revista *Ambit*. —No he podido evitar presumir del poema de mi novio, pero, como de costumbre, Jimmy le resta importancia. George saca un cigarrillo y hace un mohín.

—Nunca son los críos pobres los que vienen por aquí, ¿eh? Me pregunto por qué será —dice, echándonos un vistazo a través del humo—. Todos estos órficos con cosas que pintar y sobre las que escribir y cantar. Siempre son los que tienen una buena red de seguridad en casa.

Empiezo a protestar, aunque entonces George recuerda a Bobby de Londres y se abalanza sobre él.

Al mismo tiempo, los suecos, Albin e Ivar, entablan una conversación sobre el número de habitaciones que tiene la casa que han alquilado, y Edie y Janey están colocando sillas en su mesa. George se echa a reír mientras le cuenta a Bobby una historia poco probable que involucra la escalera de Palace Court.

—Te caíste por el pasamanos y lanzaste a mi amigo Peter Finch, y luego tuviste la cara de volver corriendo hasta arriba para pedirle su autógrafo.

Bobby está indeciso entre defender a su yo más joven ante George y acercarse a Edie, quien, a juzgar por su lenguaje corporal, parece estar considerando de verdad ir a una de las habitaciones de los suecos. Se excusa para ir a reclamarla.

—Claro que el señor Finch no tuvo ningún reparo en que luego mi mujer le pusiera las compresas frías —continúa George—. Siempre ha estado coladito por ella.

—Como todos —asiente Patrick, y entonces lleva la mirada hacia un hombre que sale a paso tranquilo de una calle lateral, con una camisa roja y pantalones cortos deshilachados. Se trata de un hombre bajito y musculoso, con el aspecto de un querubín entrado en años. Tiene una melena rubia y espesa, y una mata de rizos dorados se escapa de su camisa raída y prácticamente sin abrochar. Coloca una silla junto a las chicas mientras hace girar una flor blanca entre los dientes.

—Joder, el día va de mal en peor. ¿Por qué no deja de pasarse por aquí? —dice George, dejando su vaso en la mesa con fuerza—. Es como un perro que tiene que volver y volver para oler su propia cagada.

El hombre se presenta a Edie y a Janey con un acento francés muy marcado y una sonrisa lenta y brillante.

Patrick se dispone a recoger sus papeles.

—Un barco que trae a Jean-Claude Maurice trae un cargamento de problemas —se queja desde debajo del peso del mundo entero—. Pero bueno, mi máquina de escribir me espera. Nancy dice que tiene huevos suficientes para una tortilla si Charm no ha vuelto y si tú y los niños necesitáis algo de comer más tarde…

Los estudiantes estadounidenses se pasan por la mesa para pedir indicaciones para llegar a la escuela de arte, y George señala hacia el acantilado y los manda en dirección a la mansión Tombazi con sus rollos de equipaje y caballetes, las chicas con sus coletas meciéndose de lado a lado, los chicos con sus tejanos azules y uno de ellos con una guitarra atada a la espalda.

—Espero que se den cuenta de la suerte que tienen —dice George, viendo cómo se marchan—. A veces me gusta imaginarme al almirante Tombazi salir de su tumba al ver lo que pasa bajo sus pórticos clásicos. Y las pinturas de mono que pasan por arte... —George tose hacia su pañuelo—. Un puñado de Pollocks y Twomblys.

Llegan las bebidas, y mi primer sorbo de *retsina* casi me da arcadas.

—Imagino que ninguno de vosotros habrá traído ninguna revistilla de Londres. —George mira de cara a cara sin demasiada satisfacción—. Charm podría haberte pedido que trajerais la *TLS* si sabía que veníais.

Jimmy vuelve en sí y se lanza hacia su mochila, pues está seguro de que se quedó con el nuevo número de la *London Magazine*. El vaso de George vuelve a estar vacío. Empieza a destrozar una cerilla mientras Jimmy sigue en busca del tesoro.

—Tiene algunos poemas inéditos de Wyatt —explica Jimmy, tras volver a salir de su mochila con una expresión triunfante, pero George se ha quedado con la mirada clavada en el querubín francés de aspecto sospechoso. Saca otro cigarrillo de su cajetilla.

—Bueno, en cuanto a la casa... —intento una vez más, pero ya lo he perdido, pues el francés le devuelve la mirada mientras hace dar vueltas su flor blanca.

—Me imaginaba que estarías en Poros —le dice George.

—¿Por qué iba a estar en Poros cuando puedo venir a Hidra para que los personajuchos como tú hablen mal de mí y se metan conmigo? —responde Jean-Claude. Todos escuchan y observan el intercambio, con los vasos a medio camino hasta los labios, cucharas detenidas en tazas de café.

—Me sorprende que te atrevas a mostrar esa cara tan horrible por aquí después de lo que pasó la última vez —dice George, pero entonces le da otro ataque de tos y no es capaz de continuar.

Echa un vistazo al interior de su pañuelo antes de volver a guardarlo, y, con un encogimiento de hombros y un mohín bastante exagerados, Jean-Claude devuelve su atención a las chicas.

Hay hombres ordenando redes, y un gato negro se abre paso entre las piernas de Jimmy; otros descargan cajas de pescado de los barcos; y el tintineo de los mamposteros continúa por encima de nosotros. George agita su puño hacia los cielos.

—Llevan años arreglando esa dichosa torre de reloj. Tendrían que parar, a la mayoría de nosotros no nos apetece que nos recuerden el puto terremoto un día tras otro.

—Leí sobre eso en el libro de Charmian. Qué miedo me daría que el muelle empezara a hacerse gelatina bajo mis pies —digo—. No crees que vaya a producirse otro, ¿verdad, George?

George da una larga calada a su cigarrillo y me dedica una sonrisa torcida.

—Ah, no te preocupes por eso, bonita; exageró para desalentar a los turistas. Nuestra Charm nunca ha sido reacia a aprovecharse de un pequeño temblor para convertirlo en un terremoto como Dios manda. —Se vuelve hacia los demás—. ¿Así que habéis venido a pintar bajo esta preciosa luz? —Los demás asienten.

—Yo no —le digo.

George alza una ceja.

—Bueno, y entonces, ¿qué has venido a hacer aquí, pequeña Ricky de Bayswater? —Noto que la sangre se me arremolina en las mejillas mientras él espera mi respuesta, con el cigarrillo pegado a los labios. Mamá solía decir que yo era una gigante y que el mundo estaba a mis pies.

—Ah, Erica es una artista de *striptease*. —Parece que la bebida ya se le ha subido a la cabeza a Jimmy. George no le hace nada de caso y sigue con su mirada incómoda clavada en mí.

Cuando mamá me dio el dinero, me dijo que quería que siguiera mis sueños. Lo suelto de repente, aquello que nunca había pronunciado en voz alta:

—Quiero escribir libros...

George me interrumpe con un resoplido.

—Ganarías más dinero como *stripper*. Trabajo quince horas al día, siete días a la semana, y el gran san Nikos sigue teniendo que fiarme la comida. Y lo mismo con él... —Señala hacia la espalda de Patrick, quien sigue alejándose de allí—. Y Paddy es buenísimo, pero el pobre no consigue ni una oportunidad con las editoriales. Ve a comprarte un abanico de avestruz antes de que sea demasiado tarde.

Hago el gesto de llevarme las manos a los oídos y veo que Edie ha puesto su expresión mustia y que le dice a Bobby:

—Eh, cariño, no tengo pensado dormir en la playa esta noche. —Bobby me culpa con la mirada. Jimmy ha posado la suya en una mujer delgada con pantalones cortos rojos que se sube con dificultad a un bote, mientras acaricia al gato negro, distraído.

Vuelvo a intentarlo con George.

—¿Charmian te dijo que había una casa disponible para nosotros? Es lo que me contó en su carta...

Pero he vuelto a perderlo. Está listo para otro encaramiento con Jean-Claude, esta vez al volverse hacia Janey y Edie para hablar con ellas:

—¿El franchute este os ha contado lo de su amigo Jean-Paul Sartre? No suele llevar más de un minuto...

Janey y Edie lo miran como ciervos asustados mientras prepara el terreno para la historia, con el cigarrillo meciéndose en su mano.

—Ahí estaba el pobre Sartre, quien solo quería beberse un café con leche en paz mientras reflexionaba sobre cuestiones importantes del existencialismo y la fenomenología, pero no, tuvo que venir el Ricitos de Oro este... —George ha pasado a hablar ante todo el ágora. Se pone de pie para que todos lo oigamos bien.

—¿Cuándo dejarás el tema? —Jean-Claude se da media vuelta y sisea para callarlo. Entonces me doy cuenta de que lleva un pendiente dorado y tengo que contener una risita. Resulta que sí conozco a ese francés, de las páginas del libro de Charmian. Es una figura cómica, con un tanga de pañuelos de cachemir atados, un seductor escandaloso que come huevos crudos y duerme sobre una alfombra de piel de cabra. «Un perrito de pelo rizado en celo», era como ella lo describía. Si mal no recuerdo, sus dientes blancos y brillantes resultarán ser empastes. Me muero de ganas de que sonría.

Sin embargo, Jean-Claude tiene la mirada clavada en su agresor y no sonríe. Se produce un largo silencio. El público contiene la respiración. Parece que hasta los mamposteros han dejado sus herramientas.

—*Ferme ta gueule*, George; eres tú quien siempre aburre a los demás con tus historias de guerra como si fueras un Hemingway. ¡Bah! Por enésima vez. ¿Cuántos países eran? ¿Cuántos sellos en tu pasaporte? ¿Eran sesenta y tres? ¿Y cuándo fue la última vez que fuiste más allá de Atenas, eh? *Alors!* —Y, con un silbido lleno de desdén, se da media vuelta. Edie y Janey se inclinan hacia él cuando Jean-Claude susurra en voz alta—: Y qué más da si me tiré a su mujer…

CAPÍTULO CUATRO

Charmian Clift entorna los ojos hacia la sala en penumbra, iluminada por una trampilla en el techo que deja entrar un poco de sol, con el rostro enmarcado en una nube furiosa de humo de cigarrillo.

—¡Ahora no! Vete, quienquiera que seas, vete... —Al pie de la escalera, un gran perro marrón y blanco ladra en mi dirección y menea la cola al mismo tiempo—. Max, ¡para ya! —grita.

Salgo de las sombras de la larga sala con las persianas cerradas. Ella suelta un gritito y se lleva una mano a la boca cuando yo le enseño mis cuadernos antiguos y andrajosos y un bote de crema de cacahuete como si fueran ofrendas religiosas.

—Ay, chispas, sí, claro. Erica, ¿verdad? —dice mientras el perro se tumba junto a mí en el suelo y la observa con ojos hambrientos—. Debo admitir que había olvidado que ibas a venir, y yo acabo de llegar esta misma mañana. —Pese a que su voz suena clara y brillante, su tez tiene ese aspecto demasiado limpio, como si recién se hubiera limpiado con lágrimas.

»Lo siento, todo es de lo más estresante por aquí ahora mismo —dice—. Por favor, perdóname por no haber ido a buscarte al puerto.

Pasa por la trampilla y se asoma en el peldaño superior para mirarme bien. Una falda de algodón de un color azul y blanco desgastado se arremolina alrededor de sus piernas, y va descalza.

—El banquero de Poros ha llegado tarde por culpa de un funeral y ha hecho que se me escapara el barco... —echa un vistazo a la sala tras ella con un gesto teatral—, y ahora toca pagarlo caro.

Se rodea las rodillas con los brazos a través de la falda. Sus pies y tobillos son largos y delgados, y sus manos, tan grandes como las de un hombre, aunque gráciles. Su boca es tan generosa como la recuerdo.

—¡Qué grande estás! Por Dios, qué rápido pasa el tiempo. —Sin embargo, un diente marrón o un hueco estropea la elegancia de su sonrisa. Se da cuenta de que lo he visto y se pone el cabello delante para ocultarlo.

No lleva nada de maquillaje, y el sol ilumina sus huesos fuertes a rayas, lo que le da unos aires de reina guerrera conforme desciende los peldaños de madera a saltos.

—Ven, deja que te dé un buen apretón. —Y me abraza desde lejos—. La nena de Connie. Te recuerdo como una cosita tímida que no sabía pronunciar la ese. ¿Todavía te pasa? Ay, cielo, no sabes lo triste que me puso enterarme de lo de tu querida mamá. —Sus ojos son verdes como el cristal de una botella y se anegan de lágrimas.

Huele a cosas cálidas: tostadas con canela, hogueras, roble pulido, Nivea, tabaco. Me mece como lo hizo cuando nos conocimos, y por un momento vuelvo a estar en aquella escalera de Bayswater, una niña pequeña asustada en busca de consuelo en los brazos de una desconocida. En aquel entonces, al igual que ahora, quiero quedarme en la calidez de su abrazo y limitarme a respirar, pero me suelta demasiado pronto.

—¡Caray, Erica! ¡Mírate! Eres igualita a tu madre.

Su falda está atada por un gran cinturón de cuero que se retuerce en su cintura cuando ella se mueve. Abre algunas persianas. Las vigas del techo están decoradas con fardos de hierbas y tiras trenzadas de alliums, y una cómoda tiene un montón de vajilla azul y blanca. La luz entra moteada por las sombras de las vides y los árboles llenos de hojas del jardín y cae sobre sartenes sin lavar en el fregadero y una mesa para comer que cuenta la historia de un desayuno torpe. Un gato de tres patas come de una de las sartenes, y unas moscas revolotean sobre la mermelada que se ha derramado.

Charmian agita las manos hacia el gato.

—¡Tripodi, sal de ahí! —Se quita el cordón de zapato con el que se había atado el cabello.

Parece nerviosa, tan distinta a la Charmian de Palace Court que empiezo a dudar de mis recuerdos. Se peina el cabello deprisa con los dedos.

—Todos han salido temprano hoy. Zoe los ha llevado de paseo a la playa de Limnioniza para que George y yo podamos avanzar un poco en esta pesadilla de libro suyo —me cuenta mientras Tripodi se frota contra sus piernas desnudas.

—Mira, he traído todo lo que he podido encontrar —le digo, y desato el cordel de los libros al tiempo que me deleito en su sonrisa. La mayor parte de su carta había estado ocupada por su preocupación por el deficiente estado de la escuela de Shane y Martin. Al parecer, Martin estaba desesperado por las clases de ciencia, y, aunque habían estudiado a Homero de cabo a rabo, ella opinaba que deberían conocer a Shakespeare también.

Al ver los libros, se le olvida su prisa y les hace sitio entre todo el desastre.

—Ay, eres un sol —dice al abalanzarse sobre mi diccionario de latín.

Me recuerda a una pantera, por el modo en que camina y ronronea, toda ella con una postura orgullosa y unos huesos anchos y altos, con ojos atentos y bien definidos. Les he traído carne a sus cachorritos.

—He encontrado algunos de Bobby también. Aquí hay unos cuantos libros de ciencia para sus exámenes finales, y desde ya me disculpo por todas mis anotaciones desesperadas en los márgenes de *La tempestad*.

Charmian se seca las lágrimas con la manga. Me duele que la formación de sus hijos sea capaz de hacerla llorar, cuando ellos ni siquiera han recogido sus cosas del desayuno.

—¡Ay, soy una llorica! —exclama—. Cualquier cosa me pone así.

—Charmian —la llamo—, ¿has conseguido encontrar una casa que podamos alquilar?

Parece no haberme oído, pues se abalanza sobre otro libro.

—Ay, y Hoetzinger. A Martin le encanta leer sobre la Edad Media. No es tan distinta de la vida que tenemos aquí, aunque todavía no he visto que claven la cabeza de nadie en una pica... Y el libro sobre la tragedia shakespeariana de Bradley; ¡has traído un oasis al desierto, Erica!

En el piso de arriba, George tose y da pisotones.

—Ay, y yo que no puedo ofrecerte ni un café. De verdad tengo que volver a trabajar. Este libro se le está haciendo imposible a George y has llegado justo en medio de un avance. —Me da el más veloz de los besos en la mejilla.

—¿Y la casa? —intento insistir, con cada vez más pánico.

—Se le hace difícil porque escribir este libro bien significa volver al trauma de su primer ataque de nervios, así que lo siento, pero nos gobierna su flujo de trabajo.

—Pero ¿la casa? —¿Es de mala educación interrumpirla mientras me habla sobre el libro de George? Seguramente.

—Se basa en un viaje de pesadilla que George hizo como corresponsal de guerra en China. Ahora está atascado y tengo que hacer que vuelva a pasar por ello, por cada doloroso kilómetro de hambruna hasta llegar a Liuzhou, y obligarlo a volver con los cientos de miles de refugiados que se morían de hambre o que ya habían muerto y se pudrían allá donde habían caído. ¿Te imaginas volver a pensar en todo eso?

—Tiene que ser muy deprimente para ti también.

Frunce el ceño, distraída, hacia la trampilla, tras lo cual niega con la cabeza.

—Ni te imaginas. A veces me pongo nerviosa mientras sufre, porque no estoy avanzando nada con mi propio trabajo y mis palabras insisten en acumularse. Pero en un día como hoy, mi libro parece insignificante al lado del suyo. Si George pudiera crear una buena novela, eso podría salvarnos. Así que cada día me siento en un escalón a su lado y le saco con bastante dolor lo que él necesita que le saque hasta plasmarlo en el papel. Es mejor hacerlo antes de que se ponga a beber su grog, así que por favor perdona que tenga que salir corriendo ya.

Esa sonrisa, la casa, el perro, el desorden creativo; todo me hace quedarme embelesada. Hay imágenes, iconos, un cuchillo de empuñadura de hueso montado sobre la puerta. Ícaro vuela; los almirantes forman filas en la pared.

Veo un grabado colgado de un clavo por encima del fregadero lleno, uno que me resulta muy familiar.

—Eso es un Rembrandt —digo—. Mamá tenía el mismo, el mercader oriental gordo. Una vez me hizo un sombrero como el suyo, con una pluma y una joya...

Charmian se detiene en seco.

—Ah, sí, es maravilloso, ¿verdad? Me alegro de que Connie pudiera quedarse con el suyo. Joel me compró uno cuando compró el de ella...

Se lleva la mano a la boca. El espacio entre nosotras vibra, y llevo una mano al respaldo de una silla.

—¿Quién es Joel?

Sacude un dedo hacia el mercader del retrato.

—Se me va la cabeza porque parte de mí ya está arriba con el libro de George. Quería decir que yo se lo compré, claro, en una tienda cerca del Museo Británico. Compré uno para cada una de mis amigas; esta edición tenía la marca metálica mellada, así que no valen nada para un coleccionista. —Se ha sonrojado bastante—. Pero ¿sabes qué? Si una mujer tiene que estar atrapada en la cocina, mejor que sea con un Rembrandt en la pared.

Se da media vuelta y la sigo a través de las baldosas, por encima de alfombras de colores brillantes. Abre otra persiana. En un rincón, una jaula de pájaro dorada gira al colgar desde el techo, sobre un pozo tapado. Charmian se sube a la tapa. La jaula tiene joyas de cristal engarzadas.

—No tenemos pájaros; solo la jaula —explica, y veo que hace acopio de sus pensamientos mientras juguetea con sus mangas arremangadas. La camisa está bastante desgastada y es de algodón blanco, probablemente sea de George. Los hombros de ella están formados por huesos nobles, y tal vez sea eso lo que la convierte en una de esas mujeres a las que no se puede hacer otra cosa que admirar. Como mamá.

—¿Joel era su amante? —Intento hacer que la pregunta suene despreocupada, pero no consigo engañarla, y ella se limita a negar con la cabeza. En el piso de arriba, George pasea de un lado a otro a toda prisa. Le cuento lo del dinero que mamá me dejó, lo del coche, pero Charmian solo alza una ceja y dice:

—Qué interesante. —Tras unos momentos, continúa—: George me ha dicho que encontrasteis alojamiento en el hotel Poseidón anoche.

Asiento y contengo las lágrimas, consternada por las ganas que tengo de que me abrace.

La jaula arroja unos patrones de luces de colores hacia la pared, las plantas se estiran hacia Charmian desde sus macetas, y su falda ondea conforme la sigo de vuelta a la cocina.

—Es Viernes Santo ahora, y ya sabes que eso es una gran fiesta por aquí... Así que lo siento, pero es probable que no tenga vuestras llaves hasta que Jesús levante la cabeza. Pero es una buena casa, y no está demasiado lejos del puerto.

Le digo que no pasa nada, aunque ya temo la conversación con Bobby. Ya me ha amenazado con hacerme pagar las habitaciones de todos en el Poseidón.

—Os lo pasaréis bien en el festival —empieza a decir Charmian, pero George la llama desde arriba, y ella se dirige a toda prisa hasta la escalera—. Lo siento, la inspiración es una doncella muy elusiva.

Se da la vuelta con un pie sobre el primer peldaño y se lleva una mano al pecho.

—Y, de verdad, Erica, muchas gracias por los libros.

Me encojo de hombros, sobrepasada de repente por el impulso de ordenarle la casa. Algo se resquebraja. Ella baja de la escalera, me rodea con los brazos y me da una palmada en el hombro mientras contengo las lágrimas.

—Caray, pero si solo eres una niña. La pequeña perla de Connie. ¿Sabes que quería llamarte así? Me dijo que tu padre insistió en Erica…

Me he quedado sin palabras y, cuando no puedo evitar ponerme a llorar, lo único que consigo es sollozar al contarle lo mal que Bobby me está tratando. Le he mojado la camisa con las lágrimas. Me trae un paño suave y un vaso de agua de una jarra de cerámica, pero, mientras me seco la cara y bebo el agua, George vuelve a rugir su nombre.

—Solo podemos trabajar de día, antes de que Zoe vuelva con los críos, pero esta noche se celebra la procesión, así que os veremos en Kamini. Es una bahía encantadora, y se puede acompañar a la procesión desde el pueblo. Será algo mágico, ya verás, pero traed velas. Y luego venid a cenar a casa —dice, con el pie en el peldaño de nuevo—. Pero ahora tengo que subir a sacarle más palabras al pobre.

Los oigo hablar mientras me doy la vuelta para marcharme, y Charmian me grita desde arriba:

—Mira, George dice que no hace falta que gastéis el dinero en el hotel, os podéis quedar aquí un par de noches.

—Pero somos cinco —respondo también a gritos.

—No pasa nada. Es solo verduras con judías, habrá para todos. Y, si tenéis sacos de dormir, os podéis quedar en la terraza en vuestras crisálidas, como larvas acomodadas. No sería la primera vez.

—Ni la última —ladra George—. Esta casa es una puta pensión juvenil.

—Si necesitáis algo antes de eso, puedes ir a la cocina con total libertad —continúa ella.

Algo cae al suelo con fuerza, y Charmian suelta un gritito. Me arremango y miro en derredor en busca del jabón para lavar los platos.

CAPÍTULO CINCO

Los hijos de George y Charmian son bastante libres y entran y salen con el pan que han robado de las mesas de las tabernas. En Londres yo había estado en clase y casi nunca los había visto cuando eran bebés, y ahora Martin es un niño larguirucho de doce años con el hábito nervioso de entornar los ojos cuando habla, y la expresión natural de Shane la hace parecer como si estuviera pensando algo malo sobre ti desde detrás de su flequillo rubio. A pesar de que solo tiene diez años, ya se viste como su madre, con la cintura apretujada y un meneo de caderas. Ella y Charmian se pelean porque la niña se niega a hablar algo que no sea griego mientras se esfuerzan por animar a aprender inglés al más pequeño de los tres, Jason, de cuatro años, o «Booli», como lo suelen llamar. Shane se llena de travesura mientras Charmian cocina y detiene peleas entre los dos mayores, que se tornan físicas en un abrir y cerrar de ojos mientras el angelical Booli se limpia la cara con su falda y balbucea en griego. Las sartenes fríen, las bombonas de gas se acaban, y Tripodi, el gato de tres patas, entra con una rata que no está muerta del todo, y todos nos llenamos los cuencos mediante los platos que Charmian lleva a la mesa.

Muy pocos isleños hablan algo que no sea su propio idioma, lo cual me sorprende bastante, al igual que el vino del barril que sale más barato que la limonada y los tres destellos de advertencia de las luces en el puerto cada noche antes de que la isla se suma en la oscuridad. No hay coches, ni siquiera bicicletas; las calles son demasiado escarpadas para las ruedas.

—En esta isla, el mar hace las veces de tumba durante la procesión, porque es ahí donde se han enterrado sus hombres —explica Charmian cuando nos reunimos en el puerto de Kamini entre la muchedumbre llena de velas para el Viernes Santo. Los curas llegan con sus cánticos desde las montañas, y seis apuestos portadores de ataúd cargan con el catafalco, con sus iconos relucientes incluidos, hasta el agua. Las mujeres y los niños avanzan y colocan velas para sus seres queridos ahogados en la arena al borde del mar. Hay huevos rojos brillantes en la tienda, muestras de hojas de palmera y lirios de Atenas. A la noche siguiente, hay tanto incienso en la misa de Pascua que los curas no dejan de toser, lo cual hace que Edie y Janey estallen en risitas. Me aparto de ellas y acabo al lado de Charmian, quien me toma de la mano y me da un apretón. El calor de las velas y los incensarios es inmenso, y los curas cantan y la congregación se mece como sumidos en un trance. Me dejo llevar tanto por todo ello que casi le doy un beso al icono.

—*Christos Anesti, Christos Anesti.* —George está borracho como una cuba para cuando Jesús resucita, tanto que Jimmy y Bobby tienen que cargar con él por las escaleras para llevarlo a su cama.

El olor del festín invade el ambiente cuando dejamos a George dormir la mona. Pasamos por delante de corderos y cabras que dan vueltas en pinchos en la calle, y, a través del tintineo de las campanas, tomamos posesión de una casa más arriba en la colina que no tiene electricidad ni agua corriente. La libertad para hacer lo que nos venga en gana va a ser más difícil de conseguir de lo que habíamos esperado. Charmian ha dejado la vela de Pascua encendida por todo el camino desde su casa y la usa para marcar una cruz de hollín bajo nuestra puerta delantera.

—Vais a necesitar todas las bendiciones posibles si planeáis vivir como campesinos —dice conforme nos reunimos a su alrededor en una cocina con paredes blancas tan gruesas que la estancia es fría como una cueva. El suelo está hecho de piedra

Dokos del lugar, de color rojo brillante y jaspeada como un bistec crudo. Hay una sola ventana, en las profundidades de la pared por encima del fregadero. A través de una rendija de las persianas, una luz polvorienta cae sobre el fogón de carbón, los vasos de cobre, la vajilla de porcelana y los estantes de madera. A Jimmy le brillan los ojos.

—Es como entrar en un cuadro de Bruegel —dice.

Una lámpara de madera y una malla cuelgan de las vigas del techo para mantener la comida alejada de las moscas y las alimañas. Hay un congelador hecho de zinc, varias vasijas de piedra veteada para el agua del pozo y una cisterna de agua de lluvia para bombear.

Hemos organizado listas de tareas, aunque los demás no cumplen con su horario. Yo soy la niña con tiempo más que de sobra mientras mis compañeros de piso se esconden detrás de sus lienzos en la terraza. La luz es incluso más milagrosa de lo que se habían imaginado, y yo me he quedado tan delgada y en forma como un niño pastor al correr de un lado a otro de nuestros ciento noventa y dos peldaños.

He ido a pedir hielo y a por agua potable del pozo, he ido a comprar queroseno y le he pedido a un hombre con un burro que se encargue de nuestra basura y a otro que nos traiga leche de oveja de la montaña. Nuestros colchones están menos húmedos ahora que tenemos carbón para los braseros, y Bobby y yo hemos convivido con nuestra pelea desavenida sin llegar a la violencia física. Edie se ha chamuscado las pestañas en el impredecible fogón de queroseno; y Janey ha visto un fantasma en su habitación, por lo que duerme en el mismo colchón que Bobby y Edie, en la que es, cómo no, la mejor habitación de la casa, con vistas al puerto. Jimmy y yo estamos detrás de la cocina, en una habitación fresca tallada en la roca. Dormimos con una brisa marina que nos trae el aroma embriagador de las flores cítricas a través de una puerta de la terraza. La mayor parte del tiempo en esa cama de muelles oxidados no la pasamos durmiendo.

Es miércoles, así que me toca cocinar, y Charmian ya ha regateado por mí en el barco de verduras, ha escogido cada alubia y cebolla con sumo cuidado, se ha llevado tomates a la cara para olerlos bien y ha aceptado cuartos de naranjas de los marineros con un placer infantil. Nadie habla inglés. Me enseña a decir: *Signomi Kyrié* y *Poso kani afto?*; «disculpe» y «¿cuánto cuesta?».

En mi cesta hay ocho berenjenas brillantes, una verdura que no había visto nunca. Charmian me ha prometido que me enseñará a preparar musaca. Tengo que conseguir que me diga cuándo, a poder ser cuando pueda estar a solas con ella para hablar sobre mamá, porque los demás no dejan de ponerse en medio. Cuando no está trabajando con George o bebiendo con todos los demás, sus hijos la devoran.

Es mediodía, y la comunidad extranjera se reúne alrededor de ella y de George en el exterior de la tienda, mientras esperan la sonrisa soleada de la fortuna. La correspondencia llega en el mismo barco que los visitantes, y hoy es el tipo de días en los que un cheque podría haber decidido emprender su viaje.

Ver a tantos escritores no resulta muy alentador para sumarme a sus filas. *Desaliñados* y *deprimidos* son dos palabras que me vienen a la cabeza. El novelista estadounidense Gordon Merrick ha bajado de las colinas con un ojo a la virulé.

—A él y a Chuck les van los jóvenes marineros —me susurra Charmian—, y a veces las cosas salen mal. —George ha destrozado varias cerillas, y, con sus dedos manchados de nicotina, construye una pequeña pirámide con ellas en la mesa; el noruego Axel Jensen tiene llagas en los labios y lleva unos pantalones tan desgastados que revelan de forma indecente su entrepierna abierta; Patrick Greer señala con su dedo de director de escuela y lo sacude para ganar una discusión u otra.

»Uno de estos días, alguien le acabará cortando ese dedo —musita Charmian, y Nancy, la esposa de Patrick, una mujer regordeta que contrasta con la figura escuálida de él, la oye y se echa a reír.

Jean-Claude Maurice se sienta al otro lado del pasillo, con el sol reluciendo en su cabello y de espaldas a todos menos a Trudy, la bella estudiante de arte pelirroja a la que conocimos en Atenas y que sigue llena de esperanzas de reunirse con su equipaje perdido.

Axel Jensen, nervioso, se bebe un café a toda prisa. La chica de los pantalones cortos rojos se inclina sobre su cuaderno de dibujo, con un pie descalzo cruzado sobre su rodilla. El cabello le cae en una cortina lisa y reluciente, y sus brazos son finos como flautas. Está ocupada haciendo caso omiso de todo el mundo, coloreando las sombras con un lápiz mientras sostiene otro entre los dientes. Axel Jensen la observa. Y Jimmy también.

Varios gatos reposan sobre rocas cálidas; el puerto es plano como un espejo. Los banderines de Semana Santa han desaparecido, las redes de pesca están desplegadas para coser las partes que se hayan roto, los burros cargan con balas de esponjas secas de la fábrica hasta el puerto y el carnicero pasa por allí con su delantal ensangrentado. A pesar de que solo han transcurrido un par de semanas desde que llegué, esta chica, con su cesta de berenjenas brillantes, se siente parte del comité de bienvenida de la isla cuando el poeta canadiense desembarca.

Llega al puerto sin prisa, sobre sus suelas blandas, mira alrededor y sonríe a todo lo que ve, como alguien que regresa a su hogar tras un largo viaje. Parece cómodo en su vestimenta: lleva un sombrero y gafas de sol y carga con una máquina de escribir verde y un maletín de cuero, además de con una guitarra que lleva atada a la espalda. Janey y Edie van dando saltitos junto a él, con pantalones pirata y camisas de marinero a rayas, claramente emocionadas por haber hecho un nuevo amigo tan interesante en el barco que venía de Atenas.

Entorno los ojos mientras revolotean junto al desconocido que se acerca a nosotros. Me he vuelto bastante posesiva con la isla, tanto como los viejos que hay por aquí en los adoquines, con un juicio tan amargo como el café de Nikos Katsika bajo el azúcar.

George pretende interesarse por mis planes mientras se burla.

—Bueno, ¿y de qué quiere escribir la pequeña Ricky de la bendita Bayswater? ¿Qué historia tienes?

—Estoy pensando en una historia de misterio sobre mi madre —respondo, y me aseguro de que Charmian me oiga bien.

Ella me dedica una sonrisa distraída.

—Suena muy bien —dice.

—¿Alguna vez te llevó a algún lugar con su coche descapotable?

—Shhh —me interrumpe, y desvía nuestra atención con un ademán mandón con la cabeza.

Janey y Edie conducen al recién llegado a nuestra mesa, como sirenas emocionadas con la presa que han conseguido.

Leonard se muestra cortés y se quita el sombrero. Su cabello es espeso y rizado y tiene un ceño oscuro y de aspecto serio. Su sonrisa es torcida, y hay algo encantador en sus hombros caídos, tal vez un caparazón de timidez, pero, cuando nos saluda, lo hace con una voz tan profunda y llena de confianza como la del patriarca de una aldea. Charmian le da la bienvenida tras desplegar su sonrisa más radiante y manda a Patrick a buscarle una silla.

Axel Jensen se pone de pie para marcharse, y la chica de cabello oscuro recoge su cuaderno de dibujo. Jimmy la mira con tal intensidad que me dan ganas de darle una patada.

No es solo la voz del recién llegado lo que exige que se le preste atención. Su incipiente barba oscura y su buena educación lo hacen parecer mayor de los veinticinco años que tiene en realidad. Enciende un cigarrillo y se lo da a Charmian como uno haría con un amigo de toda la vida antes de encenderse otro para sí mismo. Se reclina en su asiento y se frota la barbilla y la mandíbula con la mano mientras explica que se afeitó por última vez en su casa de Hampstead. Los escritores acercan sus sillas a él cuando oyen que es un poeta al que ya han publicado.

Son demonios en un festín que lo rodean en círculo conforme habla de la pequeña habitación en la que podría acabar de llenar las páginas de una novela.

—Los materiales son muy bellos mires donde mires. Nada te insulta —dice a medida que Edie y Janey se escabullen a su alrededor.

—Bueno, aquí tenemos escritores jóvenes más que de sobra. Esta es la pequeña Ricky y viene desde Blighty, hace poco que dejó el biberón —dice George, quien ha decidido encargarse de las presentaciones y se echa a reír hasta que, a juzgar por la mirada que le lanza, Charmian tiene tantas ganas de darle una patada como yo. Leonard me estrecha la mano, y a mí me cuesta hacer que mi voz se comporte.

Edie se ha entrelazado en uno de los postes del toldo, con una belleza dramática, pues sus pestañas chamuscadas quedan ocultas por unas gafas de sol como las de Jackie Kennedy que fue hasta Atenas a comprar. Me pregunto por qué Bobby no ha bajado desde nuestra casa para encontrarse con ella al salir del barco. Parece que cada día que pasa está de peor humor.

Leonard me sigue dando la mano. Cuando le devuelvo la mirada, veo un humor cálido bajo esas cejas tan serias. Me dice que parezco guay. Janey le tira del brazo.

—Erica es nuestra adolescente que se escapó de casa, de la que te estaba hablando en el barco. Ya sabes, la de la herencia misteriosa por parte de su madre… —dice, y Leonard me dedica un ademán con la cabeza antes de darme un apretón más en la mano y devolver su atención a Charmian.

Janey pasa de mirarme a mí a Edie deprisa, y esta asiente con fuerza a una pregunta que yo todavía no he entendido.

—Tenemos una cama en nuestra casa si la necesitas —le dice Janey, y veo que a Leonard le cuesta tragar en seco.

Charmian corre a rescatarlo y aparta a Janey.

—Su casa es como un manicomio, con todos esos críos ingleses gritando y pintura por todas partes. Nadie podría acabar escribiendo nada ahí. —Tiene la silla tan cerca de la de Leonard que se rozan—. Puedes quedarte en el cómodo canapé que tenemos en casa —continúa—. Esta cerca de aquí, al lado de la iglesia de san Constantino, junto al pozo de la ciudad. Todos nos conocen. Solo pregunta por la casa Australia y cualquiera podrá darte indicaciones, y el tiempo será cálido a partir de ahora, así que puedes escribir en la terraza hasta que te encontremos una casa para ti solo.

Janey lo mira a través de sus pestañas y hace un mohín.

—O podrías quedarte con nosotras...

El pequeño gimoteo de Janey no llega a oídos de Leonard. Tras haber agradecido a Charmian su ayuda, le pregunta a George cómo se llega a la casa de Nikos Ghikas, para donde tiene una invitación, la única que ha recibido en Hidra. Patrick va a buscar un burro, y George recorre los primeros pasos con él a lo largo del ágora, de camino a las colinas por encima de Kamini. Leonard camina junto al burro y hace unos desenvueltos pasos de baile para los que lo vemos marcharse, un hombre liberado de una pesada carga.

Charmian suelta un suspiro.

—Bueno, me alegro por él si de verdad consigue quedarse en la casa de Ghikas, que está claro que es lo que pretende —dice—. Cuarenta habitaciones. La casa más bonita de la isla, ¿a que sí, George?

George ha vuelto a la mesa y se está mordisqueando una uña, por lo que no responde.

—Yo solo he llegado hasta la puerta. —Jimmy sigue observando a la chica de los pantalones cortos rojos—. Fui a ver el sitio donde Henry Miller escribió *El coloso de Marusi* —explica, y me molesta que haya estado explorando sin mí.

—Ah, sí, muchos buenos autores —responde Charmian—. Larry Durrell, George Seferis, Paddy Leigh Fermor, Cyril Connolly... Ah, y muchos pintores han producido grandes obras ahí también. Nuestro buen amigo Sidney Nolan se quedó ahí hace un par de años y tuvimos un montón de reuniones memorables. El camino es bastante empinado, pero es de lo más romántico.

—Echa un vistazo hacia las colinas—. El terreno es más fértil en ese lado de la isla, la cebada es encantadora. George y yo solíamos ir allí a ver la puesta de sol antes de que empezara a costarle más respirar.

Patrick se tira de la barba con una expresión deprimida.

—Bueno, el señor Ghikas ha sido un poco menos generoso con los tipos ingleses aristocráticos últimamente. Nuestro amigo canadiense debe tener muy buenas conexiones —dice.

George se toma un respiro de mordisquearse las uñas.

—Joder, nos invaden los pseudoescritores.

—Sí, bueno, eso nos incluye a nosotros, cariño. —Charmian hace un gesto de darle con un látigo—. Venga, George, de vuelta al taller.

—Sobre la musaca... —le digo, poniéndole la mano en el brazo.

—Quizá Jimmy debería aprender a cocinar también —responde Charmian, pero Jimmy está observando algo con el ceño fruncido. Le seguimos la mirada por el paseo marítimo en dirección a la silueta cada vez más alejada de la chica de los pantalones cortos rojos conforme se acerca a Axel Jensen, quien camina despacio por la calle hacia la playa Mandraki.

Axel toma a la chica del brazo, y ella se aparta de él, se da la vuelta y lo empuja. Lo mismo sucede una y otra vez. Para cuando doblan la esquina, él ha conseguido mellar su resistencia y tiene la mano metida en el bolsillo trasero de sus pantalones cortos. Charmian pone los ojos en blanco en dirección a los demás.

—Axel está obsesionado con esa chica. Y no parece tener ganas de ocultarlo siquiera.

Nancy se ha llevado las manos al pecho.

—Pobre Marianne, no sé qué va a pasar cuando vuelva con el bebé.

CAPÍTULO SEIS

Estoy segura de que Charmian sabe que la admiro, pero, aun así, siempre parece alegrarse de verme. La ayudo con sus hijos y les doy un buen ejemplo al recoger mis platos o poner la mesa y al animar al pequeño Booli a aprender unas cuantas palabras en inglés. George está menos malhumorado ahora que se ha acostumbrado a mi cara; de hecho, parece gustarle tener a alguien nuevo que esté dispuesto a escuchar sus historias. He acabado sintiéndome tan atraída por él como por Charmian y de vez en cuando actúo más animada a su alrededor por mi desesperación por caerle bien. Sus arrebatos a veces me asustan, y otras veces me hacen reír.

Está trabajando en el piso de arriba; Charmian dice que ha tomado carrerilla. Ella ladea la cabeza hacia el traqueteo y el tintineo de su máquina de escribir y me dedica un pulgar hacia arriba cuando dejo mi cesta. Sigo un poco encandilada y atontada tras mi siesta con Jimmy, y me tiemblan las piernas por culpa de nuestros esfuerzos. Lo he dejado dormido y desnudo, enredado en los trapos que tenemos como sábanas.

Charmian recoge el paquete grasiento que contiene la impensable punta del pescuezo de un cordero que escogió para mí en la carnicería, lo desenvuelve, lo corta a trozos a toda velocidad y me enseña a picarlo con una máquina que está sujeta a la encimera.

Giro la manivela roja de madera mientras ella nos sirve un vaso de *retsina* a las dos, por mucho que no pasen de las 04 p.m.

—Qué bien, me alegro de que estemos solas —dice, apoyada en la puerta del jardín con su bebida—. Estas últimas noches me han asediado los pensamientos sobre tu encantadora madre. Cuando las cosas no iban bien entre George y yo en Londres, Connie siempre fue muy amable..., y he estado pensando en esa amistad, en que ya no esté con nosotros y en que tú hayas venido aquí. Sé que quería lo mejor para ti. Hay cosas que debería decir... —Me obligo a seguir girando la manivela cuando ella hace una pausa para juguetear con su pelo, lo retuerce y se lo vuelve a atar con el cordón del zapato—. Debo decir que, según lo que he observado, ese hermano tuyo no está cuidando muy bien de ti. Dime que nadie me ha dado vela en este entierro, si quieres...

Venga, pienso. *Todo esto da igual, háblame de Joel.*

Saca un cigarrillo de la cajetilla y se entretiene con las cerillas. Los gusanos de carne rosa se retuercen hacia el cuenco.

Da una larga calada y apaga la cerilla de un soplido.

—¿Y qué pasa con tu Jimmy? ¿Por qué siempre te toca cocinar a ti?

—Jimmy trabaja mejor cuando los demás duermen. Necesitará más que pan con queso...

—Lo único que he visto hasta el momento es que tú corres de un lado para otro mientras los demás se aprovechan de ti —me interrumpe con un arrebato furioso—. ¿No tienes nada mejor que hacer con tu vida? Mira lo atada y constreñida que estaba tu madre. Dos hijos, además de tu padre, y aquel piso era más que un trabajo a tiempo completo. Y ya has visto cómo vivo yo aquí; tengo suerte si consigo escribir más de una página a la semana con todo lo que hay que limpiar antes de que se vuelva a ensuciar...

Max el perro se ha puesto de pie, menea la cola y rasca la puerta que conduce a la calle. El tono de Charmian se torna más urgente.

—Erica, escúchame bien. Lo que intento decir es que, si tienes algo que hacer, lo mejor es que te pongas con ello, porque no es suficiente que permitas a un tipo cualquiera que haga lo suyo y ya. No dejes que nadie te corte las alas justo cuando estás aprendiendo a volar.

Sin embargo, Max ya ha pasado a hacer piruetas, y Nancy viene hacia nosotras a toda velocidad como un festival de la cosecha personificado, con su vestido floral y las cestas de la compra desbordadas.

Charmian me agarra del brazo.

—¿Has visto a ese joven poeta canadiense de antes? Cuando me ha pedido si sabía de alguna habitación disponible, una simple y quizá con una cama, un escritorio y una silla, me he puesto celosa. Tan celosa que por un momento lo he odiado de verdad. He pensado en lo que podría conseguir yo en una mesa en aquella habitación blanca y diminuta con la única compañía de mi máquina de escribir.

—Imagina lo que podrías hacer si tuvieras una buena esposa en lugar de ese viejo tan dependiente que tienes por ahí —dice Nancy, entre jadeos para recobrar la respiración—. Espero que tengas imperdibles —continúa. Nancy está tan llena de noticias que se le han empezado a saltar las costuras del vestido—. Ay, querida Charm, tengo que hablar contigo. Los acabo de ver, a Axel y a esa chica. Alguien tiene que escribirle a Marianne para que no vuelva a este…

—Ese idiota de Axel. —Charmian indica a Nancy dónde encontrar el cesto con los utensilios de coser mientras Max se tumba bocarriba para suplicar que le hagan cosquillas. Entonces vuelve para acabar lo que me estaba contando—. Erica, piénsalo bien: ¿qué es lo que Connie querría para ti? —Me pone la mano en la mejilla y me hace mirarla—. Eres demasiado joven para estar correteando de un lado para otro.

Ese sentimiento me vuelve a sobrepasar; huelo su aroma, lo cálido que es, y tengo que contenerme por no caer rendida ante ella. Señalo con la barbilla hacia el grabado de Rembrandt.

—¿Quién es Joel?

Charmian se lleva la mano a la frente.

—No sé qué quieres que te diga, Erica. De verdad, no tengo ni idea. —Entonces cambia de tema—. Aunque, bueno, como amiga de Connie, sería irresponsable por mi parte no hablarte de métodos anticonceptivos. —Se me encienden las mejillas mientras, al otro lado de la sala, Nancy saca una langosta de su cesta antes de que Charmian recoja un cubo de hojalata y corra hasta el pozo.

Nancy la sigue, con la langosta bien sujeta delante de ella, haciendo chasquidos con sus pinzas como un juguete de cuerda.

—Axel dice que al bebé ya se le han pasado las anginas y que Marianne estará aquí a tiempo para su cumpleaños. Ay, esa pobre chica —sigue contando Nancy mientras meten la langosta en el cubo.

—¿Ya te han presentado a Axel Jensen, Erica? Sabes de quién te hablo, ¿verdad? El joven escritor noruego que vive por encima de los pozos.

—Sé quien es —respondo, encogiéndome de hombros. Si Charmian y Nancy quieren chismorrear, más me vale darme prisa con la musaca y volver con Jimmy.

—Axel puede ser de lo más encantador —dice Charmian—. Lo está haciendo bien…

—Sí, me ha dicho que van a adaptar su última novela a película —la interrumpe Nancy. Charmian asiente en su dirección y continúa.

—Es peligroso porque está lleno de ideas, lo que puede hacer que sea emocionante estar en su compañía. Pero durante todos estos años, cada vez que me he acercado a él, veo esas pequeñas cicatrices que tiene en el dorso de la mano, y estas me dicen más sobre él que cualquiera de las palabras elegantes que suelta por la boca. Tiene suerte de no haberse cortado los tendones. Jugando con un cuchillo así, en un bar, ya sabéis, clavándolo entre los dedos como hacen los hombretones. Estaba borracho y enfadado con la pobre Marianne y se clavó el cuchillo hasta llegar a la mesa. —Charmian se clava un cuchillo imaginario en la mano—. Parece que lo hizo más de una vez —concluye.

Nancy alza la mirada con un escalofrío mientras sigue arreglándose el vestido.

—Y eso de que se comprara un barco como regalo para sí mismo para celebrar el nacimiento de su hijo dice bastante sobre él también. Menudo sinvergüenza.

—No solo un barco, he oído que se compró un coche deportivo también. Magda está aquí para ayudar a montar el bar Lagoudera y ha recibido una carta de Marianne. Según parece, está nerviosa por conducir desde Noruega con un bebé tan pequeño. No tengo ni idea de por qué Axel no conduce su dichoso cochecito él mismo.

—Por conducir borracho por las calles de Oslo la noche en que nació el niño —explica Nancy—. Le han quitado el carné. Ay, esa pobre chica.

Nancy busca la jarra de *retsina*, le sirve otro vaso a Charmian y se acomoda con más firmeza en su silla.

—Había quedado con Christos para las langostas en el puerto de Mandraki, porque él siempre me consigue un buen precio. Pero bueno, he llegado antes de tiempo y me he dado una vuelta. Y allí estaban los dos…

—¿Quiénes? —Charmian alza la mirada del rallador de queso.

—Axel y la chica estadounidense; tienes que prestar más atención, Charm. Estaban pintando la línea de flotación y el nombre de su barco con pintura roja. Se llama *Ikarus*, por cierto.

—Qué predecible —suelta Charmian con un resoplido—. Continúa.

—Se podría decir que los he pescado con las manos en la masa. Él estaba pegado a ella por detrás mientras la chica intentaba pintar las letras. No sabía qué hacer; no podía dar media vuelta e irme porque había quedado con Christos. Axel tenía las manos metidas en la camiseta de la chica. Se ha girado y me ha saludado con la cabeza cuando lo he llamado, pero ha dejado las manos donde estaban, aunque la chica estaba avergonzada y trataba de apartarse de él. —Nancy empieza a abanicarse con una mano—. Me puse hecha una furia. «¿Qué estás haciendo, Axel?», le he gritado de verdad, aunque me ha salido sin querer.

—Ay, pobre Marianne.

Charmian me aclara la situación mientras la sustituyo para encargarme del queso.

—Marianne es la mujer de Axel, probablemente la mujer más dulce del mundo. Los dos vinieron aquí desde Noruega hará más de dos años ya. Son los únicos extranjeros, además de nosotros, que se han comprado una casa aquí; él tiene un montón de lectores en varios idiomas, aunque es un poco Kerouac para mi gusto...

Nancy interrumpe la crítica literaria de Charmian para apresurar la conversación.

—Marianne ha estado en Oslo para dar a luz a su bebé, aunque volverá a Hidra cualquier día de estos... Pero bueno, allí estaba, con su barco en las vigas y yo gritándole. La chica no se ha dado la vuelta y todavía tenía el pincel en la mano, pero yo he seguido insistiendo. Le he dicho: «Axel, ¿estás preparando el barco a tiempo para cuando tu mujer vuelva con tu hijo?». La chica se estaba retorciendo y le decía «deja de manosearme, Axel». Él no me ha hecho ni caso. Le he dicho algo más sobre Marianne y le he preguntado por la tos del bebé. Entonces le ha dado la vuelta a la chica por los hombros, y he visto que la parte delantera de su camiseta estaba manchada de pintura roja. Se ha escondido la cara con las manos cuando él me la ha presentado y me ha dicho: «Esta es Patricia, y estamos enamorados. ¿Qué es lo que sugieres, Nancy?».

Charmian menea la cabeza.

—No creo que en la isla quepa más drama ya —dice.

Después de Nancy llega la joven viuda Zoe, con Booli pisándole los talones. A Zoe le dan cebollas para picar y una vieja gallina para destripar mientras el niño sigue a Charmian al jardín para recoger ciertas hierbas. Zoe y yo solo conseguimos intercambiar unas cuantas palabras, aunque nos sonreímos bastante. Ella sabe tanto inglés como yo griego.

—*Kartopoulo* —grita Booli, lamiéndose los labios al ver lo que hay para cenar.

—Pollo —lo corrijo, agachándome para agarrar el puñado de orégano que me ofrece—. Gracias; buen chico, Boo. —Entonces consigo que repita «pollo» mientras Charmian lleva su cuchillo más afilado a los orbes brillantes que son mis berenjenas, de un color dorado muy pálido bajo sus pieles como de realeza.

Martin vuelve a tropezones de la escuela con un saltamontes muerto en el bolsillo. Las piernas de Martin son demasiado largas para sus pantalones cortos y tiene unas articulaciones prominentes que hacen que él mismo parezca un insecto. Esconde sus ojos astutos tras una fregona de cabello veteado y solo se detiene en la cocina el tiempo suficiente para dejar sus libros y arrancar un trozo de pan de la hogaza. Comparte los hábitos de su padre de repentinos estallidos de conversación y silencios reflexivos.

Mientras Charmian prepara la salsa de la carne, me cuenta la historia de Costas, quien se ahogó en el litoral de Bengasi mientras pescaba esponjas. Al oír el nombre de su marido, Zoe cruza las manos sobre la pechera del delantal.

—Arg, tuvieron que cortar su cuerda porque no conseguían sacarlo del barro. No era mucho mayor que tu hermano. Y otros dos miembros de la tripulación se quedaron medio inválidos por la enfermedad del buzo en esa misma temporada; el capitán no va a volver a zarpar nunca…

—¡Joder, joder, joder! —George baja por la escalera a toda prisa y se arremanga hasta el codo—. Joder, se me ha pasado la inyección, ¿por qué no me lo has recordado, Charm? —Toma la cajetilla de ella de la mesa mientras Charmian coloca una olla de agua para hervir en un hornillo portátil y sigue hablándome a mí.

—La pesca de esponjas fue la industria principal de este lugar, un negocio bastante duro, pero ya cada vez se hace menos.

George se rasca los brazos. Charmian va a buscar una jeringuilla de cristal de un bote, le coloca una aguja y la mete en el agua. Él se enciende un cigarrillo.

—No se puede escapar de las esponjas. Es la muerte de todo —dice él, entornando los ojos en mi dirección a través del humo—. Se huele aquí en la calle, porque viene de la fábrica. No hay lejía que sea capaz de quitar ese olor, e imagino que ya habrás visto cuántos hombres minusválidos tenemos por aquí.

Charmian le aferra el brazo y tuerce el gesto.

—Ay, George, pareces un pimentero. Creo que esta te la debería poner en el culo. —No sé a dónde mirar, pero estoy segura de que no debería estar aquí. ¿Acaso George es adicto a algo?

Booli y el perro están correteando por el lugar con una cometa de papel que Charmian le ha hecho con un hilo y una bolsa de papel.

—Joder, esto parece un circo —se queja George, y Zoe da una palmada para que Boo salga a jugar a la calle.

—Y aquí está nuestra encantadora Zoe, viuda a sus veintidós años, sin hijos y sin demasiadas esperanzas por encontrar otro marido, con todos los hombres en alta mar. Un marinero que manda dinero a casa es como la mayoría de estas familias sobreviven ahora —me cuenta George—. Los jóvenes de hoy en día que venís por el sol no tenéis ni idea de lo mal que lo pasan las personas que viven aquí. Ese esfuerzo diario de encontrar algo que comer y cargar con el agua no es un estilo de vida que hayan adoptado por decisión propia —continúa, quitándole el vaso a Charmian para bebérselo de un trago.

—Déjalo ya, George —dice ella, sacando la aguja hipodérmica de la olla maltrecha con unas pinzas—. Deja a la pobre chica.

Sin embargo, él sigue con ello, así que es todo un alivio para mí que Martin entre en la cocina dando saltitos.

—Eh, ¿qué tal, profesor? —le pregunta George.

—¿Puedes dejar de llamarlo así? —sisea Charmian mientras Martin nos pide a todos que vayamos a su habitación a ver el ojo del saltamontes bajo el microscopio.

Charmian saca una pequeña botella del congelador.

—Cuando acabe con la inyección de papá —dice, llenando la jeringa.

Mientras tanto, George sigue gritándome.

—¡Yo sí que les doy las gracias a los yates y a los que graban películas! Ya lo verás si te quedas: todo el verano es un infierno. Pero menos mal que han empezado a venir turistas, porque la isla va a tener que encontrar alguna otra cosa que hacer ahora que las esponjas sintéticas se están quedando con toda la industria... —Se desata el cinturón—. ¡Así que un hurra por Sophia Loren! —grita y se baja los pantalones, y yo suelto un gritito.

—¡Ay, chispas, Erica! Debes estar preguntándote qué diablos pasa. —Sospecho que Charmian disfruta de mi confusión—. Es estreptomicina para su tuberculosis. —Me muestra la jeringa—. Me he vuelto toda una experta con esto desde que volvió del hospital en Atenas.

George se inclina hacia delante con las manos sobre la mesa. Los faldones de su camisa, por suerte, son lo suficientemente largos como para que me ahorren el sonrojarme. Tiene las piernas larguiruchas como las de un niño pequeño; exactamente como las de Martin, de hecho.

—Sí, es mejor aquí que en Atenas —gruñe mientras Charmian se acerca a él—. Tengo que quedarme en la isla para vigilar de cerca a mi mujer.

Ella alza las cejas y pone una expresión malvada con un deje sexy mientras le da golpecitos a la jeringa.

—Es posible que te duela un poco, cariño.

Martin pone los ojos en blanco en mi dirección cuando ella vuelve a relatar la historia de Nancy sobre Axel y la chica estadounidense.

—Ven —me dice, tirándome de la camisa—. Tiene ojos compuestos.

Para cuando regreso a casa, el día está dejando paso a la noche. El mar negro está garabateado por las luces de los mástiles, plateado por las estrellas y con rayas rojas y verdes de los faros del puerto. Una brillante luna gibosa se alza de entre las montañas, y las cigarras entonan sus canciones de amor entre los árboles. La subida hasta la calle Voulgaris desde el puerto ya no me deja sin aliento, y la musaca sigue caliente tras haber salido del horno de Charmian cuando llego a casa.

Nadie ha encendido las lámparas de queroseno, a pesar de que oigo voces y personas moverse en el piso de arriba. Coloco el plato con fuerza en la mesa, los llamo y enciendo una lámpara. La sala está tal cual la he dejado. Las flores que Jimmy y yo hemos recogido en la montaña arrojan sombras por doquier: margaritas y amapolas amarillas en un florero de cristal verde. La mesa está dispuesta con platos de cerámica y medio anillo de pan en una tabla, un plato con aceite, dos jarras de Kokineli y nuestras tazas de cobre lavadas y listas para recibirlo.

Jimmy se me acerca por detrás con sigilo mientras lleno una jarra con agua del pozo. No lleva camiseta, su pecho es suave y huele a cama. Las frenéticas idas y venidas en la casa de Charmian pasan a segundo plano cuando, al quedarse con mi lámpara, me conduce de vuelta a las sábanas que siguen calientes.

CAPÍTULO SIETE

El problema de qué hacer con Marianne resuena entre la comunidad extranjera durante días. Cada vez que alguien ve a Axel y a Patricia juntos, lleva su historia a donde Katsikas para que todo el mundo la comente. Varios amigos van allí, vierten su preocupación en el contenido de los vasos de Charmian y acompañan sus corazonadas con *ouzo*. Nancy quiere escribirle a Oslo, mientras que Charmian prefiere quedarse al margen.

El poeta canadiense está en el piso de arriba, en la terraza, tecleando en su Olivetti verde.

—La criada es muy leal a la primera señora Ghikas, así que el hecho de que Leonard soltara el nombre de la nueva mujer de Nikos cuando se presentó fue un tanto desafortunado, por decirlo así. —A Charmian cada vez le interesa más el escándalo más reciente de la isla, el cual involucra al hospedaje del nuevo poeta—. Barbara Rothschild deberá andarse con cuidado con la señora Danvers cuando se case con él.

La noticia de que habían rechazado a Leonard en la enorme casa del gran pintor había rebotado por toda la isla, y George le está escribiendo una carta a Nikos Ghikas. Al joven le habían cerrado la puerta en la cara, aunque lo más maleducado había sido lo que le había dicho la criada: «No queremos a ningún judío más por aquí». ¿Acaso la isla albergaba a algún nazi? George no deja de maldecir, por lo que solo una pequeña parte de su monólogo acaba plasmado en el papel.

Para cuando me encuentro con él, Leonard está acomodado sobre su máquina de escribir, con la camisa arremangada y un cigarrillo griego encendido entre los dedos.

Me han hecho subir a la terraza para ofrecerle sandía. Él se ha colocado de cara al mar y deja de teclear cuando me oye llegar, por lo que le veo la silueta en contraste con el reluciente cielo azul.

Sigue teniendo la espalda y los hombros encorvados de cuando había estado escribiendo.

—Lo siento, no quería interrumpirte —le digo. Me siento incómoda al estar a solas con él. Se ha quitado las gafas de sol, y me da la sensación de que me mira como si el cuenco con fruta cortada sugiriera algo más. Soy lo suficientemente joven como para que este tipo de consideración de un hombre mayor con barba y brazos peludos me dé muchísima vergüenza; desde luego sé que me he puesto tan roja como la sandía que le ofrezco. Como no sé muy bien qué decir, le digo que me sorprendió enterarme de lo que le había ocurrido en casa de Ghikas. El sol le ilumina sus ojos verdes y hace que parezcan del mismo color caqui de su camisa.

—Bueno, ¿sabes que eché una maldición sobre el lugar? —Y, a pesar de que se ríe al decirlo, su rostro parece un poco sombrío.

Tiene todo lo que necesita: un canapé, una silla, su máquina de escribir y un escritorio con vistas al puerto. El sol brilla con la fuerza suficiente como para hacerlo entornar los ojos al aceptar el cuenco con sandía y colocarlo sobre un muro bajo, al alcance de su trabajo.

Unos tiestos con geranios de hojas perfumadas y albahaca endulzan el ambiente. Las esquinas de las páginas ya escritas revolotean ante la brisa, y un aro de cuentas de *komboloi* ámbar y una granada de cerámica impiden que salgan volando. Lleva las manos a sus gafas de sol y me dedica un saludo antes de volver a su máquina de escribir. Parece estar escribiendo un montón de páginas, desde luego más que Charmian o George.

Los días son cada vez más largos, y el sol, más cálido; tanto que Janey se quema al tomar el sol en la terraza. Como Dios la trajo al mundo, por supuesto. Ahora tiene todo el cuerpo rosa como el helado de fresa y es un fantasma de calamina que no deja de lloriquear. Compro varios botes de crema solar de la farmacia y me quedo indefensa bajo las manos de Jimmy mientras me la frota. Él ya está lo suficientemente moreno como para pasar al aceite de oliva. Disponemos algunos colchones de espuma y cojines más allá de las mesas de pintura y los caballetes, donde nuestra terraza se junta con la roca roja y dorada. Unas cuantas ramas de olivo desordenadas cuelgan con nuestra ropa; el tomillo en flor y la leche de gallina crecen entre las fisuras de la colina. Jimmy dibuja las rocas y las raíces y llena varias páginas de su cuaderno de dibujo. Una brisa de lo más coqueta aviva el olor a pícea y el hedor de los excrementos de burro, además del perfume de las flores. Estoy tumbada, apoyada sobre los codos, mientras el sol me calienta la espalda y Henry Miller hace que me empiecen a pesar los párpados. Jimmy estira una mano por encima de mí para beber algo de vino. La montaña reluce. Las amapolas se enrojecen. Quiero rodearlo con todo mi ser, como una especie de planta carnívora a la que ha rozado con los dedos.

Jimmy y yo formamos un buen equipo al principio. Acabamos todas nuestras tareas antes de la hora de la comida, por lo que la mayoría de los días son como este, relajados y libres como el agua que mece los barcos con suavidad bajo nuestro nido de la colina. Ya hemos subido y bajado los peldaños tres veces al ir al barco de verduras y al mercado, a la panadería y a la carnicería. Nos hemos ganado nuestra siesta.

Soy la primera en levantarme cada mañana, con las campanas que marcan el inicio del Ortro. También suelo ser la primera en quedarme dormida por la noche, porque Jimmy, mi hermano y las chicas se quedan hasta tarde bebiendo y jugando a póker en la terraza con Trudy y los demás estudiantes estadounidenses. El tutor de la escuela de arte es, según dicen, una gorgona, por lo que suelen quedarse fuera por no haber llegado antes del toque de queda y tienen que dormir aquí.

No hay electricidad con la que mantener una nevera encendida. Por tanto, día sí y día no salgo por la mañana a buscar nuestro bloque de hielo al pie de los peldaños, donde Spiros y sus mulas lo han dejado. Los demás siguen durmiendo pasadas las campanas, rodeados del ruido de los burros y los martilleos de los obreros. Si fuera por ellos, nuestro bloque de hielo sería un charco de agua, así que menos mal que madrugo como una alondra.

Echo un vistazo por encima del golfo en dirección a las montañas de Trecén. La belleza se alza para saludarme. El mar aguarda, a la espera; el puerto promete drama, y las rocas resuenan con las campanas de las muchas iglesias de la isla. Me coloco en la parte más alta de los peldaños y admiro todo el paisaje. Las colinas parecen arder con sus flores amarillas, las cimas de las montañas están coloreadas de un tono rosa dorado, cada muro blanco reluce con un aspecto cristalino por el cuarzo. Unas vides llenas de hojas envuelven el túnel blanco de los peldaños. Una puerta arqueada está decorada por albaricoques maduros, y varias flores salvajes brotan en las rendijas de cada muro medio derribado y de cada ruina. Una mujer sacude una alfombra desde una puerta, y hasta el polvo que desprende brilla.

Empujo el bloque de hielo en el carro hasta la casa, y solo me detengo para dejar pasar a una tintineante fila de burros y para hablar con varios gatos que holgazanean bajo rayos de luz que ya me resultan familiares a lo largo de las serpenteantes escaleras. Mi gata negra favorita ha escondido a su camada bajo varios arbustos de romero en la terraza en ruinas de la casa derruida que hay debajo de la nuestra. Hago las ramas a un lado y le hablo mientras sus gatitos beben de ella y sus ojos brillan como piedras preciosas.

Las primeras horas de la mañana me pertenecen, y estoy bien contenta de que así sea. Una vez que vuelvo a casa, revoloteo por el lugar con mi chaleco y mis pantalones cortos, echo el agua del congelador a un cubo para fregar el suelo después y coloco el nuevo bloque de hielo en su lugar. Hiervo agua para el café en el hornillo y canturreo para mí misma mientras recojo los restos de la cena de anoche y observo nuestros sistemas para conservar agua.

Como he dicho, Hidra está seca, salvo por un puñado de pozos, aunque no resulta difícil limpiar una cocina entera con un solo cuenco de agua siempre que se haga en el orden correcto, desde donde hay más grasa, lo cual conlleva un cierto grado de satisfacción para mí. Empiezo por el cristal de las lámparas y las hago brillar con un limón envuelto en un paño mojado tal como Charmian me enseñó, y, mientras lo hago, recorto las mechas. Hoy le toca cocinar a Jimmy, por lo que rebusco entre algunas judías secas y las dejo en remojo. Podremos comer verduras frescas si vamos al mercado a tiempo, y es probable que a todos nos vaya bien comer un poco de carne de algún tipo.

La gata negra que ha tenido gatitos se pasa por la puerta para que le dé sobras. Nos sirvo a las dos una cremosa lata de leche evaporada, la mía en mi primer café del día, la suya en un platito, y me apoyo contra el marco de la puerta para bebérmelo. A lo largo de la cresta veo que Fotis el pastor se acerca con su burro, el cual carga con latas de leche que relucen en el sol conforme las pequeñas pezuñas del animal escogen un cuidadoso camino a través de la montaña. Se trata de un burro de aspecto alegre, con las riendas decoradas con cuentas azules y una borla que cuelga de un amuleto contra el mal de ojo en su frente. Fotis camina detrás de él, con el saco y la pala de siempre preparados, solo que esta mañana su chaleco no tiene ningún parche y lleva un ramo de jacintos de montaña en el agujero del botón. Es un día festivo de algún tipo; eso es lo que todas las campanas de la isla me han estado intentando decir. Varios gatos se acercan a una distancia perfectamente medida de Fotis para no llevarse ninguna patada mientras el pastor me sirve leche en la jarra. Lleva botes de terracota llenos de yogur de oveja en una de sus alforjas, por lo que me alegro todavía más de haberlo asaltado por el camino antes de que llegara al mercado.

La piel del yogur cede un poco bajo el borde de mi cuchara, espeso y delicioso con una cucharada de miel de las abejas de Mikhailis Christopoulus, toda una colmena que tenemos en un gran tarro en el alféizar de la ventana y que reluce con la luz ámbar de la aprobación de un hombre del lugar.

El día de Jimmy comienza más tarde que el mío, aunque no por ello resulta menos pintoresco. Sale de nuestra habitación estirándose, entre bostezos. Solo lleva una pequeña toalla amarilla atada en la cadera, y, como sabe que lo estoy mirando, hace unas cuantas poses de Míster Universo al agacharse para usar la manivela de la bomba. Nos demanda una media hora sacar el agua del día de la cisterna y llevarla hasta el tanque con un golpeteo satisfactorio y un sonido húmedo. Los brazos de Jimmy se mueven como pistones, y sus omóplatos sobresalen con orgullo de la curva delgada que es su espalda. Es esta armonía de proporciones lo que le otorga la agilidad y los movimientos de un acróbata, además de una fuerza sorprendente. Se detiene por un momento para echarse el pelo hacia atrás, y una gota de sudor le cae sobre la lengua. Antes de doblarse una vez más para seguir con el bombeo, se quita un momento la toalla en mi dirección.

Poco después, el olor a fritura invade la cocina. Una docena de huevos salpican en una sartén de hierro que Bobby inclina sobre el carbón. Por el momento, todos nos hemos rendido con el horno de queroseno que se llevó las pestañas de Edie. Janey suelta un gritito desde el baño: alguien ha vuelto a atascarlo. Edie da vueltas por el lugar con una de las camisas a rayas de Bobby mientras prepara una jarra de té de tisana con hojas de la montaña. Todos hablan de la partida de póker de anoche, sobre los chicos estadounidenses que o bien tienen muchísima suerte o hacen trampa, y se llevan las manos a la cabeza al tiempo que maldicen la *mastika* que devoraron mientras yo dormía.

Edie es tan delgada que es probable que cupieran tres como ella en la camisa de Bobby. De hecho, todos parecemos canijos a su lado. A veces pienso que Bobby es de una especie distinta. En Hidra, sus grandes hombros nos traen agua potable de los pozos, por lo que engulle un buen desayuno para tener energías para la subida. Creo que no me equivoco al decir que podría comerse los doce huevos él solo.

Trudy ha pasado la noche aquí. Está asomada por la ventana y parpadea mientras admira el día. Su cabello está todo formado por filamentos de cobre, y su rostro, moteado con pecas. Lleva la misma camisa azul claro y los pantalones que tenía puestos al llegar a la isla. Ya se ha dado por vencida con la idea de volver a reunirse con su equipaje.

—No os olvidéis de mi fiesta —nos recuerda—. No dejaremos entrar a nadie que no se moleste en tomarse en serio el código de vestimenta. —Trudy se ha quedado sin posesiones para siempre. No tiene bañador, libros ni calzado apropiado para escalar por la montaña. Y, según nos dice ahora, no tiene ningún vestido de Dior de su abuela de Boston que llevar hoy que cumple los veintiuno, que es lo que quería hacer. Por tanto, ha decidido que todos debemos buscar algo que ponernos para la fiesta a partir de objetos que se pueden encontrar en la isla.

Edie se abraza a sí misma a través de la camiseta de Bobby, cuando se le ocurre alguna especie de diseño interesante.

—Venga —dice Janey, con las manos en las caderas—. Cuéntanos. —Como Edie y Janey estudiaron diseño de vestuario en Londres, tienen ventaja.

—Oye, guapa —dice Edie—. Vamos a hacerle a Trudy un vestido de cumpleaños de ensueño. —Y, cuando Janey accede, Trudy da un saltito y las abraza a las dos.

Bobby gruñe que va a comprar algo de Tzimmy, el pescador de esponjas minusválido que vende ropa de hombres muertos en el puente. Janey pone una mueca de desagrado. La idea de Jimmy me parece la mejor de todas:

—Podemos pintar sacos —dice, mientras Trudy ve un atisbo de azul claro a través de la ventana y la sonrisa se le borra del rostro.

—¿Cómo carajos sabe que estoy aquí?

Jean-Claude Maurice está en la puerta abierta, vestido con una camisa azul cobalto sin abrochar.

—No tiene sentido que prepare una clase en Tombazi si no vienes —le dice a Trudy con un mohín malhumorado. Juguetea con su pendiente mientras espera. Su bronceado parece profundo, como un viejo bolso demasiado pulido. Y él sí que es viejo, por lo menos tiene treinta y cinco años. Me da un escalofrío cuando veo que le da la mano a Trudy y la lleva por atrás, con un aspecto de lo más similar a un sátiro, con su cabello dorado y sus piernas larguiruchas y bronceadas.

Tenemos pan recién horneado de la panadería, dos hogazas redondeadas con sésamo por encima. Bobby saca los fritos de la sartén y arrancamos trozos de pan para mojar en los huevos y los tomates. Trudy y Jean-Claude están enmarcados en la ventana conforme avanzan por la colina hacia la escuela de arte, con los diminutos pantalones cortos y la carcajada explosiva de él y el cabello veneciano y ardiente de ella.

—Así que el pervertido del pintor francés ha encontrado a nuestra doncella tizianesca —dice Bobby—. Claro que quiere pintarla desnuda.

—Sí, y conociendo a Jean-Claude, ella acabará sucumbiendo… —dejé caer, y, cuando veo que él me dedica una mirada extrañada, le recuerdo el libro de Charmian—. Eso demuestra lo buena escritora que es. Es como si lo hubiera enganchado a él en la página, ¿no crees?

Bobby todavía no tiene ni idea de lo que estoy diciendo. Jimmy se ha subido al recoveco de la ventana con un libro de Mervyn Peake bastante desgastado que ha ido pasando de mano en mano. Alza la mirada mientras Bobby casca los tres huevos que quedan para echarlos a la sartén.

—Es bastante obvio que Jean-Claude es el modelo para haber escrito a Jacques en el libro —dice Jimmy—. Ya sabes, el existencialista francés que llega a la isla y seduce a todo el mundo…

Bobby se aparta de un salto de una gota de aceite hirviendo que se escapa de la sartén.

—No me he leído su libro —suelta, y Jimmy y yo intercambiamos una mirada de sorpresa.

—Qué poco cotilla por tu parte —digo.

—No a todos nos fascina tanto como a ti esa vecina tan cansada y vieja que tenemos. —Bobby habla en dirección a la sartén, y parece estar de lo más furioso con ella—. No sé cómo puedes soportar compartir tanto tiempo con esos viejales que se pasan el día quejándose el uno del otro, tan borrachos que ni siquiera pueden volver a casa por su propio pie. —La fuerte mandíbula de Bobby está tensa por razones que no puedo ni imaginarme, y se está sonrojando. Clava la espátula en los huevos y rompe una yema. Jimmy se refugia en *Gormenghast*.

—Se llama «agradecimiento». Si no fuera por «esa vecina tan cansada y vieja», ahora no estaríamos aquí —respondo—. Además, me caen bien. Me gusta estar rodeada de una familia como Dios manda y… —Me doy cuenta de que no puedo seguir. La palabra *familia* ha sido demasiado para mí, y la sala ha empezado a darme vueltas. Me acerco a la puerta y me sumerjo en el dulce calor del sol. Paso la mirada sobre los pinos y las terrazas en ruinas para dirigirla a las montañas de bronce y al cielo. Ya no quiero llorar más.

Esta es una isla que te sostiene firme en su regazo, con sus montañas tan sólidas como unos hombros. Me acurruco y me cobijo en ella mientras, detrás de mí, Bobby sigue con sus quejas. Más abajo de la escuela veo la esquina de la terraza de Charmian y George, con su bandera de Hidra.

—Es que no entiendo qué puedes ver en ellos. El tal George, tecleando como si se creyera Hemingway. Además, ¿qué carajos es el Kuomintang? Y esos mocosos sabelotodo…

No tengo ganas de oír lo que tiene que decir, así que me doy media vuelta para hacérselo saber.

—Y también quiero averiguar qué es lo que sabe Charmian. Bobby, ¿de verdad no te interesa para nada nuestra madre?

—Ay, Erica, ¡para ya! —Sacude la espátula en mi dirección—. Importunas a esa mujer como un mosquito con todas las preguntas que le haces. Ya me he dado cuenta de que la molestas cada vez que habláis. ¿Qué más da que nuestra madre tuviera un admirador secreto? Quizá fue una ramera de clase alta y ni nos dimos cuenta. Pero permíteme que te lo deje bien claro: me da igual. Ya me he cansado de repetirte que la familia es una idea horrible. Todos estaríamos mejor sin ella.

Jimmy deja su libro, salta entre nosotros y le da un tirón a Bobby en el brazo.

—Venga ya, burro renegón. Ve a por tu carga y, cuando vuelvas con el agua, los dos podríamos intentar esa escalada hasta el Episkopi —dice, dándole una palmadita en la espalda.

Echo una carrera con Edie y Janey por las escaleras mientras nos sujetamos los sombreros de paja que llevamos y las bolsas de playa se bambolean contra nuestras caderas. Aunque esa Trudy ha hecho una montaña con el asunto de su equipaje perdido, la realidad es que todas llevamos bastante poca ropa. El vestido de Edie es un trocito de algodón blanco desgastado y raído en la parte frontal, de modo que parece que se le va a caer de los hombros en cualquier momento.

Pasamos por delante de ancianas sentadas en la entrada de su casa.

—*Yia sou, kyria* Katerina; *yia sou, kyria* Maria —las saludamos.

—*Sss, sss* —responden, sin alzar la mirada siquiera de lo que están tejiendo. La luz reluce a través del vestido de Edie. Baja las escaleras a saltitos, y los pescadores que vienen en dirección contraria podrán ver que esta desnuda debajo de él.

Ella y Janey se alejan de mí en el reloj para ir al matadero en su misión para buscar materiales para su elegante vestido, lo cual me deja sola preguntando por sacos a los marineros; una tarea bastante complicada si no se conocen las palabras en griego.

—*Efcharistó, Niko!* —Nikos Katsikas me lleva a ver a su hermano Andonis en la trastienda, donde hay una pila de viejos sacos de cereales que me puede dejar. Charmian está en su mesa de siempre y me saluda con una mano que ya está ocupada con su vaso y un cigarrillo. Leonard alza su sombrero. Está sentado tan cerca de Charmian que, en ocasiones, el amplio borde del sombrero de paja de ella le arroja una sombra al rostro del poeta. Las mesas están todas llenas de extranjeros ya, cada día hay más y más de ellos, formados por los viajeros ocasionales que llegan desde Atenas, pero también por personas como nosotros que pueden vivir durante un año al sol con lo que solo nos valdría para un mes en un estudio cutre en nuestro país.

Hay un nuevo hombre en el grupito de George y Charmian, de aspecto escandinavo, con ojos serios y una sonrisa de labios suaves.

—Este es Göran Tunström —me lo presenta Charmian, haciendo un ademán con la mano hacia el hombre en cuestión. Parece el nacimiento de un río en el que los demás flotan a la deriva a merced de la corriente de ella, aunque sigue teniendo un aspecto tan erguido y majestuoso que casi le dedico una reverencia. Göran y Leonard intercambian libros con su nombre escrito en las sobrecubiertas, y cada uno de ellos trata de ser más humilde que el otro hasta que Charmian da una palmada con la mano para que paren. Leonard dice:

—Cada vez que un hombre me dice que escribe poesía, noto cierto apego por él. Ya sabes, comprendo la locura.

Me sumaría a su grupo, pero las palabras de Bobby siguen resonando en mi cabeza. ¿De verdad no soy nada más que un mosquito molesto?

CAPÍTULO OCHO

Mañana es Primero de Mayo, y Axel Jensen va a navegar con *Ikarus* al puerto con Marianne y su bebé. Leonard estará bebiendo café con George y Charmian en su mesa. El pequeño velero se abrirá paso entre los botes amplios, y Marianne se agachará para ajustar un mantón blanco y proteger al bebé del sol. Todo el mundo lo estará mirando, pero tal vez nadie con más atención que Leonard.

—Qué Santa Trinidad más bonita —dirá. Entonces Charmian arqueará las cejas en dirección a George y soltará:

—Oremos.

Esta noche, el escenario está dispuesto para un drama más ancestral, con raíces en la tradición griega. Las niñas y las mujeres jóvenes del pueblo se han pasado todo el día recogiendo flores de las colinas. Caminan por delante de nosotros en pareja, con faldas negras, cestas que mecen de un lado para otro y zapatos que resuenan contra los adoquines. Las mujeres jóvenes tienen los brazos cubiertos, mientras que las niñas llevan una bata negra con botones y pañuelos atados alrededor de su rostro oscuro, con sus bonitas blusas dispuestas de forma modesta, por lo que contrastan con nuestra vestimenta informal que muestra piel quemada y pelo salado por el mar.

Esta noche ha nacido de una de esas puestas de sol murmurantes, con nuestros cuerpos derretidos conforme el mar y el cielo se teñían de color miel. Hemos pasado toda la tarde dándonos chapuzones, buceando y secándonos en el sol. La noche perfumada por el jazmín resulta tan somnolienta como una nana.

Rodeamos un par de mesas fuera del supermercado de Katsikas. Edie y Janey visten unos *sarongs* con motivos indios atados con un nudo en el hombro, y los chicos llevan camisas sin abrochar. Yo llevo pantalones cortos, mi bañador a cuadros y una coleta apelmazada por la sal. Todos vamos descalzos. Ni siquiera nos acordamos de a quién le toca cocinar, pero todos estamos aquí, reunidos en las mesas, y hoy todo un banco de salmonetes ha acabado en la parrilla de carbón de Sofía en la trastienda.

Hay un par de músicos que tocan el *buzuki* sentados bajo los barriles de vino y ya se están acomodando. Unos jóvenes pescadores llevan camisas blancas y limpias.

—Más tarde se pondrán a bailar —me explica Charmian, con los ojos brillantes—. Atenta a Panayotis, tiene la gracilidad de Nijinsky en cuanto se pone a beber grog —añade, señalando a uno de los pescadores antes de saludar con la mano a Ntoylis Skordaras, quien está sentado en la ventana con un acordeón doblado a sus pies. Mañana es fiesta, y las mujeres del lugar esperan en sus respectivas casas, como de costumbre. Solo los hombres del pueblo tendrán resaca por la mañana.

Todos estamos tan hambrientos como niños de parvulario después de una buena siesta. Ya comemos calamares y pulpos como si nos hubiéramos criado con esos platos, dejamos las raspas de pescado sin carne y usamos pan para limpiar los platos.

La *kyria* Anastasia, de la panadería, pasa corriendo por allí con sus hijas gemelas. Charmian se levanta de un salto y me pide que la siga. Las chicas se quedan mirando mis piernas desnudas y saladas. La *kyria* Anastasia dice algo en griego mientras le muestra a Charmian ramos de hierbas florales y ramas que han reunido. Una de las niñas le da con cierta timidez unas cuantas flores azules de la montaña a Charmian, y la otra, unos tallos de avena de color verde pálido.

—Deberías hacer lo posible por caerle bien a la *kyria* Anastasia —me dice Charmian en el camino de vuelta a las mesas—. Le he dicho que eres mi ahijada. Es toda una bendición si consigues que metan tu cena en el horno de la panadería. Un poquito de carne, aunque sea de una gallina vieja y fibrosa, y unas cuantas verduras pueden convertirse en un plato espléndido si se hace a fuego lento, con un poco de especias y un chorro de vino. Llévalo ahí cualquier mañana, con tu nombre en la lata, y pídeselo bien. —El nudo que se me hace en la garganta es casi insoportable—. Es lo mejor: sencillo y está buenísimo —concluye, y yo tengo que tragar en seco antes de poder darle las gracias.

George saca una silla. Ella coloca las flores en la jarra de agua, aunque lo hace con una expresión tan triste que bien podría estar colocando una ofrenda en una tumba.

—Son para celebrar la victoria del verano sobre el invierno —explica—. Esta noche, las mujeres y las chicas estarán en sus casas preparando coronas, porque mañana es Primero de Mayo, y todo el mundo celebra el florecimiento de la naturaleza y el nacimiento del verano.

—Mientras tanto, todos los hombres están en las tabernas poniéndose como una cuba —añade George mientras se sirve vino—. Pero estas tradiciones son precristianas, y hay un día de fiesta para los trabajadores. —Alza su vaso—. Yo siempre estoy a favor de los trabajadores, así que brindo por ellos. —Y se lo bebe de un trago.

—Maya es la diosa de la fertilidad —continúa Charmian, disponiendo los tallos verdes entre las flores azules con espinas.

George se llena su vaso y lo vuelve a levantar.

—Y con Maya celebramos la victoria de la vida sobre la muerte —dice.

Charmian se sirve vino en su propio vaso.

—Sí, yo también brindaré por eso. —Y choca su vaso con el de él—. Y por ti, George. —Hace una pausa por un momento, con el vaso en el aire, e intercambian una mirada—. Por los mejores tiempos que nos esperan. —Cuando aparta la mirada de él, veo que los ojos se le han anegado en lágrimas—. No sabíamos si íbamos a llegar al final del invierno, así que estoy de lo más agradecida —dice, y pone una mano sobre la de él.

George acerca la cara de Charmian a su hombro y apoya la mejilla sobre la cabeza de ella.

Jimmy y los demás han colocado sus sillas en la mesa de Göran, y oigo resoplidos de carcajadas contenidas, además de: *Skål, Yamas,* «Salud».

Me he quedado ensimismada con Charmian y George, con el modo en que la cabeza de ella encaja en el hombro de él y el costado de su cara con la cabeza de Charmian. Los imagino dormidos así, cerebro con cerebro, corazón con corazón, dos almas fundidas en una sola como la arcilla caliente.

Debo haberme quedado mirándolos durante demasiado tiempo, porque Charmian vuelve a nuestra conversación con un parpadeo y una risa nerviosa antes de hablarme de las niñas de la isla que se levantarán antes del amanecer para acudir a los pozos con sus flores.

—La ceremonia es un poco distinta en otras partes de Grecia, pero aquí llenan los jarrones para las flores con el «agua del silencio» que sacan de los pozos de agua potable y vuelven a casa sin soltar ni una palabra.

Por razones que no puedo llegar a imaginar, Jimmy y Bobby se han puesto a hacer el pino sobre los adoquines mientras los demás aplauden y vitorean.

—Alguien debería llenarles los vasos a ellos con el agua del silencio —suelto. Jimmy se ha puesto a caminar con las manos, con el cuerpo doblado como un escorpión que amenaza con su aguijón, y el resto estalla en más vítores para animarlo a acercarse al borde del puerto.

—Ese poetastro tuyo tendría que apuntarse al circo —me dice George, con el ceño fruncido.

Charmian suelta un suspiro antes de proseguir con su explicación.

—Más tarde, se lavarán con esa agua y harán una corona con las flores que luego pondrán en la puerta hasta las fiestas juninas. Es uno de los pocos festivales que quedan que no están asociados con la creencia ortodoxa —dice.

—Ay, qué bonito… —Me imagino a mí misma como una sonámbula en silencio, con un vestido blanco y sedoso y los brazos llenos de flores vírgenes—. Quizá debería ir a los pozos antes del amanecer —digo—. Me gusta la idea. —Charmian me dedica una sonrisa con cariño que parece decir «esa es mi chica» mientras George pide más vino.

Charmian se ha puesto a hablar sobre Kálimnos otra vez, con el aire nostálgico de alguien que recuerda una vida anterior, por mucho que solo hayan pasado cinco años desde que estuvieron allí. Habla en voz baja, en un tono como de ensoñación, sobre los aldeanos que escalaban a través de la niebla hasta el pico de la isla. Ascendían como peregrinos en silencio y, con sus recipientes de agua, esperaban la llegada del sol.

—¿Te lo imaginas, Erica? Pastores, buscadores de esponjas y pescadores todos alineados en la cima de la montaña, con sus puñados de asfódelo alzados al aire, todos adorando a Apolo…

Las luces parpadean tres veces por todo el puerto: quedan quince minutos hasta que apaguen los generadores. Las mujeres llaman a sus hijos desde las calles secundarias, un grupo de hombres empuja carros de madera por todo el paseo marítimo, las cajas de pescado se amontonan a toda prisa en el malecón para los barcos nocturnos. Solo hay el atisbo plateado más ínfimo de la luna en el oeste, y los estudiantes de arte emprenden su marcha hacia la mansión Tombazi antes de que la isla se suma en la oscuridad.

George clava la mirada en Charmian.

—Ay, cariño, sí. Era encantador. Si no tuviera los pulmones tan jodidos, escalaría Eros contigo esta misma noche. —Y entonces ella parece que va a ponerse a llorar de nuevo.

Nos dirigimos al interior por la luz y nos reunimos alrededor de seis mesas que dan a los músicos de la sala trasera.

Charmian sigue metida en su ensoñación.

—Y, una vez que Apolo se alza del mar, toca el silencioso descenso hasta tu casa, bendecida durante un año por las flores que traes de la montaña para hacer la corona… Ay, qué vivos estaban nuestros antepasados, e incluso durante nuestros primeros años aquí lo dejamos todo dispuesto. —Parece cabizbaja una vez más mientras juguetea con unos mechones de pelo que le caen por la cara—. Solíamos escalar el monte Eros, éramos un gran grupo. Ahora hasta mis hijos se han rendido en el intento.

Las lámparas están encendidas con unas pequeñas llamas azules, y uno de los músicos que tocan el *buzuki* comienza a rasguear. No pienso perder esa oportunidad.

—Puedo ir contigo —suelto, aunque la idea de escalar tan alto me parezca horrible—. Déjame ir, por favor, me encantaría.

—Por Dios, Erica, menuda pagana estás hecha —responde Charmian.

—Qué buena idea —dice George, frotándose las manos.

—Supongo que sí tengo mucho por lo que darles las gracias a los dioses, y siempre está bien tener compañía... —Charmian mira a George con unos ojos llenos de alegría—. Ay, ¿por qué no? —responde, lo cual hace que unas mariposas comiencen a aletear en mi estómago.

Bebo más vino. El ambiente está espeso por el humo y el olor a anís, ajo y pescado frito. Algunos de nosotros nos sumamos al ruido que hacen los hombres de la aldea al dar golpes con los nudillos al ritmo de los *buzuki*, el camarero del turno de noche corre de un lado para otro, y Andonis sube y baja por la escalera para rellenar jarras con el contenido de los barriles. Jimmy baila los *tsambikas* con los pescadores; en cada extremo de la línea, un pañuelo blanco revolotea. Conforme la música acelera el ritmo, él intenta mantener la velocidad de los pies ágiles de los pescadores, y la expresión de concentración que pone me hace echarme a reír.

Edie y Janey arrastran a Bobby hasta la pista de baile, y Charmian grita:

—Eh, ¿a alguno de vosotros le apetece dejar de hacer el vago para ir a escalar el monte Eros esta noche?

—¿Estás de coña? Son kilómetros de subida —dice Bobby.

Janey hace un mohín hacia los demás.

—Tengo una astilla clavada en el talón que no consigo sacarme.

—Ah, menuda lástima —responde Charmian con una mirada traviesa de repente—. Nuestro amigo canadiense se llevará todo un chasco.

Son las cuatro de la madrugada, y la noche se ha quedado sin luna. Nos reunimos en los pozos con nuestras mochilas y botellas. Leonard lleva algo de pan y vino en unas cestas de paja. La música de las campanas de las cabras surge por encima de las casas a oscuras. Charmian se ha puesto una manta de tela escocesa sobre un hombro. Ella y Leonard llevan botas de caminar como Dios manda.

Janey parece haberse olvidado de su astilla mientras ella y Edie bailan entre las moreras. Llevan jerséis de cuello alto blancos e iguales, con unas bufandas negras que rodean unos rostros tan inocentes como los de las monjas. Jimmy está sentado en un muro bajo y pela una naranja que ha sacado de un árbol de la plaza.

—Bien hecho, me alegro de ver que lleváis mantas. Puede hacer bastante frío en la cima a estas horas —dice Charmian.

Leonard se tira del cuello de su chaqueta y tirita. Charmian le dedica una sonrisa y le muestra la manta de repuesto que lleva en la mochila. Leonard hace girar la manivela del pozo, y ella se agacha para llenar dos cantimploras de hojalata maltrechas con agua del cubo, me quita la botella para llenarla también y sigue hablando con él por encima del hombro.

—No creo que tu casa tenga muchas cosas, siento mucho que sea más sencilla de lo que la *kyria* Pepika me hizo creer —dice, y, cuando se vuelve a incorporar, veo que ladea la cabeza hacia él, como si fuera a besarlo.

La sonrisa de Leonard me parece lobuna; su carisma, incansable.

—La vida sencilla me parece de lo más voluptuosa —responde—. Me gusta tener una buena mesa y una buena silla...

—Y una buena cama, claro —interpone Janey.

Charmian la fulmina con la mirada antes de continuar.

—Estoy segura de que puedo conseguirte unos cuantos muebles, y podrás trabajar en ese pequeño balcón cuando haga más calor en un tiempo —dice, y todos suspiramos al pensar en días y meses que van a empezar a ser más largos y soleados, hasta que Jimmy me mete un trozo dulce de naranja en la boca.

La conversación pasa a tratar sobre el trabajo. Charmian y Leonard están de acuerdo en que escribir por la mañana es mejor, aunque ella se queja de que el libro de George sigue quitándole todo el tiempo, ya sea de día o de noche.

—De verdad, si no necesitáramos el dinero, creo que no lo haría continuar —dice ella—. Me parece un poco sádico hacerlo revivir los horrores de la hambruna. —Leonard se muestra compasivo y dice que es una lástima que George no haya venido con nosotros.

Charmian juguetea con el borde de su manta a cuadros.

—Es muy amable por tu parte, teniendo en cuenta que la última vez que lo viste estábamos metidos en aquella pelea tan fea. —Agacha la cabeza y se lleva la manta frente a la boca para hablar a través de ella—. Me temo que nuestras disputas maritales se han salido de control. Déjame que me disculpe todavía más por las cosas horribles que te dijo.

Leonard se echa a reír y le acaricia el cabello a Charmian.

—De verdad me desconcierta la relación entre un hombre y una mujer. Es una mierda. Es decir, nadie sabe cómo hacerlo bien. A todos nos da problemas. —Leonard le aparta la manta, y ella le dedica una sonrisa que podría ser de agradecimiento o de coqueteo, me resulta difícil saberlo a ciencia cierta. La isla está en silencio, salvo por los rebuznos de un burro en la lejanía y las pocas campanas de las cabras; el cielo negro está moteado de estrellas.

—Esta es el agua que ofreceremos al gran dios Apolo conforme se alza desde el mar —dice Charmian, apartándose de la mirada de Leonard y alzando su botella a modo de veneración hacia el contorno escarpado e imposiblemente lejano del monte Eros—. Y, ya que vamos a subir hasta allí arriba, debemos tomarnos en serio los rituales —añade—. Así que intentad que no se os caiga nada. No queremos que los dioses piensen que somos unos rácanos.

Leonard se agacha para llenar su recipiente de hojalata, se vuelve a incorporar y pronuncia alguna especie de plegaria —creo que en hebreo— antes de colocar el tapón de corcho. La comitiva se queda solemne, con Leonard un poco encorvado junto a Charmian, quien está erguida y cuyo cinturón de cuero amplio y su manta a cuadros le conceden una apariencia como de reina escocesa.

Oímos un grito, y a Charmian se le ilumina el rostro. Sin embargo, cuando se da la vuelta, vemos que un jadeante Patrick Greer dobla la esquina en nuestra dirección.

—Ay, por Dios. Qué desastre —dice entre dientes—. Lo último que necesitamos es una nube negra en forma de Greer para que nos tape el sol.

Esperamos un poco más mientras Patrick, todavía jadeando, saca su agua del pozo. Jimmy y Leonard se apoyan contra una pared y fuman y charlan sobre la escena poética de Londres.

—Cada vez que un hombre me dice que escribe poesía, noto cierto apego por él. Ya sabes, comprendo la locura —dice Leonard, y, a pesar de que ya lo he oído usar esas mismas palabras antes, me complace oír que Jimmy ronronea en respuesta.

Patrick se coloca tan cerca de Charmian que parece que quiere olerla. Un botón le cuelga de un hilo de la chaqueta, y su *tweed* desprende un aroma a hogueras viejas y decepción.

—George me ha dicho que estarías aquí. Me figuro que no quería que estuvieras paseando por ahí con la única compañía de este encantador canadiense —explica, con una voz incluso más alcoholizada de lo normal—. Aunque ya veo que has reunido más discípulos por tu cuenta.

Charmian trata de pasar por alto su insinuación y vuelve a comprobar que cada uno lleva su ofrenda de agua y a recordarnos que no nos la bebamos por el camino. Edie y Janey no llevan linternas, por lo que avanzan con Jimmy y Leonard, quienes han puesto pilas nuevas en las suyas, mientras yo espero más atrás con Charmian y el indeseado Patrick.

—Me sorprende que Jean-Claude Maurice no esté por aquí persiguiéndoos —dice Patrick—. Es decir —y nos dedica una mirada cargada de significado—, con una sola excepción reseñable, le encanta que su *filet* sea de lo más *mignon*.

Charmian se aparta de él de un salto.

—De verdad, qué rencoroso eres.

Patrick sigue despotricando. Suena tan poco arrepentido como sobrio.

—Ay, Dios, ¿acaso Jean-Claude sabe lo que le espera en ese libro tan despreciable que está escribiendo George? —continúa, y ella le da un empujón, cansada.

—Patrick, si no te importa, no estoy de humor para hablar de esto. —Emprende la marcha a toda prisa por las escaleras serpenteantes y tira de mí para que la siga.

El camino se estrecha, y yo sigo dándole la mano a ella.

—¿Qué quiere decir con el libro despreciable de George? —le pregunto, y ella responde pidiéndonos que nos detengamos.

Ilumina el rostro de cada uno con su linterna.

—Shhhh, todos a callar —dice—. Recordad que, si queremos hacerlo bien, esto es un peregrinaje silencioso.

Avanzo con fuertes pisotones, sin preocuparme por dónde pongo los pies. El camino zigzaguea sin descanso más allá de casas en ruinas y asciende hacia los pinos de sombras densas. Lo único que suena son nuestras pisadas sobre las piedras y nuestros jadeos, y la única luz proviene de nuestras linternas. No estoy para nada convencida de la naturaleza silenciosa de la ceremonia de Charmian. Vuelvo a ver un atisbo de risas pasar entre ella y George.

Charmian lidera la marcha, con un silencio pesado entre las dos. Siempre va por delante de mí, y yo siempre la persigo. Sé que me oculta secretos, pues los veo saltar tras sus ojos cada vez que me acerco. ¿Por qué no me cuenta lo que sabe? Le he dicho que lo único que consigue es que piense cosas peores sobre mi madre que lo que ella podría revelarme. Le he dicho que lo que me está matando es el misterio en sí. Y esta colina cada vez es más escarpada, hay insectos que revolotean en los halos de nuestras linternas, y Edie suelta un gritito al ver una cola escamosa de algo que corretea por el suelo.

No me extraña que George se enfadara tanto: con el modo en que coquetea con Leonard, no puedo culpar al viejo por sus celos. ¿Y qué tiene él que hace que todas se pongan así? Leonard ni siquiera es alto, pero Charmian es como una gatita a su alrededor, y parece que cada mujer y cada chica, hasta la gruñona *kyria* Soula del puesto de pescado en el mercado, han caído bajo su hechizo.

La luz de la linterna de Charmian me da en la cara. Levanta la manta de tela escocesa y me hace un gesto para que me arrebuje en ella, de modo que empezamos a caminar durante un rato tomadas del brazo a través de la noche de terciopelo. Mis pensamientos amargos se inundan con el aroma a junípero y pino y con la manta y la añoranza.

Hubo una vez en la que nos perdimos en el bosque. Conservo el más ínfimo recuerdo de nuestra madre con un pánico blanco como la ceniza en el rostro mientras estamos en un claro. El follaje es espeso, y la tierra bajo nuestros pies está llena de raíces retorcidas. Está anocheciendo, y el ambiente contiene el aroma del peligro. Solo estamos los tres, y Bobby y yo estamos listos para protegerla con nuestras pistolas hechas con palos. El rostro de mamá destaca por encima del cuello de pelo de zorro de su chaqueta. Imagino que fue una de esas veces en las que nuestro padre estaba en el hospital, porque había un bosque en el terreno, aunque no sé qué ha pasado para que ella se haya asustado tanto, sino que solo tengo la sensación de algo que se halla en el borde del abismo. Cuando encontramos el camino, nos condujo a una calle adoquinada desconocida con unas luces cálidas de las farolas y nos detuvimos en una casa de té, donde me eché a llorar y me escondí en los pliegues de la chaqueta de mamá porque había notado que mi pistola de ramitas no iba a ser suficiente para salvarnos, y a ella le temblaba la mano mientras servía té desde la tetera.

Charmian me empuja para continuar conforme empezamos a escalar la roca más escarpada y buscamos el camino bajo las ramas bajas mientras los pinos dejan paso a los arbustos y las rocas empiezan a volverse traicioneras al estar más sueltas. Nos paramos para descansar y, mientras bebemos algo, admiramos el golfo iluminado por la luz de las estrellas.

Echo de menos a Bobby, aunque incluso en aquella oscuridad me doy cuenta de que a Edie le importa un comino que haya decidido no acompañarnos. La veo sonreír cuando el galán de Leonard le ofrece una mano para ayudarla. Ahora el poeta se ha puesto a esperar mientras ella se quita y se recoloca su dramática bufanda negra. Edie siempre parece vestirse como si estuviera actuando, por lo que me sorprende que no se haya puesto una toca directamente. A mí eso no se me da nada bien. He tenido que apretarme más el cinturón para que no se me cayeran los pantalones. He perdido la grasa típica de la infancia, y, cuando me tumbo, me sorprenden los huesos triangulares que sobresalen de mis caderas y las duras bolas de músculo que tengo en las pantorrillas. He adelgazado lo suficiente como para ponerme la ropa de mamá, un pensamiento que trae consigo un recuerdo desagradable de mi padre en lo que me sigue pareciendo otra vida, aunque me estremezco de todos modos. Desestima mi figura con un solo vistazo mientras empaquetamos las pertenencias de mamá para donarlas.

Me arrepiento de no haberme quedado con su enagua de seda rosa. Desde que tengo memoria tengo una imagen de ella con la enagua puesta, o al menos una muy similar, con un volante de encaje oscuro a lo largo de las tiras y en el escote. Está sentada a su tocador mientras se espolvorea las clavículas y el escote con una de esas increíbles y peludas brochas rosadas que me recuerdan a aposentos y mujeres de la corte. No se ha dado cuenta de que he entrado en su habitación. El polvo de talco reluce bajo la luz tenue de la lámpara de su tocador. Me ve a través del espejo y gira en su asiento, con la boca formando una O y los labios pintados. Parte del maquillaje ha caído sobre el encaje negro, y los tirantes quedan holgados sobre sus hombros. Se agacha para rodearme con los brazos, me cubre los ojos con las manos y me saca de la habitación. En la puerta, me alza en brazos y carga conmigo por todo el pasillo hasta mi cama mientras me calma como si acabara de tener una pesadilla. Me quedo dormida, de lo más cómoda en los pliegues de aroma dulce de su cuerpo.

Cuando el camino se vuelve lo suficientemente amplio, Charmian me deja entrar en su manta. Sin embargo, estamos dejando los matorrales atrás, y en algunos segmentos el camino se torna más peliagudo. Nos detenemos en una meseta y nos agazapamos. A lo largo del golfo que tan familiar me resulta, los braseros ardientes se agrupan como luciérnagas. No hay nada más que esta roca entre las estrellas y la marea, y es en este baño de silencio que la imagen empieza a revelarse. Mamá está en el tocador, con los tirantes de su enagua caídos. Huelo su perfume y camino a trompicones hacia su piel cálida. Y lo veo por primera vez, al hombre de la habitación. Empiezo a correr hacia ella. Él me ve antes que mamá, y es el pánico del hombre lo que ella ve en el espejo. La brocha sale volando de su mano, y eso es lo último que veo antes de que me cubra los ojos.

Las estrellas se están desvaneciendo cuando llegamos a la cima. En algún lugar por debajo de nosotros, un perro se pone a ladrar. El monasterio del profeta Elías reluce de un color blanco como el azúcar más allá de las siluetas rocosas de tierra que caen en ondas y montículos y desfiladeros llenos de plantas. Estamos más cerca de los cielos que nadie esta noche. Hay una campanita de hierro montada en la roca que todos ansiamos tocar, aunque nadie se atreve a hacerlo antes de que Apolo haga su entrada triunfal.

Tengo el cabello húmedo; una fina capa de niebla ha quedado atrapada en la pelusa de la manta que comparto con Jimmy. Charmian nos ha encontrado un conjunto de rocas en las que sentarnos, rodeadas de plantas con hojas sedosas y diminutas flores de color blanco y rosa pálido. Las llama «flores de muñecas». Nos hemos colocado en fila de cara al este, todos menos Leonard, quien se ha quedado de pie, estira los brazos, va en busca de un lugar rocoso más alto y se queda mirando al frente a solas. Unas filas de berenjenas y ciruelas se encienden en el horizonte y son el heraldo de los primeros atisbos de fuego ámbar. Hemos recogido flores para las bendiciones. Charmian ha traído un cuchillo para los asfódelos, y, además de otras flores cuyos nombres desconozco, tenemos amapolas, lirios y tablero de damas. Nos quedamos frente al borde del acantilado, con nuestra agua y las flores, hasta que la enorme bola que es el sol ilumina el mar con sus rayos de seda naranja.

Los gallos cantan, así como los pájaros, y los perros se ponen a ladrar. Seguimos el ejemplo de Charmian y nos mojamos el rostro con agua del pozo. Leonard se echa toda su jarra sobre la cabeza y, con una enorme sonrisa, se sacude las gotas del cabello como un perro. Edie y Janey están sentadas con las piernas cruzadas para ponerse flores en el pelo, y Jimmy parece hacer calentamientos hacia la mañana, saltando de roca a roca mientras sostiene un bastón de trapecista invisible.

Leonard se agacha para sacar un trozo de pan. Lo mojamos en el dulce vino de Lipsi conforme la isla va reflejando los primeros rayos de sol, tras lo cual Charmian nos libera de nuestro silencio al hacer sonar la campana de hierro.

CAPÍTULO NUEVE

Marianne se ha sumado al grupo por encima de la cueva de Spilia. Sus brazos cruzados reposan sobre unas rodillas dispuestas de forma modesta para ocultar ante ojos fisgones su cuerpo pálido y delgado tanto como le es posible. Su bronceado todavía no se ha enterado de su regreso a Hidra, aunque la punta de la nariz y los pómulos ya se le han puesto rosados. Se sienta con la elegancia de una avecilla blanca, desde sus uñas de los pies pintadas de color perla hasta su cabello dorado, el cual lleva recogido en un moño sobre la nuca. Es la primera vez que he tenido la oportunidad de mirarla con más detenimiento, y veo que posee una quietud bastante curiosa. Ha escogido uno de los peldaños de cemento situados un poco por debajo de Charmian, quien se mece en su cuna de roca de siempre. Charmian parece corpulenta, bronceada y fuerte a su lado, además de un tanto desaliñada. Su bañador, otrora negro, cuelga sin demasiado estilo desde donde el elástico ha cedido. Tiene una expresión animada conforme habla, aunque las olas que rompen contra las rocas me hacen difícil oír bien lo que dice. La esencia de ello parece ser que Marianne debería preocuparse menos por Axel y concentrarse más en limitarse a disfrutar de su bebé. Marianne esboza una débil sonrisa y escucha con la mejilla apoyada en el hombro. Su bikini tiene un escote halter y está hecho a topos blancos y azules, lo cual hace que al instante me den ganas de tener uno igual.

La invasión veraniega todavía no ha dado el pistoletazo de salida del todo, por lo que todos ocupamos nuestros puestos favoritos sobre las rocas bañadas por el sol. La nuestra es una plataforma plana situada entre dos rocas que han llenado con cemento, y pienso que la pobre Marianne no podrá evitar notar nuestras miradas curiosas. Un amplio rayo de luz ilumina los ángulos dispuestos con cuidado de su cuerpo y zigzaguea por los pliegues de origami que son sus extremidades. Tiene la sonrisa de una esfinge y es tan bella que no puedo ni enfadarme por que Jimmy haya dejado de lado su libro y se haya colocado de frente para admirarla.

Tampoco creo estar imaginándome el modo en que he visto que Göran, Albin e Ivar se han empezado a comportar desde que Marianne está aquí. No hay un momento en que uno de ellos no se dirija al borde del acantilado para llevar a cabo alguna atrevida y atlética zambullida al mar. Ahora Göran se ha agachado junto a ella y gotea sobre las rocas. Le está recordando que el verano pasado ella le preparaba chocolate caliente cada día y le dice que ha estado soñando con ello desde que volvió a la isla. Una podría pensar que hubo algo entre ellos, por el modo en que ella se sonroja y se echa a reír, pero entonces todos ocupamos la entrada de la cueva mientras Jimmy hace equilibrios sobre los dedos de los pies, encima del borde. La belleza de Jimmy casi me hace doler los ojos cuando gira y salta a los cielos con los brazos cruzados en un arco trazado hacia atrás que parece quedarse flotando en su punto álgido antes de entrar al agua casi sin salpicar.

Oigo un gritito. Charmian está tirando de Marianne tras ella.

—Venga, vamos a aprovechar el tiempo mientras Axel se encarga del bebé. —Y salen corriendo por delante de mí, saltan al agua sin soltarse las manos y caen con un gran salpicón y un grito salvaje alrededor de Jimmy. Después de eso, todos nos ponemos a zambullirnos y a empujarnos de vuelta al agua, pataleando, flotando y charlando en un círculo.

A Charmian parece que la invade una energía un tanto peligrosa; siempre está mucho más animada cuando George y los niños no están por ahí. En el brillo del océano, algo salvaje trata de liberarse.

—Queda al menos una hora hasta el anochecer… ¿A quién le apetece echar una carrera hasta Avlaki y de vuelta aquí? —Charmian está hecha para ganar, pues sus piernas largas y hombros anchos le proporcionan un estilo de nado rápido que ni siquiera Bobby es capaz de igualar. Marianne y yo solo podemos animarlos con la mano.

Marianne se estira junto a mí para secarse. Tiene una cicatriz, como un pequeño ciempiés rosa, que le resigue la línea del bikini, pero, más allá de eso, es perfecta y suave como una página en blanco. Tiene el vientre tan plano que me cuesta creer que haya contenido un bebé hace poco, y me dedica una mirada un poco sorprendida cuando se lo comento.

—*Pff*, en Noruega a las mujeres no se nos recomienda hacer reposo en cama. Momo, mi abuela, era muy estricta con lo de mantenerse en forma. Además, en una isla hecha de escaleras, no puede ser de otro modo; si una no está fuerte, morirá de hambre. —Su acento me resulta encantador, y hay algo atrayente y susurrante en su voz que da la idea de secretos y confesiones. Nos llevamos las manos a los ojos en forma de prismáticos para ver el progreso de los nadadores. Charmian no es nada más que un puntito en la lejanía, mientras que los demás están dispuestos como polluelos rodeados de salpicones tras ella—. Charm es una mujer muy fuerte —dice Marianne.

Se coloca bocabajo, apoyada en los codos. Parece que está evitando mirarme a la cara. Estoy de acuerdo, y le digo que Charmian es increíble.

—Axel debe ser el único hombre de Hidra que puede nadar tan rápido como ella —comenta, aunque yo no he hablado de nadar en particular. Tiene uno de esos rostros cuya expresión natural es una sonrisa amable. Sus dientes relucen, y sus ojos también, en un modo que parece indicar que está lista para echarse a reír. Nunca he visto una piel tan perfecta. Sigue hablando sin mirarme—: Charmian me ha contado que habéis estado aquí desde Semana Santa, así que imagino que te habrás cruzado con el loco de mi marido. —La leve sonrisa sigue fija en su rostro, y noto que me ruborizo, por mucho que no tenga nada por lo que sentirme culpable.

Alza los ojos para mirarme a la cara. Tiene los ojos entornados, preparada para la punzada de dolor.

—Lo he visto bajar a por su correo, pero creo que no nos han presentado. —El corazón se me desboca mientras trato de cambiar de tema—. ¿Sabes algo del libro que está escribiendo George? Me muero por saber de qué va. Patrick Greer nos dio a entender que ha escrito algo indiscreto, lo llamó «despreciable», y a Charmian pareció molestarle.

Marianne menea la cabeza.

—Sí, sí. Creo que debe ser lo que escribió cuando estaba enfadadísimo en Atenas, por lo de su tuberculosis. No le sentó demasiado bien lo del amante de Charm y supongo que se desfogó al escribir… —Se interrumpe a sí misma y se muerde el labio.

—¿Cómo se enteró de que ella tenía una aventura?

—George era impotente, o eso es lo que ella me dijo. Un efecto secundario de la medicina. Ella siempre intenta tener cuidado, pero en una isla como esta, lo único que tienen que hacer los pájaros es estar de cháchara todo el día.

Echo un vistazo por encima de la bahía. Los nadadores han desaparecido de la vista al otro lado del cabo.

—No me extraña que le diera vergüenza. ¿Quién era su amante?

Marianne lleva una mano a su cesta en busca de una botella de zumo de naranja.

—Ah, no importa quién fue. Fue una época muy mala, pero, a decir verdad, fue él quien la llevó a tener un amante. Hubo muchos platos rotos; todo el mundo pensó que se habrían separado por ello —contesta, antes de ofrecerme la botella.

El zumo es dulce y cálido, e intento no beber más de la cuenta. Ella hace un gesto para que beba un poco más.

—Ese es el problema de esta gente tan susceptible —continúa—. Y, cuando todos nos aburrimos y nos juntamos así, todo el mundo se acaba enterando de todo. Pero bueno, ¿por qué no me hablas de tu Jimmy? ¿Cómo es que habéis acabado aquí?

Le explico que Jimmy dejó la carrera de Derecho, lo de mi madre, los ahorros y el coche, y acabo con que estoy segura de que Charmian sabe más sobre los misterios de mi madre de lo que me ha contado.

—A veces lo mejor es no despertar a la bestia —dice, y yo le digo que mi hermano estaría de acuerdo con ella. Me resulta fácil hablar con Marianne, pues sabe escuchar, así que acabo descargando todas mis preocupaciones sobre Bobby en ella, sobre sus cambios de humor y su violencia casi sin contener.

—No ha estado bien de la cabeza desde que nos fuimos de Londres —digo, y me arrepiento de inmediato porque parece como si lo estuviera traicionando.

Marianne cree que puede estar deprimido y me promete llevarme a ver a la *kyria* Stefania en las colinas por encima de Vlychos, pues ella recoge hierbas medicinales para preparar tés milagrosos que dice que le van de maravilla cada vez que Axel está así.

No menciono que quiero ser escritora porque no me lo pregunta. Quiere saber sobre Jimmy, así que le cuento que ha venido para ver qué puede hacer con su idea para el libro y presumo sobre el poema que le publicaron en *Ambit*.

—Ay, qué mala pata que sea escritor —dice con una leve carcajada.

—¿A qué te refieres? —Le empiezo a explicar que Jimmy también hace otras cosas, que pinta, que es una de esas personas tan molestas a las que se les da bien todo, pero ella continúa hablando.

—Axel dice que son gajes del oficio: la mujer siempre acaba en el libro. Mira a Charmian, a punto de quedar expuesta por lo que sea que George haya escrito. Y la última novela de Axel trata sobre mí; de hecho, casi acaba matando a «mi» personaje por celos. ¿Te imaginas tener que leer cosas así?

No hay ni un atisbo de ira conforme me cuenta eso, sino que, en su lugar, un ligero brillo se ha asentado en su rostro.

—Y es tan explícito que el periódico *Aftenposten* se negó a escribir una reseña, así que ya te imaginarás qué cosas ha escrito Axel. Pero bueno, eso no ha impedido que sea popular, y ahora lo están traduciendo a todos esos idiomas y es posible que lo adapten a película. Y la actriz adolescente que hace de mí será la primera noruega que muestre los pechos en la gran pantalla, así que Axel espera que eso cause todo un escándalo cuando se estrene…

Rueda sobre sí misma y retira una gran hormiga negra de la botella de zumo antes de incorporarse y quedarse sentada.

—El director dijo que debía probar mi suerte con el papel, pero Axel dijo que ni hablar. —Hace un mohín de burla mientras se cruza de brazos—. Axel dice que la chica que hace de mí en la película las tiene mucho más grandes que yo.

Ve que poso la mirada sobre su cicatriz y la resigue con un dedo.

—Esto es un regalo de nuestro largo viaje desde Oslo. Casi se me revienta el apéndice. Estábamos en una pequeña carretera secundaria en Delphi, con bache tras bache tras bache y un dolor de mil demonios, pero, no sé cómo, Axel hizo que se manifestaran dos ángeles en medio de la nada. Tuvo una visión, dio un rodeo y *pam*, delante de las luces del coche, vestidas de blanco, dos hermanas de un centro médico. Axel cree que lo más probable es que el cirujano fuera un carnicero de caballos, porque se desmayó al cortarme, pero *pff*, sigo entera. Si te soy sincera, me sorprende que Axel no se te haya presentado, Erica. Las chicas sexis de pelo oscuro y ojos de cordero degollado siempre le han hecho tilín.

Esa última frase me da todo un subidón de adrenalina. La pintora estadounidense de los pantalones cortos rojos sí que encaja en esa descripción, y me emociona pensar que Marianne piense que también me aplica a mí. Ensancho mis ojos de cordero degollado en su dirección y ambas nos echamos a reír para aliviar la tensión antes de que ella se disculpe por su mente cargada de sospechas.

—Es que yo no soy su tipo, ¿sabes? Y tampoco soy lo suficientemente lista. Un año, me volvió tan loca con una de sus cerebritos morenas que fui a Atenas y me teñí el pelo. Y ahora sigo burlándome de él porque fue entonces cuando me pidió que nos casáramos. —Se acaricia la alianza que lleva en el dedo, como si quisiera comprobar que de verdad sigue ahí, y le da un par de vueltas.

»Espero que ahora que tenemos a nuestro bebé pueda ser suficiente para él —continúa, y me duele el corazón cuando me dice que se quedó tan triste cuando Axel se fue de Noruega que no había podido producir leche para el bebé—. Tuvo que irse por razones fiscales —intenta excusarlo. Sin embargo, sabe cómo es él y que todo el mundo ha estado un tanto incómodo en su presencia desde que ella ha vuelto a la isla—. Axel es un poco raro —me dice con un suspiro de exasperación.

Mientras habla, estoy convencida de que el pulso me va a mil por hora, aunque trato de mantener el rostro tan impasible como puedo.

—Sé a lo que te refieres —le digo—. Veo que Jimmy se pone a mirar a otras chicas cada dos por tres.

Ella suelta un resoplido y le resta importancia con uno de sus *pff*.

—Nos vamos a casar —insisto, y ella menea la cabeza en mi dirección con una expresión alegre.

—Solo sois unos críos. Deberíais pasároslo bien y divertiros mientras podáis.

Ambas nos quedamos mirando el mar durante un rato, y yo me pongo a pensar en ello, en lo segura que estoy de que el único hombre al que querré mientras siga con vida será Jimmy Jones. Saber eso me pone triste por mi madre y por Charmian teniendo una aventura, y me pregunto qué pasará cuando todo el mundo haya leído la amarga historia de George sobre el tema, además de si podré resistirme en aras de la decencia. Entonces miro a Marianne, sentada a mi lado, y espero de todo corazón que Patricia se marche de la isla lo antes posible.

Intercambiamos una sonrisa antes de que Marianne se ponga de pie para meterse en un vestido naranja claro. Está hecho de alguna especie de material ligero, y ve que lo estoy mirando embobada.

—Es de seda. Axel me lo compró en Roma —explica mientras se abrocha una fila de botones diminutos—. Éramos jóvenes y estábamos enamorados, de camino hacia aquí con su pequeño Beetle. Creo que debo estar guapa para él ahora que he vuelto con nuestro bebé, no todo *gameldags* y *mamsen*.

El cielo es de un color nacarado. Alza las manos para colocarse mejor un par de horquillas en su cabello reluciente; el sol tras ella hace que el vestido naranja se vuelva transparente, y me parece que Axel necesita que le revisen la vista.

—Dime, ¿qué es lo que se lleva en Londres? ¿Es todo faldas pantalón como en las revistas?

Me parece que han pasado siglos desde que me fui de la ciudad. Los abrigos de lana con botones, los zapatos de salón, fajas y medias de colores grises y brillantes me parecen estar a todo un mundo de distancia.

—A Edie se le da mejor la moda que a mí —le contesto—. Ya ni siquiera me va la ropa que traje. Estaba mucho más gorda cuando me fui de Londres.

—Pídele a Charmian que te lleve a conocer a Archonda, es una sastra muy buena —me aconseja Marianne, y, mientras enrolla su toalla, me halaga al decirme que se ha alegrado de poder hablar conmigo. Tiene prisa por ir a darle de comer al bebé y me dice que le preocupa que, si se pone a llorar, Axel no sea capaz de trabajar.

—Axel Joachim ya casi se puede sentar solo, ¿sabes? Será un chico fuerte como su padre. Axel cree que parece un buda. Lo llama «el hombrecito».

Recoge sus pocas pertenencias para meterlas en su cesta, y yo me percato de que he conocido mucho a Axel por lo que me ha contado, pero que casi no sé nada de ella misma.

—Dile a Charmian que me acercaré con el bebé en cuanto pueda. ¿O tal vez podrías hacerme de canguro alguna noche?

Me he quedado sola. Me bajo el bañador y me tumbo sobre el borde cálido mientras espero a que los demás vuelvan de su carrera. El sol se hunde más sobre la isla Dokos y la vuelve negra como una ballena durmiente. Oigo el simple golpeteo de los barcos, y, desde detrás de mis párpados, todo parece ser tan naranja como el vestido de Marianne. Jimmy da vueltas como una moneda de oro contra el cielo, cae al agua y salpica gotitas de luz al salir a la superficie, y reflexiono sobre qué será lo que ve en mí. No tengo ni idea de quién soy. Parece que he eclosionado cuando nadie me estaba mirando. Y, aunque sea solo durante este preciso instante, me rodea el brillo dorado del amor otorgado por una diosa escandinava que me considera su rival.

Noto una gran oleada de afecto a la mañana siguiente, cuando Marianne desciende la colina acompañada del traqueteo de sus sandalias con suelas de madera.

Jimmy y yo estamos sentados en el exterior del supermercado de Katsikas, con el grupito de siempre esperando la bendición de la fortuna. Varios hombres descargan balas de esponjas aplastadas de los carros de madera del puerto y sudan debido al calor del mediodía. Algunos pescadores despliegan sus redes en el borde del agua, los gatos de siempre deambulan por allí, y nosotros picamos pulpo que Sofia nos lleva a la mesa desde la parrilla. Observo a Marianne mientras sube los peldaños hacia la panadería, con una gran cesta apoyada en la curva de su brazo.

George bebe brandi, llama a uno de los pescadores y alza su vaso para saludarlo. El pescador se aleja de la red que está zurciendo, y George lo invita a beber algo. Panayiotis rechaza la invitación, pero le estrecha la mano a todos los hombres cuando George se los presenta. Recuerdo que Panayiotis es el bailarín. Con la habilidad de Nijinsky cuando ya ha bebido algo, según Charmian. Su cuerpo terso bajo la camisa que lleva contrasta con sus dientes ennegrecidos y las líneas de su rostro. Cuando sonríe, el rostro bronceado del pescador se arruga en forma del dibujo que un niño puede hacer del sol. Habla con cierto entusiasmo en griego, y George asiente para mostrar que lo entiende.

—*Tha Thume*, ya veremos —dice, conforme Panayiotis vuelve a sus redes y Charmian estira una mano para colocarla sobre la de George. Él parece molesto—. Dice que, durante las próximas noches, sus lámparas atraerán todos los peces como si fueran imanes —continúa—. Ah, joder, pásame un cigarro.

—Antes George solía ir en los barcos nocturnos —explica Charmian mientras saca un cigarro de la cajetilla.

—El mar de noche es demasiado frío para mi pecho —explica George, agitando el cigarro—. El doctor Aguafiestas de Atenas me dijo que ya no lo hiciera.

—¿Crees que me llevaría a mí? Es más o menos lo que tengo pensado para mi obra —pregunta Jimmy, mientras, como si quisiera ilustrar lo que el doctor Aguafiestas le había aconsejado, a George le da un ataque de tos—. Ya sabes, lo que acecha bajo el mar del color del vino…

Charmian le dedica una sonrisa indulgente.

—Creo que a las criaturas más míticas las dejan en el fondo del mar, pero sí que verás pulpos y calamares más que de sobra.

George se guarda su pañuelo. Traga su brandi con el gesto torcido, le da otra calada al cigarro y le gruñe a Jimmy.

—Hay una buena luna por el momento, si te apetece. Quizá hasta te convierta en un hombre. Aunque un polluelo como tú tendrá que prepararse bien si pretende ver a un hombre arrancándole el ojo a un pulpo de un bocado.

De repente me cuesta tragarme lo que tengo en la boca.

—Todos lo hacen, ¿sabes? Menos los turcos, que ponen a la pobre bestia del revés antes de matarla a porrazos.

Jimmy se vuelve hacia mí según escupo en mi mano, sin haber perdido ni una pizca de su entusiasmo.

—¿Quieres venir a pescar si dicen que sí?

Charmian niega con la cabeza.

—Mi querida Erica y yo nunca sabremos lo que es estar bajo la luna en un pequeño barco pesquero. —No tiene buen aspecto, precisamente. Tiene unas ojeras muy oscuras, y, cuando no las ilumina el sol, son del color verde apagado de las algas. Se enciende otro cigarro con el que está a punto de apagar y da una calada—. Me temo que estos pescadores griegos son demasiado supersticiosos como para tolerar que participe una mujer; creo que preferirían hundir el barco a propósito antes que permitir que se subiera a bordo alguien que no lleve... gusano.

Jimmy vuelve del malecón con una sonrisa y con los pulgares arriba.

—Si he entendido bien sus gestos, planean dinamitar los peces el sábado por la noche —dice, y George tuerce el gesto.

El transbordador desde Atenas se acerca. Vivo con la esperanza de recibir una carta de mi padre, aunque solo sea para decirme que sigue vivo. No soy la única que cruza los dedos bajo la mesa, dado que Jimmy está esperando noticias de un par de poemas que ha enviado a *Ambit* para ver si reciben la aprobación del editor, y Patrick Greer espera un nuevo mensaje de rechazo que añadir a su cada vez mayor colección.

Göran y Leonard esperan recibir cartas de sus respectivas editoriales e intentan no permitir que Patrick, a quien nunca publican, oiga su conversación sobre cómo cada uno de ellos llegó a tener una colección de poemas publicada. Leonard sostiene su *komboloi* a su lado y sacude las cuentas de ámbar con la destreza de alguien que ha nacido para ello mientras confiesa que comenzó a escribir poemas como parte de un proceso de cortejo. Dice que pensaba que era algo que todos los hombres hacían para conseguir pareja.

—Debí haber quedado en ridículo, porque escribía todos mis poemas para las mujeres, pensando que era el único modo de acercarme a ellas —explica—. Pero bueno, por una u otra razón, acabé recopilándolos en un libro, y de repente me tomaron en serio como poeta, cuando en realidad era un mujeriego y ya... —Göran suelta un resoplido cuando Leonard hace una pequeña pausa—. No uno con demasiado éxito, vaya, porque los que sí lo tienen no necesitan escribir poemas para gustarle a una mujer.

Las sandalias de madera de Marianne vuelven a resonar conforme cruza el ágora. Lleva una falda a cuadros de algodón añil desgastado, y una enorme hogaza de pan sobresale de su cesta. Nos saluda con la mano antes de entrar en la tienda.

—Bien. Imagino que eso quiere decir que Axel está ocupándose de su familia —comenta Charmian—. De verdad, es de lo más cruel la forma en que actúa, y más ahora con un bebé de por medio.

Göran se muestra de acuerdo antes de salir hacia la oficina de correos junto a Patrick y a George, todos ellos convencidos de que quedarse allí plantados para esperar alentará a Giorgios, el sádico jefe de correos, a ordenar las cartas con mayor presteza. Charmian mantiene la voz baja, aunque no existen muchas posibilidades de que Marianne vaya a oír lo que dice desde el interior de la tienda.

Leonard acerca más la silla a Charmian mientras esta sigue con su cotilleo:

—Hace un par de años, Axel vino de Noruega, después de que lo idolatraran por algún libro u otro, y alejó a Marianne de la isla para dejar sitio a una morena embriagadora que había conocido en la fiesta por su publicación.

»Ninguno de nosotros fue capaz de hacerlo entrar en razón, ni siquiera George. Intenté hacerle ver que solo había alcanzado el estrellato porque Marianne lo había apoyado, porque ella había construido el universo perfecto para que él pudiera escribir el puñetero libro sin tener que preocuparse ni una sola vez por la comida, el agua o el queroseno, ni siquiera por el carbón o las cintas de tinta. Al cabrón le importó un comino que Marianne no estuviera bien. Había enviado los billetes de tren a esa otra mujer y se moría de ganas de que llegara.

Charmian esboza una sonrisa, bebe otro trago de cerveza y se queda la parte interesante para ella sola durante unos momentos más.

—De hecho, todo acabó siendo bastante maravilloso —continúa, todavía sonriendo, y me alegra ver esa chispa de luz de vuelta en sus ojos—. La nueva chica de Axel canjeó los billetes, y nunca más se supo de ella. Mientras tanto, Marianne estaba pasando página con la tripulación del amable y apuesto Sam Barclay, en su yate *Mares Tormentosos*. ¿Cómo no iban a enamorarse? Axel estaba atrapado aquí, convencido de que Sam se la iba a quitar para siempre. Así que entonces llegó el gran gesto, con la rodilla clavada en el suelo, y ella, a pesar de todos los consejos que recibió y que le indicaban lo contrario, accedió. Pero lo único que le importa a Axel es él mismo, y, por muy listo que sea, desde luego no se merece tener a esa joven que atiende todas sus necesidades así… —Charmian se acaba lo que le queda de cerveza con un trago lleno de indignación. Leonard echa un vistazo hacia la entrada de la tienda mientras ella continúa.

»Hace que su casita esté impoluta y preciosa. Compra unas telas de encaje y bordado en el viejo mercado de El Pireo. Siempre tiene leña amontonada para la hoguera, algo sabroso en la olla y hielo para las bebidas de él. Y cada mañana, antes de que él se ponga a trabajar, en su escritorio encuentra un pequeño bocadillo y una gardenia recién cortada.

Leonard echa su silla hacia atrás y camina a grandes zancadas hacia la puerta abierta de la tienda. Se quita su gorra barata de la cabeza mientras Marianne sale a la luz.

—¿Quieres venir a tomar algo con nosotros? —le pregunta—. Estamos ahí sentados.

CAPÍTULO DIEZ

Escribo unas cuantas palabras en mi cuaderno. Todavía queda tinta en la pluma estilográfica de mi madre.

«Estoy tan contenta... Anoche Jimmy me dijo en la cama que deberíamos encontrar un modo de quedarnos en Hidra para siempre, y hablamos de cómo nuestros hijos subirían por la colina hasta la escuela que hay cerca del pozo desde una casa pintada de blanco que sería solo para nosotros y de cómo Jimmy iba a aprender a navegar y que tendría un barco pequeño como el de Axel».

Jimmy se ha bronceado mucho, y el pelo le ha crecido con unos rizos como de chico gitano. Lo miro y mordisqueo la pluma más de lo que escribo con ella. Su propio cuaderno se está llenando de criaturas marinas; alegorías sobre el amor y la guerra, según él. Me muero de ganas por que me lea algo. En su rincón de la terraza, Bobby casca un huevo sobre un plato, y, sobre un panel de cristal, dispone unas diminutas pirámides de pigmentos y pinta con témperas. Unas bestias con tentáculos entrelazados y piel resbaladiza observan el mundo a través de los ojos apenados de los santos humanos.

Parece que todos menos yo se han sumido en un fervor creativo. Edie y Janey pasan horas encerradas en el piso de arriba, cosiendo trajes para la fiesta de Trudy, tan reservadas como nuevas novias, y un toldo de barco que antes era rojo y ahora ha adquirido un tono rosa pálido desteñido por el sol cae desde el estante que hay entre ellas. En la terraza, Jimmy decora nuestros sacos de lino con tonos pastel que pretende adornar con hojas de higueras de verdad en la parte frontal, mientras que por detrás ha pintado unos traseros realistas y bastante bien formados. Luego quiere que vayamos a recoger ramas y flores para nuestros tocados.

Bobby se toma un descanso de su pintura, y lo acompaño para ayudarlo a ordenar algunas piedras que ha estado coleccionando de la playa. La mayoría de ellas no son más grandes que unas canicas. Las verdes son como el jade, la malaquita, el moho del queso y el liquen. También hay piedras rojas con todos los tonos de la carnicería; marrón siena, bronce y gris con vetas blancas; otras blancas como la nieve y del color negro puro de la obsidiana. El mar de aquí es tan claro que se puede nadar hasta donde cubre y seguir viendo el brillo de todos esos colores que relucen como piedras preciosas a través del agua. En la terraza parecen polvorientas e incongruentes, amontonadas junto a los geranios de colores vivos. Bobby vacía su bolsillo a nuestros pies. Estoy dispuesta a hacer cualquier cosa por seguir cerca de él; así hemos actuado siempre.

Bobby y sus ideas: es fácil caer en ellas cuando no se tienen ideas propias. Desde que tengo memoria he sido su ayudante voluntaria, con los bolsillos llenos de caparazones de caracol que habíamos recogido en el parque, pintando macarrones o recortando revistas, moliendo pigmentos, hirviendo pegamento con zinc para aplicar una capa sobre sus lienzos.

Somos sociables, niños una vez más. Jimmy se ha desplazado por la terraza para echar una partida de póker con Marty, un hombre de Texas de casi dos metros de alto que arrastra las palabras de un modo un tanto impresionante. Tenemos pilas para la radio, la cual mantenemos sintonizada a la estación de las Fuerzas Armadas de Atenas. Más que nada ponen música country y del oeste, aunque de vez en cuando pinchan una canción pop que suena mucho últimamente y que todos nos sabemos de memoria, por lo que cantamos a su ritmo. En cada estribillo, Jimmy se da la vuelta para cantar hacia mí: «Nunca habrá nadie más que tú para mí. Nunca jamás podría

116

haber alguien más que tú». Y yo lo miro, en medio del aire luminoso, con las cartas desplegadas frente a su pecho, y lo creo.

El Marty de Texas es otro pintor, y parece que más o menos ha trasladado su enorme cuerpo a la habitación de Janey, aunque ella no lo considera su novio.

Bobby no sabe muy bien qué hacer con su cada vez mayor colección de guijarros.

—Todavía me lo estoy pensando, son fragmentos de una idea —dice, pensativo—. Ya sabes a qué me refiero. Solo dispongo mis materiales.

Eso sí resuena en mí.

—Así me siento yo —le suelto, y mi tristeza me invade como una marea—. Estoy hecha de todas estas piezas, y no sé qué es lo que debe ser el conjunto… —Lanzo una piedra negra y redonda hacia una pila llena de sus amigas.

Bobby, agazapado frente a mí, deja de rebuscar entre las piedras. Oigo un grito que proviene de la mesa cuando Jimmy lanza su mano ganadora y se reclina sobre los cojines.

—Has tenido suerte con Jimmy, quizás eso sea suficiente para ti por el momento —dice Bobby, mirándome desde abajo—. ¿Tú qué crees? —Intento sonreír cuando Jimmy sostiene un puñado de dracmas y exclama: «¡Nena, somos ricos!».

»¿Ves? —continúa Bobby—. De verdad, Erica. Eres muy joven. Tienes suerte de que mamá te haya dejado dinero suficiente para no preocuparte por un tiempo.

Se me hace difícil hacerle entender lo que quiero decir, que me siento como algo amorfo, un trozo de arcilla que alguien ha sacado de un almacén húmedo y que ahora debe encontrar su propia forma bajo el sol. Le digo que mamá siempre me decía que el mundo estaba a mis pies y que a mí me daba pánico porque ser una gigante cuando todos los demás no lo eran sería algo terrible. Sabía, y más aún cuando estaba en su lecho de muerte, que había cosas que ella quería para mí, decisiones que podía tomar de un modo distinto al de ella, pero, como nunca había sido capaz de encontrar las palabras adecuadas para decírmelo, me costaba darles forma.

—Pasé mucho tiempo con ella cuando no podía salir de la cama. Aquel habría sido el momento de hablar de lo que debería hacer con mi vida, o al menos de que fuera sincera sobre la suya.

—Bueno, mira todo esto. —Bobby hace un gesto hacia Jimmy, y, más allá de él, hacia el mar y el horizonte—. No está tan mal, ¿verdad, bonita?

El sol aprieta con fuerza contra la terraza, y el cielo azul e impoluto contrasta con mi nerviosismo. Al otro lado del barranco, los niños en el patio de la escuela entonan su alfabeto.

Bajo la voz porque no quiero que Jimmy me oiga. Él y Marty han comenzado una nueva partida: doble o nada.

—Tienes razón, Bobby. Quizá sea suficiente vivir en un lugar bonito con alguien con talento. Pero ayer, mientras hablaba con Marianne, y sabiendo lo que sé sobre el comportamiento de Axel…, no sé. ¡Y ahora George va a escribir que Charmian es una adúltera! ¿Te lo había contado ya?

—Esas dos no hacen que ser una musa parezca tan divertido, ¿eh? —responde Bobby tras echarse a reír. Le propino una patada de broma por pura exasperación—. Pero bueno, Charmian es una devorahombres, se le nota en la mirada —continúa, devolviéndome la patada de mentira con un pellizco.

Me froto el brazo. Los pellizcos de Bobby siempre son menos juguetones de lo que pretende. Continúo mientras me escuecen los ojos.

—Sé que no te gusta hablar de esto, pero es que me da miedo que no conociéramos a mamá de verdad, y a veces no puedo evitar que me dé una sensación como de inestabilidad, ¿sabes a lo que me refiero?

Hace un mohín y niega con la cabeza. Empiezo a pensar que debería echar el freno.

—Es como ese estornino pequeño que nos llevamos a casa desde los Jardines Kensington, ¿te acuerdas? —Bobby suelta un suspiro y niega con la cabeza una vez más—. Tú y todos los demás en esta isla estáis volando. —Señalo hacia los caballetes, las cajas de pinturas y los tarros con brochas—. Y yo ya casi ni escribo nada. No tengo ni idea de lo que debería hacer ni de si algún día se me dará bien, y a veces solo quiero que mamá esté aquí... —Me empiezan a escocer más los ojos—. Y el estornino siempre iba a morir, porque, por muchos gusanos y demás cosas que encontráramos, por mucha agua que le diéramos, solo su madre podía enseñarle a volar.

Bobby se queda callado, y veo que las sombras regresan a su rostro, por lo que me arrepiento de habernos estropeado el día. Tras un rato, se pone de pie y me gruñe:

—No sé de qué te preocupas. Todos vamos a acabar saliendo por los aires cuando nos bombardeen de todos modos. —Tras lo cual se dirige al interior a por una cerveza.

Voy a la tienda de Johnny Lulu a por más cerveza, porque sé que Jimmy se ha bebido la última. Es lo menos que puedo hacer después de haber lloriqueado así. Además, hoy me toca cocinar, y Creon, el amigo de Charmian, me ha prometido un salami. Se me empieza a dar bien encontrar los escondites secretos de buena comida que hay por la isla, en especial desde que a Jimmy le ha llegado tanta inspiración y cada vez me toca más veces preparar la comida.

Una vieja parra cae por un muro hacia la calle, con sus hojas jóvenes y tiernas, y casi pide que se la coloque alrededor de la carne y las especias para preparar *dolmas*, aunque no sé cómo se hacen. Axel y Patricia se dirigen en mi dirección, tomados de la mano, y yo me meto en el callejón de la carnicería, busco una sombra y me escondo contra la pared. Patricia tiene el pelo mojado y le gotea en la parte frontal de la camisa. Un gato atigrado me pasa entre los tobillos, por lo que me alegro de tener una razón para agacharme y acariciarlo mientras los sigo mirando.

Patricia es diminuta y camina con fuerza. Gesticula con su mano libre; las partes mojadas de su camisa se aferran a ella, y veo que no lleva sujetador. Axel está tan cerca de ella que no se podría pasar un sedal entre ambos. Parecen muy animados los dos, mientras comparten una conversación a toda prisa.

Patricia se detiene justo al lado del callejón. Él se da la vuelta y le recoge el pelo en un moño húmedo.

—Aquí es donde nos despedimos —dice ella, y él se la queda mirando durante lo que me parece un rato dolorosamente largo. No le suelta el cabello. Ella tiene los ojos enormes como los de una niña pequeña.

Axel se enrosca el cabello de ella alrededor de su mano mientras habla.

—No tienes ni idea de cómo me está torturando mi mujercita… —Me cuesta oír bien lo que dice—. Esta noche va a preparar *fårikål*. Su caldero negro y enorme de carne de carnero y col lleva todo el día hirviendo a fuego lento sobre el carbón. Sabe que es mi plato favorito. Cada hombre noruego queda encandilado por la brujería de ese vapor, pero esta noche me taparé la nariz.

Se echa a reír como si fuera una broma y le suelta el pelo. Patricia se queda seria, con sus ojos cada vez más brillantes. Axel es rubio y larguirucho, un hombre con el aspecto de un niño malcriado. Tiene el cuello de la camisa bien colocado, y el pelo separado por una línea en el medio, el tipo de peinado que una canguro le habría podido hacer con un peine de metal.

—Te lo repetiré hasta que me hagas caso, Axel —empieza a decir Patricia, conteniendo las lágrimas—. No puedes abandonar a tu hijo solo porque me hayas conocido a mí. No puedes romper tu vida así. —El gato atigrado está tirando del salami de mi cesta, pero no puedo apartarlo sin hacer ruido y que se enteren de mi presencia.

—Tampoco puedo quedarme ahí ahogado en su pasividad —responde Axel, meneando la cabeza, antes de ponerle un dedo a Patricia sobre los labios—. Los dejaré a sabiendas de que seré el peor cabrón del mundo, pero los dejaré. —La voz se le entrecorta, pero entonces la vuelve a agarrar del pelo y la besa sin importarle un bledo quién pueda verlo. El gato se eriza cuando aparto la cesta de él, y me alejo a toda prisa, soltando maldiciones y lamiéndome la sangre del dorso de la mano, de camino a ver a Charmian a la velocidad de una niña pequeña que necesita que su madre le ponga una tirita.

CAPÍTULO ONCE

La casa de Charmian y George destaca, estoica como un juez, en el lugar en que cinco callejones estrechos y peldaños se unen en el pozo del pueblo. Como de costumbre, hay un corrillo de mujeres en la plaza adoquinada, una bandada vestida de negro que saciaba algo que no era sed, pues el pozo solo ofrecía agua salada. Unas trinitarias sobresalen de un jarrón, con un tono rosa de lo más apasionado, junto a la puerta frontal. Recorro el recibidor a toda prisa en dirección al verde oscuro de la cocina, donde Zoe está extendiendo una masa con un rodillo, con Booli a su lado, bronceado y sin camiseta.

—¿Está Charmian en casa? —pregunto entre jadeos, y Zoe me mira, sorprendida. Señala hacia la escalera, pero hace un gesto como de degollarse. Booli la ve y suelta una risita. Yo no le hago caso y me dirijo a la puerta lateral, subo los peldaños de piedra a toda velocidad y recorro el salón en el que Max se ha tumbado en el suelo. Mueve la cola de un lado para otro sobre la alfombra mientras yo aguzo el oído para tratar de oír el traqueteo de la máquina de escribir, aunque lo único que oigo son unas campanitas y unas pezuñas que caminan conforme una fila de burros pasan por la calle. Dejo a Max con su añoranza y subo los estrechos peldaños de madera hasta el estudio.

Paso la mirada por la sala. Charmian no está, sino que solo veo a George apoyado sobre su mesa, con una pipa de escaramujo apagada que le cuelga de la boca. Veo las palabras «QUE LE DEN A VIRGINIA WOOLF» en mayúscula y en negrita entre las imágenes de su tablón de corcho, pelotitas de papel arrugado a sus pies y un globo terráqueo lleno de polvo en la estantería a su lado. George se ha pasado los dedos por el pelo y se ha dejado unos surcos. Se da media vuelta y, por un momento, sus ojos cansados se iluminan tras sus pesados marcos cuadrados. Se da un golpecito en la rodilla como si esperara que me fuera a sentar en ella y suelta una carcajada.

La puerta que conduce a la terraza está abierta de par en par, y, gracias a Dios, allí está. Es una silueta al estar a contraluz, con una mano apoyada en la pared de la terraza mientras exhala su humo hacia el mar. Se da la vuelta al oírlo y pasa por la puerta con un alarido como un gato con el pelaje erizado.

—¡Erica!

Doy un paso atrás. Su furia bien podría quemarme. Una fotografía en blanco y negro tiembla en sus manos.

Miro de ella a la foto que empuja hacia nosotros. Se trata de un retrato de una niña pequeña, una niña china muy delgada con ojos redondos y hambrientos y un flequillo cortado a trompicones. Está delgada como un fideo y lleva un vestido sucio y deshilachado, como una muñeca de trapo que alguien ha lanzado al barro.

—Por el amor de Dios, ¿qué es lo que quieres, Erica?

Balbuceo algo: Axel, Patricia, con la voz temblorosa. Charmian lanza la fotografía al escritorio de George.

—Esto —dice, señalando la imagen con fuerza—, solo esto. —George esconde la cara entre las manos, y, antes de que me dé tiempo a recobrar la compostura, Charmian levanta un libro de la mesa y grita—: ¡No nos ayuda tenerte ahí con la boca abierta! —Lanza el libro, cuyas páginas revolotean al aire, y este cae con un golpe polvoriento frente a mis pies. Mientras me echo atrás, todavía sigue gritando cosas como: «Estoy harta de cómo actúas cuando estás con él, con todo el trabajo que tiene por hacer» y «Vete a la mierda, y no vuelvas».

Casi he llegado a casa, pero ahí está Bobby, bajando por las escaleras en mi dirección, cargado con dos botas de agua que cuelgan del yugo de madera.

—Me he cansado de esperar la cerveza —me dice. Es demasiado tarde como para secarme los ojos, y él me dedica una mirada exasperada—. ¿Qué pasa ahora? —Su camiseta está empapada por el sudor de haber cargado con el agua.

Empujo la puerta de casa para abrirla, demasiado avergonzada para contarle lo que acaba de ocurrir, aunque los rugidos de Charmian siguen resonando en mis oídos. Me aparto de en medio para dejarlo pasar. Las botas chocan como dos pellejos pesados. Meto una mano en la cesta para mostrarle la cerveza, la cual se ha llevado un buen meneo mientras me alejaba de casa de Charmian, por lo que estalla cuando la abro. Confieso solo la parte de haber escuchado a escondidas y lo que he oído que Axel le decía a Patricia. Le digo que lloro por la pobre Marianne.

Bobby me quita la cerveza y me acuna un lado de la cabeza. Da un gran trago y suelta un gruñido antes de volver a cargar con una bota por encima del hombro.

—¿Por qué siempre te preocupas tanto por lo que no es de tu incumbencia? —El agua entra en la tinaja con bastante ruido. Quiero darle una patada a mi hermano, pero no me atrevo. En su lugar, huyo a mi habitación y me entierro bajo las sábanas.

Y vienen de la oscuridad los rostros delirantes y enfadados, todos gritándome y distorsionados como la cera al fundirse. Primero Charmian, con unos ojos que arden del color de la absenta. El libro sale volando de su mano, y mi padre viene detrás de ella, con la cara invadida por la ira.

—¡Vete! ¡Sal de aquí y no vuelvas más!

Y entonces llega Bobby, entregado a sus puños sin control, Bobby lanzando piedras mientras mi madre lleva una máscara de maquillaje compacto y los labios pintados. Un aplicador de polvo rosa explota sobre la moqueta. Mi madre me cubre los ojos con las manos, pero, detrás de ellas, Charmian me ataca con su fotografía, y la pequeña niña china yace rota y deshilachada, con los ojos iluminados por el hambre.

Tras un rato así, quedo reducida a una bebé que llora por su madre, y es de ese modo como Jimmy me encuentra. Jimmy Jones empieza a lanzar su conjuro, aparta las sábanas y reemplaza los rostros de la pesadilla con el suyo, con sus labios suaves y cálidos con todas las promesas que contienen. Bota hasta que los muelles de la cama se ponen a cantar, y yo accedo a dejar de ser una pobre diabla y a acompañarlo a las colinas para recoger flores para nuestros tocados para la fiesta de esta noche.

Nuestros disfraces no son apropiados para los ojos del puerto, así que subimos por las escaleras traseras y los callejones escondidos hasta cruzar hacia la mansión Tombazi mientras intento que Charmian no consiga aguarme la fiesta. La luna brilla como una moneda abollada sobre las montañas, y Jimmy parece más deidad que hombre bajo sus guirnaldas de vides y granadas diminutas, aunque tiene que ir tirando de mí por todo el camino. Mantiene sus dedos entrelazados con los míos mientras subimos. Yo lo mando a callar porque no quiero que los demás se enteren de mi destierro. Janey y Edie llevan un abrigo largo sobre sus trajes, con los ojos enormes y con pestañas falsas. Es imposible que entiendan por qué Charmian significa tanto para mí. Es más, ni siquiera yo lo entiendo del todo.

Bobby lidera la comitiva, un Jasón improvisado con el torso desnudo y una lana rizada y pálida extendida sobre un hombro. Justo antes de llegar, me atrae hasta su pecho, me llama «bonita» y murmura que siente haberme hablado mal antes. Contengo las lágrimas al inhalar aire y capto el hedor del ocupante original de la lana.

—Dime que no soy un mosquito molesto —le pido, y él suelta un gruñido.

—Solo a veces. —Y pretende apartarme con una mano. Eso hace que me sienta un poco mejor. Creo que no nos hemos dado un solo abrazo desde que nos fuimos de Londres.

El pistachero del jardín de la escuela de pintura tiene un montón de lámparas de papel colgadas, y el camino que conduce hacia la puerta está iluminado por velas metidas en botes. El tablero blanco y negro del gran salón de mármol es de lo más suave bajo nuestros pies. Una especie de hombre pájaro y una ninfa vestida de negro con alas de tul vuelan por delante de nosotros mientras sus campanas tintinean. Alguien está tocando el piano, y Edie y Janey se separan del grupo para ir en busca de Trudy y mostrarle su vestido de cumpleaños.

La sala está llena de sombras que saltan, y el ambiente está espeso por el incienso. Junto a la pared hay una gran mesa sobre la que unas velas largas como de monasterio gotean cera en las cuencas de los ojos de cráneos de cabra, dispuestas entre platos de comida y jarras de vino. El incienso arde desde las fosas nasales, unas rosas rojas aparecen en cada mandíbula blanca como la tiza, y unos montones de gelatina de color rojo y verde venenoso pulsan y relucen; hay cuencos de pequeños calamares fritos, bandejas de *dolmas* diminutas, chuletas de cordero, olivas rellenas de anchoa, paneras a rebosar de pan, y, en una enorme pila en el centro, una pirámide de tartas de miel con pétalos de rosa caramelizados por encima. Bobby se lanza a la mesa y nos sirve vino en nuestras tazas. En el piano, el exparacaidista Charlie Heck comienza una nueva canción.

De entre las sombras aparece un Jean-Claude Maurice prácticamente desnudo, con un taparrabos con estampado de cachemir, el torso descubierto y las piernas embadurnadas de pintura dorada, mientras agita un tallo de hinojo con la mano.

—Cuidado, ahí va Dioniso —dice Jimmy.

—Más bien parece un ciervo viejo en celo —responde Bobby con un resoplido, y yo me echo a reír con ellos, aunque a decir verdad no puedo apartar la mirada de Jean-Claude. ¿Es verdad que Charmian tuvo una aventura con él? La pintura dorada de Jean-Claude resalta sus músculos, y sostiene el tallo de hinojo entre los dientes mientras baila.

Marty —o, mejor dicho, Orión, que es como quiere que lo llamemos esta noche— aparece con un rugido. El colosal texano sostiene una daga y un escudo y lleva un cinturón lleno de estrellas. Carl y Frank, con togas hechas de sábanas, entran corriendo con unas antorchas encendidas, y Charlie comienza a tocar la sintonía de «Cumpleaños feliz» en el piano cuando la cumpleañera hace acto de presencia.

Resulta imposible ver que el vestido de Trudy había sido en otro momento un toldo viejo y desgastado. Desde una amplia cinta, la falda sobresale en capas rosadas rectas; lleva una rosa en un hombro y parece lista para presentarse ante la reina.

Le cantamos mientras Trudy gira con su vestido de debutante y sus ayudantes se quedan de pie con sus sonrisitas, iluminadas por la atención de la otra chica sin avergonzarse. No llevan nada más sustancial que unas viejas redes de pesca y purpurina. Pese a que Janey se ha puesto un discreto camisón debajo, está claro que Edie ha decidido pasar de ello. La red de pesca se junta y cae en pliegues y giros; imagino que revela más de lo que ella había pretendido. Unos pececitos de plata hechos de papel de aluminio de cajetillas de tabaco relucen en las puntas de los pechos de Edie cuando alguien se echa adelante para hacerle una foto con flash.

Bobby tiene cara de mal humor. Ve que lo estoy mirando y me ofrece un calamar de su plato, el cual parece una brillante Medusa bajo su nudo crujiente, pero tengo hambre, dado que la pelea con Charmian de antes me ha quitado el apetito a la hora de comer. Le doy un bocado y bebo un trago de vino mientras Edie empieza a moverse al ritmo de la música. Un gramófono emite rock and roll desde el alféizar de la ventana, y las faldas de Trudy dan vueltas conforme Jean-Claude la hace girar por la pista de baile, aunque sé que la mayoría de nosotros no estamos mirando a Trudy sino a Edie, quien mece los brazos en el aire perfumado y hace que los pececitos bailen.

Como un hombre en trance, con la mirada fija en ella, Leonard se separa de un grupo que se ha reunido en un rincón. Bobby aprieta con más fuerza su vaso cuando, con algunos pasos de baile bastante diestros, Leonard se acerca a ella. Leonard lleva la camisa abierta un par de botones más de lo normal, aunque, más allá de eso, parece ir vestido como cualquier otro día.

La expresión que pone Bobby es una que conozco muy bien, y el corazón se me desboca cuando veo que los nudillos se le ponen blancos por la fuerza que hace.

—Creo que Bobby está a punto de estallar —le susurro a Jimmy, y me acerco a Leonard, cuya mano ya está sobre el hombro de Edie. Él se da la vuelta, e imagino que se le da bien leer la expresión de los demás.

Echa un vistazo hacia Bobby, asiente y se acerca un paso más hacia mí.

—Dame la mano —me dice, y me parece una buena mano que sostener.

Bailamos el *jive* un poco y nos marcamos un Madison antes de que me lleve por toda la pista de baile de un modo bastante caballeroso, y entonces todo el mundo se pone a bailar el twist, y la fiesta se acaba trasladando a la logia. Dejamos nuestros vasos sobre la barandilla de mármol tallada y damos las gracias a Dios.

La enorme luna reluce en el cristal negro que es el puerto. Ya no queda mucho tiempo hasta que Jimmy tenga que volver corriendo a casa para cambiarse a un atuendo más apropiado para salir a pescar. Solo escucho lo que dice a medias: Leonard, Göran y él están hablando de poemas de amor, pero otra cosa capta mi atención. Marianne está sola y se llena el vaso con una jarra de vino. Se bebe uno entero antes de volver a llenarlo y bebérselo también. Veo que le tiembla la mano mientras se echa más vino.

Axel y ella han llegado tarde a la fiesta; él con una chilaba completa, y ella con su vestido naranja, además de una especie de joya que le cuelga de la frente. Quise dejar de bailar e ir a hablar con ella, pues pensaba que podría explicarme por qué Charmian había perdido los papeles conmigo antes, solo que casi de inmediato ella y Axel se han metido en una de esas peleas que acaban a empujones, por lo que todo el mundo les ha dejado espacio. Ahora no podría tener un aspecto más solitario ni aunque quisiera, de pie junto a la barandilla y con la mirada perdida en el golfo.

Leonard todavía no se ha percatado de la presencia de Marianne, ya que está demasiado ocupado importunando a Jimmy y preguntándole por qué nunca me ha escrito un poema.

—¡Mujeres! Cualquier mujer que conozcas merece un poema. Piénsalo: conoces a una chica, te cae bien, y parece que no puedes expresarte como es debido. Lo más fácil es plasmar lo que sientes en un trozo de papel.

Un sollozo suena desde el otro lado de la galería, y Leonard se da la vuelta. Como un gato asustado, Marianne ha encontrado el único espacio oscuro y se ha agazapado con las manos en el rostro, en medio de un montón de caballetes.

Leonard saca un pañuelo del bolsillo y lo sostiene frente a ella. La convence para salir de entre las sombras con amabilidad y palabras bonitas. Le quita el vaso de la mano para hacerlo a un lado, y, en lo que parece ser demasiado pronto, las lágrimas de ella se tornan en carcajadas cuando él se las limpia del rostro. Leonard le da la mano y, cuando pasan por delante de nosotros, veo que la diadema que lleva en la frente está hecha del caparazón de un cangrejo, vidrio marino y un cordel.

—Venga, Marianne —le dice Leonard antes de poner su chaqueta sobre los hombros de ella y despedirse de nosotros.

Gracias a Leonard, Jimmy me recita unos poemas cliché hasta que llegamos a casa, además de por el camino hasta el puerto, en Kamini. «Erica, la adoro, menudo tesoro...» es más o menos el nivel de los poemas. Estoy lo suficientemente contenta conforme nos toqueteamos mientras bajamos los peldaños y por los callejones iluminados por la luz de la luna.

Comienza a canturrear la canción que ha estado sonando por la radio, aunque cambia la letra para que sea «Nunca encontrarás a alguien como yo», y entonces veo que se le ha hecho un agujero a la altura del codo en su jersey Guernsey azul, y me parece que lo que dice es tanto una bendición como una maldición.

Todo está tranquilo en el puerto, no hay ni un pescador. Paseamos hasta el malecón para confirmar que el barco pesquero de Panayiotis no haya zarpado sin él, pero ahí está, lleno de cuerdas y redes, meciéndose ligeramente en su amarre.

Jimmy me dice que, en cuanto tenga dinero suficiente, nos comprará un barco y lo pintará de color verde guisante.

—En ese caso, antes de que zarpemos tendré que arreglarte mejor el jersey —le respondo mientras regresamos al puerto—. Te va a hacer falta para los inviernos de aquí. —Entonces pienso en el mar embravecido a nuestro alrededor y me imagino el brillo de una parrilla de carbón en la cueva que tenemos como habitación.

Oímos música que sale de los altavoces del interior de Lagoudera, y Jimmy dice que se pasará por allí a por algo de beber. Pese a que el bar ha abierto hace poco, solo hemos ido una vez, pues nos echan para atrás los visitantes de Atenas que vienen a pasar el fin de semana y las personas de los yates a quienes no parece importarles pagar cuatro veces más de lo normal. Por lo que se oye, se está produciendo algún tumulto, aunque nos distraen las cuatro siluetas que hay al borde del puerto. Desde lejos parecen cadáveres.

Están ahí tumbados, con el bordillo como almohada: Leonard, Marianne, Axel y Patricia, uno al lado del otro, apretujados como sardinas. No es hasta que oímos la voz de Leonard que nos damos cuenta de que están admirando las estrellas. Leonard dibuja una constelación con el dedo.

—Muy pequeña entre las estrellas, muy grande en contraste con el cielo —dice. La joya de cangrejo de Marianne se ha esfumado, lo que le ha dejado un hueco; tiene las rodillas dobladas, de modo que el vestido naranja se le sube por los muslos. Está apretujada entre Leonard y Axel, y, a pesar de que pasamos por allí a toda prisa y tratamos de no quedarnos mirándolos, veo que el cuerpo de Axel se aleja del de su esposa para acercarse al de Patricia al otro lado, como una planta que busca la luz solar.

Al otro lado del ágora hay gente bebiendo fuera de donde Katsikas. Panayiotis y el resto de su tripulación están allí, y me encojo un poco al ver a Charmian en su mesa, junto con George, Chuck, Gordon, Patrick y Nancy. La *troupe* lleva su ropa de invierno en la isla como si fuera algún tipo de medalla; tienen más señales y bromas compartidas que los masones; pueden cernirse sobre alguien y decretar que es una porquería o un holgazán y desterrarlo en un abrir y cerrar de ojos.

Charmian está hablando, gesticulando con los brazos de un lado para otro, y los demás se echan a reír ante lo que sea que su reina les haya soltado. La veo ponerse de pie para marcharse, lo cual parece involucrar a Patrick arrastrándose a sus pies y jugueteando con su falda. Antes de que pueda detenerlo, Jimmy la saluda, y Charmian viene hacia nosotros dando saltitos, con una sandalia en el pie y la otra en la mano.

Parece que está intentando atracar en un mar agitado.

—Vámonos, Jimmy —siseo—. Está borracha. Llévame a casa.

—¡Erica, no te vayas! —Charmian suelta la sandalia y extiende los brazos—. Lo siento mucho. ¿Vienes a tomarte algo y te explico?

CAPÍTULO DOCE

S algo a comprar con Charmian como si no hubiera pasado nada. Es una mañana fresca, y yo me siento tan ligera como la brisa inquieta que hace que los banderines y las banderas del puerto bailen. Charmian llena su cesta de alcachofas, una verdura que solo he visto en cuadros, y yo me ofrezco a ir primero a la carnicería para comprar unas patas de cordero razonablemente magras para que podamos preparar *dolmas*. Anoche me prometió que me iba a enseñar a hacerlas. Ha decidido que hoy será un «día en familia», y me ha dicho que debería acompañarlos, que claro que me recibirán con los brazos abiertos siempre que no estén trabajando, aunque nunca debo entrar en la habitación cuando sí lo estén. Lleva un sombrero con un ala amplia que tiene una cinta de color verde desgastado que es del mismo tono que sus ojos. Solo las ojeras que tiene bajo ellos muestran parte del exceso de bebida de anoche.

—Shane y Martin duermen como osos hibernando cuando no tienen que ir a clase, así que sería maravilloso que vinieras si estás segura de que no tienes nada mejor que hacer.

Cuando me sonríe, me doy cuenta de que ya no me percato del diente que le falta.

—Ya no sé quién va a venir a cenar hoy, así que tengo que preparar papeo suficiente para todos y más —dice, mostrándome la lista que ha garabateado en una cajetilla de tabaco. Alza el cuello de su camisa para protegerse del sol, y, a pesar de que lleva la camisa llena de parches y de que está desgastada, su elegancia persiste. Hasta el viejo cordón de zapato que usa para recogerse el cabello parece a la moda.

Le vendría bien algo de ayuda, y yo estoy disponible. Jimmy ha pasado la noche fuera dinamitando peces con Panayiotis, por lo que tampoco lo voy a ver mucho de todos modos. Tomo una de sus cestas.

—Jimmy dice que soy una distracción, así que tengo todo el tiempo del mundo.

Bajo el ala de su sombrero, Charmian menea la cabeza en mi dirección, aunque la distrae una mujer que la llama con un acento británico bastante refinado.

—Chispas —dice Charmian, señalando el vientre de la mujer—. ¿Otra vez ya?

La amiga de Charmian, Angela, es una diosa de la fertilidad con un cabello largo y liso y unas joyas turquesa a juego con sus ojos. Carga con un bebé de ricitos rubio platino por encima de su vientre, mientras que un segundo bribón de cabello rizado sale de entre sus faldas, chupándose un pulgar.

La casa en la que vive esa familia se está cayendo a pedazos a su alrededor, pero Angela parece de lo más tranquila. Charmian llama a Mikhailis, quien podría saber si hay algún otro sitio en el que puedan quedarse. Las dejo atrás y me dirijo rumbo a la carnicería mientras solo pienso en que sería mejor que mis hijos heredaran los rizos marcados de Jimmy y no los míos, más despeinados. Sueño con que el proyecto de Jimmy da frutos, con sus cuadros en la pared de una galería, su nombre en los periódicos y un libro fabuloso. Hasta me permito pensar en una dedicatoria apasionada.

Está claro que Apostolis, el carnicero, también es un artista. Esta mañana, en su ventana, tiene un nuevo cuadro: seis corderos diminutos y desollados colocados en fila, con las patas dispuestas como bailarines en un escenario lleno de romero y flores de hibisco. Me da una punzada de dolor pensar en Apostolis, con su delantal manchado de sangre.

—Por Dios, va a hacer que toda la isla se vuelva vegetariana si sigue así —comenta Charmian, tras volver a mi lado.

Yo ya hace tiempo que he perdido mis miramientos. Ambas estamos de acuerdo en que esta expresión artística por parte de

Apostolis es más interesante que los paisajes del puerto y los barquitos coloridos que han empezado a salir en los caballetes de la calle.

En esta isla no caben los remilgados. He visto a niños dar flores de comer a sus corderitos para luego lamerse los labios y mojar el pan en las burbujitas de grasa que gotean del cordero de Pascua que da vueltas en el asador en medio de la calle. Dos veces a la semana, oímos los alaridos que salen del matadero. Vemos sangre y entrañas que se dirigen al mar. Los corderos y las cabras llegan con los barcos del mercado, y en ocasiones se liberan y acaban corriendo entre las mesas de la cafetería mientras recorren el puerto: «¡Mira! ¡Esa tiene los ojos de Sophia Loren!». Ya no damos la carne por sentado.

Volvemos a casa de Charmian con más peso que antes por culpa de las cestas y nos encontramos con un alboroto nada más llegar. Booli se ha puesto a llorar, y Shane, a gritar y a hacer una pataleta en las escaleras. Entramos con dificultad y con comida y vino suficiente para dar de comer a toda una colonia extranjera durante una semana mientras Shane se abalanza sobre nosotras, con Booli detrás de ella, gritando en griego.

—*Tha ertho kai ego, tha ertho kai ego.* —Booli se aferra a la falda de Shane, da un fuerte pisotón e insiste, mientras Shane trata de quitarle los dedos de la prenda.

—Booli quiere venir a arruinarme el día —grita ella, tratando de escapar mientras blande una toalla de un montón de prendas para la colada que encuentra por el camino—. El tío de Rita, de Atenas, nos va a llevar en barco hasta la bahía de San Nicolás.

—¿Ah, sí? —responde Charmian, aferrándola del brazo antes de que consiga huir.

Shane la fulmina con la mirada desde debajo de su flequillo.

—Ya te lo había contado, Mana. Nunca me escuchas, es como hablar con una pared.

—*Mazí sas! Mazí sas!* —Booli se abalanza de nuevo contra su hermana, pero ella se aparta, y el niño acaba dándose de cabeza contra el pozo. Charmian actúa con tanta calma como una enfermera veterana. Rasca algo de hielo del refrigerador y lo envuelve en un paño. Booli patalea un poco en su dirección cuando ella le pone el trapo en la frente. Shane se queda de pie por encima de los dos, con las manos en las caderas, y su hermano la mira con los ojos temblorosos por las lágrimas hasta que ella suelta un suspiro y extiende la mano, tras lo cual Charmian sale corriendo para ir a buscar las sandalias de Booli y sombreros para los dos.

—Vaya, ahí va mi día en familia —dice después de que se hayan ido—. Aun así, si es el tío de Katsikas que creo que es, van a asar una cabra en la playa, así que sé que se van a poner las botas.

Me obliga a prometerle que iré a la bahía de San Nicolás en cuanto alguien que tenga barco me lo ofrezca.

—La playa está llena de piedras suaves y es maravillosa para nadar —me dice y suelta un suspiro, como si esas cosas ya solo pudieran ser recuerdos para ella.

La sigo al jardín para recolectar hojas de vid. Al otro lado de las altas paredes del patio, las campanas de la isla suenan: las de las iglesias, las de las cabras y el tintineo de las de los burros que pasan por allí. La luz se vuelve de un color verde pálido al atravesar las hojas de vid que ya están rodeadas de racimos de uvas. Un limonero viejísimo está medio roto, pero de todos modos contiene un tesoro de flores y frutos como si desafiara el paso del tiempo. El aroma de las ciruelas maduras de un par de árboles atrae avispas. Hay unos tomates diminutos en ramas irregulares, berenjenas que cuelgan de un sorprendente color blanco como los huevos de ganso, menta y albahaca por doquier, un arbusto de romero tan vigoroso que ha partido el barril de vino que lo contiene y unas urnas de piedra y cemento pintado de azul con tacos de reina, geranios y hierbas varias que huelen como un aceite esencial de rosas.

Charmian se sube a un cubo volcado y me hace un gesto para que haga una cuna con la falda para llevar las ciruelas.

—Ya es hora de recogerlas, antes de que los ladronzuelos del lugar salten los muros. El primer año que tuvimos la casa las perdimos todas. George pasó una semana entera de mal humor —me cuenta, mientras le pega un bocado a una.

Llevamos las ciruelas al interior de la casa, y ella saca un disco de su funda.

—Es Brahms, espero que no te importe. —Lo lleva al gramófono antes de continuar—: Ya que estamos, que nos anime esa música tan bonita mientras trabajamos.

La Cuarta Sinfonía de Brahms aumenta de volumen, y yo me dejo llevar por la música, a sabiendas de que siempre me conmoverá esa canción, de que siempre me recordará a ella cuando la oiga. Charmian me muestra cómo disponer las hojas de vid verdes, con las venas hacia arriba. Picamos un buen trozo de carne de cordero y freímos y cortamos cebollas y hierbas varias. El olor me hace rugir el estómago conforme la mezcla se enfría en el alféizar y nosotras mezclamos harina con mantequilla de oveja.

—Mantén la mezcla ligera y fresca —me aconseja Charmian—. Usa agua de la bandeja de hielo cuando estés lista para preparar la masa.

El rodillo de amasar se me da de pena.

—¿Connie nunca te enseñó a hacerlo? —me pregunta, despegando la masa de la mesa—. Lo siento, no quería decirlo así. —Se muerde el labio y me hace un gesto para que extienda las manos y me pueda poner una capa de harina.

Le hablo sobre la señora Dabbs, quien siempre nos preparaba tartas y cenas.

—Porque prefería cocinar a limpiar.

—Ah, sí, claro, ya me acuerdo de la señora Dabbs… —Charmian lleva las manos a la toalla que tiene sobre el hombro para limpiarse las manos—. También me limpiaba la casa. Tenía un reumatismo de aúpa. Siempre tenía la sensación de que tenía que limpiar antes de que llegara ella… —Por un momento, me parece que me va a dar un abrazo, pero se vuelve hacia la ventana—. Tiene que haber sido de lo más aburrido para ti, el estar en la triste Bayswater. La señora Dabbs y tú os quedasteis ahí atrapadas para cuidar de tu padre. Sé que era un hombre complicado.

Me concentro más aún en aplanar la masa.

—Cuando éramos pequeños, tenía que ir al hospital cada dos por tres, y sus rutinas tenían que ser siempre las mismas, un día sí y otro también. Mi madre siempre estaba alerta y siempre tenía la precaución de no molestarlo. A veces era todo un alivio volver a clase. Pero cuando ella murió, yo dejé de ir a clase, así que fui yo la que se quedó ahí atrapada y andándose con cuidado todo el día.

—No te culpo por haberte marchado, claro.

Asiento, incapaz de mirarla a los ojos.

—Lo único bueno que me pasó después de la muerte de mamá fue conocer a Jimmy, y todo se puso patas arriba con papá cuando intentó prohibirme que lo viera. Y entonces tu libro nos llegó por correo, y bueno, aquí estamos todos.

Me doy cuenta de que se alegra de que haya metido su libro en la historia. Charlamos sobre Jimmy un rato, y noto que hace muecas varias veces conforme le hablo de los planes que tenemos. No se corta un pelo al expresar su opinión debido a mi edad, aunque también me dice:

—No tengo ningún derecho a decirte lo que deberías hacer en este mundo tan horrible. —Y sus palabras me provocan un pellizco de añoranza tan intenso que por un momento creo que me voy a echar a llorar. Me saca de ello con varias anécdotas breves; se le dan bien los consejos prácticos. Al parecer, las familias como la de Angela y David pueden vivir en Hidra por quinientos al año.

—Todo suena muy romántico y valiente, pero intenta tener algo para ti sola. Sea lo que fuere lo que quieras hacer, intenta acabarlo y rematarlo antes de que lleguen los bebés…

Me gusta que cuide de mí, y disfruto del sonrojo que los elogios despiertan en ella.

—Pero, Charmian, tú pareces arreglártelas. Tienes libros publicados, hijos, a George y todo esto. —Hablamos de su próximo libro, el cual se va a publicar pronto, y me dice que reza para que sea bien recibido, porque es la primera novela que escribe y que solo tendrá su nombre en la cubierta.

—Cuando Faber publicó nuestras novelas colaborativas, nadie me pidió mi opinión sobre cambios editoriales ni nada por el estilo. Y yo siempre estaba demasiado cansada como para montar un alboroto.

Se enciende un cigarrillo y entorna los ojos por el humo.

—¿Te he contado que una vez conocimos a T. S. Eliot en su oficina de Russell Square...? ¿No? —Tengo hambre de sus historias, hasta de esas que ya me ha contado—. Y bien... allí estaba, en el suelo y a cuatro patas, murmurando algo sobre su cita para el premio Nobel, que juraba que estaba entre los papeles y manuscritos que había tirados por el suelo. —Al parecer, a Eliot le gustaba escribir la copia de la sobrecubierta en Faber—. Y allí estaba yo, con el mismísimo J. Alfred Prufrock, algo con lo que ni me había atrevido a soñar, y ¿sabes lo que hacía? Me preocupaba por cómo llevaba el pelo, por si tenía una mancha de hollín en mis guantes blancos mientras servía el té que su secretaria había traído. Como comprenderás, luego me enfadé muchísimo conmigo misma. Supongo que George no pensaba demasiado en su crema para el cabello ni en su pañuelo mientras hablaba con nuestro ídolo.

Cree que las chicas de mi generación podríamos tener más posibilidades de ganar al combatir contra el *statu quo*.

—Mira a las mujeres de la isla: es como la Edad Media, todas encerradas en casa para cumplir con lo que les digan sus hombres. Supongo que deberíamos dar las gracias por haber avanzado más allá de eso.

Pienso en mamá y en los ahorros que me dejó. ¿Me había comprado la libertad al hacer un poco de trampa cada semana al cumplir con sus tareas de ama de casa? Casi me imagino su tic bajo el ojo derecho mientras papá comprobaba los recibos de compra.

—Todavía dependería de mi padre si mamá no hubiera ahorrado todo ese dinero para mí. Me gusta pensar que estar aquí y todo esto no es una forma de malgastarlo. Todavía no sé qué quiso decirme cuando me pidió que viviera mis sueños.

Charmian se encoge de hombros, me da un cuchillo y empezamos a preparar las ciruelas. Brahms se ha visto sustituido por el leve siseo de la aguja atascada en una rendija.

—Cuando tenía tu edad soñaba con un vestido de lamé plateado y un coche deportivo blanco con tapizado de cuero rojo, aunque creo que tú no tienes sueños tan tontos como los míos. Lo que sí puedo decirte es que Connie era la amiga que más me animó cuando me debatía sobre si dejarlo todo en Londres. Recuerdo que me llevó en su cochecito hasta la librería Stanfords y que me compró un mapa de las islas griegas.

—¡El coche! —Casi le salto encima—. ¿Sabías que lo tenía?

Charmian me hace un gesto para que no haga tanto ruido. Oímos a alguien que se mueve en el piso de arriba.

—No puedes esperar que sepa lo que Connie tenía pensado para ti. Recuerdo que estaba muy orgullosa de lo bien que se te daban los estudios en ese internado pijo. Presumió mucho de ti cuando ganaste un premio por algo que escribiste, a lo mejor hay una pista en eso… En cuanto al coche, era un bonito descapotable verde que tenía para dar vueltas por la ciudad. No tenía nada de misterioso para mí.

No puedo evitar pensar que la llena de alivio que George entre en la cocina, tosiendo, y la interrumpa. Una carta doblada sobresale del bolsillo del pecho de la camisa de él. En silencio, Charmian empieza la rutina de su inyección mientras él se queda nervioso y no deja de llevarse una mano al bolsillo.

Martin aparece en el mismo instante en que la comida llega a la mesa. La comida está conformada por las milagrosas alcachofas, con sus grandes hojas pulposas mojadas en aceite de oliva y limón. George no tiene demasiado apetito; mordisquea las semillas de sésamo del pan mientras se enciende y se vuelve a encender cigarrillos, y Martin charla sobre un pulpo en la playa Vlychos que el viejo de Stavros afirma que puede jugar el juego del molino. Martin planea pedir prestada una máscara de goma e ir para allá a echar un vistazo. Una vez que llego al corazón de la alcachofa, se inclina hacia mí y me enseña a diseccionarlo con una precisión quirúrgica.

Charmian no ha intercambiado ni una sola palabra con George, y él le evita la mirada. El silencio se alarga y vibra como una membrana dispuesta entre ellos. Martin también lo nota y se aleja con un par de chuletas frías. Charmian se queda allí sentada, bebiendo su vino, como si George y yo no existiéramos. Él no deja de mover la mano, hecho un manojo de nervios, y hace rodar miguitas de pan hasta convertirlas en líneas que coloca en fila por la mesa mientras se lleva la mano a la carta y, en ocasiones, echa un vistazo de soslayo a su mujer.

—¿Quién es la niña de la foto? —interpongo cuando ya no puedo soportarlo más—. No consigo quitarme su cara de la cabeza. ¿Es de tu libro?

George se inclina hacia delante ante el silencio roto y me mira fijamente mientras se mordisquea una uña, triste.

—Estuve ahí cuando nuestro compañero tomó la foto —dice—. Era un cabrón sin corazón. Fue en Guilin, en 1945, cuando miles de personas huían de los japoneses e iban derechos a la hambruna... Esa pobre niña estaba viva cuando él se puso a enfocarla con la cámara, aunque murió antes de que hiciera la foto. Fue como si hubiera estado apuntándola con una pistola y no con una cámara. Pero él ya había visto de todo y le dio igual. Habíamos pasado por todo eso, por kilómetro tras kilómetro de muertos y moribundos que se pudrían por el camino, hasta que habíamos llegado a ese lugar, donde los soldados rebuscaban comida tirados por el suelo, cavando con los dientes en la propia tierra, en busca de raíces. A la madre de la niña ya se la estaban comiendo los putos pájaros...

Vuelve a reclinarse en su asiento y traga vino como si quisiera inundar las imágenes que acaba de conjurar.

—Y ahora, mientras el resto de la isla se echa la siesta, yo estaré ahí arriba tecleando sin parar para intentar convertir una pesadilla en un libro que no valdrá para nada más que para encender una hoguera. —La atención de Charmian ha vuelto a la habitación, y la veo estremecerse cuando él añade—: Pero cuando hay una hoguera que encender, alguien tiene que hacerlo y ya.

Me quita el vino de mi copa.

—Pero bueno, no es ese dichoso libro lo que me carcome hoy, sino el último que escribí. —Saca la carta de su bolsillo. Bien podría tratarse de una orden de busca y captura, por cómo la mira—. Son notas del editor. Es la última oportunidad para hacer algún cambio antes de que lo manden a imprenta. —Mira a Charmian y extiende la carta hacia ella—. Están conformes con publicar la novela tal como está —concluye, y no puedo estar segura de que no esboza una sonrisita conforme echa atrás su silla.

Charmian se sonroja, se pone de pie y deja su cuchillo. Le tiembla la voz al hablar.

—Ay, ojalá Billy Collins nunca te hubiera mandado aquellas quinientas libras.

—Nos habríamos hundido sin eso —musita George, y, tras una reverencia burlona en mi dirección, se tambalea de vuelta a su trabajo y se lleva la jarra de vino y toda la alegría del día con él.

—George está de mal humor porque anoche bebió más de la cuenta —me dice Charmian según toma la carta con fuerza y se la mete en el bolsillo sin leerla—. Y está de berrinche por todos los que van a venir a cenar hoy. Se está convirtiendo en una versión poco sociable de sí mismo. —Recoge miguitas de la mesa hacia su mano acunada—. Quiero pensar que se debe a su enfermedad y nada más.

Me dirijo al fregadero para lavar los platos.

—¿De qué libro estabais hablando? —Parece que no puedo dejar de incordiarla con los temas que la angustian. Charmian suelta un largo suspiro antes de contestar.

—Es una novela titulada *Closer to the Sun* —responde con una voz apagada y monótona—. Es una especie de moraleja sobre ricos con yates y unos tipos creativos que llegan a Hidra y trata sobre el impacto que estos causan entre la gente de la isla.

Está buscando un cigarrillo, pero no la dejo en paz. Me sorprendo a mí misma al seguir provocándola. Resulta que sí seré un mosquito.

—¿Está basado en algo que pasó de verdad?

Se enciende el cigarro y lo lleva hasta la puerta del jardín.

—Ay, Erica, ¿por qué tienes que hacer tantas preguntas? —contesta, fumando y mirando al exterior como si buscara un antídoto. Posa la mirada en una maceta de jazmín, entierra la cara en la planta, arranca una ramita y se la pone en el agujero del botón de su camisa. Un pájaro en una jaula en el balcón de su vecino canta a pleno pulmón. Las gaviotas relucen en el cielo. Está mucho más tranquila cuando se vuelve hacia mí una vez más.

»Enterrada en algún lugar de la novela hay una historia bastante humillante que trata sobre una versión de algo que pasó aquí, algo que hace que me quiera morir de arrepentimiento. El problema es que la editorial ya ha pagado por el libro, y no podemos devolver el dinero porque destinamos hasta el último céntimo para el tratamiento para salvarle la vida a George. Así que así es la cosa. Ya te contaré más sobre ello en otro momento, si tanto lo quieres saber. Pero ¿no crees que es un tema un tanto triste del que hablar en un día tan bonito?

Me siento culpable por haberla alentado a hablar durante el largo silencio que sigue a su pregunta. Intento mejorar la situación al soltar que Axel escribe cosas muy íntimas sobre Marianne en su novela.

—A ella parece no importarle mucho, la verdad —digo, en parte porque no puedo imaginarme a mí misma no alegrándome por que Jimmy escribiera sobre mí.

En cuanto menciono a Marianne, Charmian apaga el cigarrillo, la sigo hasta la habitación de Booli en el piso de arriba y me quedo en la puerta mientras ella rebusca en cestas de ropa de bebé. Al ver las viejas prendas de Booli, se emociona hasta que tiene que usar un pelele para secarse las lágrimas. Nos arrodillamos juntas para rebuscar entre las cestas.

—Por razones que no hay por qué debatir ahora mismo, temo que se arme todo un alboroto en la isla cuando ciertas personas se hagan con la novela de George, y eso podría ser muy vergonzoso para los niños —me explica, con el pelele apoyado contra su mejilla—. Si no estuviéramos tan mal de dinero, quizá podríamos permitirnos pasar más tiempo reescribiendo la novela de algún modo. Es la primera vez que George pone una versión de nosotros en algo. Y con eso me refiero a que se nos puede reconocer, aunque nos ha retorcido para encajar en su narrativa, y eso es un problemón para mí. Y para los niños…

Ojalá tuviera cómo hacerla sentir mejor. Vuelve a alisar y doblar prendas, y luego sacude un poco la cabeza.

—No estaba muy bien cuando lo escribió. Estaba como torturado, de hecho. Pero ¿quién sabe? Todo ese dolor y esa hombría dolida sobre una página…, quizá sea lo mejor que ha escrito. —Entonces alza la mirada y me dedica su sonrisa más triste.

Atamos las prendas de bebé suaves por el desgaste en paquetitos con unas cintas que encuentra en su cesta de cosas para coser. Coloca un lazo azul alrededor de una montaña de pañales que son tan finos que en algunas partes parecen deshilachados. Me maldigo a mí misma por ser un mosquito fastidioso y no estoy muy segura de que quiera que la acompañe a casa de Marianne.

Llevamos la ropa en dos cestas, y, mientras subimos por Kala Pigadia, Charmian habla sobre cuánto la molestan los vagabundos, y no puedo evitar preguntarme si se refiere a mí también. Como si me hubiera leído la mente, se vuelve hacia mí y niega con la cabeza.

—Hablo de todos estos lerdos de pacotilla que vienen y van, personas como Charlie, quien pretende ser un jefe africano y lleva ese taparrabos absurdo por encima de los tejanos, o esa malnacida de Patricia que da tumbos por Europa, se sienta en el bordillo con un aspecto de lo más apetecible con sus pinturas en el regazo y desata el caos. —Las losas de mármol están cálidas bajo nuestros pies, más suaves por la lluvia del invierno—. No dejan de venir —sigue—. Todos con un montón de nombres en una libretita para saber dónde comer o dormir bien en Ibiza, París, Venecia, Tánger, Córcega o Casablanca. Se los pasan de uno a otro y hasta les ponen estrellas como puntuación, ¿te lo puedes creer? Charlie ni se avergonzó al enseñármelo. Me quedé de piedra cuando vi que nosotros solo merecíamos cuatro putas estrellas.

Cerca de los pozos de agua potable, el follaje se torna más verde, y los árboles, lo suficientemente grandes para arrojar sombra y compartir fruta, están llenos del ruido de los pájaros. Los gatos callejeros parecen menos sarnosos que en otras partes de la isla, y Charmian señala hacia los jardines envueltos por muros del alcalde para mostrarme el lugar. La última parte del ascenso es casi vertical, con peldaños esculpidos en la propia roca. La casa de Marianne y Axel parece crecer en el acantilado, un nido de águilas tallado en la cortina desde el que avistar a los piratas. Me cuesta imaginar cómo se las arregla para subir hasta aquí con el carrito del bebé. Charmian y yo estamos empapadas en sudor y nos falta el aliento.

Marianne prepara algo en una olla; el ambiente está cargado de vapor y huele bien. Parece tan feliz al recibir los montoncitos de ropa como si le hubiéramos dado un ajuar de marca. La sala está teñida de blanco; las ventanas enmarcan el mar. Unas estanterías pintadas están repletas de libros ordenados. Unas tarimas de paja y cachivaches varios cuelgan de las paredes, y tanto estas como los muebles sencillos y las persianas están pintados de un delicado color verde pálido, el color de las hojas recién nacidas. Marianne va descalza y está de lo más guapa con una camisa blanca y limpia, con el bebé cargado sobre su cadera. Charmian estira los brazos para alzar al bebé, lo acuna y canturrea mientras Marianne se desata el delantal y se vuelve a recoger el pelo.

Charmian levanta la tapa de la olla y huele el contenido con un gesto apreciativo.

—Es *fårikål*, el plato favorito de Axel —explica Marianne, invitándonos a sentarnos a la mesa, y yo me estremezco al recordar a Axel diciéndole a Patricia que pensaba taparse la nariz. El mantel tiene unos bordes de encaje, y en el centro hay un cuenco japonés con una flor rosa flotante.

El bebé gorjea y suelta risitas. Axel Joachim es el bebé más regordete y dulce que he visto jamás, de esos que salen en anuncios. Tiene unos ojos enormes y azules como violas. Su sonrisa podría usarse para vender cualquier cosa. Marianne nos trae agua en una bandeja, con un ramillete de margaritas.

Nos muestra un móvil para cuna que Axel ha hecho con cordel y piedras. Coloca al bebé regordete en una tarima doblada bajo él, y Axel Joachim se queda con los ojos muy abiertos y patalea. Su madre le levanta la camiseta para hacerle pedorretas en la barriga, y ambos estallan en carcajadas. Un pequeño perro blanco dormita sobre un cojín junto a la cuna mecedora en la que hay un gato negro acurrucado. Marianne saca al gato de allí y le suplica que no se ponga celoso.

Si no hubiera visto lo que he visto entre Axel y Patricia, Marianne bien me podría haber engañado con su felicidad tan bien coreografiada.

—El gordito se quedará contento ahí un rato, cantándole al móvil de su papi. ¿Queréis venir a tomar algo de vino? Tengo una jarra por ahí.

Nos bebemos el vino en la terraza, donde unas margaritas amarillas se adentran sin control entre las rocas. Marianne tiene una mecedora grande y elegante con una cuerda que cruza la puerta de la casa y nos enseña lo listo que ha sido Axel al atar el otro extremo a la cuna.

—Me puedo pasar la noche aquí sentada con mi copa de vino, mirando las estrellas, y mecer al niño al mismo tiempo hasta que se duerma. —Sonríe y cierra los ojos, como si estuviera sobrepasada por el éxtasis. Charmian me dedica una mirada angustiada.

Bebemos el vino a sorbitos mientras admiramos el puerto, los barcos de colores variopintos, los terrones de azúcar que son las casas que escalan por las colinas, el molino en la cima del acantilado, las cúpulas y torres de las varias iglesias, las cruces en los tejados. Marianne carga sobre sí al gato y lo acaricia, como si no pudiera soportar estar sin mimar algo. Señala hacia la casa con la barbilla.

—Como podéis ver, Axel no está en casa. Ha ido al astillero otra vez. Otra cosa más que tiene que hacer por su querido barco en vez de seguir con su libro.

Esta vez, Marianne sí que capta la mirada que pasa entre Charmian y yo.

—*Pff* —suelta, con un ademán de la mano—. Esa Patricia se va a ir de la isla mañana. Vuelve a Estados Unidos.

Quiero gritar «¡por fin!», solo que Marianne baja la mirada y se vuelve hacia Charmian.

—He ido a verla a donde Fidel esta mañana. —Su voz es poco más que un susurro—. No sé por qué decidió vivir en ese vertedero; todo está medio derruido, lleno de comida podrida, con los cuadros horribles de Fidel desplegados por todas partes y con los gatos más enfermos de la isla por ahí, porque es donde van a criar. Patricia está llena de picaduras de pulga. —Marianne levanta una pierna como si quisiera comprobar que ella no lo está. Su bronceado es uniforme y dorado, y sus piernas, suaves y sin vello.

»No he visto su habitación; Patricia y Fidel se pusieron como locos para no dejarme subir. Pero bueno, había ido hasta allí por las rocas con el carrito, así que… —Hace un mohín—. El vaso que me ha dado ella estaba todo mellado y con grietas por el borde. En todo el rato que he estado allí, ha hecho todo lo posible por no mirar a mi hijo. Fidel no nos dejaba solas y le ha metido el dedo sucio al bebé en la boca. Pero da igual. No sabía lo valiente que iba a ser cara a cara, así que he llevado una carta y la he dejado en un sobre en la mesa. Ella ha venido corriendo a buscarme y me ha dado alcance en el molino. Llevaba mi carta en la mano, sin abrir, y, cuando no he querido aceptar que me la devolviera, se ha puesto a llorar. Entonces ha sido cuando me ha contado que se iba. Tiene una beca de arte en Chicago por la que volver. —Marianne entierra el rostro en el pelaje del gato. Charmian tuerce el gesto en mi dirección cuando el llanto de Axel Joachim llama a su madre de vuelta al interior de la casa, con el gato en brazos.

CAPÍTULO TRECE

E l estudio está repleto de sombras que danzan cuando Charmian lleva una cerilla a una lámpara y me conduce hasta la estantería. Junto al polvoriento globo terráqueo de George, un libro con las esquinas dobladas yace a la espera, de color marrón y con letras negras. *El segundo sexo*, con una letra enroscada que hace que las eses parezcan serpientes.

—Una no nace mujer, sino que se hace, y ya ha llegado la hora de que rompamos las ataduras y empecemos a volar, de que creemos un mundo de libre albedrío para nosotras. Y, por mucho que un paisaje abierto pueda resultar aterrador, también es más emocionante que seguir el camino desgastado del mundo del hombre. —Charmian me alecciona mientras me da el libro, aunque añade con un resoplido—: Lo que supongo que está muy bien si eres De Beauvoir y Sartre y no debes tener en cuenta los sentimientos de ningún niño pequeño.

Me ha llevado ahí solo por ese libro. Es esencial que lo lea, según ella, aunque sospecho que más que nada solo pretendía alejarse de George, quien ha empezado con sus reniegos en el piso de abajo.

Sigo aquí, mucho después de despedirnos de los demás invitados de la cena, y ayudo en el intento por recogerlo todo. Shane, Martin y Booli se han escabullido a sus respectivas habitaciones cuando la noche aún era joven y no arrastraba las palabras, y, alrededor de las 02 a.m., los demás han ido saliendo, a excepción de Jimmy, quien sigue incordiando un poco a George. Una alcoholizada disputa sobre Kafka ha ido a más y ha acabado incluyendo a Dostoyevski, Rilke y Robbe-Grillet.

—¡Son basura! —estaba farfullando George cuando Charmian me ha alejado de allí.

Reconozco el libro que me entrega, pues es el mismo que me ha lanzado antes. Le tiembla un poco la voz cuando lo acepto.

—Si tuviera una hija de dieciocho años, me gustaría que lo leyera —me explica—. Tu generación tiene muchas más decisiones que tomar que la mía. Estoy segura de que a Connie le habría encantado que su hija floreciera en un sistema que no asume que la «otredad» femenina solo la hace útil si está al servicio de lo que importa de verdad, un dichoso hombre. Estoy bastante segura de que ella también se lo leyó, ahora que lo pienso.

El libro es tan grueso que asusta. Todavía estoy esperando a que Henry Miller me seduzca entre las prohibidas cubiertas verdes de las atesoradas ediciones de Olympia de Jimmy. Me avergüenzo de seguir en el primer volumen todavía, y Jimmy no deja de insistirme en que me lea los tres.

Charmian nota mi reticencia y cambia de táctica.

—George lo detesta. Cree que De Beauvoir es una profeta de un cambio de valores que es absurdo, y que por tanto solo puede resultar destructivo. Pero a mí me parece una utopía. Las ideas, la historia y el compromiso compartidos, con el aliciente añadido de los amantes…

La llama de la lámpara danza en sus ojos.

—Ay, cielos, demasiado vino. No sé por qué sigo parloteando. Y claro que Simone y Jean-Paul pueden soltarlo todo y hablar de todo; no dejan a ningún niño llorando.

Como si hubiese sido ensayado con anticipación, oímos a un bebé en la calle. Alguien está aporreando la puerta, y el bebé tiene unos buenos pulmones. Charmian toma la lámpara y corremos hasta el vestíbulo para encontrar a George con Axel Joachim en brazos mientras Marianne alza la mirada hacia nosotras, con el rostro ensombrecido y manchado de maquillaje corrido. La blusa blanca que llevaba antes está llena de manchas y salpicones. Nos habla entre sollozos.

—Mi marido se ha vuelto loco. Me ha tirado esto. —Señala hacia su camisa—. Es la cena que le he preparado.

—Ay, Marianne, la cosa no puede seguir así —dice Charmian, entregándome la lámpara con fuerza para que la sujete. Marianne sigue temblando.

—Le he dicho que me dejara en paz y que se fuera con su cerebrito estadounidense, y se ha puesto hecho una furia. —Veo que tiene los pies ensangrentados—. Se ha enterado de lo de la carta que le he escrito a Patricia y ahora está destrozando la casa, las ventanas, todo. He tenido que salir de allí porque pensaba que iba a hacerle daño al bebé. Tengo que volver antes de que se haga daño.

Le empiezan a temblar las rodillas y a ceder bajo su propio peso, por lo que Charmian la acompaña hasta el sofá. George camina de un lado para otro mientras hace unos soniditos tranquilizadores para Axel Joachim, mientras su madre no consigue calmarse.

—Tendría que ser tan sencillo… Un hombre vive con su mujer, y entre los dos crean una buena vida para su bebé.

Charmian trae un cuenco de agua con paños y desinfectante y se agacha a los pies de ella.

—Axel dice que pienso como una granjera —solloza Marianne, y nuevas lágrimas le caen por las mejillas conforme Charmian saca esquirlas de cristal de sus pies.

Jimmy me agarra del brazo y me aleja de allí.

—Ya es hora de irnos —dice.

Salimos hacia la noche mientras Charmian trata de convencer a Marianne para que la deje preparar el sofá cama y silencia sus protestas sobre que Axel podría acabar matándose. Jimmy me rodea con los brazos y me sostiene con firmeza. Apoyo la cabeza en su pecho mientras recobramos el aliento bajo las sombras oscuras de la trinitaria de Charmian.

Los ladridos de Max nos avisan: una silueta se dirige en nuestra dirección a toda prisa. Jimmy me sostiene con más fuerza cuando vemos que se trata de Axel, y, por el modo en que nos encogemos hacia la pared mientras aporrea la puerta, bien podría ser un ogro. George aparece ante él, con la lámpara meciéndose de un lado a otro, y hace que su sombra se convierta en un monstruo.

—Vete a casa, Axel —le dice, impidiéndole el paso—. Ya has asustado suficiente a tu mujer y a tu hijo por hoy. Y por el amor de Dios, te sangran las manos.

Axel se abalanza hacia delante y trata de abrirse paso, pero George le da semejante empujón con el hombro que él casi se cae por los peldaños de piedra.

—Que te vayas a casa, imbécil, y ponte desinfectante en las heridas y piensa en lo idiota que eres mientras lo haces. Espero que te duela mucho. —En el piso de arriba, el bebé está despierto y vuelve a llorar.

Conocí a Dinos esa misma noche. Charmian me había hablado de él mientras preparábamos las *dolmas*. De hecho, era san Constantinos, por lo que la cena era en su honor. Constantinos: Dinos. Me había dicho que era guapo, el descendiente de una familia de mercaderes de esponjas; que carga con una bolsa de buena arcilla de Egina y la lleva a su horno en lo alto del Episkopi y que prácticamente no baja al puerto en todo el verano. Me había dicho que sus ollas eran de muy buena calidad y que le caía muy bien.

Además de Dinos, quien sí que era guapo, también estaban Patrick y Nancy; Chuck y Gordon; un dramaturgo llamado Kenneth; su mujer, Janis, y su hijo dormilón; Angela, embarazada, y su marido David, quien era una especie de aristócrata solo que con aspecto de vagabundo; una pareja californiana que se llamaban Demetri y Carolyn; un vanidoso neozelandés llamado Bim que estaba escribiendo una novela, y Robyn, su pálida mujer. Había vino más que de sobra, y a Jimmy y a mí nos hicieron sentir como miembros de honor de aquella colonia extranjera cuando declaramos que pretendíamos quedarnos en la isla.

—Ay, no me gusta esa palabra, *colonia* —dijo Charmian—. Aunque no sé qué otra palabra usar.

—Ah, cuando uno vive en Hidra ya no es capaz de vivir en ningún otro sitio… —dijo Kenneth.

—Sí, incluida la propia Hidra —corearon él y George. Este había dejado su mal humor en el piso de arriba, junto a su máquina de escribir. Era locuaz y hablaba más que nadie.

Me doy cuenta de que no puedo escribir casi nada sobre nada en mi cuaderno. Todos los placeres de la velada han quedado mancillados por las lágrimas de Marianne. La mañana llega demasiado pronto, envenenada por mi resaca. Tal vez es verdad lo que Charmian dice de mí, que acepto el papel de esclava demasiado rápido y que me pongo a disposición de los talentos de los demás. Soy como Cenicienta, llena de hollín por el carbón, desaliñada por tener que cargar con todo de arriba para abajo. El baño apesta porque nadie más ha comprado el producto de limpieza adecuado, nadie más que yo parece recordar llenar el cubo de la cisterna ni lidiar con la papelera apestosa. Está desbordada, como de costumbre. Casi se nos ha acabado el queroseno, y ya toca cambiar la bombona de butano. Jimmy va a volver a salir a pescar esta noche y necesita sus horas de descanso.

Voy al piso de arriba y, a pesar de que sé que luego me va a cantar las cuarenta, abro la puerta de la habitación de Bobby con un gran estruendo. Me arrepiento de inmediato. Las persianas están echadas, pero no puedo evitar ver a Janey y a Edie en la plataforma de la cama. Están desnudas, una frente a la otra incluso mientras duermen, entrelazadas. Bobby está solo en un colchón estrecho junto a la ventana, con las manos detrás de la cabeza y la mirada clavada en el techo. Hay lienzos apoyados por todas las paredes, acompañados del hedor a ropa sin lavar, humo rancio y aguarrás. Bobby se vuelve hacia mí desde encima del cobertor, aunque no dice nada según me echo atrás.

El hielo ya ha empezado a descongelarse al pie de los peldaños. Ato nuestro saco con la cuerda para colocarlo en su sitio. La arpillera húmeda me resulta molesta en la espalda, y cargo con el bloque de hielo por la colina, junto al canto de todos los gallos de la isla, al martilleo de los obreros y los feos chirridos de las cigarras, como si se estuvieran friendo en grasa caliente.

Caminar encorvada me facilita el trayecto por los peldaños, pero la boca se me llena de una baba ácida. Me doy la vuelta para intentar no vomitar y busco algún alivio más allá de la geometría irregular del tejado y la pared, solo que la enormidad del brillo del mar me hace doler los ojos, y los pliegues de colores amoratados del continente parecen estar hechos de trozos de la vieja plastilina de mi hermano. Pienso en él mirándome desde el colchón, con sus ojos sin luz. Vuelvo a cargar con el hielo. El peso de su miseria casi me hace caerme.

Cómo no, Edie y Janey se han sumado a las filas de aquellos que deben quedarse durmiendo en paz. Para estar guapas, supongo, y pensar en ello hace que la marea de agua amarga vuelva a subir en mi interior. En esta isla de pintores, ¿cómo es que ni una sola persona me pide que pose para ella? A Edie y a Janey se las rifan en la escuela de arte, y ganan varios dracmas; a veces hasta salen a posar por la noche. Quitarse la ropa y tumbarse es algo que les resulta de lo más natural a ellas. Trago en seco y me digo a mí misma que lo único que me importa es que cumplan con las tareas que les toca. Las campanas de la iglesia suenan demasiado altas, discordantes, como niños que golpean sartenes con cucharones de madera. El hielo es una carga fría y húmeda.

No hay rastro de Bobby ni de las chicas cuando vuelvo a casa. Jimmy ha encendido el hervidor y está esperando a que se haga el agua para el café. Camina de un lado para otro, distraído, con sus pantalones cortos y camiseta amarilla, mientras da bocados a una manzana y lee el libro de Simone de Beauvoir que me ha prestado Charmian. Deja el libro cuando me ve, sostiene la manzana con su fuerte mandíbula y me retira el hielo. Moja unos trozos de esponja y me lleva fuera, a la parte más oscura de la terraza.

—Pobrecita —me dice mientras me hace tumbar. Me coloca el agua helada en la cara, que me arde, y me tranquiliza—. Bobby está bien —dice—. Dale tiempo. Al menos eso es algo que tenemos de sobra por aquí.

Va a por un café caliente endulzado con leche evaporada y me pela unas naranjas. Hablamos sobre Marianne, pues me parece esencial oírlo quejarse de Axel, y él está de acuerdo, aunque dice que ha leído el libro de Axel sobre el Sáhara y que es muy posible que el hombre sea un genio.

—Ella estará bien, con lo guapa que es —me dice, antes de guiñarme un ojo y darse un golpecito en la nariz, como si supiera algo más que yo.

Toda esa amabilidad hace que me sea más difícil pensar en Bobby en el piso de arriba, tan triste en ese colchón, sin ninguna madre hacia la que salir corriendo. Jimmy me acuna la cabeza en su regazo y me acaricia el pelo desde las sienes.

Los pensamientos lúgubres se adentran en mí. Pienso en la primera vez que vi a Marianne, con su manto blanco y el bebé: una Madonna radiante con su apuesto marido en la caña del timón del barco rojiblanco. Repito mentalmente mi visita a su casa junto a Charmian. Marianne arrodillada, haciendo que las piedras y los cordeles del móvil de Axel giraran y botaran. «Qué listo es papá», con la cuerda que ha atado entre la mecedora de ella y la cuna. Un cuenco con rábanos que se quedan a la espera, cada uno de ellos tallado en forma de rosa. Veo sus pies sangrando, su blusa echada a perder, a Axel besando a Patricia. Por una vez, Jimmy se conforma con quedarse sentado. Abro los ojos y lo miro. El sol se filtra a través del almendrero, y sus ojos relucen como el oro del anillo de bodas de dieciocho quilates de mi madre.

—Dime que nunca serás cruel —le pido, y él se queda allí y me acaricia el cabello hasta que me duermo.

Mi siesta bajo el viejo almendrero me cura de todos los males, acompañada de las dulces rodajas de melón que Jimmy me trae cuando me despierto. El canturreo de las cigarras me vuelve a parecer un sonido romántico. La promesa de la tarde, los dos solos en la playa de Plakes, me resulta tan restauradora como una aspirina. Es como si la mañana hubiera empezado de nuevo conforme metemos nuestros bañadores y toallas en mi cesta.

El transbordador va a atracar en media hora. Jimmy espera una carta de un amigo de un agente literario y, si tiene suerte, un cheque de parte de su madre. Yo todavía conservo la esperanza de recibir alguna noticia de mi padre.

—Tendrás que escribirle para pedirle permiso para casarte conmigo —le digo entre beso y beso, mientras escuchamos la radio.

—En ese caso, será mejor que me entere de qué dote ofrece a cambio de ti primero. —Jimmy me hace cosquillas en la oreja, y aparto de mi mente el pensamiento de que los ahorros de mamá no van a durar para siempre mientras Brenda Lee canta palabras bonitas.

La refulgente trinitaria, la pintura blanca, el sol de mediodía: son demasiado para nuestros ojos. Le he quitado las gafas de sol al estilo de Jackie Kennedy a Edie, y Jimmy se parece a Jean-Paul Belmondo con sus gafas de pasta.

Llegamos a donde Katsikas de la mano y pedimos un plato de sardinas.

—Buenos días, jovenzuelos —nos saluda Charmian con una carcajada gutural, y me siento mal por haber permitido que Jimmy me convenciera para que no leyera *El segundo sexo*. En su lugar, me ha dado su colección de historias de Sartre. «Él escribe mejor», me ha dicho. *Intimidad* tiene una mujer seductora en la cubierta, pero al menos es más delgado, por suerte.

Charmian toma mi libro y se dirige a la primera historia.

Leonard sonríe al verlo.

—Supongo que tú lo leíste en el francés original —le dice Jimmy, y veo un breve destello en sus ojos que bien podría ser envidia cuando Leonard inclina la cabeza a modo de afirmación antes de encender una cerilla para el cigarro. A pesar de que no presume, Leonard tiene el aire inconfundible de un hombre que ha llegado a un lugar antes que los demás. Posee una sabiduría antigua más ancestral que su cuerpo y su rostro. También tiene a Lena, todo un bellezón, a su lado. Ella le quita el cigarrillo de los labios y se lo lleva a los suyos. Ayer, Lena era una pintora de Suecia que acababa de llegar en el transbordador; hoy parecen conocerse lo suficiente como para que ella lleve el *komboloi* ámbar de Leonard como brazalete.

Charmian trata en vano de contener un resoplido mientras lee en voz alta un pasaje de Sartre:

—Una mujer no tiene el derecho a malgastar su vida por un hombre impotente. —Y se lleva la mano a la boca cuando George aparece por allí. Cierra el libro y recobra la compostura—. Son buenísimas. Recuerdo la historia del título, «Intimidad», mejor que las demás. Parte de lo que te intentaba decir anoche sobre elecciones y libertad se debate con maravilla en esa historia. Harás bien en leerlo, Erica.

—Menuda nochecita ayer —suelta George mientras se acerca desde el estanco. Parece haberse vuelto más alto de un día a otro; le saca una cabeza a los demás y camina como un pistolero, con un cigarrillo pegado en su labio inferior. Charmian llama a Nikos Katsikas para que le lleve algo de beber.

—No sé qué habría pasado si no hubieras estado allí, George —dice ella. Baja la voz para que solo Jimmy y yo la oigamos y abre mucho los ojos—. Se armó la de san Quintín después de que os fuerais. Axel apareció por allí y quería pelearse con George. Y, después de que George lo echara, casi tuve que atar a Marianne para impedir que saliera corriendo detrás de él. No quiero ni pensar lo que ese loco es capaz de hacer cuando le da la neura. Patricia se ha ido de la isla, gracias a Dios, pero pensar que Marianne se podría haber casado con Sam Barclay y que ahora podría estar surcando los siete mares con ese barco que tiene...

Patricia se ha marchado de la isla; eso es bueno. Miro en derredor, a las mesas y sus grupos de personas que cuchichean, con cientos de dramas que se despliegan al mismo tiempo. Me encanta esta hora del día, con todo el mundo ahí, el tintineo de las tazas de café y los repentinos estallidos de carcajadas, los gatos de siempre que deambulan por ahí, los burros que también parecen chismorrear mientras tiran de carros entre el tráfico de obreros, los puestecitos de pescado y las pirámides de fruta, las mujeres con sus cestas. Hay ligereza, esperanza y buen humor bajo el sol del mediodía, un vivaracho ambiente de anticipación ante qué o quién podría llegar a la costa. Hay muchos más toldos ahora que cuando llegamos a la isla: unos de color azul marino y a rayas, bajo los cuales hay mesas que se extienden hasta el atracadero del transbordador, donde nuestros sueños más descabellados podrían desembarcar.

Panayiotis ha traído a su mujer, guapa y joven, para beber naranjada fría, y Charmian se dirige hacia su mesa para preguntar por la salud de la madre de ella mientras Jimmy entabla una conversación animada con Panayiotis sobre atrapar un tiburón que involucra más mímica que palabras. La mujer de Panayiotis lleva su pañuelo blanco cruzado en la barbilla, del modo griego tradicional, aunque tiene los ojos pintados con el mismo cuidado que una chica adolescente. Se tapa la boca con las manos cuando estalla en carcajadas al ver que Jimmy se ha dejado llevar con su imitación de un tiburón.

Una mujer regordeta con una voluminosa blusa azul recorre el puerto sobre un burro hundido con riendas azules. Sostiene una sombrilla azul en un ángulo altanero, aunque su corcel la decepciona al cagar delante de nosotros, por lo que su ayudante tiene que volver a pasar por ahí con su pala. George trata de contener la risa.

—Me alegro de verte por aquí otra vez, Katerina —la saluda él, y ella le dedica un ademán con la mano antes de dar una palmada para que el chico se apure.

»Todo es azul en su casa, cada frasco, cada jarra, hasta la ropa de cama…, todo azul contra el mal de ojo —nos dice a nosotros, antes de que le dé un ataque de tos y risa a la vez y empiece a contarnos una historia. Al parecer, Marc Chagall tuvo el descaro de llenar dos páginas de su libro de visitas—. Se puso hecha una furia, las arrancó y las tiró a la hoguera. Y no tenía ni idea de quién era él, porque solo tenía ojos para la dichosa princesa Margarita e imaginó que el extranjero que no dejaba de dibujar no era más que un lacayo del barco en que Su Alteza Real navegaba.

El gentío charla por todas partes, como si cada problema se hubiera desvanecido junto con la luna. El buen humor de George casi no se reduce cuando ve a un Jean-Claude Maurice prácticamente desnudo. Jean-Claude ha sido listo y ha escogido un asiento situado tres cafeterías más allá de donde nos encontramos. Ha puesto los pies sobre el mantel de plástico a cuadros y pasa la mirada, rápida como la lengua de un lagarto, de Trudy, quien lleva una corona de margaritas amarillas en su cabello rojizo, a una chica alemana que se bambolea con un mono corto en su dirección desde un yate.

George toma mi libro de relatos de Sartre, gruñe y se vuelve hacia Leonard.

—Imagino que ese fantoche te habrá matado de aburrimiento con sus cuentos insulsos de pasar el rato en Les Deux Magots con el autor. Intento no dejar que me afecte a la hora de leer sus obras —dice, y Leonard casi tose el café al reírse. George sigue bromeando y maldiciendo a Jean-Claude hasta que sus propias carcajadas se ven superadas por un ataque de tos y su pañuelo.

Leonard echa un vistazo rápido a Jean-Claude antes de volver al libro de relatos que parece que ha leído todo el mundo menos yo.

—Lo bueno que tiene Sartre es que nunca se ha vuelto loco. Representa una maravillosa sensación talmúdica de la posibilidad humana, pero sé que nunca va a decir «y entonces la sala se convirtió en oro», sino que más bien diría «la sala se convirtió en mierda». —Se echa hacia delante para darle unas palmaditas a George en la espalda y continúa—: Solo que la sala a veces sí que se convierte en oro, y, a menos que menciones eso, tu filosofía queda incompleta. —Me mira desde debajo de su sombrero, y, cuando no contesto, me dedica una sonrisa incómoda y vuelve a la conversación que Lena entabla con Göran, a pesar de ser en sueco.

Charmian mira cómo George se guarda el pañuelo y le sirve un vaso de agua. George lo rechaza con un gesto y se enciende un cigarrillo. Sofia nos trae las sardinas, y los gatos siguen cada bocado con ojos de huerfanitos.

Por una vez, George tiene un buen apetito y pica de las ambiciones de Jimmy de ser escritor del mismo modo que hace con el pescado de su plato.

—Te puedo enseñar algunas páginas —dice Jimmy, y a George se le iluminan los ojos con la misma hambre que a los gatos.

Charmian esboza una sonrisa en su dirección, como alguien haría ante un niño que cree en las hadas.

—Muchos de los jóvenes que vienen aquí a pintar y a escribir acaban malgastando su talento. Y eso si es que tienen algo de talento que malgastar.

Jimmy aprieta la mandíbula antes de contestar.

—Tengo talento —dice—. Y trabajo mucho mejor aquí que en Londres.

—Pues si tienes pensado luchar contra las musas en su propio terreno, será mejor que se te dé bien y que no te sorprenda que acabes con la nariz rota —dice George e intercambia una mirada con Charmian que contiene los miles de golpes que se han llevado.

El escenario se está quedando vacío conforme algunos van a la oficina de correos, otros vuelven a casa y otros más a las rocas, para buscar inspiración, amor, o para nadar.

Jimmy y yo compramos pan, vino, melocotones y una porción de queso de cabra. El sol aprieta con fuerza, por lo que nos paramos un segundo en la farmacia a por protector solar. En la tienda de Rafalias, las botellas de cristal azul están dispuestas en estanterías de madera tallada, bajo un techo veneciano. Un busto de Hipócrates hecho de yeso exige silencio. Marianne y Axel pasan por delante de la puerta con camisas azules a rayas a juego, con el sol reluciendo en su cabello y su perrito blanco trotando tras ellos. Marianne se ríe por algo que Axel le dice y entierra la mejilla en su hombro. Axel lleva un marco de ventana, con las manos envueltas en vendas. En distintos lugares del marco, la madera pintada de color verde pálido está rota y astillada, y unos fragmentos de cristal relucen sobre masilla vieja. Marianne sostiene una silla destrozada bajo el brazo. Caminamos tras ellos a través de las calles hasta el taller de Francisco. No dejan de hablar en todo el camino.

CAPÍTULO CATORCE

Las campanas vespertinas suenan. La isla se torna apacible bajo el sol de la tarde. A pesar de que suelo ir descalza, hoy llevo sandalias, y, en lugar de mis pantalones cortos, visto los pantalones pirata que le llevé a Archonda para que arreglara y que ahora me quedan como una segunda piel. Me he lavado y aclarado el pelo con agua del pozo, y la piel me brilla por el aceite de oliva. He cuidado mi apariencia más de lo normal. He lavado y planchado mi camisa Aertex para la ocasión y he tomado prestada la barra de labios rosa pastel de Edie. Me avergüenza un poco que la idea de conocer por fin a Axel Jensen me emocione.

Subo por la calle alta, por las escaleras serpenteantes que se alzan entre cada vez más casas en ruinas, con algunos solares solo marcados por restos y piedras rodeadas de vides y un horno de pan o una chimenea de vez en cuando que siguen en pie, a merced de la naturaleza. Unos muros de piedra medio derruidos contienen higueras y pasionarias, repentinas vistas al mar, calabacines y alcaparras silvestres y una familia de gatitos. El sol bajo tiñe cada hoja e inflorescencia de un color dorado pálido y libera el aroma del galán de noche. Desde arriba, un burro asoma su cara en forma de violín en mi dirección, y escalo la pared medio derrumbada hasta llegar al poste donde está atado y lo rasco en todos los lugares en los que me indica que le pica.

Es a Marianne a quien voy a ver, no a él, o al menos eso es lo que no dejo de repetirme. Marianne me habló de una mujer que podría vendernos unas hojas para preparar un té que cure la depresión de Bobby, y he pasado todo el día preparando un muñeco de un holandés bailarín para Axel Joachim. Me emociona pensar en los grandes ojos de Axel posados sobre mí; había algo sobre el modo en que sostuvo a Patricia cuando la besó que no he podido quitarme de la cabeza: cómo caía el cabello de ella, con su cuerpo casi líquido en los brazos de Axel, como si se estuviera desmayando y disolviendo de puro deseo. Voy a tener que intentar no tocarlo para que no me pase lo mismo.

Espero que al pequeño Axel Joachim le guste el holandés bailarín. Lo he recortado a partir de un trozo de cartón, y Bobby me ha dejado usar sus pinturas para el disfraz de arlequín rojo, verde y negro. Lo he atado con cordeles e hilos y he puesto una cuenta en un extremo del cordel que lo hace bailar, tal como mamá solía hacer para nosotros. Bobby solo me ha contestado con un gruñido cuando se lo he mostrado, pero a mí me parece que ha quedado bastante bien.

Oigo voces que provienen de la terraza mientras sigo escalando el camino entre los árboles y casi me doy media vuelta por la vergüenza, solo que el perrito blanco sale disparado de la puerta entre ladridos y me delata.

Han llevado lámparas al exterior, los insectos zumban en la niebla del calor, y el sol ha dejado un cielo manchado de líneas moradas. Marianne está sentada inmóvil sobre su mecedora, con los demás colocados como sirvientas o enfermeras: Charmian habla, Nancy le acaricia la mano a Marianne y Patrick Greer está encorvado para servir vino.

Una mujer vestida con una túnica de seda esmeralda se acerca mientras tranquiliza al perro, con Axel Joachim en brazos.

—¡Buenas! Te he visto por ahí —dice, meciendo al bebé de un lado para otro mientras él tira de su collar—. A ti y a tus amigos británicos. Pero ¿por qué nunca venís a pasároslo bien al club marino? —El bebé tira de un trozo de su colgante de jade tallado para metérselo en la boca, y la reconozco como Magda, la mujer checa que cobró una fortuna a Jimmy por un par de cervezas en Lagoudera. El perfume de Magda es tan fuerte que resulta embriagador. Empieza a charlar sobre todas las personas famosas que han navegado hasta la isla para nadar en el bar—: Henry Fonda, la princesa Margarita, Melina Mercouri...

Patrick Greer se acerca a nosotras con la botella y menea su dedo de director de escuela hacia Magda para interrumpirla.

—Es ese Babis Mores que toma fotos a todas las estrellas en ciernes para las columnas de sociedad. Ay, Dios, es por eso por lo que vienen; ya te digo, es obsceno. La cámara de Babis. Existir es que lo vean a uno. Y ahora tu dichosa discoteca y sus altavoces están destrozando la isla.

—Creo que me iré —digo, escondiendo el regalo para el bebé detrás de la espalda—. Quizá sea mejor que vuelva mañana.

Magda se queda con la copa de vino que Patrick me ofrece. Si no fuera porque lleva al bebé en brazos, creo que se la podría lanzar a Patrick.

—La isla necesita turismo, y yo tengo que darle de comer a mi hijo —contesta ella, meciendo al bebé, quien llora con más fuerza cuando ella le quita los deditos de su colgante.

Charmian le da una pequeña sacudida en el brazo a Marianne.

—Creo que el pequeñín tiene ganas de dormir —dice, pero Marianne no muestra ningún indicio de haberla oído. Se ha dejado caer sobre la mecedora como si alguien la hubiera lanzado allí.

Magda está fulminando a Patrick con la mirada, y un meneo tan irritado no funciona para el bebé, quien ha dejado una mancha oscura sobre el pecho de seda esmeralda de la mujer. Estiro las manos para cargarlo en brazos. Tiene las mejillas enrojecidas por las babas y se está mordisqueando uno de sus puñitos.

Charmian toma una lámpara de la mesa.

—Pobrecito mío. Le salen los dientes, tiene hambre y está cansado, todo al mismo tiempo. —Me hace un gesto para que la siga al interior—. Vamos a ver qué podemos hacer por él, porque no creo que Marianne esté para estos trotes ahora mismo.

La sala muestra unas cuantas cicatrices de una batalla reciente. Un anillo de nuevas hojas de vid rodea la jarra de agua. Una tela de encaje se mece ante la brisa de la ventana que falta. La lámpara de Charmian hace que los jarrones de flores dancen por las paredes, y vemos que las estanterías se han quedado prácticamente desprovistas de libros, unos trozos de cerámica y de estatuillas rotas se encuentran tras una escoba, y la guitarra que había estado colgada al pie de las escaleras ha desaparecido. La luna es un rostro pálido a través de los velos de encaje del marco de la ventana vacía. Charmian enciende el fuego y coloca una olla con agua a hervir.

Parece que calmar al pobre Axel Joachim se me da tan mal como a Magda. Charmian me lo quita, y el bebé deja de llorar casi de inmediato cuando apoya la cabecita contra su pecho. Charmian parece de lo más suave bajo la luz de la lámpara, con el bebé en brazos. Una especie de música encantadora debe estar sonando en su cabeza para que la haga mover las caderas según busca el biberón y la tetina y los mete en el agua.

Baila con el bebé mientras prepara la leche, se echa una gota en la muñeca que hace que él vuelva a gritar, y, al mismo tiempo, habla conmigo.

—Todo ha sido de lo más emocional para la pobre Marianne. Un montón de lágrimas mientras él se iba con su barco, aunque haya sido ella quien lo mandó a freír espárragos. Ahora parece que se ha quedado como en trance.

La sigo hasta el piso de arriba.

—¿De verdad? ¿Axel se ha ido sin más?

—Sí, claro. Él la ha presionado hasta que Marianne no ha tenido otra opción, vaya. Ha sido una situación un poco horrible en el puerto, con el bebé llorando a pleno pulmón y Marianne de rodillas, con cada centímetro de ella pidiéndole al cabrón que se quedara mientras le gritaba que se fuera. Axel ha estado encantado de zarpar, eso sí. Así siempre puede decir que ha sido ella quien lo ha echado. Marianne dice que es posible que él vuelva a Oslo.

Hay brillos tenues en la penumbra, lana en las estanterías, tapices alrededor de la cama, un lavamanos de hierro forjado bastante elaborado con un cuenco de cerámica blanco y reluciente; a través de un arco, veo un gran escritorio lleno de papeles desordenados.

—Veo que se ha llevado su máquina de escribir —comenta Charmian.

Aparta madejas de tela de alrededor de la cama alta, un gran mueble ruso de madera negra tallada y florituras de latón, moja una esponja en el lavamanos y busca un pañal limpio e imperdibles. Sostengo una vela mientras limpia y cambia al bebé, quien canturrea en voz baja conforme bebe la leche de cabra caliente.

—Imagino que le apetecerá dormir con este gordito esta noche. —Charmian suelta un suspiro antes de colocar al bebé en un nido en el centro de la cama—. Mira lo bonito que lo hace todo, con todas esas almohadas de encaje y esas flores tan preciosas en la mesita.

La noche se ha tornado más oscura, y la temperatura ha descendido. Nancy y Magda entran para cortar tomates para preparar la salsa. Solo el bramido de un burro y las lejanas campanas de las cabras perturban el silencio.

Marianne sigue en la terraza, con la mirada perdida en la nada y una manta tejida colocada sobre los hombros. Canturrea en un susurro para sí misma en noruego. Patrick Greer le vuelve a llenar la copa. El vino brilla como rubíes bajo la luz de la lámpara.

—Hola, bonita —me saluda, arrastrando las palabras y dándole una palmadita a la pared que le queda detrás—. ¿Has venido a burlarte de mí con tu juventud y tu corazón sin romper?

—Lo siento, pero no. He venido a preguntarte por la mujer que prepara el té…, aunque parece que he venido en mal momento. —Me he puesto tan roja como el vino, y noto la sangre que me recorre el rostro. Patrick Greer tiene la mala educación de soltar un resoplido. Me pasa una copa del Kokineli y bebo un largo trago. Charmian se suma a nosotros con una nueva botella y el sacacorchos y le dice a Marianne que su bebé se ha quedado tranquilo.

Parece que a Marianne le cuesta centrarse, y más tarde me doy cuenta de que alguien le ha dado una pastilla. No deja de repetir una y otra vez que ha sido ella quien le ha dicho que se fuera.

—Ay, ¿qué será de mí si hace algo peligroso en el mar estando solo?

Charmian me hace un gesto para que me aparte y ocupa mi lugar junto a ella. Rodea a Marianne con un brazo para calmarla y le recuerda que a Axel se le da bien navegar y que es demasiado ambicioso como para que se arriesgue a morir ahogado. Magda interrumpe con el anuncio de que Nancy está lista para servir la cena.

—Tienes que dejarlo estar, está mal de la cabeza. Ya sabes que no te faltarán hombres que quieran ocupar su lugar.

Marianne cierra los ojos, y todos nos quedamos en silencio antes de que ella se ponga de pie de un salto, con un grito.

—Solo tengo ojos para él, ese es el problema. Él y su voz de oro; es lo que predijo mi abuela. Mi momo me dijo que mi marido tendría una voz de oro, y ese es Axel Jensen.

Magda menea la cabeza y modula la frase «otra vez» sin hacer ningún sonido, tras lo cual vuelve a entrar dando fuertes pisotones para ayudar a Nancy.

Marianne parece inestable, y lo que dice no tiene demasiado sentido. Estira una mano hacia Charmian.

—Ven conmigo y ayúdame a escribirle una carta. Quiero mucho a mi marido, no puedo evitarlo. Si se va en el correo del barco de mañana, la recibirá en cuanto llegue a Atenas.

Me quedo sola con Patrick Greer, quien vuelve a llenarme la copa antes de que se me ocurra una excusa para marcharme.

—Menuda mujer ella..., aunque ya te habrás dado cuenta —me dice, mirando cómo se marchan.

—¿Marianne? —pregunto—. ¿Por querer soportar todos los desastres de su marido?

—Ja, no —responde Patrick con un resoplido—. Me refería a Charm. Aquí está, un ángel misericordioso, mientras su propio marido y sus hijos están Dios sabe dónde... Gorroneando la cena de alguno de sus vecinos, seguro. —Los ojos se le llenan de malicia cuando se inclina hacia mí. Los labios le relucen, húmedos, y están rosados como un molusco entre su barba con aspecto de arbusto.

»¿Sabes que las cosas no le van bien en casa? Todo el mundo espera leer el libro de George, y eso está haciendo que ella se vuelva paranoica. Y con Jean-Claude por aquí otra vez husmeando... Bueno, se podría decir que está creando una atmósfera interesante.

El olor grasoso y de derrota que desprende hace que el estómago me dé un vuelco.

—De verdad no sé de qué me hablas.

Tiene una mano apoyada en mi rodilla.

—Está muy mal por parte de George el vengarse así, el humillarla a los ojos de todo el mundo. —A pesar de que estoy desesperada por alejarme y sé que luego me voy a sentir mancillada, veo que me inclino hacia él también.

—¿Y?

Patrick me da un apretón en el muslo cuando Magda aparece con una pila de platos con patrones de sauce que dispone alrededor de la mesa. Brinda con su copa y la mía.

—Os haré un precio especial a ti y a tus bonitos amigos ingleses si venís a Lagoudera durante la semana del yate. Necesitamos más bohemios jóvenes para mezclar un poco la situación.

Patrick hace un mohín en su dirección y se encorva para encenderse la pipa. La cánula suelta un sonido húmedo bastante desagradable.

—George es una víctima de sus propios celos. He leído el manuscrito, y ha arruinado una novela perfectamente buena al incluir una escena de sexo de lo más gratuita. Solo está ahí para humillar a Charm y a Jean-Claude.

—Ay, deja de hablar de eso ya —le espeta Magda—. No es asunto más que de ellos.

—Perdona, pero es George quien hace que sea asunto de todos al escribir cosas tan escabrosas sobre su mujer —resopla Patrick—. Un hombre que según él solo lo hace una vez al año y que quiere meter el dedo en la llaga porque eso es lo único que puede meter ya.

—Arg, estás borracho —dice Magda, aunque Patrick ha vuelto a menear el dedo.

—Nunca ha pensado que la suerte le fuera a durar tanto, que iba a poder quedarse con una mujer así. Ella es de sangre demasiado caliente como para llevar vida de monja, y él lo sabe.

Magda le da un empujón que casi lo tira al suelo.

—Y tú qué bien te lo pasas con todo, ¿eh? ¿Es porque Charm se fue con Jean-Claude cuando tú le dejaste tan claro que te podría haber escogido a ti?

—Nunca he escondido que admiro a esa mujer —contesta Patrick, fulminándola con la mirada.

Charmian reaparece en la terraza con los cubiertos. En la historia de Sartre que todos hemos leído, Lulu, la mujer que decide quedarse con su marido impotente, no podía disfrutar del sexo por razones médicas, un hecho bastante conveniente. No soporto pensar en que el matrimonio de Charmian y George podría estar condenado. Son lo más cercano que tengo a una familia, y me encanta todo: sus discusiones, sus cambios de humor, sus lágrimas y sus ataques de risa, todo ello, cada momento lleno de caos.

Patrick y Magda siguen atacándose conforme Marianne cruza la terraza a grandes zancadas, con el gato pisándole los talones. Se arrodilla con un sobre en la mano y empieza a llenarlo de flores amarillas que recoge de entre las piedras.

—Eso —le dice al gato—. Verá las margaritas de nuestra propia terraza cuando lea mi carta. —Alza la mirada y me dedica un ademán con la cabeza cuando paso cerca de ella para irme de allí y le dejo el regalo al lado.

—Es una tontería que he hecho para Axel Joachim —digo, y los dejo a todos allí, con un nudo en la garganta y unas ganas de llorar parecidas a las del bebé.

CAPÍTULO QUINCE

J immy me da un pinchacito en las costillas cuando pago por nuestros billetes en la entrada del transbordador.

—Parece que alguien quiere salir corriendo —me dice. La rampa de desembarco ha descendido, y el gentío inunda el lugar, con sus cámaras, bolsas para la playa, arpones y máscaras, rodeados de chicos que gritan y se pelean por promocionar sus negocios. Me río al ver a Martin correteando con las demás ratitas de puerto y camelando a los turistas, quienes, por unos pocos dracmas, pueden necesitar indicaciones para llegar a los mejores lugares para nadar o las tabernas más divertidas. Jimmy me da otro golpecito y señala.

Jean-Claude se está abriendo paso hacia la parte delantera de la cola para subir a la embarcación, desnudo de cintura para arriba y cargado de mochilas, con un porfolio enorme y un gran lienzo enrollado bajo un brazo. Un azafato le devuelve el billete y llama a los siguientes de la cola. Se produce una explosión de gritos en griego y francés hasta que Jean-Claude, todavía soltando maldiciones, saca su camisa que parece un trapo escarlata de una mochila y se la pone.

Trudy se dirige hacia allí con un gran sombrero azul y un pañuelo colocado sobre la boca. Su cabello rojo cuelga en una trenza sobre uno de sus hombros, mullido y grueso como la cuerda de una campana. Charlamos por encima de la valla, mientras Jimmy vuelve del carrito de helados de Costas con una camisa de lino limpia y su preciada máquina de escribir en una mano y dos conos de helado en la otra.

—Ahhhh, qué suerte que tienes... —me dice Trudy, dándome un pellizquito—. Y no me refiero a los cucuruchos, cielo.

—Le pregunto sobre Jean-Claude, pero ella hace un ademán para restarle importancia al nombre—. Va a Berlín, hasta donde yo sé, para tratar con su distribuidor —responde tras encogerse de hombros. Su rostro tiene un tono verdoso, y me cuenta que se ha encontrado mal desde que se ha levantado, que las albóndigas de la taberna de Stephanos debían haber estado en mal estado. Entre la confusión de personas, los hombres han llegado con un envío de esponjas negras de olor nauseabundo que están apilando en el puerto.

Jimmy me da un cucurucho y limpia una gota que ha caído sobre la cubierta de su preciada máquina de escribir.

—Tenemos que ir hasta Atenas para arreglar a esta preciosidad —explica él.

—Ah, sí, pero pasaréis una noche en un hotel… —dice Trudy con un suspiro.

—Y nos daremos un baño caliente —añado, dándome a mí misma el más grande de los abrazos solo de pensar en ello.

Algo retiene el avance frente a nosotros. Dos de los azafatos están ayudando a un hombre con una pierna a subir por la rampa. El hombre es bastante mayor y lleva sus pantalones de pescador llenos de parches, con la pernera vacía colgando en un nudo que se mece cuando se da la vuelta y escupe hacia el puerto con tanta fuerza que me llevo un susto. Dos ancianas vestidas de negro se echan a llorar. El *Nereida* suelta una serie de bocinazos impacientes, y todo el mundo se pone a gritar para hacerse oír.

—No te imaginas la lista de cosas que tenemos que traer de vuelta a la isla —le digo a Trudy—. Anticonceptivos para todo el mundo, además de esmalte de uñas y limpiador en frío de Ponds y la revista *Paris Match*. Y tenemos que ir a arrancar el coche de Bobby, para perder más el tiempo. No sé por qué no quiere dejar que se le descargue la batería.

Aun así, me muero de ganas de pasar una noche en el Lyria. Charmian me dijo que vale la pena gastar un poco más para ir a ese, por el gran baño que hay en el pasillo de la segunda planta.

—Un océano de agua caliente —me dijo con un suspiro. También me aconsejó que comprara la mejor pastilla de jabón que me pudiera permitir para aprovecharlo todo al máximo, así que eso es lo primero que tengo en la lista, y también quiero buscar algunos bordados como los de Marianne para colgar sobre mi cama de matrimonio. Lamo el cucurucho, que ya empieza a gotear.

—¿Iréis a la tienda de discos? —nos pregunta Trudy—. Si lo tienen, ¿me podéis comprar el de Ray Charles? Os doy el dinero cuando volváis. Y, ya que estáis, tres tubos de ocre quemado y dos de marrón siena. —Anota en una lista un apabullante número de objetos y sale disparada tras decir que el olor de las esponjas al secarse va a hacer que acabe vomitando.

La bocina del *Nereida* es ensordecedora. Nos quedamos en la cubierta superior y vemos la isla retroceder mientras tratamos de distinguir nuestra casa de entre las filas de cubos blancos. El transbordador se hunde y se mece, y, asomados sobre la valla, tengo que aferrarme a mi sombrero mientras observo las olas que echan espuma contra el casco.

Demetri Gassoumis está a bordo, con su cámara Rolleiflex colgada en el cuello, y el neozelandés Bim tiene un cuaderno que sobresale del bolsillo de su chaqueta de safari. Señala hacia la cámara de Demetri.

—Nos vamos unos días para un reportaje de la revista sobre el mercado de carne de El Pireo —nos explica, pero resulta que nadie les ha pedido el reportaje. El puerto todavía no ha desaparecido de la vista; Robyn y Carolyn siguen despidiéndose con la mano antes de que el otro par le dedique su atención a dos chicas holandesas para ayudarlas a mantener el equilibrio mientras guardan sus mochilas.

En la cubierta inferior, Demetri compra boletos de lotería para las chicas holandesas y para sí mismo cuando ve al vendedor pasar con su bandeja. Los cuatro se acomodan en un banco, y Bim se baja las gafas de sol y se inclina por encima de su rodilla para centrar su atención en la más guapa de las dos.

Me alivia que Jimmy no me diga que vayamos a sentarnos con ellos, pues tanto Bim como Demetri tienen un modo de mirarme como si me estuvieran viendo a través de la ropa. Siento lástima por Robyn y Carolyn, quienes siempre parecen quedarse en casa mientras sus respectivos maridos se pasan el día de juerga en el puerto. Me pregunto si el hecho de que Carolyn esté preparada para vivir como una mujer de la isla es porque Demetri es medio griego, pero eso no explica la situación de Robyn. En el fondo de mi corazón, guardo la esperanza de que sean lesbianas que estén locas la una por la otra.

Jimmy baja por las escaleras de hierro medio encorvado para no darse en la cabeza, y yo lo sigo hasta el bar, donde Jean-Claude está desatando sus mochilas.

—Mira, podremos preguntarle por Charmian. Así nos enteraremos de lo que sabe sobre la novela de George —me dice Jimmy.

—¡Ni se te ocurra!

Jean-Claude se acomoda en su asiento, con una pierna colgando por encima del brazo de la silla. Sigue con la camisa sin abrochar; su bronceado es testigo de los meses que ha pasado cuidándolo, y el vello de su pecho reluce de color dorado y es rizado como el pelo de un caniche. Ha guardado su equipaje, a excepción del lienzo, el cual está desatando. Sus tejanos desgastados son tan ceñidos que debe habérselos puesto mojado; en algún momento se le debe haber roto la bragueta, pues dos imperdibles la sostienen con suma dificultad.

—La pintura sigue *mouillé* —nos dice, desenrollando el lienzo y colocándolo en el ángulo perfecto con la luz que entra por el ojo de buey—. *Afrodita durmiendo.*

A pesar de que la pintura siga mojada, es imposible no ver que la diosa que duerme es Trudy. Yace sobre unas sábanas blancas arrugadas junto a una ventana, y sus pezones son brillantes y del color de las naranjas chinas.

Sonríe al ver el cuadro y se lame los labios como si estuviera recordando un buen festín.

—*Si belle*, ¿verdad? Vuestra amiga de Estados Unidos. Es uno de mis mejores cuadros. Lamento tener que venderlo.

Lo coloca plano sobre un asiento y estira la mano alrededor de su pie para recoger su mochila.

—*Vous voulez partager?* —Nos ofrece una bolsa de naranjas. Elige la más grande de todas para él, hace un agujero en la piel y le saca el jugo al meter el pulgar dentro. No me cabe duda de que Jean-Claude cree que está siendo sensual cuando levanta la naranja para beber el jugo mientras no deja de mirarme a través de sus pestañas castañas.

—¡Para ya, Jacques! —Por la vergüenza, acabo de soltar el nombre con el que Charmian lo bautizó en su libro. Jimmy casi estalla en carcajadas.

—¡Jacques! Duerme sobre una alfombra de piel de cabra y se alimenta a base de huevos crudos.

—*C'est vrai*. Esas cosas que hago... —dice Jean-Claude, lamiéndose los dedos—. Como los huevos de un vaso, y mi alfombra está ahí enrollada, si la queréis ver. Y sí, he leído el libro de Charmian. —Hace una pausa para bostezar y juguetear con su pendiente—. No sé por qué quiere hacerme parecer *ridicule*, pero tiene el derecho a escribir lo que quiera. Bah. Ser libre es lo único que importa. —Vuelve a rebuscar en su mochila y saca un libro de tapa blanda. No lo abre de inmediato, sino que se queda mirando hacia el ojo de buey y sonríe para sí mismo—. Ya hace años que ayudé a Charmian, pero no me olvido.

Hojea su libro y alza las pestañas poco a poco, con unos ojos amarillos como los de una cabra. Emite un olor potente, y no puedo evitar pensar que surge de sus tejanos.

—Ya sabéis que me gusta echar una mano siempre que puedo. Sabéis de lo que hablo, ¿sí?

Trago en seco, asiento y hago un gesto hacia todo su equipaje.

—¿Se acabó? ¿Ya te has cansado de Hidra? —Quiero tener una confirmación de que esta serpiente va a desaparecer de aquí, y más aún antes de que el problemático libro de George se publique.

—Es el marido el que causa problemas —repone, asintiendo—. Manda al jefe de policía Manolis para que venga a buscarme para que pase por comisaría para esto o lo otro. Bah. No hay ninguna isla tan especial como para que tenga que soportar a George Johnston... —Deja de hablar un momento para sacarse algo de entre sus brillantes dientes de porcelana—. Anoche estaba tan borracho que pensaba que me iba a matar. Vino a leerme lo que había escrito sobre su mujer y sobre mí. *Tant pis*, solo que con George nunca puedo estar seguro de que no me vaya a atacar de verdad, y eso sí que me sale caro en el dentista. —Jean-Claude se echa atrás y se rasca el pecho con un gesto perezoso—. Eso sí, ya no pienso ayudarla más.

—Yo sí que te echaré una mano esta noche en el Lyria, guapa —me dice Jimmy al oído con burla, y Jean-Claude pone los ojos en blanco antes de volver a su libro.

¡Ah, qué alegría poder darme un baño! Sigo el consejo de Charmian y compro una buena pastilla de jabón de marfil que huele a almendras, además de una nueva esponja oreja de elefante que es suave y resbaladiza como la seda cuando se moja. Estoy disfrutando tanto del baño que casi no quiero que Jimmy se meta conmigo; o al menos eso pienso hasta que me empieza a enjabonar la espalda.

El espejo encima del lavabo está empañado, el grifo de agua caliente suelta un resoplido, y el jabón deja una espuma cremosa.

Después del día que hemos pasado en la ciudad, nos sentimos más sucios que en ningún otro momento que hayamos pasado en la isla. Nos ha llegado todo de golpe al salir del transbordador: el olor de las calles, el ruido atronador de los camiones. Por un momento, ha sido como si acabara de aterrizar en un planeta alienígena, y me he mareado por el humo, la velocidad, el ruido y los cláxones. Muchísimos autobuses, de color amarillo sucio y azul sucio, polvo de los obreros y mezcladores de cemento, personas que no dejaban de pararnos para vendernos cosas, puestecitos y cestas. Me ha encantado tener a Jimmy ahí, sosteniéndome del codo para guiarme a través del tráfico y las calles sucias. Es mi caballero de pelo de gitano. Me ha comprado un anillo en un puestecito, solo de plata, pero con un bonito patrón greco. Dice que solo es hasta que venda su libro y pueda comprarme uno como Dios manda.

Vuelvo a la isla con el anillo de Jimmy en el dedo, metros de lino bordado con elegancia, algunos cuencos de latón antiguos, mi primer bikini de verdad y un kimono de seda roja que pretendo llevar como vestido. Jimmy hace como que se derrumba bajo el peso de todos los paquetes con los que carga. Además de su máquina de escribir, ya reparada, y de lo que hemos comprado en el mercado, cargamos con libros, vinilos, periódicos, pinturas, lienzos, cintas de tinta, cuerdas de guitarra, cremas, pociones, condones y una hogaza de pan de Atenas para todos.

Están todos donde Katsikas, esperando recibir sus tesoros. Jimmy se mueve entre ellos como un príncipe mercader. Trudy acecha en la sombra de la pared, todavía un poco verde según la veo, y, según resulta ser, sin el dinero para pagarnos por su disco y sus pinturas al óleo. Jimmy le lanza a Bobby sus llaves y le cuenta el estado de su coche.

— ... al final Erica consiguió hacer que un camionero parara, y hemos usado sus pinzas —le explica. Bobby parece un poco más animado hoy: se ha cambiado de ropa y se ha afeitado. Edie está sentada sobre sus rodillas con un sombrero de ala ancha, así que él tiene que hacerla a un lado cuando le describo cómo el camionero se molestó cuando llegó al coche aparcado y vio que Jimmy también estaba allí. Quiero decirle que, después de todo ese tiempo aparcado bajo la sombra de un naranjo agrio en El Pireo, el pequeño Morris verde de mamá ha vuelto a oler un poco como ella. Bobby esboza una sonrisa y me da las gracias antes de llamar a Andonis para que nos traiga *retsina*.

Ha habido huelga en las oficinas de correos de Atenas durante los últimos días, así que se produce todo un vitoreo cuando sacan los carros de la correspondencia. Oigo la cháchara de planes establecidos a toda prisa en varios idiomas, monedas que resuenan entre las mesas y sillas que rascan contra el suelo conforme la gente coloca billetes bajo sus vasos.

Marianne sigue bebiendo naranjada en la mesa de Charmian, con el cochecito apoyado contra la tienda.

—No te preocupes —le está diciendo Charmian—, George comprobará si hay alguna carta para ti. —Marianne se muerde el labio. Hay una arruga entre sus ojos que no se debe solo a estar de cara al sol. Su camisa es la gemela de la que Axel llevaba ayer en Atenas, con una delgada línea azul que recorre el lino.

Marianne me pone una mano sobre el brazo.

—La marioneta de payaso que le hiciste al bebé nos ha hecho felices a los dos —me dice.

—¿Qué tal el viaje? —me pregunta Charmian, tras sonreírme.

—Ah, casi se me olvida: Jean-Claude estaba en el transbordador, y dice que no va a volver.

Lo suelto sin querer y con pánico al tener que hablar con Marianne tan de improviso. Intento no mirarla. No quiero ser la mensajera. No quiero decirle: «Mira, vi a Axel...».

Balbuceo sobre lo frustrante que ha sido el viaje con todas las compras que hemos tenido que hacer.

—Ni siquiera llegamos a ir al Partenón —digo.

Por mucho que Jimmy y yo nos hubiéramos separado para ahorrar tiempo, tuvimos demasiados recados por atender. Jimmy llevó su máquina de escribir para repararla en la calle

Pouliandros mientras yo hacía cola en la sucursal de American Express con mis cheques de viaje. Conforme pasaba el tiempo, nuestro viaje al asiento de los dioses parecía cada vez menos probable.

El edificio de American Express era sofocante, con paneles de madera oscura. El gentío arrastraba los pies por el lugar; frente a mí tenía a dos hombres con pantalones cortos y alpargatas desaliñadas que apestaban tanto a sudor que tuve que girar la cabeza para poder respirar. Me sorprendió todo el peso que llevábamos, con las mochilas y sacos de dormir, y el hecho de cuántos hombres necesitaban afeitarse.

Había persianas para mantener el calor a raya, salvo en una ventana en lo alto donde estaban rotas, por lo que unos rayos de luz caían al suelo frente al mostrador de recepción. Cuando se dio la vuelta, su cabello nórdico casi me pareció plateado bajo el brillo de la luz solar, por lo que me llevó un momento creer que de verdad era él. Axel llevaba su camisa de rayas finas sin meter en los pantalones y estaba colocando billetes en el bolsillo trasero de sus pantalones de marinero. En la mano llevaba una carta. Su sonrisa le hizo un hoyuelo en la mejilla, y seguí su mirada hasta donde ella lo esperaba con su equipaje. Así que no estaba en Chicago después de todo, sino a menos de diez metros de mí, con la melena recién lavada y brillante como la melaza. Me acerqué un poco más. El vestido de Patricia era de seda negra, como de penitente, y casi le llegaba a los tobillos, con una fila de botones azabache en la parte delantera.

Estaba señalando la carta, y Axel pareció sorprenderse de verla en su mano. Patricia dejó el equipaje en el suelo y se puso de puntillas para asomarse por encima del hombro de él conforme la abría. Unas margaritas amarillas cayeron del sobre cuando sacudió las páginas que había dentro. Axel se las quitó de su manga, y vi cómo hacía añicos las páginas sin leer y tiraba los fragmentos a un rincón. Tomó sus mochilas y se puso impaciente con Patricia al tratar de ponerla detrás de él, pero ella se resistió y se agachó hacia las flores caídas. Recogió dos o tres y las colocó entre las páginas de su cuaderno antes de seguirlo hacia la calle.

Me alegro de que George me distraiga de esos pensamientos al venir a nuestra mesa con sus cartas.

—¿Nada para mí, entonces? —pregunta Marianne, y George niega con la cabeza mientras Charmian le da palmaditas en la mano a ella.

Tampoco ha llegado nada para mí, y me pregunto si eso será todo, si mi padre hablaba en serio cuando me desheredó.

Leonard ha recibido algo pesado desde Canadá y saca una silla para leer, reclinado hacia atrás, con los pies apoyados en la pared y su sombrero inclinado para refugiarlo del sol. Nikos trae una jarra de *retsina* conforme todo el mundo a mi alrededor se acomoda con sus boletines del mundo exterior. Jimmy ha recibido una carta llena de ánimos sobre sus primeros capítulos de parte de un amigo de Inglaterra, y, con bastante alivio, un pequeño cheque de parte de su madre.

Charmian suelta una maldición y coloca una factura frente a George.

—Última advertencia de Foyles antes de que nos cierren la cuenta, cariño.

George está usando su navaja para abrir un sobre con Su Majestad en el sello. Charmian se percata del membrete de la editorial William Collins, por lo que deja de hablar mientras él lee la carta por encima y la vuelve a doblar. Me cuesta saber si es el dolor o la alegría lo que lo hace cerrar los ojos.

—¿Qué dicen? —pregunta Charmian, sacando un cigarrillo.

A George le tiemblan las manos un poco conforme enciende una cerilla.

—Parece que Billy se va a lanzar de cabeza a *Closer to the Sun* —dice, mientras ella se inclina hacia la cerilla—. Va a contratar a ese Kenneth Farnhill, el que diseña todas las cubiertas de Agatha Christie, y van a usar reseñas de Muriel Spark y J. B. Priestly para un anuncio.

Leonard ha vuelto con nosotros, todavía riéndose para sí mismo por el contenido de su carta.

—¿Qué pasa? —pregunta cuando ve la expresión de Charmian.

—Ah, George está bastante contento consigo mismo —responde ella, con una sonrisa de mártir—. Parece que Collins cree que su nueva novela va a ser un éxito de ventas.

Leonard entorna los ojos al mirarla y mece su *komboloi* por detrás de su silla. *Tin, tin, tin*, suenan las cuentas de ámbar.

—Quiero alegrarme mucho por él, o por los dos, vaya, porque después de todos estos años que ha traído el pan a casa se merece el éxito, pero hay un personaje en su dichoso libro que se parece demasiado a mí, y estoy pensando si debería reservar plaza en el manicomio antes de que se publique.

George suelta el quejido apesadumbrado de un hombre que regresa a la batalla ataviado con armadura.

—Por Dios, mujer —dice—. Reconoce un poco la imaginación que tengo. *Closer to the Sun* no solo trata de ti y de ese Adonis malnacido.

Leonard se interpone entre ellos con la autoridad delicada de alguien que trata de unir a Jrushchov y Eisenhower.

—Si se puede crear algo bello a partir de algo que se ha experimentado, creo que todos los afectados deberían estar contentos por ello —dice.

Charmian niega con la cabeza hacia los dos.

—¿Y qué pasa con Zelda y Scott Fitzgerald? No podéis decir que les fue de perlas cuando él se basó en sus vivencias, ¿verdad?

—Ya, bueno, ella quería… Supongo que tenía ambición como escritora, pero no sé… —Leonard se queda callado al ver la expresión de Charmian. Es como si acabara de recordar justo en ese momento que ella también es escritora.

—Entonces, ¿lo harías tú? —pregunta Marianne, tras volver a la vida—. ¿Usarías a la mujer a la que quieres en tu obra?

Leonard se rasca su áspera mandíbula de un lado para otro mientras se da un festín visual con el rostro de ella.

—No creo que me quede con nadie que pudiera usar, de otro modo…

Se sonríen un momento antes de que Marianne agache la cabeza y pruebe con una expresión que muestre más simpatía hacia Charmian.

—Sé cómo te sientes. Me alegro mucho de no estar en Oslo cuando proyecten la película de la novela de Axel —dice, incapaz de contener su sonrisa radiante del todo—. Sé lo mal que se siente estar plasmada en las páginas de un libro, pero imagina el alboroto cuando esa actriz adolescente que se supone que soy yo se plante en el pinar enseñándolo todo.

Leonard le dedica una sonrisa enorme, y puedo ver cómo se está imaginando la escena y la aprecia.

—Al final, todos los sujetos son una alegoría, una metáfora de la experiencia humana.

El bebé Axel Joachim se está despertando, Marianne se inclina para mecer el cochecito y ve que lo estoy mirando.

—¿Quieres alzarlo?

Me siento con el bebé sobre el regazo, y ella me da su biberón con agua. El bebé juguetea con la tetina, pero está más interesado en rodearme la coleta con los dedos y mirarme a los ojos. Tiene los ojos azules como el océano, como el cielo. Intento no pensar en Axel con las flores amarillas de Marianne desperdigadas entre sus pies, porque quién sabe, quizás el bebé sea capaz de ver las imágenes de mi mente. Echo un vistazo hacia Charmian, quien asiente ante algo que Leonard está leyendo de la carta de su hermana. Se detiene y nota que la estoy mirando, y por un momento la boca casi se me tuerce por el esfuerzo de no convertirme en la mensajera que lleva malas noticias.

Había una pequeña cafetería en la calle que sale de la plaza Sintagma, en el lado opuesto de la sucursal de American Express, de camino a la tienda de materiales de arte. Ahí era donde había quedado para reunirme con Jimmy, en una de las mesas bajo los toldos azul marino.

Los dioses para los que no teníamos tiempo debían haber estado pasándoselo bien a nuestra costa desde su templo de la colina, porque Patricia estaba ahí, hojeando su cuaderno de dibujo, y me sorprendió ver la mano de Jimmy en su cintura antes de que Axel saliera por la puerta de la cafetería, salpicando agua que llevaba en las manos.

Se detuvo nada más verme.

—¿Hidra? —me preguntó, y se puso pálido.

Le dijo algo rápido en griego al camarero antes de volverse hacia Patricia.

—Ahora que tengo el dinero, eres tú quien tiene que decidirse... —Estaba tamborileando en la mesa con los dedos y no dejaba de mirar a todas partes con unos ojos brillantes como los de un pez.

»Tengo mi Karmann Ghia en El Pireo, pero tendrás que conducir tú, porque yo no tengo permiso ahora mismo, y hay un buen trecho hasta Troya. ¿Quizá quieras zarpar a otro sitio? ¿Cos? ¿Miconos? —Se bebió su vaso de agua de un trago, y el deseo de estar en cualquier otra parte rebosaba de él.

Patricia nos explicó que estaban buscando un lugar más tranquilo que Hidra en el que Axel pudiera escribir su novela y ella pudiera pintar. Axel se terminó su café a toda prisa. Las cicatrices que tenía en el dorso de la mano estaban un poco alzadas y pálidas como pececillos de plata. No mencionó a Marianne ni al bebé.

Estoy intentando no pensar en ello. Me llevo al bebé de Marianne al supermercado; me gustan sus balbuceos y me pierdo en un sueño en el que este bultito tan calentito y dulce es mío y de Jimmy. Charmian está a mi lado, comprobando el precio de una lata de carne curada. Por descontado, ha captado todas las miradas que le he estado dedicando fuera.

—Venga, ¿qué es lo que no me estás contando? —me pregunta, tras lo cual le digo todo lo de Axel y Patricia.

En el exterior, Leonard está de pie con su toalla sobre el hombro. Marianne le sonríe y niega con la cabeza.

—Me encantaría, pero...

Charmian le da un empujoncito.

—Va, Marianne. Nadar te irá la mar de bien. Ya me llevaré al chiquitín a casa, y puedes venir a buscarlo más tarde. Me vendría bien la distracción, si te digo la verdad. —Me quita a Axel Joachim, lo sostiene en el aire y le hace cosquillas en la barriga a través de su chaleco—. Te prometo que no me lo comeré enterito...

Charmian se vuelve hacia mí en cuanto los otros dos se van.

—Bueno, ¿qué es lo que decías sobre Jean-Claude Maurice?

CAPÍTULO DIECISÉIS

Empieza a hacer tanto calor que no sé dónde acaba mi piel y dónde empieza el aire. Para la hora de comer, solo hay un lugar en el que estar, y ese es el mar. Jimmy carga con la cesta llena de nuestras toallas y libros, además de un pícnic de queso feta, pan recién horneado de la panadería y tomates tan grandes y nudosos como mi puño.

Un crucero está atracado en la abertura del puerto. Sus pasajeros surgen en una flotilla de barcas a remo, y, como no hay mucho que les interese en el puerto, todos se dirigen a las rocas por encima de la cueva de Spilia.

Jimmy y yo nos detenemos bajo la higuera de la curva. ¿Tal vez nos lo podamos pasar bien por ahí? Sigo su mirada, veo todos los bikinis y ninguno me gusta tanto como el mío. Mi nuevo bikini milrayas es de color blanco y azul celeste. Lo llevo bajo mi vestido bien abrochado, porque, a diferencia de las Edies y las Janeys del mundo, no estoy dispuesta a arriesgarme a que me pongan una multa. El jefe de policía Manolis patrulla el paseo marítimo con fuerzas renovadas desde que tantas jóvenes guapas incumplen las normas de decencia pública de la isla.

La música flota hacia nosotros desde una radio a transistores; el mar ondea con sombreros de goma brillantes, chanclas, aletas, tubos de buzos y sirenas tumbadas sobre las rocas; un par de jóvenes deidades en bañadores cortos rojos a juego han atado colchonetas hinchables a los peldaños de hierro y se han quedado tumbados flotando uno al lado del otro. Unos niños pequeños se retuercen bajo las manos llenas de crema solar de sus madres, dos pelotas de playa van de un lado a otro, Lena está en la entrada de la cueva con los demás suecos y se ha atrevido a quitarse la parte de arriba del bikini para tomar el sol.

Jimmy y yo hemos estado hablando de Bobby. Mi hermano ha emprendido otra larga marcha por sí mismo y ha salido con su mochila nada más acabar con sus tareas de casa.

—Parece que le sienta bien lo que sea que haga cada vez que sale —me dice Jimmy mientras continuamos a lo largo del camino en lo alto del acantilado. Hay neblina por el calor, y las rocas con vetas de bronce, óxido y hierro reciben la fuerte luz y la reflejan entre los desaliñados olivos y pinos, arbustos de tomillo y bolas de euforbios de color amarillo ácido. La mayoría de las flores silvestres están marrones por las semillas, con tan solo el breve destello de las amapolas, y, cuando doblamos una esquina, encontramos bajo nosotros una milagrosa capa amarilla que llega hasta el mar color lapislázuli.

Decidimos poner rumbo a la playa frente al viejo molino de olivas, un lugar que nunca está demasiado ocupado, aunque antes nos desviamos por las calles que conducen al supermercado de las Cuatro Esquinas a por una botella de *retsina*.

Ardo en deseos de enfriarme en la orilla llena de guijarros, mientras en todas direcciones cada esquina de paredes blancas bañadas por el sol ofrece su encanto manchado de hibisco brillante como la sangre u oculto bajo cascadas de plumbago de color azul celeste y trinitarias que destacan con su color rosa y morado a través de los estrechos callejones que nos llevan de vuelta al mar. Nos encontramos en la cima del puerto, donde los barcos pesqueros se mecen en sus amarres y han estirado las redes para que se sequen por toda la costa. Una camada de gatos atigrados duerme en la sombra de un pequeño conjunto de cipreses mientras un burro ronca a su lado, acompañados de un gallito y sus gallinas.

La taberna Mavromantis se planta firme y orgullosa, pintada de un color rojo óxido y ocre con toldos amarillo intenso y mesas de manteles a cuadros. Theodorakis suena a través de un altavoz a todo volumen. Manolis Mavromantis prepara las mejores langostas de la isla, y su mujer elabora pasteles con peras caramelizadas. Panayiotis y un par de pescadores mayores juegan *tavli* en una mesa del exterior, pero no son ellos quienes me llaman la atención.

Marianne se está riendo con Axel Joachim en el regazo. Leonard los acompaña y hace ruidos de avión mientras hace girar una cuchara hacia la boca del bebé. El sol se adentra por un hueco en el toldo e ilumina el suelo a sus pies. Leonard lleva sus viejos zapatos de tenis sin cordones, y uno de los pies esbeltos de Marianne descansa sobre su lengüeta.

Panayiotis llama a Jimmy con un gruñido ronco. Marianne me lanza un beso cargado de timidez conforme nos acercamos. A pesar de que lleva ropa sencilla —unos pantalones de pescador desgastados y una camisa de hombre—, sigue teniendo el aspecto fresco de una gardenia que acaba de florecer. Axel Joachim hace un mohín de asco ante lo que sea que contiene la cuchara, y Marianne le dice a Manolis que no se lo tome como una crítica a sus artes culinarias.

—Está probando cosas por primera vez. ¡Mirad los dos dientecitos que le han salido! —dice, abriéndole la boca con el dedo para mostrárnoslo.

Leonard saluda con la mano al bebé y pone una sonrisa como de mono.

—¡Mirad cómo le devuelve el saludo! —grita Marianne cuando Axel Joachim alza su mano regordeta—. Creo que mi hijo es un genio.

Hay una botella de vino casi vacía sobre la mesa y Marianne tiene las mejillas sonrosadas. Cuando nos alejamos de allí, lo hacemos con música en los oídos.

El siguiente día es un poco más fresco, y, después de nuestra siesta, debo dejar a Jimmy trabajando en nuestra habitación, con su máquina de escribir colocada junto a la puerta para que le llegue mejor la brisa. Vuelve a su escritura más delgado, bronceado y vestido como Dios lo trajo al mundo. Danzo por allí durante un rato para tratar de distraerlo, giro dentro de nuestros nuevos bordados con mi mejor imitación de Salomé, o al menos intento interesarlo en averiguar cómo colocarlos en las vigas por encima de la cama. Flores rojas y azules, pájaros, todo hecho con millones de puntos...

Se pone de pie de un salto y dejo que pelee conmigo. Nos revolcamos y jugueteamos, y en poco tiempo los muelles de la cama entonan su canción indecente. Después de prometerle darle la paz que necesita, le preparo un bocadillo antes de salir a hablar con Charmian.

Estoy de lo más entusiasmada con lo que encontré en el mercadillo y me digo a mí misma que a mamá no le importaría que hubiera pagado tanto por algo tan bonito, porque solo ha sido cosa de una vez. La anciana del puestecito de Monastiraki no hablaba mucho inglés, pero entendí que eran del ajuar de una novia y que cada punto lo había hecho esta con sus propias manos, sentada en su taburete, tal vez hacía más de un siglo. Hay pavos reales rojos, jarrones de rayas azules y rojas y un motivo de nudos diminutos de hilo rojo que forman flores y vides. También hay un barco azul en cada esquina.

—Y mira, un delfín para que dé buena suerte —dice Charmian mientras observa la tela—. Debió haber estado esperando a su marinero durante mucho tiempo...

Me habla de las antiguas familias de Kálimnos, sobre festividades para celebrar las bodas que continuaban hasta que nadie era capaz de comer ni un solo bocado más ni de beber ni una sola gota, tras lo cual encerraban a los recién casados en su nueva casa durante tres días.

—Para follar —me explica, como si no lo hubiera entendido—. Durante la tercera mañana, las familias se reunían con mucha solemnidad en la puerta de la casa y esperaban que el chico saliera con las sábanas ensangrentadas...

Mi sábana del mercadillo no tiene ninguna mancha, y el paso del tiempo la ha teñido de forma uniforme con el color de un jerez palidísimo.

La casa está sumida en el caos pues todos están aquí. Shane se ha salido con la suya en cuanto a la música, y «Alley Oop» suena en el gramófono. Charmian hace como ocho cosas a la vez, con una pequeña toalla desgastada en el hombro y los andares de un gato salvaje conforme corta ingredientes y lo ordena todo. Zoe está llenando la plancha con ascuas de carbón, y hay hojas de lechuga crujientes en un cubo esmaltado. Shane y Martin pelan patatas en la mesa y discuten en inglés y griego sobre que uno de los dos va a tener que dejar una habitación y sobre el horrible gusto musical de Shane.

George alza la mirada de la lámpara que está arreglando para contarme que sus amigos van a venir con sus hijos desde Atenas, y, según espera Martin, con nuevos cómics.

—Charlie Sriber es un colega de toda la vida, solía subtitular mis noticias en Melbourne. Nos dejan pasar la noche en su casa de Mets cada vez que tenemos que estar en Atenas, y, a cambio, nosotros los acogemos aquí. Todo será fuegos artificiales y bailes en la isla este fin de semana… —Toca el cable con sus alicates, y la lámpara suelta una chispa y un siseo que nos hacen dar un salto a todos. Charmian le suplica que no electrocute a nadie.

Si bien siempre se celebra algún que otro festival y las campanas no dejan de sonar, este fin de semana toca uno de los más grandes, celebrado en honor del almirante Miaoulis, cuya estatua protege la entrada oriental del puerto, con un timón en la mano y una daga lista en su faja. Martin lo sabe todo sobre ello, hasta el último detalle de las escaramuzas contra los turcos, la venganza que nuestro gran héroe desató sobre la flota del sultán por la masacre de Quíos… El niño es una enciclopedia con patas, y sus padres no podrían estar más orgullosos, aunque Charmian fulmina a George con la mirada cada vez que él lo llama «profesor».

—Despierta el peor nacionalismo por parte de las personas que vienen por los fuegos artificiales y las fiestas —refunfuña George, y Martin empieza a suplicarle que le compre pólvora para poder prepararse sus propios petardos este año.

También llegará alguien a quien Charmian llama «Gran Grace» con un gesto de asco.

—Gran Grace tiene planes para mi marido, ¿verdad, cariño? —dice, plantándole un beso en la mejilla mientras él le gruñe. Hay todo un barril de vino junto al fregadero, y su grifo gotea sobre una jarra. Charmian tiene un brillo diabólico; su falda se mece en derredor mientras lo sigue incordiando—. Gran Grace cuidó muy bien de mi marido mientras él se recuperaba después de su paso por el hospital de Atenas. Muy muy bien. Le preparaba todos sus platos favoritos, ¿verdad, cariño? Cangrejo aderezado y diminutas porciones de filete tártaro…

George se reclina en su asiento y observa su actuación.

—Cualquier cosita para tentarlo a él y a su pobre apetito de inválido. Un manhattan perfecto con hielo en el balcón con vistas hasta la Colina de las Musas, por encima de toda Atenas. De verdad, nada era demasiado para ella.

George se echa a reír, le da un ataque de tos y se abalanza sobre ella para agarrarla de la cintura mientras Charmian trata de apartarse de un salto.

—Ay, para ya, Cliftie. Te estás volviendo a encender por nada; no todas las relaciones con una mujer tienen que ser por el sexo, como tú muy bien sabes. —La coloca sobre su rodilla para darle un beso entre gruñidos que hace que Martin y Shane salgan corriendo de la sala mientras sueltan ruidos como de arcada.

El pequeño Booli me da la mano y me lleva por la escalera para mostrarme su nueva madriguera bajo el sofá. Entramos y salimos de las habitaciones para jugar al escondite, y como Booli es incapaz de contener la risa, lo encuentro todas las veces.

Ayudo a Charmian a preparar las camas y los sofás para sus invitados. Coloca y alisa sábanas y pone ramitas de lavanda que ha traído desde el jardín sobre las almohadas. Me cuenta que Gran Grace tiene la impresión de que lo que enfermó a George fueron las constantes disputas con su mujer.

—Está decidida a rescatarlo, ya lo verás si la conoces —me dice. Las sábanas, a pesar de ser finas y estar desgastadas, huelen a recién planchadas, a carbón, a vapor y a buenas intenciones—. Ay, todo es una pérdida de tiempo enorme, cuando podría estar continuando con mi libro, pero les debemos una invitación, y es mejor que vengan ahora que todavía hay agua en la cisterna. —Se incorpora tras acabar de adecentar la cama y se lleva las manos a las lumbares.

»Ni te imaginas lo horrible que es tener visita cuando estamos sin agua, que es lo que suele pasar en temporada alta, cuando tenemos que pagar a Elias para que nos traiga hasta la última gota. Además, es de lo más molesto tener que echar agua del mar por el retrete. El agua se convierte en algo muy caro y difícil de conseguir; creo que debo avisarte antes de tiempo, Erica. —Se pone a meter varios cachivaches en cajones y alisa la alfombra—. Aun así, cuando las lluvias llegan por fin, el sonido del agua que llena la cisterna te llama, y querrás salir a bailar desnuda por la calle.

Echa un vistazo por la habitación y ladea la cabeza para oír mejor. Se produce un sonido metálico y un traqueteo que sale de la máquina de escribir de George, seguido de otro sonido metálico y de una pausa, tras lo cual oímos el sonido del papel al arrancarlo del carro y a George rugiendo su nombre.

—La banda sonora de mi vida —dice con una sonrisa y una imitación de reverencia.

Shane nos llama desde el jardín.

—Mirad, Dissy ha encontrado a Penny —grita, señalando hacia las tortugas que se dan golpes caparazón contra caparazón, como si estuvieran en plena batalla mortal. Los jadeos y gruñidos orgiásticos suenan demasiado humanos conforme la vieja tortuga macho se sube en un frenesí de deseo sobre su compañera más pequeña. Booli se queda horrorizado y corre hacia ellas mientras grita: *óchi, óchi, óchi,* aparta a Odiseo y lo destierra al rincón más alejado, detrás de la letrina.

Correteamos por allí con una pelota de tenis. Shane es la campeona en cada posible secuencia de hacer rebotar la pelota contra la pared o el pozo y luego dar una palmada, darse la vuelta o tocar el suelo, y a Booli se le da bien ir a buscarla. A veces me resulta todo un alivio jugar con los niños.

Charmian sale con una cesta bajo el brazo y dice que es su última oportunidad para tener algo de libertad antes de que lleguen los invitados.

—¿A alguien le apetece un paseo? —Los demás se alejan—. Si quieres podemos ir a casa de Marianne con tu bordado. Tiene una buena máquina de coser y se le dan bien los arreglos —me dice, y se ofrece a esperarme mientras voy a por la tela.

Booli se dirige al puerto dando saltitos para ver si Martin ha encontrado algo de cebo vivo para su caña de pescar. Si bien solo tiene cuatro años, puede corretear por toda la isla, lo cual resulta algo maravilloso: es un principito de cabello dorado al que reciben en cualquier mesa. Charmian sonríe al verlo irse. Hablamos sobre Bayswater, sobre estar encerradas en un piso con todos los árboles a los que no podíamos subirnos en los Jardines Kensington, sobre las cloacas sucias y la tos constante por la salvaje polución amarilla.

El crepúsculo ilumina nuestro paso a través del camino de rosas y hacia el cementerio, donde crecen frambuesas silvestres.

—A tu madre le habría encantado esta isla —me dice Charmian, y me habla de una tarde que compartieron en el descapotable de mamá y que acabó con un chapuzón en el Támesis y huevos endiablados en una casa de té de Cookham. Menea la cabeza cuando le pregunto si de verdad nunca le mencionó a ningún amante.

El cementerio tiene unas preciosas vistas al mar; casi puedo imaginarme muriendo feliz al saber que descansaré con este paisaje, rodeada de pinos y flores. Nos quedamos junto a la tumba de un joven buscador de esponjas, con un ancla, una bota de hierro y la ventana redonda de una campana de buceo talladas en su lápida. No he estado en un cementerio desde que enterramos a mamá en un rinconcito del Cementerio Kensal Green, un lugar tan a la sombra que estaba lleno de humedad. Charmian me da la mano. Le digo cuántas ganas tengo de que mi madre vuelva y me haga la vida imposible como fantasma.

—Supongo que todo el mundo se siente así cuando echa de menos a alguien —digo, antes de secarme las lágrimas con el dorso de la muñeca—. ¿Tú notas fantasmas, Charmian?

—Ay, claro —responde, y suelta un largo y profundo suspiro—. Tengo un montón de fantasmas, y no todos ellos están muertos.

—¿Qué quieres decir? —Abre la boca para contestarme, pero se detiene. Noto que cambia de tema.

—Es una sensación extraña la de echar de menos a alguien que sigue ahí —me dice, y mira hacia la tumba del joven pescador con la misma tristeza como si fuera su propio hijo—. Alguien que sigue ahí, solo que no del todo. Justo delante de ti todo el día. Como George, y con eso me refiero al George con el que me casé, con su ímpetu incansable y su espíritu inquebrantable.

Me dice que imagina que habré notado que no todo va bien entre ellos y me cuenta lo mal que se siente por que los niños tengan que presenciar sus discusiones.

—Tendría que haberme negado a que escribiera esa dichosa novela desde el principio.

—Ya sabes que no la leeré —le digo, y acompaño las palabras con un gesto de cortarme la garganta y me llevo la mano al pecho en señal de juramento—. Pero, si es algo tan vergonzoso para ti, ¿por qué la ha escrito?

—Para entender a George, tienes que saber algo de su infancia en Australia: fue un niño frágil, estudioso, de temperamento artístico, todo lo contrario de su hermano Jack, que era más fuerte. Su padre era un bruto con el cinturón. Le daba unas palizas de lo más violentas, y lo peor era que no lo hacía porque él hubiera hecho algo malo, sino solo por si había hecho alguna travesura que no quería admitir. ¿Te imaginas lo que eso puede provocar en un niño pequeño tan sensible?

»Lo más triste de todo es que se ha convertido en su padre, ahora que ha dejado atrás su época de dar saltitos. Está tan arraigado en su interior que no puede hacer nada por cambiarlo. Sospecha de mí y se imagina lo peor, así que cree que debe castigarme. —Consigue esbozar una sonrisa apesadumbrada—. Solo por si acaso, claro.

»*Closer to the Sun* es un libro difícil para mí. Suele salir una ninfómana de ojos verdes que revoluciona a las tropas en los libros de George... —La sonrisa triste otra vez—. Pero esta es la primera vez que escribe desde su propia piel. Un escritor australiano, excorresponsal de guerra, con una mujer y una familia en una isla griega. No me cabe la menor duda de que todo el mundo lo va a leer como si fuera la verdad, una biografía por decirlo de algún modo, y no el producto retorcido de su pobre imaginación tan torturada.

Aunque me he quedado callada durante toda su explicación, ya no puedo contenerme más.

—Espera, ¿y qué hay de Jean-Claude? —No me atrevo a mirarla una vez que he soltado la pregunta.

—De verdad, Erica, eres igual que la demás morralla. —Da un fuerte pisotón—. Y, si de verdad quieres saberlo, Jean-Claude Maurice no merece toda la atención literaria que se le lanza.

Cambia de tema conforme pasamos por la parte superior de la hondonada.

—He estado pensando sobre lo que me dijiste el otro día en la tienda, y creo que debes aunar la valentía suficiente para decirle a Marianne que Axel está con Patricia. —Por mucho que sepa que tiene razón, eso no hace que no me parezca un castigo—. Sería algo muy amable por tu parte, si puedes. La pobrecita cree que está a solas en su barco, pensando en cómo salvar su matrimonio.

La sigo hasta la casa de Marianne, con el estómago revuelto. Una pequeña brisa mece el encaje de la ventana rota. Unos tallos de un rosal trepador están dispuestos en un jarrón de peltre sobre la mesa. Alguien ha intentado dibujar a Marianne en un trozo de papel que se encuentra junto a un trocito de lápiz. Se parece bastante, y el pintor ha sabido captar la sonrisa de esfinge y las pestañas que rozan con modestia sus mejillas sonrosadas.

La llamamos desde el pie de las escaleras, y Marianne aparece por encima con un vestido blanco, como un ángel desteñido por el sol. Si bien el vestido podría haber sido una enagua de campesina en otros tiempos, Marianne lo lleva con un cinturón de cuero trenzado. Pasamos de puntillas junto a Axel Joachim, quien está dormidito, para ir al exterior.

Los movimientos de Marianne son como de ensueño mientras recoge unos vasos y una jarra de cerámica de la mesa. Parece que no soy capaz de hablar sin saltarme las erres. Lleva un mantón de color melocotón atado alrededor de la cara, a pesar del calor.

Pone fin a mi agonía al ponerme las manos sobre los hombros para callarme. Por encima de la seda de melocotón, sus ojos están anegados en lágrimas. Baja las manos y noto que debo dejar de hablar cuando se vuelve hacia Charmian.

—Entonces imagino que fue a buscar a Patricia a donde ella lo estuviera esperando en Poros en cuanto se marchó de aquí. —Le tiembla la voz—. Supongo que estaba todo planeado. Quizá pensó que me humillaría menos si no los veía irse juntos.

Los ojos de Charmian brillan de puro odio.

—¿Quién se cree que es para alargar el dolor así? No es nada más que un cobarde moral. Un crío como Axel nunca habría podido ser un buen padre para tu hijo.

Marianne habla a través de su mantón, sin mirarnos.

—Está loco por Patricia, y no hay nada que pueda hacer al respecto. Solo piensa en ella.

—Sé lo piadosa que puedes ser, Marianne, pero esta vez no —dice Charmian—. ¿Y qué haces con ese manto? No me entero de la mitad de lo que dices...

Charmian trata de quitárselo un par de veces, hasta que Marianne acaba cediendo y se lo quita para revelar una piel roja y resentida alrededor de su boca y su barbilla.

—Ay, ¿qué se le va a hacer? —suelta con una risita, escondiendo la cara en las manos.

—¿Te ha picado algo? —le pregunta Charmian, con una expresión traviesa y una ceja alzada.

—No es lo que parece. —Marianne sigue tratando de ocultar lo ruborizada que está. Unos diminutos destellos azules danzan en sus ojos, y suelta un gritito entre los dedos—. Soy alérgica a la crema facial que me trajo Magda.

—¡Marianne! —exclama Charmian—. De verdad tendrías que decirle a nuestro amigo canadiense que se compre mejores cuchillas de afeitar.

CAPÍTULO DIECISIETE

El puerto está repleto de yates. Hay tanta gente allí que parece que toda Atenas se ha dirigido a la isla por el festival. Los artistas están llenos de esperanza y muestran sus cuadros por todo el muro del Club Marino Lagoudera; los vendedores de esponjas disponen sus mercancías en distintos niveles y pirámides en el puerto y gozan de más éxito que los pintores. Cada taberna ha abierto sus puertas, y las cafeterías y los bares del paseo marítimo están a rebosar de clientes. Las grandes casas de piedra situadas por encima del puerto abren sus persianas de par en par, y el viejo Vasilis, el afilador, pasea por las calles con su piedra de afilar.

En casa, estoy sentada con la barbilla sobre las rodillas en el gran hueco de la ventana y observo cómo Jimmy martillea clavos en las vigas para mi bordado y una mosquitera. No tengo ni una picadura, gracias al gran cebo que duerme conmigo cada noche. Hace equilibrio, desnudo y sin esfuerzo, con un pie sobre la columna de la cama, y estira una mano hacia la viga más lejana con la boca llena de clavos. Los músculos de su pantorrilla se flexionan, y observo los contornos cambiantes de su trasero, que tiene el mismo color de miel chamuscada que el resto de su bronceado. No me extraña que los mosquitos tengan ganas de comérselo. Veo cómo lo miran las demás chicas y hasta las mujeres. Me gustaría construir un foso de castillo a su alrededor y llenarlo de cocodrilos. Me abrazo las rodillas con más fuerza y suelto lo que llevo varias noches queriéndole decir.

—Podríamos convertirnos a griegos ortodoxos y casarnos en la isla.

Jimmy echa un vistazo hacia atrás para comprobar que no esté bromeando y se saca los clavos de la boca.

—No puede haber ninguna boda hasta que haya vendido el libro —contesta, y yo hago un puchero y miro por la ventana hacia donde la brisa ha levantado un remolino de flores de glicina caídas.

Baja de un salto que el suelo casi no nota y me coloca la mano bajo la barbilla para obligarme a mirarlo. Tiene los ojos del color de una botella de vidrio marino marrón cuando se sostiene hacia el sol: ámbar con motitas doradas.

—Me temo que sería la gota que colma el vaso. Mi madre no nos enviaría ni un solo penique más. —Entonces bate sus pestañas oscuras como un niño de mamá, aunque en realidad odia hablar de que su madre nos envía dinero.

—Aun así, sí me apetece un bautizo de inmersión completa —digo, y él se echa a reír mientras me desabrocha los botones.

—A los curas sí que les gustará, eso seguro —dice con una sonrisa lasciva—. Son muy insistentes en que los bautizados vayan desnudos, ¿sabes? —He dejado de llevar sujetador, y él finge sorprenderse al abrirme la camisa—. Ah, sí, creo que podríamos conseguir la aprobación de ese obispo en el Profeta Elías. «Ven, ven, hija mía. Eso, líbrate de tus pecados...». —Y, como a Jimmy se le dan de muerte las imitaciones y su rostro parece de goma, no puedo evitar reírme.

El plan original había sido salir de la ciudad por el acantilado para ir a Vlychos. Allí hay una amplia playa de guijarros con agua turquesa, pinos andrajosos para que nos den sombra, los suficientes como para que quepa todo el mundo, ahora que las grandes familias de Hidra y sus vástagos de Atenas nos superan en número. Hay orquestas de viento y procesiones de niños. Las campanas seguirán sonando hasta las Vísperas, cuando el corazón del gran almirante pasará en procesión a través de las calles, metido en su ataúd dorado.

Las banderas de Grecia e Hidra lo honran desde las esquinas de las casas, las lanchas taxi pasan con sus golpeteos y navegan bajo al estar llenas de familias y suministros para pícnics que se dirigen hacia las calas más desocupadas. Vemos a Bim y a Demetri saludando desde el barco de Manos, colgados de un lado y posando como estrellas de cine con sus camisas blancas y gafas de sol. El chico de carga de madam Pouri pasa por allí con un sombrero azul, con sus bestias cargadas de cestos, sombrillas y cuentas azules y campanitas plateadas que tintinean en sus riendas.

En el punto en el que el camino se reduce a un sendero de tierra y la superficie se empieza a hundir en dirección al mar, nos encontramos con Cato. En muchas ocasiones me he sentido atraída por este lugar situado en lo alto de la suave hondonada. Las inclinaciones tienen terrazas, hay ovejas pastando, líneas de cebada dorada, una cabaña de pastor en un lugar más hundido, entre un campo de olivos: el único edificio que se ve en aquel lugar. Hay una pequeña pared medio derrumbada en la que sentarnos, y puedo ver un borroso atisbo del mar entre la montaña rocosa y la colina polvorienta, y nadie pasa por allí para interrumpirme.

Primero creemos que el ruido es un halcón que vuela en círculos sobre nosotros, aunque es difícil saberlo a ciencia cierta. Los gallitos cantan, y un burro está causando todo un alboroto. Dionysus, el basurero, no suele llegar a esta parte de la isla, y seguimos los ruiditos hasta donde el hedor es casi insoportable. Hay un montón fétido de latas viejas y col podrida, bolsas llenas a rebosar, melones fermentados y cáscaras de huevo. Las moscas revolotean como locas por encima de medias costillas, y Jimmy se sube la camiseta para taparse la boca, ladea la cabeza y se lanza a por un saco.

—Uf, por Dios —dice tras dejarlo en el suelo, y vemos que algo se retuerce en el interior. Me pongo de rodillas para tirar de la cuerda. La boca del gato es un diminuto triángulo rosa. Lo único que queda de su escaso pelaje negro son unos pocos parches, y el pobrecito no puede ni abrir los ojos porque se le han pegado por la suciedad.

Jimmy está levantando una tormenta de arena roja y brillante.

—¿Qué cabrón desalmado puede hacerle esto a un gato?

Abre nuestra cantimplora. La lengua del gato lame el agua, y me sorprende que sea capaz de ronronear. Jimmy humedece una esquina de su pañuelo para limpiarle los ojos, pero tiene que parar cuando el gato maúlla y trata de apartarse, porque no está seguro de si son costras de suciedad o de alguna herida.

Hasta donde sabemos, no hay ningún veterinario en la isla. Jimmy le hace una cuna con su camisa y nos dirigimos de vuelta al puerto con «Cato» en nuestra cesta.

Charmian sabe lo que hay que hacer. Está en su cocina, removiendo algo sobre el carbón que huele delicioso y como a ajo, con el rostro brillante por el calor. La mesa está puesta, con un ramo de madreselva silvestre que recogimos durante nuestro camino de vuelta desde casa de Marianne en un jarrón en el centro. Zoe está doblando servilletas, y hay cháchara, vasos y risas de niños que entran desde el jardín. Max entra y sale con la lengua colgando y moviendo la cola de un lado para otro, al parecer más contento por recibir a los invitados que su ama. Charmian toma la toalla que lleva en el hombro para limpiarse el rostro, y noto que su poco común intento por maquillarse los ojos se le ha corrido, lo cual la hace tener un aspecto más cansado y preocupado que nunca. Lo último que necesita ahora es un gato sarnoso.

Saca al pequeño Cato de la cesta y lo sostiene hacia la ventana, mientras este se retuerce. A pesar de que tiene el pelaje apelmazado por las heridas, ya veo en qué magnífica criatura se va a convertir.

—Todos los que vienen a vivir a la isla acaban con un gato —dice Charmian—. Y parece que este jovencito os ha encontrado a vosotros; si es que sobrevive, claro. —Entonces manda a Jimmy a la farmacia de Rafalias, a por una aguja hipodérmica pequeña y algo de yodo.

»Lo mejor será que lo tratemos con la estreptomicina de George. Tendréis que inyectarle una dosis diminuta durante los siguientes días. No te preocupes, ya te enseñaré cómo se hace.

—Examina al gato por detrás de las orejas—. Y también necesitaréis benzoato para lidiar con las pulgas. —Dobla una sábana sobre el banco, saca un trozo de carne de la olla y sopla antes de dársela de comer al gato en trocitos pequeños.

»Es un buen gato —dice—. Aunque los griegos dicen que un gato negro da mala suerte por la mañana.

Hay un hombre en el marco de la puerta que la está observando. Es menudo y delgado y tiene una voz aflautada.

—Me han mandado a por más bebida. —Tiene el rostro tan rojo que contrasta con su cabello de color arena y sacude una jarra vacía en la mano. Detrás de él oigo la voz de una mujer estadounidense de mediana edad.

—Eh, Charlie, pregunta cuánto le queda a Charmian con la comida. Dile que nos estamos pasando con la bebida por aquí.

—Seguirle el ritmo a George da bastante sed. Haré bien en recordar su reputación en el club de periodistas —dice el hombre, y, cuando Charmian estira una mano para quitarle la jarra, él la agarra de la cintura y la hace dar una vuelta, y entonces se percata de mi presencia—. Caray, lo siento, soy Charlie… —Y la deja estar.

—Erica es una escritora con bastante talento, aunque todavía no me ha enseñado ni una sola palabra que haya escrito —me presenta Charmian en lo que me parece una descripción bastante cruel. Empiezo a objetar, pero no me hacen caso. Charlie tiene la mirada fija en Charmian, y sus dedos están flexionados como si todavía la estuviera sujetando.

Cato necesita que le echemos gotas en los ojos y en las orejas. Ahora que ha podido despegar los ojos, nos mira desde una caja al pie de nuestra cama, tan enamorado como Titania al despertar de su sueño. Nosotros le devolvemos la mirada, empalagosos como unos padres sobre una cuna.

A pesar de que nos cuesta separarnos de él, lo dejamos con una sardina triturada y llegamos a tiempo a ver los últimos portadores de velas que entonan su cántico solemne conforme recorren las calles desde el monasterio, con el corazón del almirante en su ataúd.

Los extranjeros nos reunimos en las mesas frente al supermercado de Katsikas y por todo el callejón de Tassos. Hay muchos yates espléndidos apretujados en el puerto, además de azafatos con uniforme y mesas sobre cubiertas dispuestas con manteles y cubertería de plata.

Marianne y Leonard llegan con el bebé en su cochecito. Demetri y Carolyn se ponen un poco nerviosos cuando su hija pequeña carga con el bebé Axel, muy entusiasmada, y da vueltas con él en brazos como si fuera un muñeco.

Están encendiendo una hoguera detrás del paseo marítimo, y, cuando la madera comienza a crepitar, Charmian nos da la mano a Shane y a mí y nos lleva en aquella dirección.

—Esta parte es para las mujeres —nos explica—. ¿Veis cómo todas han llevado sus coronas del Primero de Mayo que habían colgado en la puerta? La nuestra se rompió o la robaron, como siempre, si no, la habríamos traído para echarla al fuego.

Las mujeres empiezan a danzar alrededor de la hoguera, cantando y lanzando sus flores secas a la pira. Tienen monedas cosidas en sus corpiños y cintas atadas en el cabello. Las niñas se mojan el pelo con agua de un cubo y saltan sobre las llamas, mientras que las mujeres giran cada vez más rápido y se dan la mano y los hombres, con sus chalecos, marcan el ritmo con palmadas y pisotones.

De vuelta en la mesa, Gran Grace le está volviendo a llenar la copa a George.

—La hoguera de san Juan: un último «que te den» al invierno y las enfermedades —le dice él—. Por Dios, tendría que ponerme yo a saltar por encima del fuego también.

Grace coloca su mano con anillos sobre la de él.

—Te aconsejo no hacerlo, querido. Ya has jugado con suficiente fuego durante toda la vida… —Le dedica una mirada cargada de significado a Charmian, quien vuelve sin aliento y riendo, aferrada a la mano de Boo y gritándole a Shane que se quite la falda para que no se prenda fuego.

El pregonero hace sonar su campana, y todo el mundo se dirige a la boca del puerto para ver la recreación. Hay fuego de cañones, un megáfono, y a Lefteris, el panadero, vestido con un atuendo patriótico y una antorcha encendida, lo transportan en un barco de madera que se ha llenado de combustible y pólvora. Cuando Lefteris lanza la antorcha, tiene que tirarse al mar para escapar de la explosión.

Las calles se tornan salvajes con los petardos: todos tienen alguna historia sobre niños que han perdido dedos u ojos, y los hombres ya suficientemente mayores como para saber comportarse, pero con cada célula de su cuerpo sumida en la piromanía, encienden mechas y corren, de modo que las paredes altas resuenan con explosiones, cada una de las cuales me da un susto. Jimmy me lleva a la taberna de Grafos, donde ya sirven platos de calamares fritos y pimientos rellenos a familias griegas de vestimenta elegante y donde ya no queda sitio para nosotros.

En el exterior, bajo los ficus, Charmian está en el centro de un grupo.

—Eh, ¿qué es eso que he oído sobre que están saqueando la medicina de George? —exige saber Gran Grace.

—Sabía que no tenía que haber dicho nada —responde Charmian, tras dejar de reír—. No se me ocurría de qué otra forma darle antibióticos al pobre bichito. —Por el modo en que Grace nos mira, bien podríamos haber sido gatos sarnosos, aunque su expresión general tiende a ser la de alguien que acaba de oler algo podrido, salvo cuando habla con George sobre la violencia y la guerra del Viejo Testamento.

—Menudo desperdicio de medicina… —gruñe George en nuestra dirección.

—Ay, cariño, han encontrado al pobrecito ahogándose en una bolsa con un montón de basura.

—Qué cosa más horrible; tirar a un gato como si fuera la basura de casa... —dice Ruth Sriber—. Pero juro que la población de gatos se duplica cada vez que venimos.

Chuck y Gordon giran sus sillas de la mesa de al lado, donde se han quedado con un profesor de poesía de la generación *beat* recién llegado, un estadounidense de origen italiano que tiene la amplia sonrisa apesadumbrada de un payaso.

—*Yia sou*, Gregory, me alegro de verte por aquí otra vez —dice Charmian, cuando él se pone de pie de un salto para saludarla—. No pudimos despedirnos el año pasado. La última vez que te vi fue justo después del amanecer, en el puerto de Palamidas, y te llamé desde lejos, aunque parecías estar en alguna especie de trance...

Oigo que George se queja con Grace:

—Como siempre, mi mujer tiene más maricas a sus pies que la puta Juana de Arco.

—Por Dios, es que no dejan de criar. —Gordon sigue con los gatos—. ¿Recordáis esa vez que Jean-Claude Maurice se cansó de ver tantos gatos hambrientos y se fue a la farmacia para comprar pastillas para dormir que mezcló con la comida y...?

Al oír el nombre de Jean-Claude, George deja de hablar, y el aire parece crepitar a su alrededor.

Chuck no se ha percatado, por lo que sigue con la historia.

—Y entonces, porque de casualidad me pasé por allí para ver sus cuadros...

—¿Para ver sus cuadros, dices? —lo interrumpe Gordon.

—Ajá. Claro que ese cuerpo divino también estaba expuesto —responde Chuck, agitando las manos para hacer un gesto de perfección—. Pero bueno, ahí estaban todos esos gatos y gatitos tumbados, y Jean-Claude los estaba recogiendo mientras lloraba. Me dijo que no sabía si estaban dormidos o muertos. Cuando llenó el saco, lo acompañé al acantilado. Metió dos rocas grandes dentro, y, por como quedó después, pensé que podría tirarse detrás de ellos.

—Lástima que no lo haya hecho. —George parece no poder contenerse, y Gran Grace le pregunta en un susurro urgente y bastante alto:

—¿Cómo va todo con el francés este año? Supongo que no está aquí.

—Nuestro Adonis se ha ido, gracias a Dios... —responde George.

Charmian todavía no se ha percatado del cambio en el ambiente, pues está demasiado ocupada inclinándose hacia Gregory para oír mejor lo que sea que le esté contando.

George señala con un dedo acusador directamente a su mujer.

—Sí, el Adonis no está, pero mírala. Como una puta mantis religiosa...

Casi me atraganto con un poco de vino cuando Gran Grace añade:

—Casi no me ha hablado desde que he llegado. Pensaba que podría haberla ofendido de algún modo, aunque supongo que siempre han sido los hombres quienes la excitan, y no las mujeres como yo. —Concluye con una mirada sufrida en dirección a Charmian.

—Yo no soy un hombre —interpongo. No puedo dejar que se vaya de rositas—. Y siempre tiene tiempo más que de sobra para mí, y para mi madre antes que yo.

Charmian parece haber captado parte de la conversación en el viento y empieza a prestar más atención.

—Ah, sí, a mi mujer le gusta hacer de mami para la pequeña Ricky —anuncia George, meciéndose y carraspeando. Charmian se estremece, y él sube el volumen—. Sí, y hay un muy buen motivo para eso, ¿verdad, Charm?

Charmian ha perdido todo el color del rostro, salvo por sus ojos, los cuales siguen siendo de un verde impresionante. Estira una mano para sostenerse mejor al respaldo de la silla de Gregory Corso.

—Ni se te ocurra, George —sisea.

Él vuelve a carraspear, y Charmian se abalanza sobre él para callarlo, con una mano alzada como para darle un bofetón. Gran Grace se pone de pie de un salto, y me da la impresión de que le gruñe.

Charmian baja la mano y se da media vuelta.

—Ahí va, como la puta Lady Macbeth… —se mofa George, cuando ella huye con una servilleta en el rostro.

»No te preocupes, cariño. El gatito que se ha encontrado la pequeña Ricky de Bayswater es la única sorpresa que se va a llevar hoy —grita él en dirección a su mujer.

CAPÍTULO DIECIOCHO

La comunidad de escritores tiene un deje de club exclusivo, por lo que estamos un poco nerviosos la primera vez que vamos a casa de Chuck y Gordon. Llevo puesto uno de los bonitos vestidos que Magda ha empezado a vender detrás de Lagoudera, y el corpiño tiene un patrón con un tinte hecho de remolacha y cebolla, además de una tela de encaje que ha sumergido en una bañera de té indio. Jimmy lleva la única corbata en su haber, no demasiado apretada, y su mejor poema en un bolsillo de los pantalones.

Las salas de la casa de Gordon Merrick parecen sacadas de una revista, con alfombras, cuadros y *objets* exóticos que Chuck y él han coleccionado durante sus viajes. Al otro lado de un arco se encuentra un atisbo tentador de tablones pulidos y cálidos y una lámpara junto a una cama con dosel de terciopelo, cojines rosa y toda una pared llena de libros encuadernados. Casi no estamos ni un minuto allí, pues el aroma del cordero asado y el romero nos llama, y, en el jardín, Chuck se pasea con su camisa colorida y me exige que dé una vuelta porque sabe que Magda me ha hecho el vestido.

Jimmy se lleva una mano al bolsillo por enésima vez para comprobar que siga allí el ejemplar de *Ambit* con las páginas dobladas y su poema distópico en la página once.

—No puedo leerlo delante de Gregory Corso —dice, como si fuera una especie de ratoncito al que le han concedido una audiencia con el rey. Según él, el estadounidense de cara de payaso es famoso, amigo de Jack Kerouac y William Burroughs, y casi provocó unos disturbios en París junto a otros autores *beat*.

Cada uno de nosotros nos sentimos tímidos por razones distintas. Soy la más joven de la reunión y por mucho.

La barba castaña de Chuck está bien arreglada y acaba en punta, y él baila a nuestro alrededor con una jarra de julepe de menta fresco y nos lleva hasta Gordon, quien se encuentra junto a la barbacoa, con su delantal de Maxim's de París, espátula en mano. Jimmy le pregunta si ha leído alguna obra de Corso, y el modo en que Gordon ladea la cabeza me hace pensar que está un poco sordo. Huele a aceites exóticos, se lleva la mano a la oreja para oír mejor y se acerca a Jimmy. Yo no le intereso en absoluto.

Me alivia ver a Charmian y a George juntos. Ella lleva una blusa de algodón con lunares azules y amarillos, y él se ha convertido en la fuente de chismes, jadeos y toses de siempre.

George rodea a Charmian con el brazo por la cintura, y ella apoya la cabeza sobre su hombro mientras él se dirige al centro del escenario. También está Göran, un poeta muy serio llamado Klaus, el dramaturgo Ken y Janis con su dulce hijo, Leonard y Marianne. Hay lámparas que cuelgan de los árboles. La viuda Polymnia se mueve entre nosotros con pastitas de queso y espinacas del tamaño de un bocado y salchichas de cóctel pinchadas en palillos.

—Ah, Polymnia es como una madre para los chicos —dice Charmian, observando a la viuda, cuyo delantal cuelga del gran pedestal que es su escote. Entiendo por qué se podría describir a Chuck como a un chico, al ser tan pequeño y animado, pero no a Gordon, quien parece casi embalsamado.

Polymnia cacarea alrededor de Greg Corso y le sirve de un cuenco con salsa de berenjena. Me gusta el aspecto de Corso: hay algo de travesura en ese rostro desgastado, cansado, viejo y joven al mismo tiempo. Charmian me cuenta que pasó la infancia en la calle y la juventud en la prisión estatal Clinton.

—Es una historia de lo más triste —me dice—. Aunque fue en la cárcel donde encontró a Shelley, y fue entonces cuando empezó a escribir...

—Típico de Chuck y Gordon, lamerle el culo al *beatnik* famoso e invitar solo a los escritores publicados de la isla —comenta George, hablando entre dientes, solo que en voz bien alta.

—*Pff*, George. Es muy amable por su parte invitarnos, y eso es todo —interpone Marianne, antes de añadir con una risita—: Al fin y al cabo, ¿qué es lo que he publicado yo?

—A ti te invitan por Axel —responde George—. Por cierto, ¿se sabe algo más de él? —Y, cuando Marianne niega con la cabeza, Leonard musita algo con expresión lúgubre.

George hace un gesto con su copa para abarcar a todos los invitados.

—Parece un poco duro excluir al pobre Paddy Greer, pero no creas que soy tan maleducado como para criticar a nuestros huéspedes, porque me caen muy bien. —Alza la copa a modo de saludo hacia Chuck y Gordon—. Así nos libramos de los putos decadentes por una noche —dice, y bebe su copa de un trago para alimentar su siguiente queja.

—Ay, George, por favor... —dice Charmian, conforme él empieza a tomar carrerilla.

—Vienen a mí con la mano estirada para pedirme un favor y con la otra se tapan la nariz porque creen que escribo basura comercial. Mientras tanto, a los rusos no les ha sentado muy bien que un presidente les haya mentido por el dichoso U-2, podríamos estar al borde de una guerra nuclear, pero ¿acaso algo de eso entra en sus cabecitas mientras saltan de cama en cama como si fueran pulgas?

Leonard entorna los ojos hacia George, a través del humo del cigarro que se acaba de encender. Yo sigo enfadada con George por lo mal que se portó con Charmian la otra noche, y eso me ayuda a encontrar las palabras adecuadas por una vez.

—¿Por qué tiene que ser un crimen que un joven pase cierto tiempo, si se lo puede permitir, viviendo en un lugar tranquilo? ¿A quién hace daño? No puedo decir que mis padres hayan hecho que el trabajo normal pareciera algo agradable. Y

¿de verdad crees que voy a cambiar algo si me meto en una manifestación a favor de prohibir las bombas atómicas? No sé qué daño hago al estar aquí soñando por un tiempo ni por qué te molesto tanto...

George se habría sorprendido menos de oír hablar al gato de Gordon. Empieza a maldecir y a despotricar contra mí con furia sobre el sudor que echa sobre su máquina de escribir mientras los demás correteamos por ahí y nos pasamos el día de siesta. Su charla va acompañada de un palabreo sobre el avión espía estadounidense, de modo que cualquiera que lo oiga podría pensar que fue culpa mía que los rusos atraparan al piloto con las manos en la masa.

—George, de verdad creo que deberías darte un respiro por una noche... —Charmian alza la voz por encima de la de su marido. Sin embargo, este sigue con su cháchara hasta que Leonard se interpone y, a base de puro carisma, consigue que pare.

—Si interpretamos el papel de la melancolía con demasiado entusiasmo, nos perdemos la mayor parte de la vida... —empieza a decir.

—No habrá nada de vida si nos metemos en una guerra nuclear —lo interrumpe George con un gruñido. Leonard inclina la cabeza antes de seguir.

—Sí, hay cosas por las que protestar y otras a las que odiar, pero también muchas de las que podemos disfrutar. —Alza la mirada y esboza una sonrisa cálida hacia Marianne—. Empezando por nuestros cuerpos y acabando en las ideas... Si nos negamos a ello o lo odiamos, somos tan culpables como quienes viven con complacencia.

George carraspea para interrumpirlo con una mueca que le enfurruña todo el rostro.

—Dímelo otra vez cuando hayas intentado escribir tu novela durante la temporada de caos. —Sigue gruñendo cosas por el estilo hasta que, por fin, Marianne consigue distraerlo al plantarle un beso en la mejilla.

—Menudo gruñón estás hecho esta noche, George —dice, mientras él se dirige a volver a llenarse la copa, y Charmian acompaña a Greg Corso en la gira por la casa de Gordon organizada por la *kyria* Polymnia—. El pequeñín está con la hija de mi vecina —me dice Marianne cuando pregunto por él, y por un momento parece desanimada y le da la mano a Leonard—. No lo había dejado antes, pero a veces me apetece ser libre para venir a estas cosas.

George vuelve y empieza de inmediato a burlarse de las novelas de Gordon mientras, al mismo tiempo, le recomienda a Leonard que lea alguna.

—Aprendí todo lo que sé sobre el sexo de los maricones de sus manuscritos —dice—. ¿Sabes que *The Strumpet Wind* estuvo en la lista de libros más vendidos de *The New York Times* durante dieciséis semanas? Estoy seguro de que Gordy ya te lo habrá contado... ¡Dieciséis semanas!

El vino fluye por la sala. Chuck saca su gramófono y pone *Los pescadores de perlas* de Bizet mientras comemos en la mesa llena de pétalos. El cordero parece derretirse; Gordon dice que ha estado dándole vueltas y cociéndolo en su propio jugo durante cinco horas, aunque oigo que Charmian suelta un resoplido y le dice a George:

—Todos sabemos que es la pobre Polymnia quien lo cocina todo.

Greg Corso está sentado en una silla alta de madera tallada en la cabecera de la mesa, con una gran sonrisa en el rostro, como un duende emperador en su trono. A su derecha está Charmian, y ambos hablan con tal intensidad que casi no encuentran ni un solo momento para comer. Desde el otro lado de la mesa, los oigo citar a Keats, y ambos beben tanto como el otro. Él le cuenta un sueño que tuvo en el que era un prisionero en la China comunista que tenía que colocar un bote que contenía una bomba atómica sobre un estante o morir en la punta de una bayoneta.

—Así que lo puse y me pescaron en plena acción con un millón de bombillas... ¿Qué puede significar?

Leonard parece tan embelesado con el poeta como Jimmy, aunque, a diferencia de él, no se ha quedado en silencio de pura impresión. En su lugar, no deja de inclinarse por encima de Marianne para preguntarle por la escena poética, por las protestas y las actuaciones, poemas y recortes, y por un poeta que parece interesarle a todo el mundo, Allen Ginsberg.

Charmian sigue su conversación con suma atención, y varias veces la interrumpen cuando intenta sumarse a ella.

—Todo eso está muy bien, pero ¿dónde están las voces de las mujeres? —logra decir cuando, de pura casualidad, ambos hombres tienen que parar a respirar al mismo tiempo—. ¿Por qué no hay poetisas *beat*?

—Sí que hay mujeres *beat* —responde Corso, dando un golpe en la mesa con el puño—. El problema es que sus familias las tienen a todas encerradas en centros en los que les dan descargas eléctricas.

Más adelante, no puedo evitar preguntarme si es un tanto presumido, pues empieza a hablar sobre presentarse como presidente con su plataforma *beat*. Leonard le sigue el rollo, y entre los dos hacen una lista de todas las personas que votarían por él: los autores *beat*, los músicos de jazz, los que fuman marihuana, los italianos, los repartidores, los poetas, pintores, bailarines, fotógrafos, arquitectos, estudiantes y profesores.

—Aunque tenga dos antecedentes, sé que votarían por mí —continúa Corso—. Estados Unidos es básicamente un país dadaísta. ¿Os imagináis algo más dadaísta que yo como presidente?

George capta el final de su bromita.

—¿Y qué vas a hacer con Rusia cuando llegues al poder? —gruñe.

—Iré a ver a Jrushchov con algo de marihuana y nos tumbaremos para escuchar a Bach como si estuviéramos muertos para el resto del mundo —responde Corso.

Tras la cena, Chuck nos conduce a la terraza, donde nos hundimos en cojines mullidos. Ha construido un escenario en miniatura, envuelto con una moqueta de seda roja llena de borlas. Hay pegajosos pasteles de miel y tenedores de postre como Dios manda, y Polymnia saca una bandeja llena de delicadas tazas Sèvre azules con café y una botella de coñac francés. Corso se apodera de la botella, le quita el corcho y bebe de ella directamente.

Leonard le apuesta a Jimmy que no es capaz de hacer el pino en la posición del loto. Corso acepta el reto, pero se cae sobre los cojines hasta cuando Charmian lo sujeta de las rodillas. Antes de que todo se vuelva demasiado salvaje, Chuck sube al escenario y da una palmada. Una lámpara de queroseno con un soporte que parece un cuello de ganso ilumina el brillo del orgullo mientras habla del estudio que quiere hacer una película de *The Strumpet Wind*.

—Así que esto, mis queridos amigos isleños, es un *adieu* por el momento —dice, con una reverencia, y estira una mano hacia Gordon.

Gordon ha dejado atrás su delantal de chef y sube al escenario con su camisa de seda sin abrochar.

—Y ahora, como es mi fiesta y tengo derecho a ser el primero en presumir, voy a leeros algo nuevo. La novela se va a llamar *The Lord Won't Mind* —dice, y añade con una sonrisita—: Buen título, ¿eh?

Gordon se pone de perfil con la elegancia de alguien que está acostumbrado a que lo enfoquen. El fondo es un cielo nocturno repleto de estrellas. Cuadra los hombros y empieza a leer, a leer y a leer. Lee un capítulo entero sobre un hombre que ha sido bendecido con un pene de tamaño prodigioso y un chico apuesto que va a pasar unos días por allí.

—El miembro de Peter salió de un salto y tembló ante él, con la punta tan tensa y suave como un fruto maduro… —Gordon pronuncia sus líneas como si de un soneto de Shakespeare se tratara—. Embadurnó su miembro generosamente, como siempre, un tanto maravillado por él… —Veo que Charmian le dedica a George varias miradas exasperadas mientras el tono dulzón de Gordon continúa durante varias páginas más de arremetidas vigorosas y salpicaduras de semen.

A mi lado, Jimmy tamborilea, nervioso, sobre su poema.

—No estés nervioso, estamos entre amigos —le susurro, y él me dedica una sonrisa.

—Precisamente por eso estoy nervioso —me contesta.

Leonard ha enterrado el rostro en el cabello de Marianne, y los pies de ella han acabado sobre el regazo del poeta. Greg Corso parece haberse desmayado entre los cojines, y una mano le cuelga en una imitación de la muerte de Chatterton. Gordon hace una pausa para beber algo, y Charmian y George empiezan a aplaudir, por lo que todos los imitamos, y Göran se pone de pie de un salto para anunciar que va a leer su nuevo poema en sueco.

Göran se coloca en la posición de un gran orador, con una página manuscrita alzada de forma dramática, aunque solo consigue recitar unos pocos versos antes de que Leonard lo interrumpa:

—Eh, ese poema es mío. —Entonces Göran se echa a reír y se inclina ante él.

—Lo admiro tanto que he tenido que traducirlo al sueco —se explica, antes de estirar una mano como si quisiera estrechar la de Leonard, aunque, en su lugar, tira de él para ponerlo de pie y le da un empujoncito hacia el escenario—. Te toca.

Leonard se tambalea, con un aspecto reticente, y se lleva las manos a sus bolsillos vacíos, tal vez un poco más tímido que de costumbre debido al entusiasmo de Göran. Desde luego, no ha nacido para el escenario como Gordon, quien en otros momentos fue un ídolo de las matinés de Broadway.

El poeta suelta una tosecita incómoda antes de empezar y dice que cree que le irá mejor si nos cuenta una historia en lugar de leernos uno de sus poemas. Su actitud es tímida, pero la lámpara ilumina el brillo de sus ojos.

—Bueno, esta tarde estaba mirando la parte trasera de la revista *True Story*. Y he visto… —Nos mira y traga en seco—. He visto como veinte anuncios sobre el vello no deseado. El vello era... —A Marianne le da un ataque de risa, y él espera, encogido de hombros y serio, hasta que ella para.

»Muchas personas ofrecían métodos para librarse del vello. Ofrecían lijarlo. Afeitarlo. Arrancarlo. Cortarlo. Disolverlo con una crema. Electrocutarlo.

Las risitas de Marianne son contagiosas, y hasta Gordon, cuyo ego herido está sanando mediante un masaje de pies por parte de Chuck, suelta un resoplido.

—Todos estáis muy preocupados por los bebés no deseados, pero nadie se pone a pensar en el vello no deseado. —Continúa, con un semblante cabizbajo, casi suplicante—. Creo que debería haber un lugar para el vello no deseado en esta sociedad. Creo que, como mínimo, debería haber un museo del vello. Tendría que haber un asilo para vello en algún lugar. Tendría que haber un lugar en el que... los bigotes de las mujeres de mediana edad campen a sus anchas... —Sus ideas se tornan cada vez más ridículas cuando empieza a galopar. Al final acaba bajando del escenario, aunque ni siquiera entonces parece capaz de parar, y sigue musitando—: Barbas de universidad abandonadas al comenzar el trabajo. Creo que un hombre debería ser capaz de ir a uno de esos asilos de vello para repasar su vida entera. —Solo lo deja estar cuando George lo calla al tambalearse hacia el escenario.

George despliega varias páginas, las sostiene frente a la luz y carraspea.

—Había pensado leeros un pasaje del libro en el que estoy trabajando, pero trata sobre miles de refugiados chinos que se mueren de inanición por huir de los japoneses, así que no parece lo más apropiado para esta ocasión tan feliz. —Ha llevado su copa de brandi al escenario y la alza en un gesto hacia Gordon—. Sigue así, Gordon, y felicidades por la película. Espero que ganes mucha pasta —dice, y todos vitoreamos, salvo por el invitado de honor, quien sigue desmayado entre los cojines.

—Mierda, esperaba que nos leyera su poema sobre la bomba —gruñe Jimmy, mientras los ronquidos de Corso aumentan de volumen.

George limpia por encima sus gafas con un pañuelo. Parece el tío de alguien a punto de soltar un chiste verde.

—Así que, en vez de eso, os leeré de las galeradas de *Closer to the Sun*. Trata sobre un grupo de cosmopolitas inadaptados en una isla del mar Egeo no muy diferente a esta... Aunque debo aseguraros que la similitud con cualquier persona real acaba ahí.

Oigo que Charmian contiene la respiración de pronto, pero no me atrevo a mirarla. Parece que todos nos hemos incorporado un poco mientras George se vuelve a colocar las gafas poco a poco.

—Esto no, por favor —susurra Marianne.

George está disfrutando de la tensión y casi se contonea al empezar.

—El patio de Poseidón. La sorpresa fue, de hecho, que el recién llegado no era tan joven como se esperaba...

Tenemos que escuchar varias frases antes de poder volver a respirar. George ha escogido un pasaje sobre un cortés diseñador de teatro entrado en años llamado Janáček que llega a la isla. Janáček tiene «la dentadura de un anuncio de dentífrico y una complexión muy bien cuidada». Inmune al pánico, al tal Janáček lo cuida y lo atiende el joven Kettering, quien lleva una camisa de Miconos con unas rayas extravagantes y a quien George, con un diablillo en el hombro, describe como un hombre diminuto con una barba de color castaño y forma de pica «que revoloteaba alrededor de los pies de Janáček como un colibrí».

Me cuesta ver si Chuck y Gordon se reconocen en la historia o no; si lo hacen, consiguen ocultarlo mucho mejor que nosotros.

Gracias a Dios que Charmian tiene algo que quiere leernos. Pese a que se mece un poco cuando sube a la plataforma de Chuck, su voz es firme y clara. Solo tiene un par de páginas escritas y las sostiene tan cerca de la lámpara que su rostro adquiere una luminosidad casi espectral.

—Lo he escrito esta misma tarde, a toda prisa —dice—. Va sobre una visita a la familia de un pescador de esponjas, un hombre orgulloso que no tiene trabajo ni dinero porque se dice que le han echado un mal de ojo. No tengo ni idea de en qué se va a convertir, pero ahí va eso...

El breve pasaje que nos lee es de lo más vívido, de modo que me lo puedo imaginar todo: la mujer del pescador, Irini, con una mandíbula de dientes de acero inoxidable que relucen cuando habla «como si el *ikon* plateado que tiene encima de la cama quisiera pronunciar algo»; los niños enfermos y hambrientos que se apilan en la cama como larvas.

El poema de Jimmy trata sobre las ratas en las cloacas bajo el edificio del Parlamento. Cuando le llega el turno para leer, estamos todos tan borrachos que él bien podría ser P. B. Shelley.

CAPÍTULO DIECINUEVE

Ha llovido por la noche, por lo que las calles de mármol alrededor del puerto relucen, y el ambiente está más fresco y lleno del aroma de las flores blancas que han saciado su sed. Camino con Jimmy y Bobby, los tres tomados de los brazos, y por una vez Bobby no se sacude para desprenderse de mí, como si la llovizna lo hubiera refrescado a él también. La luz ha vuelto a sus ojos, y las sombras han retrocedido. No me calla cuando empiezo a recordar una canción sobre una doncella guapa y el mar azul que mamá solía cantarnos, y hasta me acompaña en el estribillo.

Hemos dejado a las demás durmiendo y ni siquiera hemos tratado de despertarlas, aunque Bobby le ha hecho el favor a Edie de dejarle una jarra de agua junto a la cabeza. Son unas dormilonas de lo más desordenadas. Había hormigas caminando entre los bordes de vasos pegajosos y montones de queso sudoroso por el suelo, algunos de los cuales estaban manchados de pintura.

La farmacia se ha convertido en una especie de tienda de caramelos mágicos para muchos de nuestros amigos de la isla.

—Creo que os acompañaré la próxima vez —está diciendo Jimmy. Volvió tarde tras ir de pesca, se los encontró bailando con los discos de Trudy en la terraza, y me dijo que todos parecían fantasmagóricos bajo la luz de la luna, como si estuvieran bajo el agua y se estuvieran disolviendo—. Y Leonard dijo la otra noche que puede trabajar durante veinticuatro horas seguidas si toma bencedrina. —A Jimmy le entusiasman las pastillas. A mí siempre me dan miedo.

Bobby salta hacia donde se encuentra Elias, bajo la sombra detrás del mercado, con sus grandes odres de agua. Bobby llena nuestras latas y carga con el peso, animado, como si estuvieran vacías y no llenas. Ni siquiera se queja de que Elias haya subido el precio del agua para los extranjeros y lanza una moneda hacia el escuálido Stomasis, el hijo del fabricante de velas.

El sol ha apartado de su camino los últimos atisbos de lluvia conforme nos abrimos paso entre filas de burros a la espera, sin mucho por delante de nosotros salvo un breve viaje en barco hasta el extremo occidental de la isla, donde los suecos han levantado un campamento en la bahía Bisti.

Compramos las últimas cuatro hogazas de pan en la panadería, y Bobby se da de bruces contra Charmian cuando ella entra con su lata de carne y patatas, da las *kalimeras* a toda prisa y mira, incrédula, al estante vacío detrás de la *kyria* Anastasia.

—Toma, llévate una de las nuestras —le dice Bobby—. Sí, sí, no pasa nada.

La *kyria* Anastasia se asegura de que la etiqueta con el nombre de Charmian esté bien enganchada a su lata y la coloca junto a las otras cenas que se hacen a fuego lento sobre las ascuas. Todavía no he podido aprovechar el horno de la panadería, y me juro a mí misma que se me dará mejor todo ello una vez que Jimmy y yo nos hayamos asentado de verdad.

—Solo es un poquito de pan —dice Bobby cuando Charmian le da un beso en cada una de sus sonrosadas mejillas.

—Bueno, pero a mí me viene de perlas, así que gracias —contesta ella—. George lleva todo el día en cama con fiebre, espero que hoy consiga comer un poco al menos.

Estiro una mano para quitarle el peso de una de sus cestas.

—Ay, pobre George, espero que no sea nada. Dime si puedo hacer algo por vosotros, por favor.

Charmian le resta importancia con un gesto.

—Es muy amable por tu parte, Erica. Pero es culpa suya y solo suya. El otro día bebió un poco más de la cuenta en casa de Chuck y Gordon, ¿no crees?

—Todos bebimos demasiado, es la verdad —dice Jimmy, antes de añadir con un resoplido—: Pero ¡la novela de Gordon!

Recorremos la calle juntos mientras estrujamos nuestros recuerdos hasta dar con la última gota. Charmian cita con entusiasmo:

—«Su miembro se hinchó y creció, enorme, frente a él. Tuvo que echarse atrás para dejarle espacio…».

Le suplico que pare, porque los costados acaban de dejar de dolerme de tanto reír.

—Ay, Dios —dice Jimmy—. ¿De verdad creéis que Chuck y él no se vieron reflejados en el pasaje de George?

—Está bien saber lo cruel que puede ser George cuando le apetece —dice Charmian, y vuelve con Bobby antes de que yo tenga la oportunidad de decirle cuánto me gustó el texto que nos leyó ella.

No esperábamos que todas las parejas casadas y sus hijos fueran a formar parte del grupo. Los Goschen han bajado de las colinas con toda su camada; las niñas de cabello rizado tienen a su hermano bebé caminando a trompicones entre ellas, y Angela lleva una de las camisas de pijama de David para cubrir su panza. Demetri y Bim están fuera de donde Tassos con el jefe de policía Manolis, quien señala con el dedo una pila de documentos sobre la mesa. La joven criada de Carolyn y Demetri, Angelika, espera en el malecón con su bebé, mientras Demetri, reclinado en su asiento con un aburrimiento lacónico, hace de intérprete entre el agente y Bim.

—Ah, seguramente son los inconvenientes de siempre por los visados —dice Charmian—. Pueden dar muchos problemas, y más cuando creen que no te estás comportando como es debido. —Y, por la cara que pone al mirarlo, creo que sabe algo de lo que hace Bim cuando anochece.

Demetri se acerca para preguntarle si tiene tiempo para escalar el Kamini y visitar unas ruinas con él y Carolyn.

—Sé que tú nos dirás sin rodeos si crees que es una locura intentar reconstruirlo —le dice, y me hace gracia que este hombre hecho y derecho con sangre griega en las venas, una familia estadounidense y una panza incipiente parezca necesitar la aprobación de la reina de la isla tanto como el resto de nosotros.

—¡Oooh, *kaloriziko*! —exclama Charmian, radiante—. ¿Te has enamorado? —Entonces empieza a buscar algo con lo que brindar, pero se detiene cuando ve a Leonard acercarse hacia nosotros, cargado con dos mochilas bastante pesadas, dos sacos con ropa para la colada y Axel Joachim dormido, con la cabeza apoyada en el hombro del poeta.

»Vaya, vaya —dice Charmian—. Parece que nuestro amigo canadiense se ha quedado a cargo del bebé. —Entonces le grita a él—: Por Dios, ¿qué es eso que estás usando de pañal? —Y Leonard mira abajo como si le sorprendiera encontrarse con un bebé envuelto en algo que se le está soltando y se echa a reír con ella antes de mandarse a callar a sí mismo para tratar de no despertarlo y marcarse un bailecito entre jadeos.

Charmian recoge su cesta.

—Si me perdonáis, creo que debería echarle un cable.

Charlie Heck nos hace un gesto con la mano desde el malecón mientras el barco de Manos aparece en nuestro campo visual desde el promontorio. Charlie tiene a su lado a una Francine de ojos muy abiertos y recién salida del transbordador, y Jimmy no puede evitar soltar un silbido de pura impresión conforme recogemos nuestras pertenencias.

Francine es una bailarina de París casi tan joven como yo.

—Les dice que es un príncipe africano —suelto, y, cuando me doy la vuelta para esconder mi cara de mal humor, veo a Charmian y a Leonard y su coreografía suave cuando deja el bebé dormidito en los brazos de ella.

»Eh, ¿dónde está Marianne? —pregunto, pero todos están apresurándose para llegar al barco: Jimmy y Bobby cargan con el agua, Robyn y Bim sostienen una cesta entre los dos y los niños corretean por el lugar.

—Marianne está en Atenas con Axel —me explica Angela al pasar por delante para llamar a la guapa criada de los Gassoumis.

—¡Angeliki! ¡Angeliki! Por favor, dale la mano a Mariora. Mira, el barco está atracando.

Nos sentamos alrededor de Manos junto a la caña del timón, con la espalda apoyada en la barandilla. Bim y Demetri han ido corriendo a la proa, donde hay menos ruido y pueden descansar en las colchonetas. Charlie Heck ha traído una gran bolsa de pipas de calabaza, las cuales abrimos con los dientes. Todos estamos riendo y mojándonos con el agua que salpica al avanzar, vitoreando ante el destello prismático de los peces que salen de un mar tan brillante que son como esquirlas de su propio fulgor.

Charle sujeta a Francine como si esta fuera a salir volando por la borda en cualquier momento, y, a pesar del alto traqueteo del motor, capto lo suficiente de su conversación como para saber que es su rutina de siempre:

—Casi me volé la tapa de los sesos en Corea, de hecho... —Y así sigue, con sus desvaríos—. Pero esta isla me ha ayudado. Hidra es el único lugar en el que he alquilado una casa sin que nadie me haya incordiado por mi raza. —Francine suelta un gritito cuando el barco pasa por encima de la ola de la estela del transbordador que pasa por allí.

La sacudida me lanza más cerca de Bobby, quien pone un brazo para que recobre el equilibrio. Está hablando con Jimmy sobre Edie.

—Me siento mucho mejor desde que he caído en la cuenta de que no me la puedo quedar para mí solo —dice mientras el barco vuelve a descender y el mar nos salpica a todos—. Es como dijo Dinos, es un alivio no tener que estar vigilándola constantemente.

Me espero hasta que Manos nos dirige hacia un camino menos accidentado.

—¿Dinos? ¿El tipo de la fábrica de esponjas que conocí en casa de George y Charmian?

Bobby se ha quitado la camiseta y se está sacudiendo el agua del pelo. Tiene los ojos tan azules como el papel en el que se escriben las cartas del correo aéreo.

—Sí, somos colegas. Es majo, a decir verdad; me deja usar su horno en el Episkopi. Si te soy sincero, bonita, me he estado descargando con él como si fuera un loquero.

Me sorprende pensar que Bobby haya hablado con alguien, y mucho más que ahora lo esté hablando conmigo. Me he acostumbrado demasiado a sus respuestas gruñonas y silencios malhumorados. Sigue hablando conforme navegamos a sotavento de la isla Dokos, la cual tiene la apariencia de un hombre durmiente.

—El problema es que conocí a Edie justo después de lo de mamá y me he estado aferrando a ella desde entonces. No es justo para la pobre —dice, y yo echo un vistazo a Jimmy y lo sorprendo disfrutando de la vista de Francine cuando ella se pone de pie para sujetarse a la barandilla, con su cuerpo firme enfundado en unos pantalones cortos rosa a cuadros y una blusa que más bien es un pañuelo que se mece al viento. Ojalá se quedara ciego.

Manos conduce el barco más cerca de la isla. El olor a tomillo silvestre y combustible diésel y el traqueteo rítmico se torna algo tan soporífico que nos quedamos en silencio.

Ahora que estamos más allá de Palamidas, las montañas de la isla se vuelven más áridas. Pasamos por delante del escarpado acantilado en el que los ancianos solían ir a morir; a veces, según nos cuenta Manos, en una cesta que se lanzaba desde el borde, y otras, al saltar.

—Les decían a sus familias: ¿por qué desperdiciar una buena cesta?

Poco después, un paisaje que incluye algún que otro pino u olivo da paso a nada más que rocas grandes y musculosas. Ver las estriaciones y el jaspeado de las rocas pasar por delante de nosotros es algo hipnótico, el bronce y el gris polvoriento y sideritas en las que fluyen de repente unos ríos de verde malaquita y rojo sangre. Pasamos por delante de cuevas de piratas; una de ellas con un viejo ermitaño que protege la entrada, y Manos nos cuenta la historia de la capilla rosa en una bahía en la que el vino tinto se usa para teñir la ropa blanca para honrar la memoria de un naufragio de un barco que transportaba vino hace mucho tiempo, en el que todas las personas, así como los barriles de vino, acabaron sanos y salvos en la costa por algún milagro.

No puedo evitar contener la respiración al ver la bahía Bisti por primera vez. Tiene una forma de herradura perfecta, con escarpados pinares que se alzan alrededor de una caja de joyas hecha de guijarros. El agua tiene un brillo azul como un millón de martines pescadores. Cuando se la mira desde el barco, parece que está llena de oro. Es el agua más clara de toda Grecia. Más cerca de la playa, los reflejos de los pinos la llenan de una iridiscencia verde escarabajo.

Al llegar, Lena se encuentra con nosotros, viene chapoteando y vitoreando y no lleva mucho más puesto que unas algas trenzadas que cuelgan de su cintura.

—¡Hola, hola! ¡Bienvenidos! —Una caracola blanca cuelga de un cordel entre sus pechos bronceados cuando alza los brazos para aferrar la cuerda.

Los demás salen de entre los árboles cuando la oyen gritar. Es como si nos recibiera una tribu salvaje particularmente bronceada conforme se dirigen hacia nosotros para ayudarnos a llevar los suministros hasta la orilla. Todos los chicos se han dejado la barba; Ivar no lleva nada más que una corona de plumas en su cabello rubio; una de las chicas holandesas se ha pintado pétalos alrededor de los pezones. Bim se deshace de sus pantalones cortos en cuanto toca la orilla.

Albin e Ivar han estado pescando con arpón, y los tres meros de cara triste que han conseguido los está preparando Göran, quien se ha detenido bajo los pinos con su cuchillo clavado en la madera para anotar algo en su cuaderno. Está agazapado, con la mirada fija en las escamas caídas de los peces que relucen desde el sombreado a rayas de las agujas de los pinos.

Un par de hamacas cuelgan entre los árboles, y el fabricante de velas de barco preparó bien las tiendas de campaña que los han mantenido alejados de la lluvia de anoche y que ahora sueltan vapor bajo los rayos de luz que se cuelan entre los pinos. Albin nos muestra el lugar. Hay una pila ordenada de leña para la hoguera, y una vara colocada entre dos árboles para hacer gimnasia. En la orilla, el barril de agua y los de vino se mantienen fríos bajo un montón de toallas húmedas. Albin dice que planean quedarse todo el verano si nadie los echa de allí.

Algunos de nosotros salimos a nadar con una máscara. Una foca vive en una de las cavernas, pero hoy no aparece por allí. Bajo los árboles, no pasa demasiado tiempo hasta que Jimmy y Bobby empiezan a competir contra los demás hombres y hacen todo tipo de flexiones mientras Göran cuenta en sueco. Nadie puede ganar a Jimmy, ni siquiera Ivar. Demetri y Charlie corren como liebres de vuelta al agua para nadar con Francine, quien ha dejado atrás la ropa diminuta con la que ha venido. Angelika se encuentra bajo la sombra de un árbol de sal común con los bebés y habla sin parar con Manos. La veo santiguarse sobre su blusa bien abrochada cuando su jefe empieza a chapotear, desnudo, en la orilla.

Bajo los pinos, Angela tiene el aspecto de una cautiva reticente. Se sienta sobre un tronco y trata de convencer a su hija más pequeña, quien se niega a ir con su padre y sus hermanos a la playa. La situación ha sido la misma desde el barco: la pequeña Mari-*mou* solo quiere estar con su madre.

Ivar pasa por allí con Lena detrás de él, entre gritos, y la intenta esquivar a través de las ramas bajas. Ella lo atrapa y le quita la corona de la cabeza antes de salir corriendo y riendo. Mariora tira de la mano de su madre y le pide ir a buscar piñas por el suelo. Lena estira una mano para coronar a Jimmy, y me alegro de que todavía lleve sus pantalones cortos. Ojalá no se acercara tanto a él.

Es la primera oportunidad que he tenido para preguntarle a Angela por Marianne, porque se ha pasado todo el viaje atrapada en la parte frontal del barco, enterrada entre niños que dormían.

—Entonces, ¿Marianne está con Axel en Atenas...?

—Patricia ha sufrido un accidente —responde, asintiendo, mientras Jimmy pasa dando saltos con una sandía en una mano y un cuchillo de carnicero en la otra, como si fueran un cetro y un cáliz, con la corona de plumas torcida en su cabeza. Se agacha y coloca la sandía a sus pies—. No tengo ni idea de por qué Marianne ha ido corriendo con Axel, pero allí está. Recibió un telegrama de parte de él en el que le suplicaba que fuera allí porque Patricia está en el hospital —continúa Angela mientras Jimmy hace descender el cuchillo y parte la sandía.

—¿Cómo? —pregunta Jimmy, soltando el cuchillo—. ¿Le ha pasado algo a Pat?

—Ha tenido un accidente en el coche de Axel. Es muy grave —responde Angela, aunque la niña está pataleando y lo complica todo—. Dicen que se ha roto todos los huesos y le están sangrando los pulmones.

El color desaparece del rostro de Jimmy.

—Ay, Dios, no... Pobre Pat. ¿Sabes si se va a recuperar?

Angela se encoge de hombros.

—El jefe de policía Manolis ha oído algo sobre una acusación. Todos quieren saber si la pobre chica va a salir de esta con vida, pero todas las noticias sobre ella están escondidas en papeleo, porque el nombre de Marianne es el que está en los documentos del coche porque Axel tenía prohibido conducir, y el consulado noruego se ha involucrado... Es un lío enorme, así que claro, Axel no puede con todo, y Marianne ha acudido en su ayuda como el ángel que es. Nadie parece saber si Patricia va a sobrevivir o no —consigue decir antes de que la niña pequeña se la lleve.

—Por Dios, pobre Pat —repite Jimmy, y me resulta perturbador ver cómo se le sacuden los hombros y se aferra a la corona de plumas con las manos.

Lena está agachada en una colchoneta para mostrarles a las dos chicas holandesas cómo tallar una flauta, y, a pesar de que Robyn quiere acompañarlas, Bim se la ha llevado a rastras como una especie de cavernícola y la está eviscerando en una de las tiendas de campaña, o al menos eso es lo que parece por lo que oímos los demás.

Albin empieza a toquetear la radio, pero el ruido enlatado no consigue ocultar mucho los sonidos que salen de la tienda, por lo que todos nos ponemos a cantar.

Empiezan a jugar con una pelota, los escandinavos contra el resto del mundo, en una partida que involucra montones de zambullidas, en especial, según parece, por parte de Francine. Todos nos morimos de hambre para cuando Göran ha acabado con los meros que ha estado bañando en limón y hierbas, aceite de oliva, sal y pimienta. La hoguera está encendida en la orilla, y los trocitos de pescado se cocinan en arpones en las llamas y se comen con el buen pan de Anastasia y con pepinos encurtidos. Bebemos un *ouzo* de color blanco como la tiza y agua, e Ivar toca varias canciones de Woody Guthrie con su guitarra.

El ruido del barco rompe el silencio que ha descendido sobre el campamento durante el anochecer conforme nos sentamos en círculo y Lena toca su flauta hacia los búhos.

Manos nos apremia para que subamos a bordo. Se ha desatado una tormenta, por lo que el mar se ha embravecido. Nos tumbamos sobre las colchonetas en la parte delantera y cabalgamos como en un rodeo mientras caemos unos contra otros y nos aferramos a la barandilla al tiempo que las olas azotan la embarcación y nos cubren con mantos de espuma.

Unas nubes color amatista se reúnen en el horizonte, y Francine retoza en la proa mientras intenta que la ondeante camisa de Charlie que lleva puesta no salga volando. Me felicito a mí misma por no permitir que una desnudez tan afrodisíaca haya arruinado un día perfecto, aunque me torturan las imágenes de ella chapoteando en la orilla junto a Jimmy.

Manos no quiere llevar el barco hasta el puerto, así que nos dirigimos al muelle pesquero de Kamini. Charlie tiene mucha prisa por llevar a Francine de vuelta a su casa para invitados. El resto de nosotros nos quedamos un rato por allí mientras Angelika conduce a los niños por la colina y carga con los bebés. Hay música en la taberna, acompañada del brillo dorado de las lámparas a través de las ventanas y sus toldos amarillos que se agitan ante el viento y nos llaman para que entremos.

CAPÍTULO VEINTE

—Le tuvieron que amputar el pulgar por la gangrena —está explicando Marianne, mientras Charmian se apoya contra la encimera a su lado y fuma un cigarro y yo hago botar a Axel Joachim sobre mis rodillas mientras canto: «En un caballito gris, mi niño se fue a París, al paso, al paso, al paso, al trote, al trote, al trote…».

Hace una semana que Marianne volvió de Atenas, aunque esta es la primera vez que la vemos, y Charmian se está quedando con todos los detalles. Marianne parece sorprendentemente alegre frente a la tabla de cortar mientras prepara un bocadillo. Lleva un delantal de pescador desgastado que le roza la parte superior de sus muslos dorados y parece algo sacado de la revista *Queen* o *Vogue*. Se vuelve hacia nosotras y alza un pulgar.

—Claro que es de su mano derecha: el pulgar que usa para pintar —continúa. Sostiene un pincel imaginario, y no estoy muy segura de que no esté sonriendo al dibujar unos puntitos diminutos y precisos en su lienzo de aire.

—¡Al galope, al galope, al galope! —Y Axel Joachim suelta un gritito cuando lo hago botar a más velocidad.

—Shhh, shhh, no hagas tanto ruido, Erica, por favor —me suplica Marianne, señalando al techo—. Leonard dice que no le molesta que llore el bebé, pero creo que trabajará mejor si no lo distraemos tanto, ¿verdad?

Charmian rechista y estira las manos para quitarme al bebé y acomodarlo en su cadera. Me sorprende lo de la gangrena. Marianne dice que Patricia tiene suerte de solo haber perdido un pulgar.

El gato está dormido encima de la mesa, enroscado alrededor del *I Ching* que se ha quedado abierto y bocabajo, junto a una página de hexagramas muy bien dibujados. Alzo un jarrón de cristal para oler un ramillete de violetas atadas con una cinta verde.

—Leonard ha sido muy amable, pero ha perdido tiempo de escritura suficiente ayudándome con Barnet cuando yo no estaba por aquí —dice Marianne.

Charmian suelta un resoplido y le da un apretoncito al bebé.

—Ah, ya veo, así que ahora te llamas Barnet, ¿eh? —Y le da un mendrugo de pan para que mastique—. Tengo que admitir que lo ha hecho muy bien, a pesar de que se le acabaron los pañales y tuvo que recurrir a un damasco noruego bastante elegante. ¿Ya ha confesado que ha asaltado el cofre?

—Ah, sí, los regalos de boda de mamá para Axel y para mí. Salseras y platillos de plata, servilletas con monogramas... ¿En qué estaba pensando? —responde Marianne, aplanando las rodajas de pan con un rodillo. Saca un trocito de mantequilla de las profundidades del agua fría de su jarrón de cerámica—. Tengo que tentarlo. Ha estado trabajando en su novela en turnos de veinticuatro horas desde que he vuelto. Me preocupa que no coma lo suficiente. —Entonces llena el pan con mantequilla y rodajas de carne salada, tomates y pepinillos.

—Eso puede ser por las pastillas que compra en la farmacia —interpongo, pues ansío aparentar que lo sé todo y que puedo sumarme a la conversación.

Marianne me dedica una mirada preocupada y arranca unas hojitas nuevas de una maceta de albahaca.

—Lo que haga falta para que su libro acabe en manos de la editorial. Dice que necesita purgarse de las palabras antes de poder relajarse. —Echa la albahaca sobre el bocadillo.

—Sé lo que se siente —dice Charmian.

Marianne añade unos granos de pimienta roja.

—Axel es igual. ¡Menudo sufrimiento! No deja de quejarse de que tiene que mandar su novela a Capellen mientras sigue ahí sentado junto a la cama de Patricia. Pasó lo mismo cuando me operaron a mí. Tiene la máquina de escribir en el regazo, teclea como un poseso y se le olvida echar desinfectante sobre las vendas y que tiene que comer. De verdad, no tuve otra opción que ir a ayudarlo —dice antes de sacar un trozo de hielo del refrigerador, y, tras hacer caso omiso del resoplido sarcástico de Charmian, corta unos trocitos y los lanza a la jarra.

—Ah, ¿dónde estarían todos esos escritores sin sus ángeles de la guarda? —dice Charmian.

Marianne lanza una mirada que solo puede ser de añoranza hacia las escaleras.

—A lo mejor mi madre tiene razón, y tendría que estar buscando a un hombre burgués de la zona residencial de Oslo, pero esto es lo que me gusta a mí. —Empieza a peinarse bien y se disculpa para llevarle el bocadillo y el té de limón helado a Leonard.

—Está de lo más contenta haciendo de criada, sentada a los pies del poeta, cuando tendría que tener el puesto de honor en la mesa —dice Charmian después de soltar un largo suspiro. Deja al bebé en su alfombra para que juegue—. De verdad, Erica, a veces nuestro género me pone de los nervios —continúa mientras se enciende un cigarro—. Pero bueno, mira quién habla. Es agotador, todas las pataletas y los gritos y lo que le tengo que exigir a George para que cumpla con su parte, discutiendo todo el día. —Da una larga calada, como si tuviera hambre de fumar—. Me siento en ese peldaño junto a su escritorio y lo aliento a seguir, y la mayor parte del tiempo me la paso enfurruñada porque solo puedo dedicarme a lo mío en los márgenes de su trabajo. Lo siento, cielo, me estoy descargando contigo. Quizás el problema sea que estoy celosa porque me gustaría que los placeres simples de la armonía doméstica fueran suficientes para mí también.

Se pone a fumar un poco más. Todavía no ha acabado con su charla.

—Supongo que lo que intento decirte es que deberías tener mucho cuidado al unir todos tus sueños a un hombre, por muy talentoso o maravilloso que sea.

Me alegro de que no me pueda leer la mente, pues estoy perdida en un sueño en el que soy yo quien le lleva un bocadillo a Jimmy en una casa ordenada no muy distinta a esta, con jarrones bonitos y hierbas de hojas iluminadas por el sol en el alféizar. Es Cato quien dormita sobre la mesa, y nuestro hijo quien patalea y gorjea en la alfombra. Me devuelvo a la realidad.

—Espero que Patricia no quede inválida —digo.

Pienso en aquel día en Atenas, cuando Patricia se agachó para recoger las flores de Marianne tiradas por el suelo, grácil y delgada como una ramita. Marianne está convencida de que había estado conduciendo tan deprisa porque se acababa de pelear con Axel. Sucedió al amanecer, cuando un frutero dobló una esquina en su camino hacia el mercado con el carro y el burro, en el lado incorrecto de la carretera. El coche no sufrió demasiados daños cuando ella, al girar para evitar chocar contra él, se estrelló en el puente. Solo que Patricia no tuvo tanta suerte. Salió disparada por la capota y cayó en el lecho rocoso de un río seco más abajo, y con el golpe se rompió las caderas, la clavícula y las costillas y se perforó un pulmón. Tenía la cara destrozada, con los dientes rotos, el labio superior arrancado de cuajo, y la infección le había arrebatado su preciado pulgar de pintar. Era un milagro que siguiera con vida.

Charmian está envuelta en un humo irritado.

—Lo que me gustaría saber es por qué Marianne acabó yendo. ¿Fue solo porque Axel necesitaba que firmara el papeleo que tenía que ver con el coche? ¿O acaso ella esperaba que pasara otra cosa? Lo que no me creo es esta pantomima de Florence Nightingale. ¿De verdad crees que se ha pasado una semana allí para ayudar a Axel a cuidar de… su rival? ¿Cómo se debe haber sentido la pobre Patricia cada vez que recobraba el conocimiento y se encontraba a Marianne cuidando de sus heridas? Axel tiene amigos más que suficientes en Atenas; Else y

Per, por ejemplo, así que podría haber llamado a cualquiera de ellos para que lo ayudara…

Deja de hablar cuando ve que Marianne vuelve. Marianne nos sirve algo de vino y saca un plato de queso feta y olivas. Quita el *I Ching* de la mesa, pero lo deja abierto en la página en la que estaba y nos muestra el hexagrama diecinueve.

—Este es de Leonard y está muy claro. Tiene que dedicarle todas sus horas ahora si quiere una buena cosecha. La primavera no dura eternamente, tiene que trabajar antes de que cambien las tornas en el octavo mes.

Charmian esboza una sonrisa indulgente hasta que Marianne, sonrojada, se da cuenta de que nos ha perdido y cambia de tema. Le dedica a Charmian una sonrisa traviesa antes de decir:

—Pero bueno, dejemos de hablar de Leonard y de mí. ¿Qué es eso que he oído sobre Corso y tú?

—No sé de qué me hablas —responde Charmian.

—Los pajaritos tienen picos con los que cantar, ¿sabes? —Marianne se vuelve una diablilla cuando se pone burlona, tan guapa que hace doler los ojos.

—¡Marianne, de verdad! —Charmian suelta una carcajada—. Solo vino a pasar unos días, y una noche fui a por un chapuzón. ¡Eres igual de mal pensada que los demás!

CAPÍTULO VEINTIUNO

El puerto está a rebosar de turistas, y los gatos callejeros se ponen gordos. Las cigarras están ocupadas rompiendo cien corazones con sus canciones. Sacamos los colchones a la terraza y dormimos bajo las estrellas, nos despertamos con el amanecer y con Cato escabulléndose por ahí tras una noche de cacería para darme golpecitos en la cara con una patita imperiosa. Picamos en platos de pescado en las mesas de las tabernas o pasamos de jardín a jardín con nuestros discos y poemas, o nos llevamos botellines de cerveza y comemos pan y albóndigas bajo las vides del cine al aire libre de la calle Economou que pasa películas griegas con subtítulos en inglés.

Todos nos hemos puesto más en forma, con las piernas musculosas gracias a tantas escaleras, y los hombros de Bobby y de Jimmy se han vuelto casi anfibios con todo lo que han nadado. A veces llevamos una bolsa de melocotones y un termo de café a la cueva y nos damos un chapuzón antes de que el puerto se despierte del todo; en otras ocasiones nadamos hasta las tantas de la madrugada y nos tumbamos desnudos entre la luna y la marea de las rocas que siguen calientes.

Jimmy trabaja mejor en las horas relativamente más frías de la tarde, por lo que salimos de noche al bar nocturno Xenomania, en lo alto de los acantilados de encima del molino, donde ponen música de jazz anticuada y hay unas mesas bajas dispuestas y unos bancos acolchados que nos permiten acomodarnos mejor.

Jimmy y yo esperamos un momento fuera para recuperar el aliento. Hay risas plateadas y voces que me resultan conocidas.

Nos movemos a la deriva, y, aun así, siempre nos acabamos encontrando con las mismas personas, como si la colonia extranjera se moviera en base a una fuerza tan misteriosa como una bandada de estorninos. La montaña se torna escarpada detrás de Xenomania, y tan negra como el cielo. El local no parece un bar, sino más bien un escenario iluminado en un auditorio oscuro, con dos árboles ensombrecidos en la entrada que hacen las veces de arco de proscenio. Las palabras de George nos llegan a la velocidad de unos disparos, seguidos de un repentino ataque de risa y de tos y la voz tintineante de Charmian:

—Cariño, por favor, para. ¡No seamos así en tu cumpleaños!

Vamos directamente a su mesa para desearle un feliz cumpleaños. Me daría una patada a mí misma por no haberle preparado una postal. Si fue ayer mismo cuando ayudé a Booli y a Shane a envolver unas campanillas de viento.

Está gruñón y de mal humor, a pesar de que Nancy Greer, con el escote entre volantes de color verde lechuga, le da la última porción de una tarta de cereza que ha preparado para él.

Él se llena la boca de tarta y habla en una lluvia de miguitas y toses.

—Ya, bueno, cuarenta y ocho tacos, y ¿qué es lo que he hecho con mi vida? Hasta las trancas de deudas, por Dios. Miradme, qué exitazo. Naufragado en esta roca sin dinero para escapar, atado a la dichosa máquina de escribir junto a todas las personas que dependen de mí, como un burro viejo en la rueda de molino. —Parece dispuesto a seguir, pero Charmian lo detiene al lanzarle la cajetilla de cigarros a la cabeza.

—Ay, deja de compadecerte tanto de ti mismo, George —le espeta—. Aunque si vamos a llenarnos de tantas penas, al menos pidamos otra botella para ahogarlas. —Esboza una sonrisa forzada acompañada de unos parpadeos para contener las lágrimas. George entorna los ojos mientras se limpia la boca con la servilleta, y ella se estremece cuando él toma aliento para hablar, con una amenaza tan palpable que Jimmy se interpone entre ellos.

—A mí me parece que no te va tan mal.

George sujeta a Jimmy del brazo y le pone la cara delante.

—Este es el aspecto que tiene el mundo en el que te quieres meter, escritorzuelo. ¿Seguro que es lo que quieres?

Patrick Greer está sentado con los hombros hundidos al otro extremo de la mesa, con miguitas de la tarta de cumpleaños en la barba. George está más borracho que nunca. Le da un empujón a Jimmy en dirección a Patrick, con la fuerza de un abusón de patio de colegio.

—Invita a ese irlandés a una bebida y te dará buenos consejos para vivir de tu pluma en esta roca alejada de la mano de Dios.

Patrick, muy obediente, agita una pila de papeles.

—Todo cartas de rechazo —dice, y añade con un énfasis melodramático—: No dejo de cavar y cavar, pero ¿dónde está mi tesoro? Debería tirar la pala y volver a la enseñanza. —Sigue arrastrando las palabras conforme nos alejamos, al usar a Trudy, quien entra en un grupo lleno de cháchara junto a Demetri, como excusa para huir.

Demetri habla a toda prisa en un griego muy animado con el chef, Alexeos. Carolyn y Robyn asienten como si hubieran entendido toda la conversación. Bim se acerca a George, lo cual provoca otro hiriente ataque, en esta ocasión por unas páginas que Bim le ha dado para que lea.

—Pasas más tiempo con las manos dentro de las bragas de alguna fulana que en la máquina de escribir, y se nota —dice George, y Charmian le suplica que deje de ser un ogro. Por suerte, Robyn está un poco más lejos, por lo que no oye la valoración de la habilidad de su marido, pero entonces vuelve, con Demetri y Carolyn detrás de ella, a quienes ha sacado de la cocina, donde estaban inspeccionando los restos de la pesca de Alexeos.

Robyn parece más remilgada que nunca esta noche, con su impotencia miope agrandada por las gafas de bibliotecaria. Bim tiene suficiente energía y vigor por los dos, aunque se ha quedado algo alicaído por las palabras de George. Por fortuna, Alexeos va detrás de ellos con dos jarras de vino y un gran entusiasmo por que todos probemos su centollo.

Trudy se lleva las manos a la boca. Su cabello, otrora rojo y lustroso, no ha visto un peine desde hace meses. Se ha dejado caer a mi lado y se abanica la cara con el menú.

—Qué no daría yo por una botella de Coca-Cola y un día sin mosquitos —dice, y parece tan desgastada que me cuesta recordar a la belleza tizianesca de la primavera, quien saltaba entre las rocas, perseguida por las pezuñas de Jean-Claude Maurice.

Detrás de mí, Bim incordia a Charmian para que le dé noticias de Patricia. Ella le cuenta que está esperando a que se la lleven en avión hasta Estados Unidos para recomponerla.

—Y pensar que el Karmann Ghia de Axel solo necesita un parachoques nuevo... —dice ella, mientras Trudy sigue hablando de las privaciones culinarias de la isla, se desabrocha los pantalones cortos y se queja de que el aceite de oliva la está haciendo engordar—. Y Marianne ha recibido una carta de Axel, una carta cruel y despiadada. Le deja muy claro que irá con Patricia al hospital de Chicago, que por ella esperaría toda la vida.

Me alejo de Trudy y pesco a Bim inclinándose hacia Charmian, con el codo sobre la rodilla. Usa la corpulencia de su hombro para tapar a George, quien no deja de intentar interrumpir la conversación.

—¿Sabe Axel que Leonard se ha mudado con su esposa ya? A ver, esas zapatillas de tenis estaban debajo del escritorio de Axel casi antes de que él zarpara —dice Bim.

—Es verdad que ya casi no oigo las llaves de Leonard en su casa cuando paso por ahí. Pero Axel carece de la capacidad para preguntarse o preocuparse por ello. Ya ha pasado página, eso es lo que duele más. Lo único que puede decirle a Marianne es que... —Charmian hace una pausa para beber un sorbo del vino que le sirve Bim, hace una mueca y continúa en una imitación del acento de Axel—: «Sufro por ti, mi querida esposa;

me preocupo por ti y sufro por ti, y pensar en que el pequeño Axel crecerá sin mí me carcome por dentro».

Bebe otro trago y sigue con su propia voz ronca.

—*Shalom, shalom* por Leonard, porque quién sabe cómo estaría ella sin él. Tiene mucho que hacer ahí, porque al pequeñín le ha dado un no sé qué gástrico, y ella se queda atrapada cuando el genio de la casa decide dejar las herramientas por una noche y salir en busca de acción. Aun así, parece haberla animado y se porta muy bien con el bebé.

George no piensa permitir que el lenguaje corporal de Bim lo excluya de un buen brindis.

—¡Por Marianne y Leonard! —ruge, y lo hace a un lado para hacer chocar su copa con la de Charmian—. Bien por nuestra chica vikinga por haber atado al canadiense, y justo a tiempo —dice, echando el vino hacia atrás, y, a través del humo de un cigarrillo recién encendido, aparece una repentina sonrisa infantil, de aquellas que todavía transforman de vez en cuando su cara de viejo gruñón—. Follar se le debe dar de muerte.

Bim junta fuerzas; qué rápido se perdona todo cuando hay burlas de por medio.

—Bueno, debe ser por chupar, no por follar…

Robyn lo mira con la boca abierta y la nariz grasosa por haberse pasado las gafas por encima.

—Qué cosas dices, Bim. ¿Qué sabrás tú?

—He leído varias páginas de su novela, y también sus poemas, claro. Todo muy prometedor… pero estoy seguro de que todo es por las felaciones. —Bim está disfrutando de lo lindo, y lo mismo con Patrick Greer: este giro en la conversación promete una deliciosa cosecha.

—¡Más le vale que se le dé bien cuando se pone de rodillas! —exclama Patrick, con su boca de molusco húmeda y reluciente.

George se echa a reír y dice que le cuesta pensar en muchos poemas que celebren «el arte de las mamadas», y todos tratan de pensar en algo. ¿Catulo? Seguro que Joyce.

Charmian espera hasta que a todos se les acaba la carrerilla antes de soltar su as bajo la manga.

—Claro que lo hay: Shelley —dice, y empieza a recitar—: «Quédate, mi queridísimo ángel, suave | ¡Ah! Lames mi alma para que vuele cual ave | Lame, lame; centelleo y centelleo | Rugen mareas de pasión enloquecida | Ríos de arrobo se apoderan de mi vida».

Aunque sé que está borracha, me decepciona cuando vuelve a llevar la conversación hacia Marianne. Ojalá me hubiera quedado en casa, en lugar de venir a Xenomania a desperdiciar el dinero.

—Pero bueno, estoy segura de que Marianne es de lo más competente en todas las artes femeninas —dice con una sonrisa lasciva. Las palabras están envenenadas y contrastan con la belleza que nos rodea, con el suave compás de un saxofón, «Petite Fleur».

Charmian posa sus ojos traviesos en Robyn.

—Menudo arte el de vivir al servicio de un hombre. Quizá sea el mayor arte creativo y deba recibir respeto como tal, como las geishas de Japón…

—A lo mejor podrías aprender de ella —la interrumpe George, todavía riendo por algo que Bim le dice al otro oído, antes de soltar su propia respuesta—: Ya, seguro que tiene un buen polvazo.

—Callaos un rato, en serio. Dejaos de risitas. ¿Qué sabemos nosotros del mundo de las flores y los sauces?

—Pulir la mierda de Axel hasta que brille no es lo mismo.

—Bueno, se podría decir que Axel ha entrenado tan bien a Marianne en las artes que facilitan la buena escritura que Leonard ha acabado con una musa lista y dispuesta. Menuda suerte para él, eso es lo que he pensado cuando he pasado por allí antes. Resulta que ella estaba de rodillas…

No necesito esto. Toda esa amargura está echando a perder la noche.

—Los he visto esta mañana en la playa de Kamini con el bebé. Parecían la mar de contentos —interpongo.

—Entonces, ¿Marianne estaba de rodillas y qué más? —Bim la anima, como un jinete a su caballo.

Charmian se deleita haciéndolos esperar. Qué aspecto más cruel tienen todos, morbosos bajo la luz de la lámpara. Pienso en Marianne y en Leonard en la playa, chapoteando en el mar. Se han organizado por turnos para nadar y hacer girar al bebé en un flotador. En la orilla, se han tumbado cara a cara, con el bebé en medio, un amasijo de extremidades y palabras cariñosas. He visto cómo Leonard le daba un besito a cada dedo del pie del bebé para hacerlo reír.

Charmian se sirve otra copa de vino y le pide a George que le encienda un cigarrillo de los suyos antes de continuar.

—He entrado por la terraza, y al principio no me han visto. La habitación estaba fresca, con las persianas bajadas salvo por una ventana, y ella estaba de rodillas a sus pies, con el suelo pulido reluciendo a su alrededor. —La voz de cuentacuentos de Charmian es grave y cálida. Los demás guardan silencio—. Había flores frescas, una jarra de vino y dos copas a su lado. El ambiente estaba quieto y dulzón por el aroma de las flores y algo más, un incienso de monasterio tal vez. Leonard estaba entre los cojines del sofá, rasgando su guitarra, y el bebé bebía un biberón medio dormido a su lado. Y ella estaba allí arrodillada, en ese tramo de luz, y sostenía un plato en el que había dispuesto lonchas de salami tan delgadas que parecían transparentes, solapadas y esparcidas como una flor japonesa. Entonces es cuando he pensado en las geishas. Pero ha sido algo bonito, el modo en que ella lo miraba, el ofrecimiento; tanto que me he sentido como una intrusa en un sacramento privado. Leonard estaba tocando una melodía, una nana para el bebé. Ha sido de lo más encantador.

Charmian da un trago. Si cree que así va a conseguir quitar el veneno de la velada, se equivoca. George ha estado carraspeando todo el rato que ella se ha pasado hablando, y ahora le ha llegado el turno.

—Acabará espantándolo, igual que ha hecho con Axel. Con el tiempo, cualquier hombre con dos dedos de frente quiere que lo estimulen en la cabeza, no solo en la cama y en la mesa. Aunque Axel la ha tenido repitiendo como un loro a Ouspensky y a Gurdjieff durante años, no estoy seguro de que a Leonard le parezca más convincente que al resto de nosotros. Pero ¿qué otra cosa puede hacer? Como el único hombre de la mesa que ha conocido a una geisha, os puedo decir que tienen muchos talentos: caligrafía, conversación, música... No estoy seguro de haber visto a Marianne nunca tocando una *shakuhachi*.

Hasta Nancy se suma a la conversación.

—Pero no es que no lo intente, la pobre. ¿Os acordáis de cuando empezó a practicar cerámica? Hizo cuencos en todos los tonos de excremento. Recuerdo que a Axel le hacía mucha gracia, a pesar de que era él quien tenía que comer con esas cosas.

Patrick Greer tampoco se puede resistir.

—Y el verano pasado fue la poesía, mientras lloriqueaba con el bebé en la panza. Menos mal que no nos pidió a ninguno de nosotros que leyéramos nada, aunque no puedo negar que estaba bien guapa mordiendo su lápiz.

Los platos de centollo frito llegan, lo cual les da a todos los comensales algo más en lo que centrarse. Trudy es la única persona además de George que no come nada.

—Sois horribles entre vosotros, viejales —dice—. Por eso Jean-Claude se fue de aquí, me dijo que no soportaba vivir entre víboras ni un solo minuto más, y con cada minuto que paso escuchándoos destrozar a Marianne, mejor lo entiendo.

Nadie le presta atención. Patrick sigue divagando.

—Claro que nuestra querida Charm también fue todo un fenómeno cuando estaba embarazada... Mmmmm, la recuerdo por ahí en las rocas, con el bañador a punto de reventar. Estaba tan madura que solo podía pensar en melones. Melones chinos, sandías; las frutas más jugosas colgando de ramas.

—Por Dios, Patrick, ¿has estado yendo a clases de escritura con Gordon? —pregunta Charmian.

Trudy no va a darse por vencida. George está tan alerta ante el nombre de Jean-Claude como uno lo estaría a la pisada de un amante en las escaleras. Trudy se dirige a él por encima de nuestras cabezas mientras comemos como una bandada de gaviotas sobre la bandeja de hojalata que Alexeos ha colocado entre nosotros.

—Lo que sea que hayas escrito sobre él en tu libro es lo que lo ha hecho irse. Empezó a hacer las maletas después de que vinieras a enseñarle las páginas.

George asiente y sonríe, pero no dice nada. Trudy le empieza a gritar.

—Dios, ni siquiera tú me vas a contar lo que es, y eso que es tu libro. Supongo que voy a tener que esperar como todo el mundo hasta que lo pueda leer. Ya he escrito a mi tía de Londres para que me mande un ejemplar de Dillons. No queda mucho ya…

George la mira y esboza una sonrisa enorme, y Trudy parpadea con sus ojos inocentes en su dirección. Charmian alza la mano como si fuera a darle una bofetada, aunque se conforma con otro cigarrillo más.

Patrick Greer se lo enciende; está pasando una muy buena noche, y ahora hemos entrado en su tema favorito.

—¿Lo ves, George? Y esto es solo el principio. Te dije que no lo hicieras con tu mujer. Los demás lo verán como la verdad, y lo sabes.

—Gracias, Patrick —le dice Charmian, antes de soplar la cerilla mientras Trudy la mira con los ojos cada vez más abiertos, tras los cuales los cabos se atan por fin.

—Ah, mi mujer. Ella solo puede decir la verdad, por el amor de Dios, así que ¿por qué yo no puedo hacerlo por una vez? —George da un golpe en la mesa y hace que Trudy se lleve un sobresalto antes de señalar a Charmian con su copa—. Mírala, pavoneándose con su cinturón de cabelleras de hombres. ¿A ti te parece que le importa? Tendría que ser un idiota para preguntarle dónde ha estado cada vez que vuelve tan animada a las tantas. Me da demasiado miedo preguntarle con quién ha estado o qué ha hecho. Es su sinceridad lo que hace que me cague encima.

Charmian apaga el cigarrillo y se bebe lo que le queda en la copa.

—Lo siento, gente. Esta noche no puedo más.

—Es mi cumpleaños, joder, ¿a dónde crees que vas? —le pregunta George.

—A nadar un rato —responde, entre lo que recoge sus cosas.

—Pero Charm, has bebido demasiado. —Nancy le suplica que se vuelva a sentar.

—A solas —añade Charmian, con una última mirada fulminante para George.

—Hay ruda para ti —le ladra George, agitando el puño mientras ella huye por el camino—. Más que de sobra. ¡Vete y ahógate!

CAPÍTULO VEINTIDÓS

El mejor momento para nadar por la noche en las rocas es cuando hay luna llena. Nunca olvidaré mi primera fosforescencia: Jimmy subiendo por la escalera, reluciendo por las estrellas; un brillo se le quedó en una pestaña y siguió parpadeando cuando estiró las manos para meterme en el agua, con nuestras extremidades del color plateado de la luna y los dedos pasando por constelaciones.

Esta noche, al mar no le vale toda esa cursilería, y la luna es poco más que un trocito de uña que flota sobre la isla Dokos, por lo que el mar está de un color oscuro como la obsidiana en la plataforma en la que nadamos.

A pesar de que recorro el camino escarpado desde Xenomania lo más rápido que puedo con mis chanclas, no consigo alcanzarla. El viento sopla del este, y las olas rompen contra las rocas. Más allá de la higuera en la curva, sigo el rastro de ropa que ha ido dejando por los peldaños y me encuentro con ella en el borde de la cueva. Las olas que chocan contras las rocas amortiguan mi grito. Charmian alza las manos al aire y, con un salto, queda libre y vuela, arqueada, hasta desaparecer en el agua embravecida seis metros por debajo.

Vuelve a salir a la superficie para tomar aire, justo al lado de las rocas puntiagudas que rompen la piel oscura del mar. La veo abrirse paso entre las olas con su fuerte nado antes de ponerse de espaldas como un crucifijo flotante con el rostro hacia las estrellas y me siento como una idiota por perseguirla, pero Nancy ha dicho: «Por el amor de Dios, que alguien la acompañe».

Es demasiado tarde para escabullirme, porque ya está dando media vuelta para volver a las rocas. La llamo para hacerle saber que soy yo quien recoge su ropa lánguida y parcheada. Pongo sus cosas en lo alto de la escalera y me siento en los huecos donde crecen algunas hierbas. Flota a merced de las olas durante un rato. Cuando vuelve hasta las rocas, deja que una ola la tire a medio camino por la escalera, animada y gritando.

—¿No es maravilloso poder quitarse el hedor de una noche como esta? —me grita cuando se vuelve a poner la falda. Se acerca a mí abrochándose la camisa y se sacude agua del cabello—. Nadar por la noche nunca es un error. Qué suerte tenemos al poder hacerlo cuando queramos. Aquí está, a un saltito del mal humor, esa otra dimensión misteriosa que te hace flotar hasta que puedes colarte y aceptar el humor de la noche. Me siento como nueva. —Su ánimo es convincente cuando se sienta junto a mí en el hueco, con el pelo goteando.

»Ay, Erica, de verdad, no tenías por qué preocuparte. Llevo toda la vida haciendo lo mismo. Crecí en la bahía Bombo, una playa de kilómetro y medio de largo que tenía para mí sola. ¿Te lo imaginas? Me tumbaba desnuda cada noche para mirar las estrellas en las rocas y pensaba que me iba a volver plateada si me quedaba el tiempo suficiente. Tenía ganas de volver a la escuela con un bronceado de estrellas. —Levanta el borde de su falda para usarlo para secarse un poco el cabello.

Me apresuro a echarle la culpa a otros por mi intrusión.

—Nancy pensaba que no era muy buena idea que fueras a nadar por tu cuenta por todo lo que has bebido y me ha dicho que viniera —le explico, y ella me sonríe y lleva una mano a su cesta para sacar una botella.

—Hablando de bebida… —Es un brandi francés—. Se supone que era para el cumpleaños de George, pero no se lo merece. —Quita el tapón con los dientes, da un sorbo y me ofrece la botella. Tiene los ojos tan oscuros y cristalinos como el mar.

Le digo que no sé cómo tolera los arrebatos enfurecidos de George cuando está borracho, y ella se acerca un poco más a mí, usa mi hombro de almohada y me rodea la cintura con el brazo hasta que, de forma inesperada, sostengo todo su peso húmedo.

—No siempre ha sido así. Cuando George y yo nos casamos y yo estaba embarazada de Martin, vino a la bahía Bombo y durmió bajo las estrellas conmigo cada noche. Me dijo que no le importaba si nuestro bebé nacía de plata. En aquel entonces estaba dispuesto a todo y era el hombre más listo y gracioso del mundo. Antes de que se rompiera... —Suelta el primero de una larga serie de suspiros llenos de humo y brandi. El olor de su aliento significa que yo podría ser cualquier otra persona sin que cambiara la situación, y en un momento dado incluso me parece que se equivoca y me llama Jennifer, pero pretendo no haberme dado cuenta. La mayor parte de lo que me está contando ya me lo ha contado antes.

»Aquellos fueron algunos de nuestros momentos más felices, en el jardín de la casa de mi madre para escribir la primera novela, tecleando con las máquinas de escribir en el regazo. El gran autor publicado y yo, su aplicada aprendiz. Ay, qué maravillada estaba con lo fácil que lo hacía parecer, y estábamos tan enamorados... Fue nuestra primera colaboración, y nos concedieron un gran premio por ello, parecía que estábamos volando...

—Supongo que eso es lo que Jimmy estaba intentando decirle antes: todos esos libros que ha publicado, una vida bajo el sol... Es un sueño, ¿verdad? Es a lo que todos los demás aspiramos —le digo.

—Cariño, por favor, piensa que es su enfermedad lo que lo hace ser tan cascarrabias. Es lo que yo misma tengo que creer. —Lleva una mano a la botella—. Sus celos acabarán con él —continúa, con un escalofrío—. Y conmigo.

Da unas palmaditas a nuestra cuna de piedra y cemento.

—Hasta esto, el suelo en el que me siento, las rocas, el mar, las montañas que tenemos detrás... Está celoso de que me guste esta isla con una pasión que en otros tiempos pude haber albergado hacia él. Recuerda que era el chico de oro: la adoración es como oxígeno para él. Me cuesta creer que sea el mismo hombre con el que me casé. Todavía me quedo embelesada al pensar en él en Melbourne, caminando a grandes zancadas, con la camisa remangada y el cigarro pegado a ese labio sexy que le sobresale un poco: el gran héroe corresponsal de guerra que volvía a la redacción desde Oriente. No había ninguna chica en todo el edificio *Argus* que no se pusiera guapa delante del espejo antes de verlo.

Da otro trago tan largo que me preocupa y se abraza las rodillas a través de la falda.

—Siento mucho que tengas que vernos en nuestro peor momento —continúa—. A lo largo de los años, los dos hemos hecho cosas que han mancillado el manantial de agua clara del que salimos. Y ahora estamos sin blanca y esta isla se ha convertido en una especie de prisión para él. Creo que para mí también, en cierto modo, aunque tendrías que sacarme a martillazos de aquí. Así que aquí estoy, pegada como una lapa a un artista borracho y malhumorado que excusa su impotencia con paparruchas muy convenientes sobre cómo la eyaculación merma la creatividad. Y solo tengo treinta y seis años, por el amor de Dios.

Me dedica una mirada y se echa a reír.

—Treinta y seis, sí, sé que eso debe sonar como si fuese una anciana para una chica como tú, y tal vez da asco pensar que las personas de mi edad todavía lo hacemos, al menos a juzgar por la cara que has puesto.

Protesto un poco, pero me hace callar.

—También tiene un papel que interpretar para los ancianos, ¿sabes? Aunque solo sea como linimento para nuestras pobres almas adoloridas. Siempre hemos discutido, George y yo, incluso en los días más románticos y gloriosos, solo que la diferencia era que teníamos una cama todas las noches en la que curar todas las heridas que nos habíamos hecho el uno al otro durante el día. El George que ves ahora está resentido por mi buena salud y quiere que cada cicatriz sea prometeica. Cada suspiro de felicidad le hace pensar lo peor sobre mí. Su espíritu se ha marchitado hasta convertirse en nada más que un hueso duro de roer y lleno de sospechas.

No deja de llorar mientras habla, y yo le doy unas palmaditas en vano. Se lleva la falda a los ojos y se suena la nariz en el dobladillo antes de dar otro enorme trago de brandi y, a pesar de lo mucho que le tiemblan las manos, consigue llevar una cerilla hasta un cigarro.

—¿Quieres que te acompañe a casa? —Me asusta la velocidad a la que se está vaciando la botella—. ¿Dónde tienes las sandalias?

—Siempre voy descalza. Creo que, si tengo algo de reivindicativo en el cuerpo, es para conseguir la libertad de no tener que llevar zapatos. Al crecer en la playa, creo que ni siquiera tenía un solo par. Siempre he necesitado algo sobre lo que enroscar los dedos de los pies, y lo he encontrado aquí.

—Yo opino lo mismo… —empiezo a decir.

—Todo tiene su precio: hay víboras en cada paraíso, y aquí siempre existe este antagonismo alrededor de la colonia extranjera que surge del puro aburrimiento, como un diente adolorido al que una no puede evitar darle con la lengua. Solo hay un litoral; las escenitas como la de esta noche es el único modo de entretenimiento, y créeme, una se acaba hartando. Podría haberle dado un buen bofetón a tu amiguita estadounidense por haber sacado el tema de Jean-Claude y de la dichosa novela de George. No era la noche apropiada, de verdad.

Llevo las manos a la botella, doy un ardiente sorbo y se la devuelvo.

—Ay, me temo que todo el mundo habla del libro. Quieren leerlo nada más se publique. Es Patrick quien los alienta. ¿Está enamorado de ti o algo?

Niega con la cabeza.

—Según lo ve George, todo el mundo a quien haya sonreído alguna vez está enamorado de mí. Antes le gustaba; me vestía a la moda, y él podía presumir de mí como si fuera su premio en el Savoy o en el Club de Prensa, pero ya no. Es la tiranía de sus pulmones lo que lo hace resentirme por mi buena salud. Camino por las colinas, vengo por aquí a nadar de noche, y todo eso lo pone de los nervios.

Decido aprovechar el momento:

—¿No es un poco masoquista por su parte haber escrito sobre cómo lo engañaste con Jean-Claude Maurice?

—¿Cómo lo engañé? —repite Charmian con un resoplido. Se hace un ovillo contra la roca y extiende un brazo para llamarme mientras sujeta la botella entre nosotras—. ¿Quieres que te cuente lo que pasó?

Asiento y ocupo mi lugar bajo su ala, cómoda como una niña pequeña que espera su cuento antes de irse a dormir.

—Maldigo el modo en que ocurrió, la estúpida profecía autocumplida de todo ello. Ahora nos hemos quedado con eso; el tratamiento médico de George no es nada barato, así que no podríamos devolverle el dinero a la editorial ni aunque quisiéramos. George puede sacar historia tras historia, porque eso es lo que se le da mejor, así que podría haber cambiado el hilo de Jean-Claude de su novela con algo menos problemático, solo que Gran Grace estaba por ahí para alentarlo, y, cuando tuvo la oportunidad, George se negó a cambiar ni una sola palabra.

»Mientras tanto, tiene la carga encima de cinco bocas a las que dar de comer mientras rezamos para que entre en remisión, además de dos novelas más en camino, y ninguna de ellas es lo que había venido a una isla griega a escribir, solo que tiene que hacerlo si pretendemos tener caldo en la olla y un fuego con el que prepararlo. Parece que no puede salir del hábito de tenerme por ahí para despertar historias y templarlo, por mucho que su nombre sea el único que salga en la portada ahora. Suelta las palabras, pero le cuesta meterse bajo la piel, presentar las cosas que sus personajes no dicen además de las que sí. Te puede dar el aspecto y el olor, el sabor y el sonido de una experiencia, normalmente una exótica, porque colecciona experiencias exóticas como si fueran etiquetas de equipaje, pero no puede o no quiere contar qué sensaciones transmiten. Las reacciones emocionales, los matices, la atmósfera... Ya sabes, todo lo que se puede leer entre líneas.

»Fue hace dos años que empezó a escribir *Closer to the Sun*. Había perdido tanto peso que se había quedado en los huesos; no sabíamos que era tuberculosis y que se podía tratar. Lo ayudaba con todo lo que podía, pero era una pesadilla: el bebé con sarampión, y Shane y Martin sin poder ir a la escuela.

»Le dije que podía aprovechar cualquier minucia que hubiera anotado en mi diario, porque sabía que le sería útil, al ser la primera vez que situaba una novela en Hidra. Yo tenía mi propio libro por delante y no le prestaba tanta atención como a la que estaba acostumbrado, así que tal vez le pareció insensible que yo me perdiera en el mundo lejano de mi novela para apartarme de los pensamientos sobre su muerte inminente...

»El verano transcurrió sin él, y sus acusaciones se volvían más alocadas con cada día que pasaba. Pasó algo, no sé qué; quizá me vio volver tarde después de salir a nadar a la luz de la luna y sus celos le hicieron pensar que Jean-Claude había estado conmigo. Me apena mucho decir que la situación acabó con él rodeándome el cuello con las manos.

Charmian se coloca las manos en la garganta para imitar el gesto y contiene un sollozo.

—Antes de que pienses demasiado mal de él, eso no es lo que hace George. Fue nuestro peor momento. Lo mal que lo pasaba por las noches había hecho que dejáramos de dormir juntos. Aun así, nunca había temido por mi vida estando con él, así que me desquité con la lengua, como si toda la amabilidad que tenía se me hubiera estrujado. Dejó de estrangularme y se quedó mirándose las manos, como si le hubieran colocado las de otra persona.

»Se desató toda mi ira. Le eché en cara lo de su impotencia, me burlé de cómo se compadecía de sí mismo y le di las gracias con mucha frialdad por haberme quitado el tiempo que necesitaba para mi propio libro. Él continuó despotricando sobre mi decadencia alrededor de aquel «miserable». Cuanto más gritaba por encima de mi voz, más venenosas se volvían mis palabras, hasta que le dije que sí, que en muchas ocasiones ver aquel cuerpo joven y musculoso había despertado algo en mí. Y entonces sí que me oyó. Me dijo que continuara y me bloqueó la salida. Antes, como te he dicho, nuestras peleas siempre acababan en la cama, ya sabes cómo es. Pero, desde lo de la tuberculosis, no podíamos quitarnos la furia de aquel modo.

»Así que, en vez de eso, me llevó a la mesa, colocó papeles nuevos en la máquina de escribir y me dijo que escribiera esa fantasía de hacer el amor con Jean-Claude.

»Y eso hice. Me imaginé una escena de seducción, y la ira me animó conforme transformaba a Jean-Claude en Dioniso, reluciente, bronceado y casi desnudo. —Se echa a reír y esconde el rostro en las manos.

»Me escribí a mí misma como una ménade desenfrenada que lo seguía por rocas calientes como la lava. Mis dedos furiosos volaban sobre las teclas. Las medialunas de sus glúteos bajo el diminuto taparrabos de cachemir, el olor del sol embotellado en el molino abandonado al que me llevó, el heno suave y lleno de polvo en el que me tumbé mientras me preguntaba si quería hacer el amor con él. Creo que hasta describí a una mariposa que abría y cerraba las alas. Y así seguía. Fue por crueldad, toda la historia. Y ahora está en el libro de George, palabra por palabra, y todo el mundo sabrá que somos Jean-Claude y yo. Tengo que decidir entre mi dignidad y tener comida para mis hijos. No, de verdad. No llegamos a fin de mes. George amenaza con vender la casa, pero ¿a dónde iríamos? Supongo que tendré que aguantar las risitas y la fruta podrida que me lancen cuando salga el dichoso libro.

Le da un escalofrío y se queda mirando por encima del golfo oscuro hacia el continente durmiente, con sus hornillos de carbón que son unos granates desperdigados ante los lejanos sueños de sus montañas.

Solo Cato me espera despierto cuando vuelvo a casa con dificultad, agotada por haber cargado con Charmian y por haberla convencido de que se fuera a casa. Se me enreda entre las piernas mientras enciendo la lámpara y busco en el refrigerador algo que le pueda gustar. Voy a la terraza con la esperanza de encontrarme a Jimmy dormido, solo que no está ahí, y me pregunto si alguien le habrá ofrecido la oportunidad de salir a pescar. Los demás están todos en una montañita en un extremo de la terraza. Cato me sigue. Solo cinco cuerpos esta noche, despatarrados en los colchones. Por el destello de su cabello, veo que es Trudy quien está dormida en los brazos de Bobby, un poco más lejos de Edie, Janey y Marty.

Me acurruco a solas en el colchón que Jimmy y yo hemos colocado, en aras de algo de recato, detrás de los almendreros. Tengo una sola vela en un bote que me da suficiente luz para leer. Creo que unas cuantas páginas de *Peel Me a Lotus* me reconfortarán después de todo lo que me ha contado Charmian, aunque en sus páginas encuentro una ira existencial de cuya presencia no me había percatado antes. Leo las palabras de Charmian y este pasaje una y otra vez mientras la ausencia de Jimmy resuena bajo el cielo, entre las ramas.

«Tengo el rostro frío entornado hacia las estrellas frías. Se mueven de forma ordenada e inexorable a través del firmamento, estrella tras estrella, nébula tras nébula, universo tras universo, a través de una soledad inconcebible. Casi soy capaz de notar cómo se mueve el propio planeta y gira a través de su esfera de soledad con un proceso que se repite sin cesar de forma deliberada, una diminuta motita de polvo astral que gira hacia la incomprensibilidad de la eternidad. Qué extraño resulta aferrarse a la motita de polvo que gira sin parar, quizás hasta bocabajo en este mismo momento. No hay nada reconfortante en las estrellas, sino tan solo oscuridad y más oscuridad, misterio y más misterio, soledad y más soledad».

CAPÍTULO VEINTITRÉS

Axel ha vuelto con el aliento cálido del *meltemi*. Ninguno de nosotros lo ha visto aún, ni siquiera Marianne, pero se rumorea que se ha refugiado en casa de Fidel, o al menos eso es lo que Dionysus el basurero le ha dicho a Charmian esta mañana.

Los vientos ardientes azotan una isla ya de por sí sofocante. El sol se refleja en cada pared blanca, los oídos nos zumban por los insectos, las cigarras cantan sin parar, todo pica y escuece, y ni siquiera los jazmines son capaces de endulzar el aroma de las calles llenas de basura. El pelo se nos enreda, y los ojos nos duelen por la arenilla. Las persianas restallan al cerrarse, los objetos se rompen. El vendaval nos retira las sábanas y echa una arena rencorosa sobre nuestros sueños. El humor de todo el mundo se enerva ante el calor como de secador, el puerto está removido hasta alcanzar un color espumoso y cubierto de costras, y nuestra cisterna se ha quedado sin agua. Bobby parece pasar media vida haciendo cola en los pozos, donde Elias el vendedor de agua ha colocado a una docena de ancianas para monopolizar el suministro de la aldea, el cual lleva mediante burros y distribuye puerta por puerta a un precio desorbitado. Cada día, traemos cubos de agua del mar por las escaleras para usarla en el baño, y tengo que levantarme más temprano que nunca para acudir a la guerra frente a las puertas de la fábrica de hielo.

El transbordador lleva tres días sin navegar por el golfo embravecido, pero de todos modos nos reunimos «como pobres que esperan limosna en Jueves Santo», según los gruñidos de

George. Sin embargo, el ambiente nos pone tan apáticos que ¿qué otra cosa podemos hacer que reunirnos alrededor de esas mesas y atacarnos entre nosotros?

George y Charmian beben cerveza fría en su sitio de siempre, junto a la puerta del supermercado. Patrick Greer trae un escándalo recién salido del horno a la mesa, con el contoneo de un perro de caza que carga un pato en la boca. El sábado pasado, tres marineros violaron a una chica alemana fuera de los baños del matadero, aunque el jefe de policía Manolis la ha convencido de que no denunciase.

Charmian señala a Leonard conforme él se dirige hacia nosotros por el ágora.

—Mirad, viene sin Marianne. Espero que eso signifique que Axel se ha pasado por allí y que ella está ocupada cantándole las cuarenta —dice mientras se acerca, jugueteando con su *komboloi* de un lado a otro entre el índice y el pulgar.

Leonard se agacha para darle un beso en cada mejilla.

—Por Dios, qué pintas más crapulosas me traes —dice George, y es verdad que no tiene su mejor aspecto. Anoche, el viento se coló por una ventana y se llevó los únicos papeles carbón que tenía de su novela, por lo que está de lo más apesadumbrado. Bim lo anima a sumarse a un debate ferviente sobre la fidelidad marital, y, con *kalimeras* por todas partes, arrastra una silla hasta la mesa, mientras Demetri le grita a Nikos que traiga un *filos a sketo* y una Metaxa. Además de Marianne, también faltan Robyn y Carolyn. Suele ser así. Le doy un apretón en la mano a Jimmy bajo la mesa.

La colonia extranjera se ha dividido en dos grupos. Está la corte ancestral de George y Charmian, y luego está Bim, quien reúne a los nuevos a su alrededor como un depravado príncipe de la Regencia. Demetri suele estar a su lado, haciendo fotos a las chicas con la Rolleiflex que tiene apoyada en la mesa.

A Leonard cada vez lo vemos menos por ahí, pues su ética de trabajo es más resistente a holgazanear que la de los demás. Está más delgado que a principios del verano, casi asustadizo, distraído y con el cuerpo encorvado, como si se hubiera quedado atascado en la postura de escribir.

Me derrito sobre las piedras de la tierra interior entre los dos campamentos, junto a Trudy, con su rostro hinchado por haber llorado. La camisa azul celeste que suele llevar parece haberse encogido. No ha podido abrocharse todos los botones, y sus pechos parecen hinchados y veteados bajo la luz cruel.

Leonard y Bim se ríen de algo que dice Demetri. Aparto la mirada de Trudy para enterarme del final de sus obscenidades, y, con ese pequeño gesto, reemplazo la tragedia por la comedia.

Demetri se ha quitado las gafas de sol, aunque, por las sombras que tiene bajo sus amplias cejas, bien podría seguir con ellas puestas.

—Bueno, Bim, ¿cuántos años tienes?

—Cumplí los veintisiete.

—¿Y tú, Leonard?

—Veinticinco.

Demetri se vale de las gafas para señalar a sus amigos.

—Pues yo tengo uno más que Bim y tres más que tú.

—Se te está acabando el tiempo, viejales —se burla Bim—. ¿Crees que todas estas chicas de Lagoudera van a dejar que un anciano treintañero les meta la mano por la falda?

Demetri se vuelve a poner las gafas y se reclina en su asiento. Habla con la voz ronca, con las manos apoyadas en el estómago.

—Os diré lo que me parece: ¡es agotador! Cada noche tengo que tirarme a Carolyn. Puedo llegar a casa a rastras, borracho y solo con ganas de irme a dormir, pero está ahí, en la cama a mi lado, y me la tengo que tirar. La compulsión resulta agotadora. —Lleva la mirada a su regazo y menea la cabeza—. Cuántas ganas tengo de ser mayor para que la bestia salvaje se amanse.

Leonard lo mira desde el otro lado de la mesa y se echa a reír. Saca un lápiz del bolsillo y garabatea unas pocas palabras en una esquina del mantel de papel, arranca el trozo y se lo guarda.

La falta de correspondencia nos está estancando. Un periódico *Athens Daily* de hace cuatro días sigue dando vueltas por el grupo, los ojos hambrientos buscan barcos en el horizonte, y de vez en cuando se produce una charla sobre la literatura de los barcos abandonados.

Jimmy y Göran discuten sobre Thoreau y *Walden*, que, por supuesto, no he leído, y Charmian interviene:

—Creo que fue Robert Louis Stevenson quien escribió que, por alguna razón, era poco varonil que viviera y escribiera en semejante soledad. ¿Creéis que quiso decir que resulta femenino el hacerlo sin una esclava?

—Cada Próspero necesita a su Calibán, cariño —le dice George, con una sonrisa.

Incluso si el transbordador consigue hacer el trayecto y trae el correo, sé que no habrá nada para mí. La luz me hace arder los ojos, y las piernas me arden por las picaduras de pulgas. El primer aniversario de la muerte de nuestra madre ha pasado sin ninguna noticia de nuestro padre, al igual que el cumpleaños de Bobby, y todas mis cartas han quedado sin respuesta. Una ráfaga de viento trae consigo un olor sulfuroso, un traqueteo y un aullido. La campana del monasterio suena sin cesar. Las motitas de tierra ardiente se arremolinan conforme la conversación va de aquí para allá, normalmente sin que yo me entere de nada, hasta que Jimmy me ve mirándolo y me sonríe, lo cual hace que me entren unas ganas insoportables de rodearlo con los brazos y aferrarme a él como si la vida me fuera en ello.

Sofia saca unos platos de grasientas tartas de queso y pimientos verdes fritos, pepinos, pan y aceite. Edie y Janey flotan por allí con vestidos que han hecho a partir de seda vieja y encaje del mercadillo. Demetri las llama mientras juguetea con la tira de su cámara.

—¡Ey! Tenemos que pensar en un día para que vengáis las dos a mi estudio —les dice mientras revolotean en su dirección. Con qué facilidad Edie se acomoda sobre la rodilla de Leonard, y Janey, en la de Bim. Qué cómplices son las sonrisas de los hombres.

Bobby me está diciendo algo y me da un pequeño tirón en la coleta para llamarme la atención.

—¿Lo harás, entonces? ¿Encontrarás un momento en el que no haya nadie alrededor para preguntarle a Charmian si hay alguien que pueda solucionar esto en Atenas? —Le está dando la mano a Trudy y me habla al oído.

—Carolyn cree que hay un médico en Monastiraki que hizo lo mismo con Charmian el año pasado. —Entonces me da un toquecito en la nariz en un modo que sugiere que sabe algo que yo no necesito saber.

Se da la vuelta y le da un beso a Trudy en la frente antes de decirle que hará todo lo que pueda para ayudarla, que venderá el coche por si necesita pasta, y ella solloza antes de responder:

—¿De verdad harías eso por mí? Ay, Bobby…

No le digo a Charmian que lo más probable es que el padre sea Jean-Claude cuando voy a verla más tarde en nombre de Trudy. No hace falta.

—Por Dios, no le ha bajado la regla cuatro veces seguidas, ¿y la pobre criatura no hace nada? ¿En qué estaba pensando? Lo único que tiene que hacer una es estar al lado de Jean-Claude cuando estornuda para quedarse embarazada —dice con una carcajada amarga mientras hojea en su agenda. Garabatea un nombre y algunos detalles en un trocito de papel, lo deja en mi cesta y me echa porque George ya la está llamando a gritos.

Recorro la ardua marcha a lo largo del paseo marítimo, una mensajera de zapatos de plomo con mi cesta de la muerte. Unos melones podridos flotan en el puerto como si de cráneos se tratase. Los barcos se dan empujones, parachoques contra parachoques, y se inclinan en sus amarres; los caiques pesqueros crujen de aburrimiento, mientras los yates reciben el azote de la espuma y los restos que flotan desde el conducto de la basura del matadero. Los gatos se reúnen para gruñir alrededor de una rata que ha acabado en los guijarros, y las gaviotas se pelean en un charco de tripas de pescado. Los toldos de la cafetería aletean y se quejan. Los turistas varados dan vueltas sin rumbo fijo entre las mesas y se ponen por medio. Una gran parte de los de mi grupo no se ha movido en todo el día, y siguen sermoneándose entre ellos fuera de la tienda de Katsikas. No puedo enfrentarme a Trudy aún. Charmian me ha insistido en que debería advertirle que quizás haya esperado demasiado, que ha sido absurdo pensar que rezar podría acabar con el problema o creer que podía confiar en que alguien como Jean-Claude fuera a hacer la marcha atrás. Esto último me lo ha dicho mirándome como si fuera yo quien se había quedado embarazada, con tanta seriedad que me he puesto roja.

Ya he acabado mis tareas del día y mis muchos problemas con los insectos. He llevado a regimientos enteros de hormigas a marchar hacia fuera, he encontrado gorgojos que se escondían en el bote de lentejas y lo he tirado todo por el retrete, he llenado las trampas para avispas con miel y le he quitado pulgas a Cato, tras lo cual me he vengado de ellas al ver con gusto cómo se ahogaban en un vaso de agua.

Jimmy ya se ha puesto a escribir de nuevo. Le he dejado algo de pan y queso, y, bajo una jarra de *foulis* dulce, una nota en la que le indico que lo veré en el cine más tarde.

Tengo un par de horas más en las que mantenerme al margen. El viento hace que esté demasiado inquieta como para echarme una siesta. No hay ningún lugar seguro en el que nadar en un día como este, a menos que recorras toda la isla bajo este calor infernal para ir a Limnioniza, y ni siquiera entonces se puede estar seguro de que Bóreas no vaya a encontrar un modo de agitarlo todo. Pienso vagamente en el cuaderno que tengo en la mochila, en encontrar algún lugar bajo la sombra para escribir, además de la energía para ello.

Recorro el callejón, por delante de la última obra de arte del carnicero, la cual es bastante exigua por habernos quedado atrapados en la isla. Una solitaria cabeza de ternero está dispuesta en un resbaladizo lecho de sangre y coronada con unos callos retorcidos que, cuando entorno los ojos, parecen un turbante. A través de la puerta, Apostolis le da las gracias a un cliente, se limpia las manos en su delantal ya sucio de por sí y junta un puñado de monedas. El cliente se dirige a la entrada, y veo que se trata de Axel, con una bolsa teñida de sangre y una mirada que indica que podría no esperar a cocinar lo que sea que lleva en ella antes de comérselo. Tiene unos ojos muertos y fríos como dos piedras, el rostro cubierto con parches desiguales de barba rubia y desordenada, la piel chamuscada y pelada alrededor del puente de la nariz, y la camisa arrancada de un hombro, como si se hubiera metido en una pelea. Me dedica una mirada llena de furia antes de alejarse a grandes zancadas.

Me doy media vuelta. Me parece urgente hacerle saber a Marianne que la presencia de Axel en la isla se ha convertido en un hecho. El *meltemi* aúna fuerzas hasta llegar a una de sus pataletas cálidas y arenosas conforme subo.

Me la encuentro envuelta en sábanas, tratando de quitar la colada que ha tendido, pero el viento tiene otros planes. Parece más una chica que una mujer, con zancadas altas y riéndose mientras el pelo se le mece en todas las direcciones. Da vueltas sobre sí misma para perseguir camisetas y chalecos errantes. Desato la camisa caqui de Leonard de un arbusto con espinas y se la doy.

Marianne reluce bajo la luz del sol y le resta importancia y se encoge de hombros cuando menciono lo que he oído sobre el papel carbón de Leonard que había salido volando.

—*Pff*. No me cuesta nada teclearlo todo cuando esté listo para enviarlo —me dice—. Ya le he dicho que tengo un certificado de mecanografía y que no tiene que preocuparse tanto.
—No parece importarle nada demasiado. Mientras sigue riéndose, vence a las últimas sábanas agitadas y las mete en una gran cesta, donde el bebé se mece de un lado para otro y da palmadas ante las velas que danzan y su madre, con su cabello dorado volando.

—Acabo de ver a Axel —le digo sin muchas ganas, pues no quiero hacer estallar la burbuja de felicidad que los rodea—. Estaba saliendo de la carnicería y tenía muy mala cara.

Se agacha para recoger al bebé y la cesta y alza la mirada en mi dirección con una sonrisa triste.

—Lo sé, ya se ha pasado por aquí —me dice, y la sigo al interior, donde la guitarra de Leonard es la que cuelga de un clavo en el pie de la escalera por la que subimos. Deja al bebé en una alfombra y aparta las cortinas de la cama para sacar los restos torturados de su vestido naranja y transparente. Alguien lo ha atacado con unas tijeras. Algunos fragmentos del vestido ya solo son tiras, y ella parece casi feliz con la tela entre sus dedos, con su bonita sonrisa que contrasta con lo que dice—. Es el único vestido con el que me he sentido guapa alguna vez.

Alza un dedo para interrumpir mis preguntas.

—Sí, ya sé que Axel está por aquí y que se ha vuelto loco —dice—. Tengo que olvidarme de él, pero no es nada fácil.

Se agacha para alzar al bebé y se echa a reír cuando el pequeñín le llena su hombro desnudo de besos rebosantes de babas mientras a mí me cuesta entender lo que me dice conforme bajamos las escaleras: algo sobre preparar un amuleto para ayudar a Leonard.

—Quizá deberías hacerle uno a tu Jimmy también. Ya te enseñaré cómo se hace.

Hay distintas hierbas, ramitos de lavanda y algunos números escritos en una cuadrícula. Saca una silla.

—A partir de esta noche, Mercurio estará retrógrado, y eso es malo para las personas creativas. Ah, ya veo por la cara que pones que crees que estoy mal de la chaveta —añade, dándose unos toquecitos en la cabeza—. Pero siempre se lo hacía a Axel, y sé que a tu Jimmy le encantará el gesto, aunque no crea en ello.

Tiene las mejillas redondeadas, como las del bebé, tanto que dan ganas de darle un pellizco, y los ojos en un gesto de travesura adorable. Tomo el bolígrafo y copio la cuadrícula y los números en otro papel. Ella nos sirve una taza de té a las dos y me muestra cómo dibujar el sello de Mercurio. Mientras tanto, habla más sobre sus miedos atmosféricos relativos a la novela de Leonard que de Axel volviéndose loco.

—Tiene que acabar de escribirla antes de que termine quemado. Está desesperado por seguir viviendo aquí, así que necesita bencedrina para mantenerse despierto y fenobarbital para dormir. —Menea la cabeza—. Nada saludable. Y no es solo porque necesite el dinero. El *I Ching* deja bastante claro que en el octavo mes comenzará lo inverso, y eso podría ser en cualquier momento.

Le da al bebé unos abalorios con cuentas para que juegue y saca su cesta con materiales para coser. Espero convertirme en una persona más encantadora por osmosis conforme la veo trabajar con sus movimientos lentos y gráciles. Corta dos trozos de tela morada de una camisa vieja, y entre las dos cosemos las hierbas en el interior, junto con los números mágicos y los símbolos: lavanda para la expresión, salvia para protección, toronjil para la calma y, porque me pide que lo haga, una pestaña para el amor. Tras acordarse de ello, escribe el título de la novela de Leonard, *El juego favorito*, y coloca el papel en el interior antes de tirar del cordel para cerrarlo.

No nos da tiempo a hacer mucho más, porque tengo que salir pitando. El amuleto de Jimmy pende de un cordel alrededor de mi cuello. Casi me he olvidado del cine, de tan absorta que he estado con tanta brujería.

—Hoy ponen *La sirena y el delfín*, deberías venir. —Qué insensata me siento nada más acabar de pronunciar la frase. Claro que no puede venir, está ocupada. Pero ¿dónde está Leonard? ¿Por qué no está ahí escribiendo su libro?

—Leonard ha ido a casa de Fidel a ver a Axel —dice, con un escalofrío—. No tengo ni idea de qué le va a decir… —Abre mucho los ojos—. Solo sé que se ha llevado una nueva cuchilla de afeitar de acero. —Por un momento, la imagen de la garganta de Axel flota ante mí. Ella se echa a reír y le resta importancia—.

Leonard me ha dicho que su madre cree que un buen afeitado es capaz de solucionar cualquier problema. —Entonces me da la mano con fuerza y me lleva hacia el bebé—. ¡Mira, Erica, mira! Mi gusanito ha conseguido recorrer toda la sala él solito.

Hay mucho alboroto en el cine. Bajo el techo de vides, el patio está repleto, con varias filas de sillas extra, ocupadas por hombres que tragan cerveza y vitorean cuando Sophia Loren sale del mar en un vestido amarillo mojado que se ciñe a sus curvas. Es pobre, de ahí los diminutos retales de ropa harapienta, y vive en el molino por encima de las rocas, donde cada peñasco, cañón, peldaño y curva nos suena. Los isleños se ponen en pie cada vez que se reconocen en las secuencias con extras. Yiorgis, el barquero cojo que a pesar de su mente simple es alguien indispensable en el muelle con sus cuerdas, aparece varias veces, ante el vitoreo generalizado. Una persiana se sube de golpe en medio de la pantalla, y se produce un rugido. Maria se asoma por su ventana y grita:

—¡Alexi! ¡Ven para casa! —Mientras tanto, Sophia nada por el lecho del mar, con su vestido mojado y harapiento. Los juncos y los peces la acogen al son de la canción de una sirena.

«Si el chico a quien los dioses han hechizado se alza del mar, si puede concederse el deseo que albergo en el corazón, desearía que me quisieras solo a mí».

De vuelta en el molino, el chico malo que es la pareja de Sophia la lanza contra la cama con fuerza. Unos murciélagos aletean por la pantalla mientras sus pechos se alzan y bajan por el enfado y el deseo, pero aquí viene Bobby a interrumpirlo todo al abrir de par en par la puerta de la calle.

—¡Corre, corre! Le han dado una paliza. —Tira de mí para ponerme de pie—. Tienes que irte ahora mismo si quieres ir con él. —Oigo un coro de sonidos para que se calle, y alguien le tira un hueso de pollo a la cabeza.

—¿Quién? ¿Qué?

—Jimmy.

—¿Que vaya a dónde?

—Lejos de aquí. ¡Ya!

Bobby me lleva por la calle a toda prisa, a lo largo del paseo marítimo. Nada de lo que dice tiene sentido: algo sobre un viejo amigo de George que tiene un barco y que está dispuesto a llevar a Jimmy a través del canal hasta Metochi.

Obligo a Bobby a quedarse quieto y me libero de su agarre. Me tiembla la voz al decirle:

—¿Qué? ¿A dónde va Jimmy? No sé de qué me hablas.

Entonces me sujeta de los hombros para mirarme a los ojos, y, aun así, lo que dice no acaba de tener sentido.

—Spiratoula... —oigo.

—¿Quién?

—La mujer de Panayiotis...

»El ático del fabricante de velas —oigo.

Me arrastra con tanta fuerza que mis piernas no dejan de correr, a pesar de que solo quiero detenerme.

—Más rápido, Erica. Vamos. Tiene que irse. Todavía puede ser que le espere otra paliza peor; el tío de Panayiotis está de camino desde la taberna Tres Hermanos. —Me vuelvo a librar de su agarre, y los dos jadeamos. Las palabras todavía no acaban de tener sentido del todo, pero oigo mi propia voz aullar:

—¡No!

Más tarde, mucho más tarde, estoy tumbada escuchando los gatos al acecho. Hay un leve ronroneo, gruñidos, una explosión de rugidos y el alarido ensordecedor de una gata que indica de todo menos placer. La pastilla que Bobby me ha dado está empezando a surtir efecto, y los gritos de agonía se alejan de mí. Estoy tumbada en mi cama, entre Edie y Janey, mientras me acarician los brazos y la espalda y me sumo en un sueño profundo.

CAPÍTULO VEINTICUATRO

Didy Cameron llega a la isla como un soplo de aire fresco después de que haya pasado el *meltemi*. Es una mujer elegante de unos cuarenta años, cabello oscuro y bronceado fuerte y tiene unos ojos observadores que arden con el color azul del centro de una llama.

Mi primer encuentro con ella sucede en casa de Charmian. Entra a grandes zancadas, tras llamar a la puerta con fuerza y entonar un chillido de lo más musical. Es alta, va vestida con un traje con falda y lleva un collar de perlas brillantes y un gran brazalete dorado con dijes que tintinean cuando nos estrecha la mano. Carga varios libros consigo y dice:

—No os preocupéis, solo soy medio griega, así que no hace falta que tengáis miedo de mis regalos.

Su sonrisa es tan grande que las encías se dejan ver por encima de sus dientes, y tanto ello como su vivacidad le proporcionan un aire de excentricidad que contrasta un poco con la elegancia de su vestimenta.

Los libros pertenecen a la nueva saga de su amiga Elizabeth Jane Howard, *The Sea Change*. Le da uno a Charmian, le dice que está firmado, y luego otro más.

—Por Dios, ¿cuántos ejemplares de su novela necesitamos? —pregunta Charmian, pero Didy le dice que ese está dedicado a Martin y le explica que fue la autora quien recomendó a Didy que fuera a Hidra a comprar una casa, en lugar de seguir las raíces de su madre a una gran mansión en Quíos.

—Jane tiene razón, claro. En cuanto se me pasó el entusiasmo, tuve que reconocer que sería una tontería intentar renovar una casa tan grande con tantos hijos y un marido que pasa meses enteros trabajando en África —añade Didy.

Charmian me cuenta que la tal Jane pasó un verano escribiendo su libro en la isla, y, por el modo en que solo echa un vistazo a la dedicatoria, asumo que no le cayó demasiado bien. A pesar de que es bastante temprano, nos sirve una copa de *retsina* a cada una, y Didy ni se inmuta.

—Por ti y por tu familia —dice Charmian, haciendo chocar las copas, antes de abrir el ejemplar de Martin y leer lo que la autora le ha escrito a su hijo. Cuando vuelve a alzar la mirada, esta se ha suavizado en gran medida. Da un trago de vino y llama a través de la trampilla a Martin para que baje. Didy sigue conversando.

—Ah, sí, ha tenido muy buenas reseñas —dice, mientras Martin llega entre tropiezos y parpadea, con un ejemplar de *Tristram Shandy* a escasos centímetros de la nariz—. Jane le ha contado a todo el mundo lo listo que eres —le dice a Martin, con una sonrisa—. Y ya te imaginarás que eso no le ha sentado demasiado bien a Petey, que tiene más o menos tu edad, y ahora está demasiado intimidado como para acompañarme a conocerte.

Charmian echa un vistazo al desgarbado y joven Aristóteles mientras Didy le muestra las partes del libro en las que él aparece como el niño «Julian». Por las partes que lee en voz alta, reconocemos al niño sabio que conoce bien tanto la economía y el modo de vida de la isla como los mitos y dioses griegos. Charmian disfruta más de todo ello que el propio Martin, quien pasa su peso de una pierna a otra, con la fregona rubia que tiene por pelo cayendo sobre su rostro, aunque no logra esconder su incomodidad. Cuando Didy pasa otra página, Martin consigue interrumpirla.

—¿Sabes si el gato llegó bien a Inglaterra? Era un gato negro. Le encontré una cesta para que lo escondiera, una que se ataba por arriba...

Didy lo corta al dar una palmada con las manos.

—¡Katsikas! Claro que sí. —Su brazalete de dijes tintinea—. Es un gato adorable. Ya se me había olvidado que lo sacó a escondidas de aquí. Ahora está de lo más mimado, es el principito de la casa. Jane le asa mollejas de pato, y tiene su chaqueta de piel de leopardo como cama.

—Ay, qué bien para todos que Jane hablara tan bien de nosotros —interpone Charmian, mirándola con una expresión radiante—. ¡Bienvenida a Hidra, Didy!

Didy resulta ser justo lo que necesito también, por lo que me alegro bastante de que Charmian me haya mandado a acompañarla de vuelta a Spiti Heidsieck a través del puerto. Charmian quería dejarlo todo y se puso muy triste por no poder mostrarle la isla a Didy, pero le resultaba imposible, claro, con George en el último capítulo de su libro, el más crucial.

—Dos hombres, un jeep y cien mil cadáveres. Preferiría ir contigo si pudiera —le dijo.

Didy muestra un interés muy vivaz por todo y por todos. Habla griego con los tenderos, y hasta la *kyria* Anastasia en la panadería acaba encantada con ella. Exclama por la belleza de las velas de cera de abeja de Stomasis, las cuales parecen las tuberías de un órgano, y el intenso olor a miel en la calle. Me hace reír por lo que me parece que es la primera vez en cuestión de semanas. Exclama por el mármol rosa brillante bajo nuestros pies, y en cada esquina, pared, jardín y puerta se pone a hablar de la geometría de las luces y las sombras, de cómo Hidra debe ser el lugar de nacimiento del cubismo, de los barcos de Raoul Duffy y del azul descarado del mar. Entiende por qué los artistas se ven atraídos por la isla, según dice, y yo lo empiezo a ver todo a través de sus ojos y me enamoro del lugar una vez más. La llevo por delante de la fábrica de esponjas, y Fotis está ahí y le demuestra la superior calidad de retención de agua de las esponjas del lugar sobre las de los campos árabes y le dice lo suaves que son las esponjas orejas de elefante, de las cuales ella compra cinco sin una sola objeción, una para ella y una para cada uno de sus hijos.

Por muy morena que esté, parece más británica que nadie, con sus zapatos de cuero calado y sus trajes a medida. Me la imagino saliendo de caza con sus sabuesos, una mujer de lo más valiente. Sus nuevas cestas están a rebosar. Casi ha vaciado los estantes de latas del supermercado de Katsikas, y Martin ha prometido ir a buscar a Manos para presentárselo, pues Didy necesitará un barquero que la lleve de vuelta a Kamini. Me conduce hacia una mesa a la sombra al exterior de donde Tassos.

—Hace demasiado calor como para seguir caminando por ahí, vayamos a tomar algo fresquito, y, mientras esperamos, me puedes contar qué hace una jovencita como tú correteando en un sitio como este —dice, con sus ojos brillantes llenos de interés—. Mi Annabel dice que no piensa salir de casa, está mosqueada por que la haya arrastrado hasta aquí en lugar de haberla dejado en Londres, así que espero que puedas ayudarme a encaminarla hacia algún lugar divertido. —No hay ni un solo atisbo de condescendencia en su tono, por lo que le cuento lo básico: la muerte de mi madre, el misterioso coche que dejó a Bobby en herencia y los ahorros que dejó para mí y mis sueños. Didy me hace preguntas prácticas, como cuánto tiempo creo que puedo seguir viviendo con ese dinero, y, cuando me encojo de hombros, me hace calcularlo ahí mismo y escribe varios números en el mantel de papel.

Pide un café para ella y una naranjada para mí, además de una tarta.

—Ay, cariño, ¿tienes novio? —me pregunta, una vez que está todo pedido. Trago en seco. Es demasiado sórdido tener que contarle lo de Jimmy, y, además, es demasiado pronto para mí.

—No, ya no —respondo, obligándome a encogerme de hombros.

No he recibido ninguna noticia de Jimmy Jones desde la noche que pasó corriendo por mi lado mientras gritaba «perdona, perdona» y se subió al barco de un salto. Estoy intentando pasar página, de verdad. Edie y Janey me han ayudado con ello, al no ahorrarse ni un solo detalle de las numerosas aventuras isleñas de Jimmy. Una mañana, vi un atisbo de lo que se le había hecho a la cara de Spiratoula, y no solo los moretones, sino que la luz había desaparecido de ella. Y, aun así, no puedo evitar echarlo de menos. Haber acabado teniendo una máquina de escribir inesperada es un *souvenir* agridulce. Tecleo con semejante fuerza que hago agujeros en el papel, el carro se atasca, la cinta de tinta se escapa, las palabras se me acaban.

—Ah, mis lágrimas podrían llenar la cisterna —digo, en un intento por apaciguar mi amargura y mi añoranza, pero el mundo empieza a tornarse borroso, y más aún cuando ella me llama «pobrecita» y me dice lo horrible que debe ser que mi primer amor haya resultado ser un sinvergüenza.

—Céntrate en todo lo que no te gustaba de él —añade Didy, y mira a su alrededor en busca de Tassos para que nos traiga algo más de beber, como si tuviera todo el tiempo del mundo para dedicarme a mí y a mi corazón hecho añicos—. Ese es el único antídoto conocido. Al principio solo hace falta una cosa —sigue, con la eficiencia de alguien que ofrece consejo sobre acabar con el hipo o eliminar las manchas más testarudas—. Una sola cosa en la que centrarte, algo físico —insiste, antes de llevarse un trozo de tarta a la boca y esperar a que se me ocurra mi propia medicina—. Ayudará con los «ojalá», te lo prometo.

No me cuesta nada imaginar a Jimmy, pues aparece en mis pensamientos en todo momento, carrete tras carrete. Su mirada profunda; su alegría elástica, dando volteretas o zambulléndose en el agua, saltando sin parar; el traqueteo de la máquina de escribir; el modo en que se pasaba las manos por el pelo. Veo sus dientes blancos mientras me canta sobre un puñado de dracmas y cambia la letra de la canción: «Nunca encontrarás a alguien como yo», y recuerdo haberme dado cuenta de la maldición en aquel momento, y ahora parece que se está cumpliendo, porque, desde que se ha ido, me he despertado al lado de Tomas, Marty y el apuesto Angelos de la escuela naval, y aquello nunca me ha parecido correcto del todo con alguien que no fuera Jimmy Jones.

Didy me dedica una mirada expectante, con la cabeza ladeada. Veo el rostro de Jimmy mirándome desde la almohada: sus rizos y pestañas de color oscuro, los labios hinchados por haber dormido, su pulgar colocado en el hueco de la clavícula.

Los ojos de Didy son de un azul eléctrico que contrasta con su bronceado de caoba. Me vuelvo hacia Jimmy en la almohada a mi lado y acabo mirándolo con mayor detenimiento mientras se desvela. Su axila está a escasos centímetros de mi nariz cuando se estira y bosteza. Huele a algo picante que me resulta familiar, y sé que ese no es el fallo. Hago una mueca cuando lo veo mejor. El vello que sale de sus axilas no es oscuro como el de su cabeza, sino amarillento y larguirucho, como algo que sale de debajo de una roca, pegajoso por el sudor, repulsivo. Me echo a reír, y Didy hace chocar su copa con la mía cuando consigo encontrar las palabras adecuadas.

—¡Por las axilas amarillentas y asquerosas de Jimmy! —exclama.

Me habla de sus hijos, que están todos de mal humor por haber tenido que ir a Grecia en otro de los caprichos de ella, salvo por la más joven, Fiona, quien está muy animada por ir a montar en burro y quien, según espera Didy, se llevará muy bien con el pequeño Jason Johnston.

—Ahí va —digo, al ver a Booli corriendo a toda prisa por allá, con Max pisándole los talones. Nos lo quedamos mirando cuando salta a bordo de un caique color verde pimienta y se acomoda en la cubierta, un hombrecito con un trabajo que hacer: recoger pececillos de las redes y arrojarlos en su cubo.

—Espero que Fiona sea lo suficientemente alegre para él —dice ella, cruzando los dedos.

El reloj del monasterio hace sonar la media hora, y las mesas se están llenando, tanto aquí como en el callejón en el exterior de donde Katsikas. Varios burros pasan por allí en fila, aquellos de mis amigos con más problemas económicos o de mal de amores se sientan a fumar o a mordisquearse las uñas conforme esperan el transbordador, y Costas lleva su carrito de helados a su puesto. Bim y Demetri se pasean como cazadores en busca de carne fresca a bordo del *Nereida*, que se nos acerca.

Didy quiere enterarse de la historia de todo el mundo. Señalo a Edie y a Janey, quienes se han hecho bikinis nuevos a partir de la camiseta amarilla favorita de Jimmy e incumplen sin inmutarse las reglas del jefe de policía Manolis al llevar muy poco más que eso mientras se apoltronan en una mesa en la que Marty y Charlie Heck hacen pulsos. Al otro lado, los suecos no dejan de interrumpirse entre ellos, y la palabra *Wittgenstein* se repite en varias ocasiones. Lena se bebe un chupito de *raki*, toma un libro y lee un pasaje en voz alta. Axel Jensen interrumpe su conversación con Leonard para dedicarle un lento aplauso. Una pequeña tribu de Goschen suelta grititos mientras David los lleva en un carro de la compra, todos dando volteretas desnudos, bronceados y coronados con rizos. Solo Göran está encorvado sobre su cuaderno, ajeno a todo menos a los cielos mientras escribe.

Unos ruidosos niños griegos se suben a un mástil y saltan al puerto; varios hombres descargan verduras de los caiques para colocarlas sobre tarimas de paja desplegadas por todo el muelle. Los gatos se acomodan sobre las rocas cálidas, con la mirada fija en el malecón y un barco pesquero que se acerca.

—¿Y quién es esa cautivadora criatura con esas piernas largas y el bebé? —me pregunta Didy mientras Marianne conduce su carrito hacia su puesto junto a la puerta del supermercado. Su delantal de pescador tiene el largo justo cuando se inclina hacia su hijo. Se suma al grupo de Leonard y Axel, quienes hablan entre risas. Leonard saca una silla para ella, aunque sigue con la cabeza ladeada hacia lo que sea que Axel le esté contando.

La mochila de Axel está a sus pies, por lo que imagino que está a punto de volver a zarpar. Ha sido la primera vez que ha vuelto a la isla desde que Leonard le regaló un poema sobre un hombre que quemó la casa que tanto amaba y levó anclas en un barco de alas chamuscadas y mutiladas. Al parecer, dicho poema y la visita de Leonard con una cuchilla de afeitar han sido lo único que hacía falta para transformar el despojo tembloroso que vi en la carnicería en este hombre libre y bien afeitado. Si Axel se avergüenza por ello, no lo demuestra demasiado.

Didy suelta un grito ahogado, como si le estuviera contando alguna especie de película de suspense, en especial cuando llego a la parte del accidente de Patricia. Las dos intentamos no quedarnos mirando a Axel, quien sigue demasiado ocupado como para prestarle atención a Marianne o a su hijo. Es Leonard quien llama a Nikos para que le lleve algo de zumo a la mujer; es Leonard quien hace muecas graciosas al bebé.

—Qué jovencito más civilizado y amable —comenta Didy, y yo suelto un suspiro para mostrar que estoy de acuerdo cuando veo que él y Marianne entrelazan los dedos bajo la mesa. El sol se adentra a través del toldo para encontrarla a ella, hecha de luz ante la sombra que es él, con su delantal blanco.

—Ah, Marianne está viviendo un sueño. —Casi podría gritarlo a los cuatro vientos. Brilla bajo la mirada de Leonard, con sus ojos relucientes y su cabello del color dorado más pálido en contraste con su piel de color miel. Se ríe mucho y con facilidad. Ha sacado a la niña que vive dentro de la santa y martirizada Madonna.

A veces esa chica se suelta la melena. Es como si se lo guardara todo para las noches en las que consigue una canguro y viene con nosotros a Xenomania o al puerto. Ella y Leonard no dejan de tocarse; pequeños gestos: él le sostiene los tacones cuando ella se cansa de bailar, pasa los dedos entre su pelo, le planta un beso en la frente o en la punta de la nariz. Su reverencia se aproxima a lo religioso cuando la mira. En Lagoudera, Marianne da vueltas por la pista de baile, y él la mira con una sonrisa de oreja a oreja, como si hubiera encontrado su propia salvación en la felicidad de ella. El rostro de Marianne le proporciona más placer que ningún otro que haya visto, según dice. Una vez me dijo que se queda sentado bajo la luz de la luna para verla dormir.

—Axel solo quiere que Patricia se recupere y vuelva con él. Ha accedido a dejarle la casa a Marianne a cambio del divorcio —explico, complacida por que nuestros dramas isleños interesen a Didy lo suficiente como para que quiera saber más.

CAPÍTULO VEINTICINCO

Didy y yo nos volvemos a ver a la hora del *ouzo*, cuando un color lechoso nubla el horizonte. He venido directamente desde la playa bajo el *castello* en ruinas. El mar brilla con lentejuelas plateadas, malva y anaranjadas conforme los nadadores dan sus zambullidas vespertinas desde las rocas de Avlaki y Spilia. Unos vítores llenan el ambiente cuando varios niños hacen carreras contra burros a través del puerto, lo cual desperdiga por doquier los gatos, las palomas y la muy bien construida pirámide de naranjas del capitán Yiannis, algunas de las cuales acaban rodando hasta el mar. Los gatos parecen haberse multiplicado de la noche a la mañana. Didy está rodeada por el grupito más lastimoso: orejas arrancadas, ojos que faltan, bocas escabrosas que maúllan con los bigotes caídos; todos ellos expertos en encontrar el corazón más débil. Se sienta con las piernas cruzadas con elegancia. Lo ha llamado «una reunión de chicas», y me sumo a ellas con la sensación de ser torpe y estar llena de sal, con mi bañador y mis pantalones cortos con parches.

Didy tiene un aspecto inmaculado, a pesar de las muchas dificultades que hay para bombear el agua con su curso reacio y escurridizo en lo alto de Spiti Heidsieck. Junto a ella hay una joven igual de bella, con una diadema de satén, e imagino que es la hija fruto de su primer matrimonio.

—Annabel Asquith —confirma la chica, con su voz británica y aburrida, cuando extiende una mano. Tassos nos trae tenedores con las tartas.

—Pero qué burgués —comenta Charmian, quien se ha esforzado con su barra de labios color coral y se ha atado el cabello bajo su sombrero de ala más ancha. Su muñeca izquierda está rodeada por un brazalete tan pesado como el de Didy; sin embargo, mientras que el de esta es dorado y tintinea por sus dijes, el de Charmian es de bronce pesado—. Es parte de una rueda de plegaria tibetana que el mismísimo Dalai Lama le dio a mi apuesto marido en una gran ceremonia —dice cuando Didy se lo pregunta, y añade que espera que su amiga Jane no le haya hablado solo sobre sus peleas y su pobreza.

»Sesenta y cuatro países, guerras, hambruna; lo aguantó todo para contárselo al resto del mundo. Para cuando se casó conmigo, tenía el doble de lectores que ningún otro corresponsal en toda Australia, por no decir el triple —dice, dándoles vueltas a los símbolos tibetanos alrededor de su muñeca. Quiere que Didy conozca al George de antes de romperse—: Conoció a Nehru, a Churchill y a Mao y caminó bajo un paraguas negro con Gandhi junto al río Ganges.

Annabel se esconde tras sus gafas de sol mientras Charmian sigue alardeando, y tras haberme estrechado la mano, me llama «nena», como se haría con una niña pequeña.

Me alegro de tener mi enorme libro encima. Por fin he acabado leyendo a Simone de Beauvoir, y veo que las dos mujeres mayores esbozan una sonrisa cuando dejo el ejemplar de *El segundo sexo* de Charmian sobre la mesa.

—Desde que Jimmy no está, he tenido más tiempo —digo, antes de dirigirme a Charmian—: Ahora tengo ganas de haberle dado en la cabeza con él. Tendría que haberlo leído cuando me lo dejaste. —Tiene varias páginas con las esquinas dobladas y está andrajoso, de tanto tiempo que lo he llevado conmigo.

Charmian lo abre.

—Veamos qué tiene que ofrecer el ángel de la biblioteca —dice, antes de clavar el dedo en la página abierta—. No me van mucho las profecías, pero suelo ver que a De Beauvoir se le ocurren las buenas. —Entonces empieza a leer en voz alta a partir de donde señala con el dedo—: «Nadie es más arrogante con las mujeres, ni más desdeñoso, que un hombre al que le preocupa su propia virilidad...». —Se queda sin voz y cierra el libro con fuerza antes de esconderse detrás de las manos—. Ay, menuda llorica estoy hecha —dice, mientras se frota los ojos—. Mira que ponerme a llorar por eso. ¿Qué pensaréis de mí?

Didy manda a Annabel a buscar a sus hermanos, pide más *ouzo*, incluido uno para mí, lo cual me tranquiliza, porque no estaba segura de si había querido decir que yo también me fuera. Ay, Dios, entre lo mío y ahora con Charmian, Didy va a pensar que todas estamos para que nos encierren en el loquero, con todo lo que lloramos.

—Debería estar celebrando: George ha terminado por fin su tortura de novela, así que me he quedado libre y tal vez incluso pueda ponerme a escribir un poco, solo que, a diferencia de De Beauvoir, mi libertad tiene un precio —dice Charmian, sorbiendo por la nariz, antes de alzar la nueva copa de *ouzo* de la bandeja de Tassos y bebérsela antes de que toque la mesa siquiera.

Didy le pide otro, lo cual no me parece la mejor idea del mundo.

—Mentiría si te dijera que Jane no ha mencionado parte de tus dificultades. Es lo que hace que se le dé tan bien contar historias, no puede contenerse... —está diciendo Didy mientras Charmian se seca los ojos y se suena la nariz.

—A veces pienso que sería más fácil si no tuviera tantas ansias —dice Charmian, tras lo cual añade con una sonrisa fugaz—: De escribir, quiero decir... —Lleva la mano a la parte de la boca en la que le falta un diente.

—No sé cómo te las arreglas con todo —dice Didy—, pero ríndete ante tus ansias, porque tus libros son maravillosos.

Charmian saca un cigarrillo.

—Sería mucho más pacífico, además de mucho mejor para George, que cediera ante la idea de vivir de forma más «griega», como he empezado a verlo, como Marianne, Carolyn, Robyn o cualquiera de esas mujercitas que están bien contentas sirviendo a sus hombres tan inteligentes. Envidio cómo pueden disfrutar de la gloria reflejada, la vista gorda que hacen cuando el genio se descarría, en un modo que yo nunca he conseguido con George. —Vacía su copa de golpe y señala al libro sobre la mesa—. Creo que Simone de Beauvoir es interesante para las mujeres como Marianne y todas ellas. ¿Acaso no dice que las mujeres más libres de la Grecia Antigua eran las heteras? Puede que hayan sido cortesanas, pero eran las dicteriadas y las aulétridas las que soportaban la mayor parte del sexo, mientras que la independencia, la cultura y el espíritu de las heteras las convertía casi en iguales.

Hago un gesto a Tassos, una súplica silenciosa para que no le lleve más *ouzo*.

—Ahora que lo pienso, Marianne estaba de lo más triste cuando la he visto antes —digo, en cuanto hace una pausa para encenderse un cigarrillo.

—Bueno, no puede ser muy agradable ver que Axel se niega a relacionarse con el niño…

Niego con la cabeza. Por una vez, no se trata de Axel.

—Ay, espero que se pase por aquí. Jane me habló muy bien de ella, me dijo que es una cocinera excelente —dice Didy, mientras Charmian se pone a fumar y espera a que yo le cuente lo que ha pasado.

Ya no podíamos postergar más el ir a buscar agua, por lo que había seguido a Bobby hasta los pozos durante la parte más calurosa del día. El tiempo que paso con mi hermano se ha convertido en un bien preciado ahora que no es infinito. Si bien me alegro de que por fin Trudy ya haya dejado atrás todas las feas complicaciones de su operación, eso significa que él me va a abandonar. Estaba intentando no lloriquear y preguntarle: «¿Por qué? ¿Por qué tienes que irte hasta Estados Unidos?», porque ya sabía la respuesta. Hacer que Trudy se recuperara había sido su proyecto; resulta que sí se le daba bien cuidar de los demás después de todo.

—La noche en que casi murió por la fiebre, hice un pacto con el universo para no dejarla nunca —me contó. El médico de la familia de ella está en Boston, así que es allí donde irán. Y ¿qué pasará conmigo? Ante eso, lo único que hace es encogerse de hombros. Quiero aferrarme a todo lo que pueda antes de que desaparezca.

—Siempre dices que la familia es un concepto anticuado. ¿Eso quiere decir que nunca nos volveremos a ver? —sollocé mientras esperábamos junto al pozo y yo le estrujaba toda la información que podía.

Fui a solas a través del estiércol y el polvo para devolver un par de discos de gramófono a Marianne. Oí el traqueteo de las teclas de Leonard que salía por la ventana del piso de arriba, pero, más allá de eso y los repentinos cantos de las cigarras, todo estaba en silencio. Había un ambiente melancólico un tanto peculiar en el interior de la casa; las persianas estaban echadas, y el olor a incienso atrapado era casi enfermizo.

Me percaté de que el bebé estaba durmiendo bajo una red en su cuna, y el perrito blanco estaba tumbado al pie de las escaleras, con el hocico sobre sus patas cruzadas. El sombrero de Leonard colgaba junto a su guitarra en el clavo. Un jarrón egipcio estaba tirado en dos fragmentos irregulares sobre el suelo de piedra, en un charco de agua y rodeado de los tallos desperdigados de la milenrama de montaña. Sobre la mesa había una hoja de papel con algo garabateado en noruego, con muchas palabras tachadas y una letra angulosa; los bordes recortados de pan de molde; un vaso vacío; un cenicero lleno; y un cuchillo. Me agaché para guardar los discos del gramófono y la encontré hecha un ovillo en el hueco entre las estanterías y el armario. Estaba blanca de tanto llorar y se llevó un dedo a los labios y me pidió que no hiciera nada de ruido.

—Shhhh —dice Charmian—. Por ahí viene Marianne.

A juzgar por su aspecto, parece que no le importa nada. Se ha puesto su falda a rayas y camina con un bamboleo que solo tiene cuando no está con el bebé. Se detiene en la esquina para hablar con Magda, y veo que las dos se echan a reír. En la mesa junto a nosotros, la tripulación de una aerolínea se ha acomodado con varias botellas de cerveza fría. Las mujeres llevan pestañas postizas y los labios pintados de un color nacarado, además de unos vestidos ajustados que parecen incongruentes frente al mar. Los pilotos han colocado sus sombreros con pico en la mesa, y veo que se inclinan para ver mejor a Marianne. Ella nota sus miradas, se da media vuelta, ve una insignia que le resulta familiar y esboza una sonrisa.

—Ah, sois de Scandinavian Airlines —dice—. ¿Qué os trae por Hidra?

Didy y Charmian echan un vistazo a Marianne parloteando sin más y restan importancia a mi historia al afirmar que no habrá sido nada más que una pequeña disputa de pareja. Están hundidas hasta los codos en una conversación sobre la formación de Martin.

—Jane está segura de que está de camino a Oxford o a Cambridge. ¿El sistema escolar griego será suficiente para un chico tan listo como él? —está diciendo Didy.

—Es otra de esas cosas en las que intento no pensar demasiado —responde Charmian—. Necesitamos que la nueva novela de George nos traiga dinero, y lo digo a pesar del tema que trata... —Y, cómo no, Didy le pregunta lo que quiere decir, así que estoy segura de que no tardará en echarse a llorar otra vez.

Me vuelvo en dirección a Marianne una vez más. Una de las azafatas le ha puesto una mano en el brazo.

—Entonces, ¿lo conoces? ¿Conoces a Axel?

El rostro de Marianne se contorsiona, y la travesura brilla en sus ojos cuando ve que la estoy mirando.

—Se podría decir que sí, sí.

La segunda azafata tiene un aspecto triunfante.

—Ahí tienes, Nita. Te dije que encontrarías a tu galán en Hidra.

La azafata llamada Nita se sorbe la nariz.

—Bueno, es un hombre de lo más raro. Desapareció por la mañana, me dejó con su maleta y sin ninguna idea de qué tenía que hacer con ella.

—Típico de Axel —dice Marianne, asintiendo y mordiéndose un labio—. Mi marido sí que está bien loco.

Nita se lleva las manos a la cara, de lo más avergonzada.

—Ay, lo siento —dice en un grito ahogado—. No pasó nada, de verdad. Estaba borracho como una cuba y se pasó la noche contándome unas historias horribles sobre lo que los nazis le hicieron a su padre. Creo que de verdad necesitaba hablar de eso.

Marianne asiente, con una expresión de comprensión.

—El padre de Axel regenta una fábrica de salchichas en Trondheim —responde—. No creo que haya visto a un solo nazi en su vida.

Qué alivio me da el oírla reír, y menudo contraste con cómo la he visto antes, cuando me ha dicho que quería morirse.

Creo que solo fue porque pensaba que iba a molestar al bebé o a Leonard que me permitió convencerla para salir de su miserable escondite. La acomodé en su hamaca de la terraza, donde se volvió diminuta, con las rodillas apretadas contra la barbilla. Me habló escondida tras los dedos.

—Es demasiado dolor. No puedo volver a pasar por esto.

—¿Está bien el bebé? —Empecé a entrar en pánico.

—El bebé estaría mejor con mi madre en Oslo. ¿De qué sirve una inútil como yo en un sitio como este?

A través de unas nuevas lágrimas, me contó que Leonard se había pasado la noche en la montaña a la espera del amanecer, en el monasterio del Profeta Elías.

—Pensaba que estaba con Axel, pero, cuando se ha pasado por aquí para despedirse de mí, me ha contado que no había estado con él. «Ups, parece que me he metido en la ensalada», me ha dicho Axel. Y resulta que Leonard ha estado viendo el amanecer con la tal Francine. Ya veo que va a pasar todo otra vez. Todo el mundo quiere quitarme a mi hombre. No sé qué hacer. A lo mejor lo encierro y me trago la llave —me dijo, mientras, encima de nosotras, la sinfonía de las teclas y el carro al volver sobre sí mismo alcanzaba un *crescendo* triunfante.

Ahora no hay ni rastro de lágrimas, y tiene a los tripulantes encandilados. Nunca la he visto flirtear así.

—Vaya, ¿voláis un avión vacío hasta Oslo? —pregunta, y la luz del sol se refleja en sus ojos.

CAPÍTULO VEINTISÉIS

El sol nos persigue, nos ata a las rocas, nos tiñe de bronce. Hace que las sombras sean más nítidas, que las montañas ardan, que las paredes blancas reflejen su luz con tal fuerza que casi nos deja ciegos. Saciamos la sed con *retsina* y cerveza, vivimos a base de frutas, ensaladas y pan. Pensar en comida caliente hace que nos dé fiebre. Nos damos largas siestas bajo los abetos junto a nuestros muchos nuevos amigos y flotamos en el piadoso mar azul mientras hacemos planes para la puesta de sol y la noche. Saltamos de cama en cama como si fuésemos pulgas. Aquellos que tienen casas a menos peldaños de distancia del puerto se encuentran con que sus camas están invadidas más a menudo.

Hasta los más disciplinados de entre nosotros se han rendido en sus intentos por pretender que trabajan. Los poemas revolucionarios se quedan a medio escribir, los pinceles se secan en tarros de alcohol casi cuajado, mi cuaderno se torna vago y lleno de dibujitos. La luna se alza como una masa desde su cuenco en las montañas. Bajo nosotros, las rocas siguen cálidas por el sol. La brisa viene cargada del aroma a pino, a hierbas de la montaña y a sugestión, y, conforme me acomodo más en mi hueco de las rocas, las hojas aplastadas de flores de jara están pegajosas y huelen a iglesia.

Estas rocas y el mar nos pertenecen una vez que los turistas se cansan del sol y vuelven a sus respectivos yates y hoteles. Todos somos cómplices en esta libertad, y no hay nada que temer; hasta el retorcido jefe de policía Manolis parece haberse dado por vencido ante semejante número de personas. Algunas noches, la música que proviene de Lagoudera, donde chicas en bikini bailan en el exterior, es casi ensordecedora.

Leonard mandó el manuscrito de su novela el mismo día en que Marianne mandó el bebé a Noruega. El poeta dice que es la única copia del mundo, la cual se dirige con alas y buen viento a su editorial en Canadá. Parece que no es capaz de pensar en nada más que en barcos incendiados y correo perdido en el mar. Echa un vistazo por el horizonte desde su roca favorita mientras juguetea con las cuentas de su *komboloi* de un lado para otro con una expresión de tanta angustia que tengo que pensar que ha sido el *I Ching* lo que le dijo que no hiciera una copia antes de enviarlo.

Parece que Marianne se ha estado escondiendo desde que volvió de Atenas sin el bebé. Ahora ella y Charmian salen del agua y se quedan de pie para secarse, frotando una toalla por el cabello de la otra por turnos.

—Me dejaron ir al avión directamente con él —está explicando Marianne mientras me quedo en el borde y me quito el vestido, miro en derredor y decido que a nadie le importará que me quite los pantalones también—. Era un vuelo vacío, solo Nita, Suzie y tres hombres con traje. Casi me quedé allí; habría sido lo más fácil del mundo abrocharme el cinturón y ya...

Noto que Leonard me mira. Me doy media vuelta y lo sorprendo con las manos en la masa, pero no aparta la mirada. Echo un vistazo a Marianne y veo que se ha dado cuenta de que él me mira. Algo empieza a eclosionar en mi interior.

Las olas rompen contra las rocas cálidas, aunque con delicadeza. Me lanzo al mar y floto de espaldas para dejar que la marea me meza mientras pienso en eso que parece crecer en mi interior con el poder de desatar el caos. Los miro a todos con ojos entornados, dispuestos en el borde, con la luna y las montañas tras ellos. Nado de vuelta a la escalera. El pequeño Booli gatea a lo largo de las rocas mojadas y resbaladizas. El agua del mar hace que sus calzoncillos cuelguen como un pañal. El bañador de Charmian no le hace ningún favor y está tan desgastado que se está volviendo transparente. Marianne es una sílfide plateada con su nuevo bikini amarillo. Le está pidiendo una receta de curry a Charmian y se apresura a darme su toalla húmeda para que me pueda tapar.

—Dice que lo quiere picante —está diciendo, y me cuesta no juzgarla, pero no puedo evitar la sorpresa que me invade ante lo relajada que está después de haber enviado a su bebé con personas que casi no conoce. El modo en que pasó ha sido la comidilla de la isla: la idea se le ocurrió de buenas a primeras, como un súbito estallido en una discusión.

Fue Francine quien encendió la mecha. La vi por encima del hombro de Marianne el día en que estaba chismorreando sobre Axel con las azafatas de vuelo. *Ah, merde, aquí vienen más problemas*, pensé para mí misma cuando Francine se acercó con sus flores amarillas en el pelo y un libro abierto en las manos, el cual, por desgracia, resultó ser la colección de poemas de Leonard.

Al parecer demasiado absorta como para alzar la mirada, sacó una silla y siguió leyendo. Didy se inclinó hacia ella para admirar los ramitos de milenrama de montaña que la otra mujer llevaba en el cabello, y la conversación de Marianne con la azafata sobre la maleta de Axel se detuvo en seco.

—Ah, tírala al mar y ya está —dijo, mientras Francine tocaba las flores y se reía.

—Vaya, llevo toda la noche en la montaña; ni me había dado cuenta…

Francine agachó la cabeza para quitarse el coletero, se inclinó para sacudirse el pelo y dejó que su blusa halter se abriera sobre su espalda delgada y flexible. Algunas ramas más secas se le habían enredado en el cabello, por lo que tuvo que retorcerse y serpentear un poco, de modo que tuvimos tiempo más que de sobra para admirar la curva de su espalda y para darnos cuenta de los nuevos rasguños que tenía sobre sus huesos puntiagudos.

Y eso fue todo; rápido como el rayo: todo dispuesto. El bebé iba a ocupar el vuelo vacío de regreso a Oslo con transbordo en

París bajo los cuidados de la tripulación. A pesar de haberse sorprendido un poco por lo repentina que había sido la petición de Marianne, Nita y Suzie parecieron estar encantadas de poder ayudar, y Johan, el piloto veterano, le dio su aprobación, aunque no estaba prestando mucha atención, ya que Francine seguía haciendo de Medusa con su pelo.

—Mandaré un telegrama a mi madre en Oslo para que lo espere —dijo Marianne, y puso una expresión altiva cuando Charmian se inclinó hacia ella para preguntarle:

—¿De verdad, cielo? ¿Estás segura?

Las granadas se parten por la mitad y sueltan sus rubíes por los peldaños; el ambiente huele a almizcle por los higos calientes. Duermo cada noche en la terraza, hecha un ovillo junto a quien sea que se deje caer junto a mí. He quemado la carta que recibí por fin por parte de Jimmy Jones. Ha vuelto a la escuela de Derecho con la cola entre las piernas, un año por detrás de sus compañeros, y, por alguna razón, es culpa mía por haberlo descarriado. He desperdiciado mis lágrimas, sin duda.

Un amigo estadounidense de Leonard llamado Doc Sheldon llega a la isla para pasar sus vacaciones al mismo tiempo que unos pequeños grumos de hachís libanés empiezan a endulzar el ambiente de nuestras reuniones nocturnas en el jardín. La primera vez que lo probé pensé que me iba a morir de la risa. Estaba con Marianne, corriendo de la mano hacia abajo, desde su casa hasta el puerto, alocadas como colegialas. Para cuando llegamos allí, no fuimos capaces de frenar ni aunque hubiéramos querido, y Marianne estaba soltando grititos.

—¡Ves, es como salir volando! —Y tuvimos que aferrarnos a Marty y a Leonard para no caernos.

Leonard y Marianne caminan de la mano como una pareja de recién casados. Los demás no podemos evitar sentirnos celosos, y más aún cuando nos enteramos de que Leonard recibió una herencia de mil quinientos dólares por parte de su abuela y decidió al instante que iba a comprarse una casa con ello. Cree haber encontrado la apropiada: tres pisos y una gran terraza con limoneros viejos que se encuentra, en todo su esplendor, en el paso entre el puerto y Kamini. Tiene buenas vibraciones, según parece, y Marianne y él esperan que poco a poco puedan arreglarla. El *I Ching* se muestra muy a favor de dicha compra, y Charmian también les ha dado su bendición, además de una promesa de una cama floral de carpintería metálica. George le dedica una sonrisa irónica.

—Quizás ahora que eres propietario tengas que dejar de quejarte de las subvenciones del gobierno canadiense —dice, antes de beber una copa de brandi de un trago.

Leonard y Marianne hacen varios viajes a El Pireo y vuelven cargados de alfombras orientales, ropa de cama elegante y clásica y un espejo dorado antiguo cubierto de sábanas que colgarán en su recibidor. Son ricos tanto en materia de amor como en libros, los cuales llevan atados en paquetitos, junto a nuevos discos, y unos cuantos los seguimos desde el barco y hasta la colina, desde la que parece caer una cascada provocada por una lluvia torrencial, con los paquetes y las cestas colgadas entre nosotros. Llegamos a casa de Marianne sin aliento y empapados. Nos da toallas, y, mientras nos quitamos la ropa mojada, se queda en la terraza y canta palabras de ánimo a las plantas de marihuana que han empezado a crecer entre sus tomateras.

Nos secamos, y ella nos sirve vino y coloca racimos de uva en un gran plato de cobre. Nos acomodamos en torno a una mesa turca baja. A través de las persianas, la lluvia veraniega arrecia y se evapora, y tengo que resistirme a la tentación de desnudarme y salir a bailar bajo ella. Miro a la comitiva, acomodados en los cojines y envueltos por toallas. Parecemos tan dorados y relucientes como los ancestros en el simposio. Las uvas son pálidas como el jade pulido, y todo el mundo está sonriendo y brilla por la lluvia. Göran lee en voz alta de un libro que encuentra por ahí, «Ítaca» de Cavafis. Lena le pela una uva. Marty me acerca a él, y yo me acomodo, agradecida por tener ese pecho feliz y de gigante a modo de almohada.

Marianne lía un porro mientras Leonard saca un disco de su funda y, con el cuidado que exige un ritual sagrado, lo coloca en el tocadiscos. El altavoz cruje cuando el poeta se agacha para soplar una motita de polvo de la aguja antes de colocarla en su ranura. Toma el porro de Marianne y se acomoda junto a ella en la alfombra de piel de cabra. Mahalia Jackson entona su góspel mientras Marianne se acurruca a su lado y se quedan tumbados, inmóviles.

Hay un día en que el muelle huele a *ouzo* por alguna razón y todo el mundo se pone a hablar de despedidas. En el paseo marítimo, están lavando con agua salada los barriles de vino hechos de roble. Un cura se sitúa junto al barco que lleva el vino para salpicarlo con agua sagrada y entona rezos para que vuelva sano y salvo con una buena cosecha para san Demetrio. Cada barril vacío cuenta con un tapón festivo de hojas de laurel que aletean para despedirse al son de las campanas. Los círculos se encogen alrededor de las mesas de las cafeterías.

—Son unos putos decadentes todos —dice George mientras los estudiantes empiezan a alejarse con sus sacos de dormir y sus mochilas.

Las grandes casas se están cerrando, y los caballetes desaparecen de las calles. La tienda para turistas de Maria solo abre una hora al día, y en ocasiones el transbordador no trae a nadie nuevo. Los caiques de madera pintada sobrepasan en número a los yates en el puerto, el cual vuelve a estar lleno de gente calafateando cascos y cosiendo redes. El muelle tiene montañas de esponjas de Bengasi, y, a pesar de que la cosecha es bastante miserable, nadie ha perdido la vida en el intento. Los cañones han abierto fuego desde los tejados de las casas de los capitanes, y de los talleres sale el ruido de los hombres que trabajan con los motores y el olor resinoso de la fabricación de tablones. Las montañas suspiran de alivio, y las aves se reúnen en las cuerdas de los toldos para cantar hacia África. Hay despedidas anegadas en lágrimas. Yo misma lloro desconsolada cuando Bobby se va con Trudy, pero Charmian me seca las lágrimas en su mesa y me recuerda el chico infeliz que había sido él cuando habíamos llegado. Me aferro a sus palabras. Según ella, es posible que al cuidar tan bien de Trudy, mi hermano haya podido enterrar el espectro de su fracaso al cuidar de nuestra madre.

George está de un humor de perros, aunque no es ninguna sorpresa, pues lleva días igual. Se queda sentado entre toses y quejidos, escondido en su propia nube de humo de brandi y mal olor. Didy intenta animarlo mientras lidia con los niños al mismo tiempo, los tres de él y los dos más pequeños de ella, los cuales hablan todos a la vez y sorben sus batidos de fresa.

Leonard y Marianne comparten un plato de gambas diminutas. A Marianne no parece molestarle que los gatos se paseen entre sus piernas, ni siquiera el de color anaranjado, mugriento y con un solo ojo que se le sube al regazo. Esa adoración tan intensa hace que a Leonard le dé un ataque de estornudos, por lo que se aparta un poco y se limpia los dedos antes de abrir su periódico.

El transbordador de hoy le ha dejado a Bim una nueva carta de rechazo, en este caso por el tercer borrador de su novela.

—Mira —dice, lamiéndose el dedo y frotando la zona de la firma—. Ni siquiera se han molestado en firmarlo. Está impreso.

Leonard alza la mirada, aunque solo por un instante. Algo de su *Herald Tribune* está haciendo que frunza el ceño. Garabatea unas palabras en su cuaderno. Marianne agarra la taza de Bim y le da la vuelta tres veces sobre un plato, tras lo cual le dice que ve un símbolo de dólar en los posos del café, y Robyn suelta un suspiro y accede a pedir un nuevo suministro de papel normal y de carbón para que pueda intentarlo otra vez. Los ojos rojos de Bim muestran el espíritu lánguido que yace bajo su ceño apuesto. Representa una víctima perfecta para George, quien se acerca para aprovechar la situación mientras Bim sigue débil por el golpe bajo del rechazo de la editorial.

—Mira, no quiero hacer de Cronos, pero te lo digo por experiencia: quedarte aquí sentado en esta roca y beber más de la cuenta no hace nada por mejorar tu sintaxis, sino que solo adormece el cerebro. Quizás haya llegado el momento de que te preguntes qué es lo que tienes que decir que es tan importante, joder.

Pese a que Bim intenta defenderse, George habla más alto que él y acaba su charla con una desesperación teatral, haciendo un gesto a sus hijos, quienes intentan hacer que los gatos se peleen por las colas de sardinas.

—Con estos tres y una mujer voraz a los que mantener, ya no soy libre, pero la civilización se está yendo al cuerno, y vosotros los jóvenes tenéis que ensuciaros las manos y contárselo todo al mundo. Vete a Cuba, Corea, Hungría, Etiopía... Yo cubrí más de sesenta países antes de acabar atado en esta roca. ¿Qué diablos le pasa a tu generación? ¿Estamos al borde de la aniquilación nuclear y solo queréis parlotear sobre chupar lotos? ¿Por qué no estáis más enfadados?

Leonard alza la mirada, sobresaltado.

—Hay muchas cosas que me enfadan —dice, sacando un cigarro de la cajetilla y entornando los ojos en dirección a George mientras se lo enciende—. Solo que no podemos destruirnos a nosotros mismos con la hostilidad ni volvernos paranoicos. Si hay cosas contra las que luchar, hagámoslo desde la salud y la cordura. No quiero ser un poeta loco, quiero ser un hombre con salud capaz de enfrentarse al mundo que lo rodea. —Sonríe a Marianne, antes de volver a lo que lo estuviera preocupando en el periódico. El rostro delgado y sorprendentemente ordinario de Eichmann le devuelve la mirada desde la página.

—Muy bien dicho —dice Bim, pero George le quita la sonrisa de la cara al señalar la carta de rechazo que sigue en la mesa frente a él.

—Ahí tienes la prueba de lo que te digo.

Una vez que George ha acabado de decir lo que quería, saluda a un viejo amigo que le está haciendo un ademán con la mano desde la cubierta de un gran caique de madera. Se trata del *Doce Apóstoles*, un barco que antes salía a pescar esponjas y ahora se ha trasladado desde su amarre en el malecón oriental hasta colocarse en un espacio enfrente de nosotros. El capitán Andreas le dedica un pulgar hacia arriba a George, y Martin tira de la manga de su padre.

—Mira, creo que he tenido una muy buena idea. —George le dedica una mirada traviesa a Didy. Martin tiene los dedos cruzados bajo la mesa. La situación es un tanto incómoda, porque las dos sabemos que lo que sea que George esté a punto de proponer no se le habrá acabado de ocurrir. Señala hacia el puerto. El *Doce Apóstoles* reluce con su nueva capa de pintura: rosa y amarillo limón, con una franja azul en la línea de flotación. El capitán Andreas se ha embadurnado el bigote con cera y parece una morsa bajo su sombrero azul. Está sentado en la cubierta, a una mesa de mármol, y juega al dominó.

»Si quieres que los niños vean los lugares clásicos de por aquí, deberías dejar que te organizase un viaje con mi viejo amigo de ahí, un marinero excelente y muy buen hombre. Le he prestado algo de dinero para su equipamiento, ahora que la pesca de esponjas ha acabado de verdad: un motor Mercedes y camas cómodas —sigue diciendo George. Didy asiente.

—Es muy amable por tu parte.

—Puede que no parezca tan elegante como algunos barcos para turistas, pero navega mejor por estos mares y podría darte un muy bien viaje a Miconos. —Pasa los dedos por el cabello de Martin—. Y no hay ningún problema con que os acompañe el «profesor», si necesitáis un intérprete.

—¡Ay, es una idea maravillosa! —exclama Didy, dando una palmada con las manos. Toda ella es encías, dientes y el traqueteo del brazalete—. ¿Te parece que a Charmian no le importará que me lo lleve?

Pete y Martin chocan sus puños entre ellos, y los ojos de Shane brillan.

—¡Y a ti también, Shaney, claro! —dice Didy.

—Pero él no, mami, es horrible —interpone la pequeña Fiona señalando a Booli, y Didy tiene que regañarla por ser maleducada.

No creo que Charmian se haya enterado de nada, pues está demasiado absorta en algo que el pintor estadounidense le está contando mientras vienen por el callejón, y la luz le da de cara. Creo que se llama Chip o Chick, algo así; solo lleva unos pocos días en la isla, y Charmian lo ha estado ayudando a encontrar una casa en la que asentarse. Chip es casi tan alto como George, por lo que ella tiene que inclinar la cara hacia arriba para hablar con él. Desde nuestro punto de vista, la luz que los ciega por un momento solo resalta su locura. Están demasiado cerca, hasta yo me doy cuenta: él tiene la mano en la cintura de Charmian, y los labios de ella casi le rozan el oído a él. Demasiado tarde, Charmian se aleja de él de sopetón y pone espacio entre ambos.

Shane echa la silla para atrás y se vuelve hacia su padre.

—¿Por qué no contratas a alguien para que los mate a los dos, papi?

A George lo asalta una expresión de furia y se pone de pie a trompicones.

—De verdad, George, a todos os iría bien salir de aquí —interpone Didy tras contener un grito y apoya una mano en el brazo de él para detenerlo—. Quiero que Charmian y tú consideréis bien mi oferta. Un trato médico decente y un tiempo en los Cotswolds os irá de maravilla.

CAPÍTULO VEINTISIETE

E l sol se está poniendo conforme salimos del mar. En la playa, Göran y Lena apilan leña que llevan en brazos desde las colinas, y ahí viene Marty, robusto y rubio, con Edie y Janey, quienes llevan regalos: un *galloni* cubierto de mimbre, una caja de tartas de Eleni y una sandía del tamaño de un bebé. Leonard cumple veintiséis años hoy, y ya ha pasado más de un mes desde que envió su manuscrito. Está sentado en los suaves guijarros en el borde del mar, encorvado sobre su guitarra. Marianne dice que todavía no han recibido ninguna noticia de la editorial, a pesar de que el *I Ching* sigue mostrando señales positivas. Las arrugas entre la nariz y la boca del poeta son profundas como las de un muñeco de ventrílocuo y lo hacen parecer mayor de lo que es. Gruñe algunas palabras al océano mientras va rasgando su instrumento.

Estoy tiritando, pues he pasado demasiado tiempo en el agua, y Charmian me frota un poco los brazos y me coloca su cárdigan sobre los hombros. Ambas hemos estado observando a Leonard y tratando de averiguar qué es lo que canta. Se da la vuelta, todavía rasgando la guitarra, cuando Marianne se acerca a él, envuelta en su toalla blanca. Él esboza una sonrisa y cambia de clave para soltar otras notas. Sus dedos dibujan una melodía en el aire. Marianne ha encendido una candela en la hoguera y le lleva un cigarro griego con la mano acunada en torno a la llama.

El *Doce Apóstoles* está anclado en un extremo de la Bahía del Tiburón, y más allá se encuentra el archipiélago que tan familiar me resulta —la ballena dormida, la pirámide, el sapo agazapado— y un cielo del color malva borroso de una cartulina. El capitán Andreas ha izado una vela, y Shane y Martin presumen ante los demás niños al lanzarse al agua desde lo alto del mástil. George los observa con una sonrisa mientras se coloca su jersey sobre su figura delgada. Su tos ha empeorado tanto que me parece un milagro que haya tenido aliento suficiente para llegar hasta la playa. Didy ha hecho que su ayudante del burro les lleve un par de sillas desde Spiti Heidsieck y se sienta junto al escritor, enfundada en su chaqueta de montar y su collar de perlas. Habla sobre Inglaterra mientras él fuma y contempla a sus hijos alegres y saludables.

Demetri y Bim han conseguido encender la hoguera sin problema, por lo que no necesitan que el viejo George les diga que se pongan de rodillas y soplen. Ya han cargado con sacos de madera astillada desde el molino y han colocado unas piedras grandes en forma de anillo para la olla de Marianne. Carolyn y Robyn disponen alfombras tejidas y cojines. Göran rasga la guitarra de Leonard, Charlie Heck ha conseguido dos grandes costillas que coloca en un lecho de ramas de romero. Se ha declarado una tregua entre Charmian y George, y ella se acomoda a sus pies. Huelo la lana de su cárdigan sin que se dé cuenta, y entre todos observamos cómo crepita la leña y libera enjambres de ascuas hacia la noche.

Nuestras campanas vespertinas son el fuego, la orilla y la guitarra de Leonard, además de las carcajadas de los niños sobre las olas. Las piedras retienen el calor del sol; los últimos días ha hecho un calor infernal. «El veranito de san Demetrios», es como lo llaman las personas del lugar. Charmian vuelve la mirada hacia el primer destello de las estrellas, y, en un contrapunto de ensueño a lo que nos rodea, empieza a recitar a Keats en otoño. George deja de morderse las uñas mientras escucha, y su rostro desgastado y adolorido se torna uno lleno de devoción. Ella habla, con su voz grave y cálida, sobre mañanas apacibles con la hierba mojada por el rocío bajo los pies y agujas de iglesias británicas que se alzan en medio de la niebla, sobre púdines de sebo y mermelada de mora, sobre perros mojados y botas de agua.

—Mi querida y valiente Cliftie —dice George, al haberse percatado de su melancolía, antes de ponerle los labios sobre la cabeza—. Todo eso seguirá esperándonos cuando volvamos.

Leonard recupera su guitarra, y Charlie Heck canta sobre sindicalistas en las puertas de las fábricas, sobre trenes y sobre cabalgar a lomos de un viejo caballo pinto por la pradera. Lena añade unas notas plateadas con su flauta mientras Demetri marca el ritmo con la parte inferior de una caja. Los niños se han acomodado para pasar la noche en la cubierta del capitán Andreas, y de vez en cuando nos llega algún atisbo de sus voces desde la silueta que sube y baja del barco.

—Ojalá este verano durara para siempre —dice Marianne tras un suspiro, y habla en nombre de todos.

Creo que ha añadido un ingrediente a la receta de albóndigas de su abuela, porque sus macetas de marihuana han brotado bien. Leonard le da las gracias a Deméter por su munificencia, y Marianne suelta una risita.

—Bueno, es una ocasión especial —dice, y todos nos quedamos en silencio mientras Leonard nos canta la primera canción de la noche.

Estoy sumida en una niebla alegre. Floto en una alfombra entre Edie y Janey y dejo que cuiden de mí. El mar acalla la costa, y la luna reluce en un halo espectral de un kilómetro y medio de ancho. El fuego lame la noche hasta convertirla en un vórtice de llamas que saltan y sombras de hierro, ascuas arremolinadas, olas teñidas de plata y estrellas. Estoy mimada en este círculo de ensueño, como un bebé con sueño tras haber bebido su leche que escucha a los mayores hablar junto a la hoguera.

Una nota melancólica se asienta entre nosotros cuando la conversación vuelve a ser sobre el otoño.

—Odio tener que aceptar que hemos perdido nuestro espíritu —dice Charmian—. Y que puede que nunca volvamos a encontrarlo, que nunca podamos volver.

Sin embargo, Didy se niega y le dice que alegre la cara.

—El cambio es tan bueno como un descanso, y, si vas a Inglaterra, no podrías estar en un sitio más como de cuento de hadas que Charity Farm. Ya lo verás.

He sido víctima de muchos nervios y lágrimas por parte de Charmian en la casa junto al pozo desde que Didy le ofreció que se cambiaran la casa durante un año. Una granja en una pintoresca aldea de los Cotswolds «con nada más reciente que la época jacobina», un instituto excelente a tan solo un bus de distancia, una atención médica apropiada, Londres y los periódicos de la calle Fleet a un solo viaje en tren… Claro que tiene sentido.

«Un bote salvavidas», lo llamó George mientras iban de aquí para allá y ella se quedaba nerviosa y lloraba, hasta que, una mañana, Billy Collins inclinó la balanza con una carta llena de entusiasmo sobre organizar una fiesta por la novela de George.

Para mí, su partida es lo contrario a un bote salvavidas. Me deja a la deriva. No me imagino cómo será la vida en la isla sin ella, del mismo modo que no me puedo obligar a soñar. Tengo miedo de marchitarme y morir sin la nutrición de sus caóticas comidas en su mesa, sin las pullas a gran velocidad ni la intriga, sin las lágrimas ni las carcajadas súbitas, las bromas ni los dramas familiares, los consejos sabios. Hasta echaré de menos las burlas de George. Sollozo hacia la manga de su cárdigan, y me asalta su aroma a canela ahumada. Una ola pasa por encima de mí, grande como el dolor de la pérdida y tan fuerte que casi le suplico que me lleven con ellos, aunque sé que se echaría atrás al ver la profundidad de mi hambre.

Didy sabe de sobra que la decisión de Charmian podría revertirse en cualquier momento, por lo que la trata con cuidado y la calma a base de lógica.

—Aun sin tener en cuenta el estado de George, es el momento perfecto para ver qué se puede hacer con la formación de Martin —le dice—. Seguro que recibe todas las becas antes de…

—Lo sé, lo sé.

Me siento con las piernas cruzadas y la cabeza apoyada en el hombro de Edie, con los ojos nublados por la pena mientras los observo a través de las llamas. Charmian sorprende a George con un besito en la mejilla cuando se estira a por la botella.

—Siempre que a mi marido no lo idolatren tanto sus colegas del periódico que la cabeza no le entre por la puerta de la granja —contesta Charmian, rellenando el vaso de Didy y el suyo.

George mece su vaso vacío en su dirección.

—Si crees que voy a pasarme por allí con la cola entre las piernas, tienes que estar loca, mujer.

Charmian le da la botella y pone los ojos en blanco en dirección a Didy.

—Y Billy Collins tiene muchos planes para que se codee con los peces gordos del mundo literario, ¿verdad, cariño? Solo espero que no pase demasiadas noches en la ciudad mientras yo me quedo esperando en casa con los niños y el delantal...

Didy lleva suficiente tiempo en la isla como para reconocer que se encuentra en arenas movedizas. Da un toquecito con su vaso al de Charmian.

—Pero ¿tu novela no va a publicarse en Inglaterra en otoño también?

—Ah, eso —dice Charmian—. Mi editorial la llama «un cuentecillo alegre», así que no tengo muchas esperanzas. No, lo que tenemos que hacer es todo lo que esté en nuestras manos para asegurarnos de que *Closer to the Sun* sea el exitazo que Billy Collins cree que será. Nuestro futuro depende de ello, y, desde luego, George se merece un superventas.

El hablar de superventas y partidas llama la atención de Leonard, pues Montreal lo está llamando.

—Supongo que tendré que renovar mis afiliaciones neuróticas en algún momento —dice, y traga en seco para ocultar el dolor de su voz. Un destello de la hoguera enmarca su incomodidad en sombras oscuras y arrugas. Marianne se abraza las rodillas al pecho y apoya la barbilla en ellas. Los ojos de Leonard se suavizan con amor cada vez que la mira. Ella puede acompañarlo, y lo sabe. Se abraza las rodillas con más fuerza y se queda mirando las ascuas. Es como si hubiera olvidado la existencia de su hijo.

Marianne no logra ocultar su tristeza cuando Didy le insiste al preguntar cuánto tiempo más se piensa quedar.

—Tengo que llevar el coche de Axel de vuelta a Escandinavia antes de que acabe el año, porque desde luego no tengo dinero suficiente para pagar la tasa de importación —dice.

Didy parece que bien le podría haber dado un latigazo a Axel si hubiera estado aquí.

—¿Ni siquiera puede lidiar con eso él solito? Que dé las gracias al Señor por no estar aquí esta noche.

—Axel tiene prohibido conducir. Nunca hace nada con medida. Los policías se sorprendieron de que fuera capaz de caminar en línea recta —explica Marianne, y Leonard frunce el ceño y se aleja para agazaparse más cerca de la hoguera—. Además, si no llevo el dichoso coche de vuelta a Oslo para venderlo no sé de dónde vamos a sacar el dinero para el divorcio —continúa, mientras Leonard atiza las llamas con un palo largo—. Y también está Axel Joachim, claro. No quiero que olvide que tiene mamá —añade. Leonard pone mala cara y fuma. Bim se agacha a su lado y acepta dar una calada al porro.

—Mi mujer me está abandonando porque ha encontrado algo para ganar más dinero en Londres —está diciendo Bim—. Pero yo no me pienso mover de aquí hasta que una dichosa editorial acepte mi novela. —Se da media vuelta para hablar en voz más alta a Didy por encima del hombro—. Así que me tendrás por aquí hasta quién sabe cuándo.

—¡Genial! —exclama Didy, haciendo sonar su brazalete. Aun así, no me parece que se haya alegrado mucho ante la idea, y yo tampoco.

El trabajo de Robyn es en el *Reader's Digest,* y está bastante animada por ello, aunque Bim habla en su nombre.

—¿Qué mujer en su sano juicio querría quedarse aquí y ser un foso alrededor de mi torre? —dice, mientras se pone de pie con cierta inestabilidad para pasarle el porro a Demetri.

—Qué cosas dices —interpone Robyn, y le pide que calle.

—Lo diré de otro modo: ¿por qué quedarse aquí para ser el grifo de mi barril? —dice Bim, meciéndose según se deja caer a su lado y se señala al regazo—. ¿O un silenciador para mi tubo de escape?

Miro a Charmian al otro lado del fuego, y ambas hacemos una mueca. No hay quién calle a Bim, y él tiene la mano puesta sobre el vientre de Robyn.

—Mi mujer no piensa quedarse aquí si no tenemos un bebé. Así que dime, Leonard, ¿cómo hago eso realidad si quiero ser firme a las palabras que rugen en mi interior y me exigen que sea libre?

—Ay, hermano —dice George, antes de beberse su copa de un trago—. ¿Por dónde quieres que empiece?

Leonard se pone de espaldas a la hoguera y mira a Marianne. Los ojos de ella están apesadumbrados, y se ha hecho diminuta en torno a sus rodillas. La luz del fuego le ilumina las espinillas, las mejillas y los brillos de su cabello. Leonard se frota su barba incipiente con la mano antes de contestar a Bim.

—Cuando hay comida sobre la mesa, orden en el cuidado de la casa y armonía, ese es el momento perfecto para ponerse a trabajar en serio. —Habla como en un hechizo, grave y considerado, y vuelve a colocarse al lado de Marianne—. Cuando hay comida sobre la mesa, cuando las velas están encendidas, cuando laváis los platos juntos y lleváis al niño a la cama juntos. Eso es el orden, el orden espiritual, y no hay ningún otro.

Parece cierto, apropiado y dicho de todo corazón cuando lo dice él. Marianne alza la mirada hacia él, y ambos sonríen.

Marianne vuelve a bajar la mirada. Todo el mundo se queda callado. La noche contiene el aliento. Un rato después, Leonard, casi sin darle importancia, le dice a Marianne que la acompañará con el coche hasta Oslo. Echo un vistazo al otro lado conforme él se coloca la guitarra contra la rodilla y vuelve a rasgar la melodía agridulce que he oído antes en la orilla. Durante todo el rato que toca, no puede apartar la mirada del rostro de Marianne, y no me extraña. Está radiante, con la sonrisa de una santa a la que le han prorrogado su sentencia. El fuego danza en sus ojos, y Leonard toca su guitarra, así que ¿por qué me siento triste?

La compra de la casa de Leonard retrasa su partida. Por fin se mudan mientras los obreros siguen cavando el suelo, y, aunque la casa está llena de ruido y caos, todo parece fresco con la nueva capa de pintura blanca, con todas las persianas arregladas y pintadas de un color gris blanquecino, y los viejos tablones de madera con una capa de cera de abeja, linaza y una crema Elbow Grease. Las mulas transportan muebles en carro desde la casa de Axel: la mecedora de mimbre, la cama rusa tallada y algunas alfombras, jarrones y ollas. Tienen una mesa y varias sillas de parte de George y Charmian, quien también cumple su promesa de regalarles una cama de hierro con motivos florales que acaban pintando de azul marino y llenan de cojines bajo los limoneros de la terraza.

La isla se queda vacía, y la mayoría de las tabernas cierran sus puertas. Por las tardes, empezamos a reunirnos en el interior, con las sillas cerca del brasero de carbón de Sofia en la trastienda. El círculo es cada vez más reducido. Edie y Janey se marcharán pronto para alquilar una tienda en la calle Carnaby, en Londres, que el tío de Janey ha preparado; Göran no puede esperar mucho más a reunirse con su novia en Estocolmo; la manada de Goschen se ha marchado hace poco antes del nacimiento de su nuevo bebé, y los Greer están de camino a Beirut.

Yo me quedo. Me como el coco y sueño. No tengo ninguna oferta ni ninguna razón para estar en ningún otro lugar. No he recibido ninguna carta de mi padre. No tengo ningún hogar al que volver. Las lágrimas de una huérfana parecen apropiadas para este paisaje lúgubre de rocas, mar y mal tiempo. Me digo a mí misma que la soledad es algo romántico, incluso heroico. Que las montañas me sostienen. Recojo azafrán en sus colinas y me tiño todas las prendas de amarillo. Sueño con mi madre y noto el peso de su ausencia sobre mi pecho. Me ha dado tiempo para echarla de menos, además de para soñar. Cuando se me acabe su dinero, tendré que encontrar un lugar para quedarme y un trabajo, pero, hasta entonces, tengo que encargarme de Cato, porque no pienso dejarlo en la calle para que se muera de hambre.

Los días de buen tiempo son bellos. Le doy las gracias a mi madre por cada uno de ellos. Las colinas están repletas de ciclámenes, azafrán y lirios verdes diminutos; hace suficiente calor como para ir a nadar, y, por la noche, para sentarme en la terraza y leer un libro a la luz de la luna. Cuando llueve, escribo en mi cuaderno al son del agua que cae como una cascada desde las colinas hasta la cisterna.

Leonard y Marianne siguen aquí un día más, una semana más, y, al final, Charmian y George se marchan antes que ellos. La isla conspira para hacer que su partida sea lo más dolorosa posible al ofrecernos una mañana blanca y azul tan deslumbrante como la bandera de Grecia.

Nos reunimos donde Katsikas para despedirnos de ellos, con la resaca de la fiesta de la noche anterior derrotada por el *tsipouro* medicinal y una tarta especial hecha de uvas de buena cosecha que Andonis trae junto al café dulzón y con textura de barro. Charmian se sienta en su mesa de siempre, con un traje de viaje compuesto por una gabardina negra tan formal y recta que bien podría ser para un funeral. Tiene los ojos ensombrecidos por las ojeras y nublados por la bebida. George la deja para que se despida por última vez y dice que tiene algo que solucionar con respecto a sus billetes en la oficina helénica.

—Siento muchísimo que no hayamos acabado de pagar nuestra cuenta —le dice Charmian a Nikos Katsikas, quien le responde con una sonrisa radiante y le sirve otra copa de brandi para el viaje.

—*Philoxenia*, es una cosa griega. No tienes por qué disculparte. Sois nuestros amigos. El señor George nos pagará cuando volváis. Así sabemos que tendréis que volver.

Marianne llega con Leonard. Ella lleva despierta desde las campanadas de las siete de la mañana y ha estado pintando algunas macetas para la terraza con un diseño de flores azules y ocre inspirado por la vajilla de su querida Momo. Según ella, la mañana era demasiado agradable como para desaprovecharla, y no parece nada cansada, por mucho que haya estado de juerga en la taberna Douskos hasta el amanecer; ese es su don. Nos hacen quedar mal. Ya han ido a nadar, y tiene algo de pintura en el flequillo y en las manos, además de una manchita adorable en la mejilla. El pelo de Leonard está moteado de pintura blanca por todas partes. Charmian le da las gracias por las canciones de anoche.

—No podríamos haber pedido una despedida mejor —le dice antes de echarse a llorar.

Ahora que Marianne se ha mudado con Leonard, Axel pasa más tiempo en la isla mientras acaba su novela y espera la reaparición de Patricia. Esta mañana, su llegada se ve precedida por el perrito blanco que persigue palomas cerca del mar y se acerca meneando la cola sin ninguna preocupación cuando él lo llama con un silbido.

Bim se acomoda al lado de Leonard mientras Axel se agacha para darle un beso a Marianne en la mejilla.

—Esto sí que es la civilización; ¿qué sentido tienen las alternativas si uno no es libre para aceptarlas o no? —dice Bim, mientras Axel alza al perro nervioso y lo coloca en el regazo de Marianne, y ambos se echan a reír cuando este le lame la cara—. A Robyn no le mola. Es decir, es una carga para la imaginación el tener que construir una valla para protegerse de la alegría y la emoción de las otras opciones… —Me mira por encima de la mcsa mientras lo dice, y un escalofrío me recorre el cuerpo.

Charmian capta lo que dice y chasquea la lengua.

—¿Tú me rechistas? —pregunta él, guiñándole un ojo—. ¿De verdad?

Charmian se recompone, y pienso en lo triste que es que su última mañana en la isla se vea mancillada por tener que discutir con Bim. Sin embargo, Leonard viene al rescate y le dice que le dirá lo que piensa. Se inclina hacia delante, le da la mano a Charmian y la tranquiliza con su mirada. Por un momento, es como si no hubiera nadie más allí, y el poeta le habla tan despacio y con tanta seriedad como un cura que ofrece una bendición.

—Darles la espalda a todas las demás posibilidades y a todas las demás experiencias de amor, pasión y éxtasis y decidirse a encontrarlo en un abrazo es una noción elevada y justa; solo es compatible con la voluntad menos común y los individuos mejor dotados.

Charmian intenta no echarse a reír, pero los hombros le empiezan a temblar cuando le contesta.

—Ay, Leonard —lo hace callar, frotándose los ojos—. Creo que todos hacen un mundo de estas cosas. Al fin y al cabo, todo se basa en encontrar lo que les venga bien a los dos.

El *Nereida* aparece por el promontorio. Me parece absurdo llorar como estoy llorando, no me corresponde ser la más doliente.

—Ay, ¿dónde se ha metido George? —se queja Charmian según la seguimos hasta el atracadero del transbordador. Zoe los espera con el equipaje y con Booli, quien no deja de llorar y se esconde en el pecho de ella. Shane también se ha puesto a llorar y trata de tomar unas últimas polaroids a sus amigos, y Martin se ha agachado para esconder el rostro en el pelaje de Max. Pienso que ojalá pierdan el barco, que cambien de parecer, que suceda cualquier cosa, pero no soporto ni un solo momento más de esta marcha tan dolorosa, por lo que me ofrezco a acercarme a la oficina helénica para buscar a George.

La puerta está abierta, y lo encuentro encorvado sobre su maleta para sacar unos libros. Los deja caer con fuerza sobre el mostrador: dos montones ordenados de cubiertas de color naranja brillante.

—Han llegado de la imprenta justo a tiempo —dice, entre jadeos y prisas—. Es mi último libro. Está todo basado en esta isla, así que he pensado que podrías venderlos y nos repartimos los beneficios a partes iguales.

—George, el transbordador está a punto de llegar. —Tiro de su brazo mientras Yiorgis trata de deslizar los libros de vuelta al autor.

—Mira, estoy a un tris de zarpar a Inglaterra, no es como si me los pudiera llevar conmigo.

Recojo su maleta.

—¡Venga! —le digo—. Si de verdad quieres irte.

—Rápido, dame ese boli. Te firmaré uno, Ricky.

Me cuesta horrores negarme. Mi promesa hacia Charmian pende en el aire. Toma un ejemplar, y Yiorgis le da un bolígrafo.

—No, gracias, no tenemos tiempo —le digo, cargando su maleta. Echo un vistazo a los libros: quince chelines cada uno—. Volveré y los compraré todos —añado mientras salgo pitando por la puerta.

—¿Vas a abrir una librería, Ricky? —me gruñe George, y yo sigo caminando tan rápido como puedo mientras su pesada maleta me da golpes en las espinillas y él se pone a toser al intentar seguirme el ritmo.

El puerto reluce de color rosa, como una caracola bajo el sol de mediodía. Los barcos pintados crujen en sus amarres conforme el transbordador se acerca; el muelle está lleno de ópalos.

Charmian se encuentra entre un mar de gente que se despide de ella, con su pañuelo en los ojos. Los niños suben a bordo primero. Espero a mi turno para darle un abrazo.

—Ay, odio pensar que te vas a quedar aquí sola. Cuídate mucho, Erica —dice—. Y no dejes que nadie se aproveche de lo dulce que eres.

Casi no puedo soltarla. Quiero gritarle «¡no me dejes aquí!», solo que no me salen las palabras. Me dedica un abrazo larguísimo.

—Sigue escribiendo —me dice, pero no es suficiente.

—¡Buena suerte!

—*Bon voyage!*

—*Ha det bra! Ha det moro!* ¡Pasadlo bien! ¡Disfrutad!

—*Kalo taxidi!*

Leonard ha estado ayudando a George con el equipaje. Aferra a Charmian por la cintura al pie de la pasarela.

—Recuérdame por mis silencios —le dice, antes de darle un beso, y ella se echa a reír.

—Entre tú y mi marido creo que no he podido meter baza nunca.

Dinos ha bajado desde Episkopi, y, a pesar de que casi no lo he visto en todo el verano, se coloca a mi lado y me ofrece su buen y amplio hombro en el que llorar.

La familia se junta en la cubierta superior mientras se despide con la mano. Didy grita desde el puerto que cada uno debe lanzar un dracma al mar por la buena suerte. El transbordador nos deja a todos sordos con su bocina.

—¡Hacedme caso! Significa que volveréis a la isla —grita, y, conforme el barco se aleja, Charmian se asoma por encima de la barandilla y suelta un puñado de monedas relucientes al puerto.

CAPÍTULO VEINTIOCHO

Me volví a encontrar con Charmian, por pura casualidad, durante la primavera siguiente. El corazón casi se me salió del pecho cuando la vi salir del bus, y grité:

—*Kalimera!*

En lugar del sombrero de paja maltrecho al que tanto me había acostumbrado en Hidra había un sombrero de fieltro de hombre, y, bajo él, sus ojos estaban entornados y oscuros por el maquillaje. Se acercó a mí mientras se quitaba la pelusa, avergonzada, de una larga chaqueta de ante color café con leche.

—No es para nada práctica. No sé en qué estaba pensando George —me dijo, como si hubiéramos hablado por última vez un par de días antes.

El gentío salía de la entrada de la estación Paddington y tenía que pasar a nuestro alrededor mientras nos dábamos un abrazo.

—Pareces más joven —le dije, aunque no era verdad, a pesar de que se había arreglado la dentadura.

—¡Y tú pareces mayor! De verdad has crecido, Erica. ¿Te has hecho la permanente? ¡Chispas, menuda sorpresa! —Se convirtió en una ráfaga de disculpas, tanto por haberme dejado una mancha de pintalabios que frotó con un pañuelo como por no haberse puesto en contacto conmigo—. Recibí tu carta y he estado pensando invitarte a la granja; parece que lo has estado pasando muy mal... —Por mucho maquillaje y ropa moderna que llevara, la luz de Londres la traicionaba. Sin su bronceado, parecía más retraída que nunca, hueca y agobiada, jugueteando con las asas de su bolso y mordiéndose el labio.

—No pasa nada, sé que has estado ocupada —dije, tratando de mantener mi voz alegre, pues no quería que se asustara y me dejara. Había tenido un largo invierno insular para pensar en todo y me había percatado de que mi hambre la sobrepasaba, que ya de por sí no había suficiente Charmian para todos.

—¡Pero aquí estás! Dime, cielo, ¿cuánto tiempo hace que te fuiste de Grecia?

Rebuscaba algo en su bolso, el cual estaba abierto como unas fauces en la curva de su brazo.

—Fue en febrero —contesté mientras ella sacaba su cajetilla—. Toda una eternidad ya. —Si bien había sido cuestión de unas pocas semanas, la isla ya me parecía tan real como un sueño encantador, como una fantasía—. Me fui el día en que los almendreros florecieron.

Me tomó del brazo y me hizo a un lado para dejar pasar a una mujer con un cochecito.

—Es muy repentino, ¿verdad? Tan grandes y rosados. Y un glorioso presagio de la primavera. —Echó un vistazo al cielo sobre los edificios, el cual lograba ser gris y deslumbrante al mismo tiempo, torció el gesto y me dijo que tenía muchas ganas de volver—. Creo que ya puedo decir que la idea de intercambiarnos las casas ha sido un desastre —continuó—. Ahora rezamos por que un milagro nos deje volver a Hidra. A George le han dado el «te llamaremos la semana que viene» de siempre por todos los periódicos de la calle Fleet, y ya te podrás imaginar que ha sido un mal golpe para él, y más cuando vienen de las bocas de aquellos a quienes él ayudó a escalar puestos. —Buscó su mechero en el bolso—. Pero bueno, ya basta de mis lamentos, háblame de ti. Tengo entendido que has encontrado un lugar más salubre para vivir.

Sacó un cigarrillo y se lo llevó a los labios.

—Te alegrará saber que ya no tengo un problema de cucarachas —le dije, y el pensar en las excursiones nocturnas secretas de los bichos todavía me provocaba escalofríos—. De hecho, en cierto modo, todo ha sido gracias a tu amigo Greg Corso...

—¿Por qué? ¿Es un exterminador experto?

Noté que me ruborizaba y contuve una risita.

—¡Me he mudado con mi novio! —logré farfullar—. Y me aceptó porque le dije que conozco a Corso. Había muchas candidatas más cualificadas que yo, pero le gustan los autores *beat*, así que eso inclinó la balanza.

Me miró y soltó un resoplido.

—¿Te presentaste a un trabajo como novia residente?

Me había olvidado de sus cejas, del verde de sus ojos. Por Dios, cuánto había echado de menos hablar con ella.

—¡No, el trabajo era de secretaria! —dije—. Regenta una pequeña imprenta desde su salón en Pimlico, principalmente de poesía. Seis libras a la semana, y vivo con él, ya que resulta que no podemos estar el uno sin el otro... —Parecía que no podía evitar soltar más risitas tontas mientras le hablaba de mi caballero galante con su tela de pana arrugada. Debí haber parecido idiota. Su cigarrillo seguía apagado. Aunque el modo en que me examinaba la mirada hacía que las palabras me salieran más a trompicones aún y me llenaban del deseo de confiar en ella, también estaba demasiado avergonzada como para admitir que se me habían agotado las opciones, que no tenía ni un solo penique.

—Ay, pero si sigues siendo una niña... —me dijo, con una expresión preocupada que trajo con ella un recuerdo de su cocina en Hidra, con mis manos estiradas para que me echara harina en ella y Brahms de fondo. La música, el modo en que esta había flotado por la estancia, nos había anegado los ojos en lágrimas cuando me había hecho prometerle que no iba a permitir que ningún hombre me cortara las alas.

Solo que aquello había sido en Hidra, no en Londres.

—Ay, Dios, me puse muy triste al enterarme de lo de tu padre, lo de la crisis nerviosa —me estaba diciendo. Me insistió para que aceptara su pañuelo y me acercó un dedo a un centímetro de la mejilla antes de apartar la mano. Acepté el pañuelo y me sequé las lágrimas.

—Alguien tenía que estar aquí, y ya sabes que Bobby no iba a venir corriendo desde Boston, así que solo estaba yo, y, para cuando volví de Grecia, los agentes ya se lo habían llevado todo, hasta los marcos de las fotos, y él estaba catatónico... —Dejé que saliera todo, y caí a sus brazos.

La isla resurgió de las profundidades. Estaba desplegada bajo el brillo rosado de mi última mañana, en lo alto de Episkopi, una cacofonía de campanas de cabra, con Cato enroscado entre mis pies mientras Dinos abría las persianas de golpe y me llamaba. Me incorporé y me arrebujé en la sábana. Dinos era una silueta en el cuadrado de luz. Me acerqué a él, sorprendida por lo natural que me parecía que él se aferrara a mí para acercarme, el apoyar mi cabeza en su hombro. La isla parecía hacer que cada partida fuera más dolorosa que la anterior, y para mí fue todavía peor. Dinos sonreía como si hubiera sacado un conejo de su chistera: los almendreros habían florecido de la noche a la mañana, y parecía que las colinas se habían envuelto de encaje rosa.

Me puse rojísima al ver que había dejado un rastro de mocos y lágrimas en la chaqueta de ante de Charmian.

—De verdad, no te preocupes —me dijo—. Me alegro de haberme encontrado contigo, de saber que estás bien. —Hizo un ademán hacia la estación—. ¿Vas a abordar un tren?

Esbocé una sonrisa y negué con la cabeza. La diosa fortuna había presentado el momento perfecto para aquel encuentro.

—Voy de camino a hacer un piquete en la sede del transporte británico —dije, alzando un puño ferviente.

—Bien por ti —contestó ella.

—Protestamos por que hayan prohibido ese póster de la asociación de planificación familiar en las estaciones de metro —dije, a sabiendas de lo bien que me estaba haciendo quedar todo aquello.

Ah, sí. Lo había visto en las noticias.

—Mira que rendirse ante los locos religiosos. Y, además, ¿qué clase de dios insiste en dejar bebés no deseados en las mujeres? —continué, y ella me dedicó la mirada que había estado ansiando, la que me dijo que era una verdadera hija, aunque solo fuera de la revolución.

El corazón me latía deprisa como a una colegiala loca de amor. Lo habría dado todo por detenerla, así que tiré de su manga.

—Es fuera de su sede, cerca de aquí. ¿Por qué no me acompañas?

Echó un vistazo a su reloj, y yo dispuse mis bienes ante ella, objeto brillante tras objeto brillante:

—Todavía no me has contado cómo están los niños. Y podemos hablar sobre Hidra. Te perdiste un dramón con Axel cuando Patricia apareció por allí por fin. Tenía a aquella azafata haciendo escala, fue el peor momento... ¿Y te has enterado de que metieron a Magda en la cárcel porque su exmarido se dio el piro sin pagar impuestos...? Y Greg Corso volvió por un tiempo y bebió tanto que se cayó al agua desde el puerto...

Seguí con más chismes hasta que ella meneó la cabeza en mi dirección y me dijo que era incorregible.

—Se supone que debo subir al tren de las diez para preparar la comida en Stanton, pero creo que por esto George me lo podrá perdonar —dijo, tomándome del brazo mientras cruzábamos la calle. Ambas suspirábamos por el anhelo hacia Hidra, por las flores de primavera que florecían sin nosotras y por el chismorreo en el puerto, mientras la línea 27 hacia Baker Street paraba.

—Aunque debo decir que Charity Farm es un lugar muy tranquilo. Todo el pueblo es de arenisca dorada, como si lo hubieran tallado de queso, y me he convertido en toda una dama de mansión, si bien una que se remanga para ayudar con los corderos... —Interpretó el papel de la mujer rural alegre al contarme historias entretenidas sobre los personajes del lugar, un zorro que se escondía de los cazadores en su cabaña, un cordero huérfano al que daba de comer en biberón y el labrador regordete de Didy. Nos colocamos en la parte delantera del bus. Ya sabía que sus ojos iban a ser tristes, pues lo oí en el falso tono animado de su voz—. Tengo un estudio enorme y encantador para mí sola, con vistas al valle, que está lleno de narcisos... —me dijo mientras yo pagaba al conductor.

Estaba más al día que yo respecto de los dramas de Hidra. Hacía poco, había recibido una carta «de lo más chismosa» por parte de Didy. Me contó que Marianne estaba planeando volver.

—Todos están impacientes, a la espera del siguiente capítulo: ¿qué casa escogerá para su hogar, la de Axel o la de Leonard?

Pensé en la sonrisa dulce de Marianne, en la devoción en los ojos de Leonard, en cómo él encendía las velas del Sabbat en honor a ella, con su cuerpo bronceado y compacto y sus manos calientes, en su casa encantadora, en Hidra.

—Cohen está loco por ella. Parece como un cuento de hadas, el modo en que ha acabado todo. —No pude evitar soltar un suspiro.

—Si es un cuento de hadas, es uno bien oscuro, y no estoy seguro de que ella haya evadido el peligro —me contestó Charmian—. Ella y el bebé están atrapados en Oslo, a la espera de que se tramite el divorcio, pero nuestro amigo canadiense se ha largado a Cuba, así que, si va a Hidra, será para estar sola con la esperanza de que él vuelva e hinque una rodilla en el suelo. Si hay algo que sé sobre Leonard es que nunca hará una promesa que no pueda cumplir, así que diría que no hay muchas posibilidades.

Estaba pensando en la casa, en la habitación que había arriba, recién pintada para el bebé, y ardía de envidia a pesar de lo que me estaba contando Charmian.

—Sam Barclay ha mantenido su propia correspondencia con mal de amores con Marianne. Cree que ella todavía mantiene esperanzas en cuanto a Axel. Ella le dijo que su mejor opción podría ser intentar que la cosa funcionara con el padre de su hijo. Pobrecita, sí que se aferra a donde no hay ni un solo atisbo de esperanza, ¿verdad? —Charmian arqueó una ceja en mi dirección—. ¿Sabes que siempre sospechó que había pasado algo entre Leonard y tú?

—No, no pasó nada, nunca —balbuceé, y la sangre se me fue al rostro—. ¡De verdad! Nada de nada.

—Ay, siempre hay tanta intriga en Hidra... ¡Cuánto lo echo de menos! Dirías que tantos meses fuera me habrían dejado espacio para escribir, pero nunca me había sentido menos inspirada que ahora. —Estiró el cuello hacia la ventana para mirar desde arriba a las calles grises y grasientas y a los transeúntes, los hombres de negocios que iban a toda prisa a un lugar en el que no querían estar—. Lo único que parece que escribo son cartas sobre las escuelas de los niños. Es exasperante, de verdad. Los han colocado con inútiles porque nadie pensó en advertirnos sobre el examen que tienen que dar después de cumplir once años, y claro, el sistema griego no los ha preparado para eso. Así que escribo como si fuera el dichoso Cyrano de Bergerac para que luego George ponga su firma grande y masculina, y eso es lo que más me molesta, que se tome más en serio una carta de parte de un padre...

—Es horrible. —Me alegré por el cambio de tema y le conté que me habían negado un préstamo porque no pude llevar a ningún marido o padre que lo firmara para mí. Tampoco es que hubiera estado pidiendo una fortuna, sino tan solo para pagar el alquiler de otra habitación sucia. Estiró un brazo en mi dirección, y, cuando apoyé la cabeza en él, me acarició el cabello y me dijo cuánto se alegraba de que hubiera dejado de estar en la luna y de que me hubiera animado para sumarme a la lucha.

Nina, la hermana de mi novio, me esperaba en las vallas, ocupada y mandona con sus panfletos. Trabajaba para la asociación de planificación familiar y me había llamado aquella misma mañana para incordiarme hasta que había accedido a ir. Estuve impaciente mientras las presentaba, pues habría preferido meter a Nina debajo de un autobús que arriesgarme a que Charmian sospechara que mi presencia en aquella protesta no se debía a un fervor activista. Nos entregaron una pancarta con un palo de madera que decía FUERA LA PROHIBICIÓN en letras mayúsculas, y llevé a Charmian bien lejos de Nina, donde un policía con cara de bebé se pasó por allí y le ofreció fuego para el cigarro. No gritamos nada, pero sí nos quedamos contra las vallas en un grupo de unas cien personas, formado por hombres y mujeres, con aspecto enfadado y sosteniendo las pancartas mientras los reporteros nos hacían fotos. La chaqueta de Charmian no parecía fuera de lugar; muchas de las mujeres que nos rodeaban iban vestidas con abrigos de visón.

Pisamos con fuerza y hablamos de los derechos de la mujer a los anticonceptivos, y ahora no se me escapa la ironía del hecho de que, aunque en aquel entonces no lo sabía, las células de mi hijo ya se estaban dividiendo en mi interior.

—La liberación de las mujeres solo será una posibilidad cuando los científicos creen esa píldora que no dejan de prometer —recuerdo que dijo Charmian.

Una vez que nos habían tomado las fotos, las dos cruzamos al Star and Garter para usar el baño. Todavía era temprano, por lo que el bar de mujeres estaba vacío. Nos acomodamos en un rinconcito acolchado de color escarlata, y ella sacó un cigarro Capstan Full Strength.

—Ni se te ocurra pagar —le dije, cuando sugirió que, dado que el viento había soplado bastante frío, una copita de coñac podría ser algo medicinal.

—Aunque mejor solo una. George se pondrá como loco al imaginarse lo que me traigo entre manos si no subo al próximo tren —dijo, y vi que le temblaba la mano conforme se encendía el cigarro—. De verdad no quiero que se vuelva a poner malo. Ha tenido neumonía durante casi todo el invierno, el pobre.

Los brandis eran pequeños; tendría que haber pedido doble.

—Hablando de la imaginación tan viva de George —dije, sobrepasada por el deseo de burlarme de él a modo de venganza por haberme arrebatado a Charmian tan pronto—, ¿cómo ha ido con esa novela tan temida? ¿Se convirtió en el héroe del pueblo?

Más que nada en el mundo, quería que se enterase de mi acto más glorioso, quería soltar con una floritura lo que había hecho con todos aquellos ejemplares que George había dejado en la isla para hacerla quedar mal. Sin embargo, ella hizo una mueca y bebió su brandi, triste por que yo lo hubiera mencionado.

—No sé qué me molesta más, que la lean o no. Es humillante para mí que lo hagan, y humillante para George si no lo hacen. —Miró al fondo de su copa vacía y, tras encogerse de hombros con un gesto triste, le pidió otra ronda al barman—. Lo único que me da miedo de *Closer to the Sun* es que nuestros hijos acaben dando con el libro.

—Bueno, si te sirve de consuelo, he mantenido mi promesa. No he leído ni una sola palabra —dije, casi reventando por el esfuerzo de no soltar lo que había hecho con sus ejemplares.

Charmian soltó un resoplido antes de contestar:

—Pero, Erica, ¿por qué debería importarme un comino si lo lees o no?

No creo que se diera cuenta de lo sola que me hizo sentir eso, de cuánto me dolió. Llevé la mano a mi copa, aunque se había quedado vacía por alguna razón, y ella seguía hablando. Recordé mi alegría en las rocas, cómo había vitoreado cuando los había lanzado al aire, uno detrás de otro, un color naranja refulgente contra el cielo, y me los había quedado mirando hasta que, empapados e hinchados, las olas se los habían llevado. Lo había hecho por ella.

El barman nos trajo más bebidas, dobles en aquel caso.

—Fue lo peor que me podría haber hecho George, el acosarme, acusarme y hacerme escribir enfadada como lo tuve que hacer. Después de eso empecé a darme cuenta de que casi me indignaba cada vez que me encontraba a Jean-Claude con una de sus musas voluntarias. Era como si aquella cosa tan romántica que George me había obligado a escribir hubiera pasado de verdad entre nosotros. Cuando lo hicimos por fin, no fue para nada como lo había escrito. No hubo ninguna seducción en el sol embotellado de un molino, ninguna cama de paja de olor dulzón, ninguna mariposa que desplegara sus alas brillantes. Fue humillante, pero ¿sabes qué? Seguía yendo allí, con mi jarra de *retsina*. Su habitación diminuta siempre olía a la orina que dejaba demasiado tiempo en su bacinilla...

Se echó a reír y puso una expresión de rechazo.

—Y el cabrón nunca pretendió que quería pintarme ni una sola vez —dijo, con un puchero de autocompasión que me hizo enfadar. Pensé en decirle que, una vez en Boston, a Trudy le habían dicho que nunca iba a poder tener hijos por culpa del aborto mal hecho que le provocaron en Atenas. Apagó su cigarrillo—. Ah, venga ya, Erica, deja de mirarme así. Ya me habían castigado por el crimen, así que pensé que al menos podría pasármelo bien cometiéndolo de verdad —añadió.

Se miró el reloj y le dio una sacudida como si le pudiera estar mintiendo.

—Ay, Dios, de verdad tengo que irme al tren ya.

La combinación del brandi y sus prisas por irse de allí alimentaron mi furia.

—¿Y George también tenía razón sobre Greg Corso? Aquello sobre que el gato era la única sorpresa que me iba a llevar —le dije—. Siempre me lo he preguntado. Fue el día en que encontré a Cato, y Corso estaba por allí. ¡Mírate! ¡Te estás poniendo roja!

—Ay, Erica, qué chismosa eres. ¿Sabes qué? Solía mirar cómo observabas a todo el mundo en Hidra y pensaba: «Esa sí que es una buena escritora». Espero que sigas con tus diarios...

Asentí, aunque era mentira.

—Entonces, ¿qué me dices de Corso? —insistí, y disfruté del rubor que invadía sus mejillas al mencionarlo.

Rio para sí misma y evitó mi mirada.

—¿Te acuerdas de aquella noche en casa de Chuck y Gordon? —me preguntó, y yo asentí para animarla.

—Después de que la *kyria* Polymnia hubiera acabado de mostrarnos la casa, me lo encontré saliendo del guardarropa. Me acercó a él, me miró a los ojos y me dio la mano. «He venido por ti», me dijo, y, cuando me soltó, me había dejado algo pegajoso en la mano. —Se mordió el labio y se puso el pelo en la cara.

—¡Arg! —exclamé, asqueada—. ¿Y qué hiciste?

—Me avergüenza reconocer que dejé que me besara —soltó desde detrás de sus manos.

—Siempre pensé que George era demasiado paranoico, no me creía ni una palabra de lo que los demás decían sobre ti —le dije, y noté que las lágrimas que me hacían picar los ojos se atascaban.

—Ay, para ya, Erica. A estas alturas ya deberías saber lo que opino yo de la monogamia. Como siempre digo, todo vale, siempre que lo que hace uno lo pueda hacer el otro. Dime, ¿dónde está la ley que me ata a mi marido cuando fue él quien rompió ese vínculo hace tanto tiempo? —Se mecía al otro lado de la mesa, con la copa en la mano. Estiré una mano para sujetarla. Bien podríamos haber estado frente al mar—. De hecho, fue tu madre quien los sorprendió escabulléndose. Patricia Simeone se llamaba; su secretaria. Qué original, ¿verdad? —Se le había olvidado que tenía un tren en el que estar y estaba empezando a arrastrar las palabras mientras pedía más bebida y me hablaba de mi madre, de que Connie la había ayudado a pasar por el peor bache, tanto con amabilidad como al confiscarle sus pastillas para dormir. Me contó que, cada noche, mi madre iba al piso de arriba y le administraba una pastilla con una taza de leche caliente.

»Menos mal, o me las podría haber tomado todas. Sentía que la cabeza me iba a explotar, encerrada en aquel piso de Bayswater con mi corazón roto y dos bebés. Nuestro amigo médico, Joe Leitz, me ayudó durante un tiempo, pero entonces George se puso celoso y me prohibió que lo volviera a ver… No ayudaba el hecho de que Joe L. fuera tan atractivo… —Dejó de hablar con un pequeño suspiro, y yo salté ante la oportunidad y la sujeté de los hombros como si fuera a irse corriendo en cualquier momento.

—¿Joel?

Me miró a los ojos y asintió.

—Sí, Joe L. El amigo de tu madre, y, durante un tiempo, mi médico.

—¿El amigo que le compró un coche en secreto? —pregunté, solo para asegurarme, y Charmian asintió una vez más y me dijo que se lo había comprado para que Connie pudiera ir por sí misma a su nidito de amor. Bebí mi brandi como si eso fuera a apagar mi ira. Exigí saber por qué no me lo había contado cuando se lo había preguntado, por qué había insistido en mentirme acerca de todo.

—Erica, entiéndelo, por favor —me suplicó—. Me costó mucho no decírtelo todas aquellas veces que me lo preguntaste en Hidra, pero ya sabes… —estiró la mano hacia la mía y se la puso en la mejilla—, era mi amiga. —Aunque quería retirar la mano, resultó que no podía.

—Pero era mi madre —gimoteé, y ella continuó.

—Solía visitarme en sueños… Y yo quería protegerte tanto… —me estaba intentando explicar—. Tenías los ojos enormes, como algo que acababa de salir del huevo de repente, muy vulnerable y rodeada de bestias. Te vigilé y traté de no sermonearte demasiado, como si los chicos con los que te acostabas fueran asunto mío…

—¡Ay, para! —la interrumpí con un sollozo, y ambas logramos soltar una carcajada triste. Me dio su pañuelo.

—No dejaba de incordiarte con los anticonceptivos y diciéndote lo que debías leer, además de las cien recetas con lentejas. No quería que pensaras que estaba intentando usurparle el puesto a Connie. Tenías mucho con lo que lidiar, más allá de su ausencia eterna. Los cambios de humor de Bobby, ese chico horrible del que te habías quedado tan prendada... Nunca vi el momento oportuno para contarte que tu madre no fue una santa. Pero ¡mírate ahora! Ya veo que eres más fuerte y que tienes derecho a saber cómo era su vida.

Le hice un ademán con la cabeza al camarero: dos rondas, y de las grandes. Las imágenes de mi madre se acumulaban detrás de mis ojos: estaba arrodillada a los pies de mi padre, limpiando un guiso coagulado del suelo; me tapaba los ojos para que no viera al hombre que había visto reflejado en el espejo; corríamos de noche a través de un camino serpenteante a través del bosque; las manos le temblaban mientras le presentaba sus cuentas a mi padre, con una costura de sus medias retorcida y jerez en el aliento.

Mi madre se reafirma y se levanta del suelo. Conduce su coche secreto y se encuentra con su amigo médico en el bosque.

—Fue a nuestro colega Peter Finch a quien de verdad quería esa noche —me estaba contando Charmian—. Fue Finchy quien llevó a Joe L. a un cóctel, y *bum*. Es «Joe L.» para diferenciarlo del otro amigo de Finchy, un dramaturgo llamado «Joe O.».

—Entonces, ¿esa era la «oportunidad» que creías que aún tenía cuando le escribiste? —le dije, para intentar sonsacarle más detalles, y ella asintió—. ¿Por qué no la aprovechó? ¿Por qué se quedó con nuestro padre si quería a ese otro hombre?

Una vez más, Charmian trató de encontrarle sentido a lo que decía su reloj.

—Connie creía, y con cierta justificación, según lo veo, que tu padre la habría declarado una madre no apta en el juzgado si salía corriendo. No soportaba pensar en tener que dejaros.

Se nos acabó el tiempo.

—Siento mucho dejarte así, pero creo que mi último tren directo sale a en punto, tengo que irme —me dijo, y nos pusimos de pie con dificultad—. Te contaré todo lo que recuerde cuando vengas a la granja.

Para cuando nos separamos, había empezado a llover un poco. Volví, con la cabeza dando vueltas, hasta Nina y sus pancartas; y Charmian, a su tren.

—Abandonar a un hijo es un dolor que no muchas mujeres son capaces de soportar —me dijo antes de que nos separáramos. Esa frase se ha quedado conmigo desde entonces, y pensar en ella ahora me resulta agonizante.

Aquella fue la última vez que vi a Charmian, mientras observaba cómo la encantadora chaqueta de ante se moteaba por la lluvia. Me arrepiento de no haber ido nunca a verla a Charity Farm, aunque tenía otras cosas en mente, entre ellas el inicio de mi hijo y mi matrimonio incierto con su padre.

CAPÍTULO VEINTINUEVE

Me llevó diez años volver a la isla. Fui sola, pues mi hijo se quedó con su padre en lo que fue nuestra primera separación de prueba, el principio del final. Me subí a bordo del transbordador en El Pireo, armada con un montón de cuadernos, con añoranza por las grandes montañas de Hidra y llena de deseos por cumplir.

En el taxi desde el aeropuerto, una canción de Leonard Cohen empezó a sonar por la radio: «Bird on the Wire». Me lo tomé como una bendición y me pregunté si por alguna casualidad del mundo estaría allí, a pesar de la junta militar; si sus coros nocturnos de pescadores seguirían recorriendo las calles en una armonía en tres partes. A partir de algo que había leído en el periódico, sabía que por el camino no le había sido fiel a Marianne, pero que tal vez ella iba a seguir allí, esperándolo.

Había perdido el contacto con todos, al mudarme tanto como había hecho, por lo que no tenía ni idea de si habría alguien conocido allí. Ya me había preparado mentalmente para la ausencia de George y Charmian, ya que se habían despedido de Hidra de una vez por todas y habían vuelto a su Australia natal desde hacía unos cinco o seis años por aquel entonces. Él logró su éxito de ventas, su serie de televisión y sus importantes premios literarios. Pensar en que otra familia estaría viviendo en la casa junto al pozo me resultaba tan perturbador que bebí varios tragos de *ouzo* mientras surcaba el mar para tomar fuerzas. Según lo último que había sabido por parte de Charmian, me había dicho que escribía un artículo semanal en el periódico que contaba con muchos lectores y un saco de correos imposible. Después de ello, habíamos perdido el contacto. No había querido añadirle más peso a sus cargas.

Había policías militares en el transbordador, el único indicio de que a Grecia habían pasado a gobernarla los coroneles, pero estos se tomaban su café en el bar, descansaban y les sonreían a los turistas.

El *Nereida* estaba repleto de recuerdos: Jimmy, mi hermano, Trudy, Jean-Claude Maurice... Todos pasaban uno detrás del otro a través de mi mente nublada por el *ouzo*. Me sumí en un estupor, un respiro que recibí con los brazos abiertos después de tantas noches de peleas sin dormir con mi marido, y me desperté con las campanas de Poros y alguien que gritaba en el puerto. Subí a la cubierta superior, donde el humo del diésel era tan fuerte como recordaba.

Era julio, y me alegré mucho de contar con mis gafas de sol, pues notaba el escozor del sol y la sal en mis brazos desnudos. Cada vez estaba más animada y aterrada, y el estómago me dio un vuelco cuando la primera montaña rocosa de la isla apareció en mi campo visual. Me aferré a la barandilla, suspendida entre el fulgor del mar y el cielo azul sin nubes. El barco dio la vuelta ¡y ahí estaba! Abracadabra, la floritura repentina, conjurada a partir de la roca desnuda por los dioses e iluminada por el sol. Un teatro para soñadores. El truco siempre funcionaba. Las casas blancas, el puerto con forma de medialuna: me llevó un momento creer que era real. El corazón me latió desbocado, y quise tener alas para poder volar el resto del trayecto.

Volé por las montañas de piedra pura, por la ciudad que sostenían en su regazo. Mi yo de dieciocho años seguía allí, y dejé que mis ojos siguieran sus pasos a través de los pinos hasta el monasterio y más allá, hasta escalar la cima del monte Eros, con el frío sudor de la noche en la piel y el silencio ensordecedor de Charmian. Paseé por las colinas, plateadas por los olivares que conducían hasta el hueco entre las rocas de su valle favorito; busqué la gran casa del artista Ghikas para saber dónde estábamos, y, en su lugar, encontré unas ruinas incendiadas. ¿Qué diablos había pasado? Más allá de los arcos ennegrecidos de Ghikas, lo demás estaba tal como lo recordaba: agujas, cúpulas, molinos, las bellas ruinas, el mar y el sol arrojando monedas doradas sobre la piedra gris de las mansiones señoriales, los mejores asientos del escenario. Veía a personas en los laterales, en la escuela naval y en las rocas de Spilia, chapoteando y zambulléndose; caiques relucientes; cañones alineados por los muros. Vi cómo un niño saltaba desde el borde de la cueva y eché de menos a mi hijo.

Bajé por las escaleras a saltos, con mi bolsa de viaje encima, mientras nos acercábamos al puerto, impaciente por saltar a tierra firme. Los barcos pesqueros esperaban en el malecón, las banderas ondeaban en el muelle, los banderines blancos y azules rodeaban la parte frontal del puerto. Vi las mesas y los toldos de las cafeterías, oí la llamada de las campanas, los burros, los hombres que arrastraban carros de madera. Me sumergí en todo ello y casi me ahogué.

Quería ser la primera en pisar la isla, tal como había hecho diez años atrás, pero dos policías militares me retuvieron y me dijeron que empezara a hacer cola. Uno de ellos sacó un portapapeles y me preguntó cómo me llamaba, lo cual echó el momento a perder.

Bajé por la pasarela con las piernas temblorosas, casi a punto de vomitar por el miedo escénico. Nuevos dramas se desataban a mi alrededor en distintos idiomas: reuniones familiares, grupos de excursionistas que se saludaban entre ellos; un chico en particular besando a su chica me provocó una oleada de nostalgia y soledad tan poderosa que casi me puse a llorar. Los policías les pedían el nombre a todos, los ayudantes de burros empujaban, olía a excrementos de burro, las baldosas bajo mis pies no brillaban de un tono tan rosa como recordaba. Un grupo de granujas rubios pasaron volando por allí: un niño perseguido por dos niñas pequeñas y un bebé, todos ellos blandiendo espadas de madera. Gritaban y traqueteaban, embutidos en unos trajes de batalla hechos de latas aplastadas.

El chico más rubio, que solo parecía un poco más mayor que mi hijo, giró y se estrelló contra la valla para huir de los demás. Uno de los policías se dio la vuelta para reñirlo, pero él era un diablillo de lo más rápido y se fue corriendo, con sus extremidades bronceadas al viento. Los demás niños se habían quedado sin energía, mientras su armadura traqueteaba, y el niño más pequeño lo llamaba:

—¡Axel! ¡Para! ¡Espera! ¡Axel!

Mantuve la mirada clavada en el niño, con su armadura reluciente. Dio media vuelta a través del mercado y, entre jadeos, se puso a hacer cola en una tienda de helados a medio camino hacia el mar. Me había quedado sin aliento. El sabor del *foulis* cremoso que Costas solía preparar me vino a la boca, aunque, en lugar del carro de madera manual de Costas, el helado provenía de un congelador que zumbaba y que había sido enchufado en lo que había sido el proveedor naval y que en aquel momento vendía cigarrillos y postales desgastadas.

El niño estaba de espaldas a mí y miraba a través de la parte superior, hecha de un cristal borroso, junto a otra niña. Dejé mi mochila y recobré el aliento. Se volvió hacia mí cuando lo llamé por su nombre, y, bajo su pelo de fregona rubio, tenía una carita nerviosa, pero no me cabía duda de que era su hijo, tan guapo y luminoso.

—Eras un bebé de lo más encantador la última vez que te vi —dije, mientras sus ojos seguían solemnes y cargados de sospecha—. ¿Eres Axel? ¿El hijo de Marianne? —Asintió y agachó la mirada de modo que solo pude ver la parte superior de su cabeza. Le expliqué quién era yo y abrí el bolso—. Toma, yo te invito.

Aun así, no alzó la mirada ni sonrió.

—Puede comprarnos polos si quiere, señorita, pero no sé quién carajos es —respondió, y la niña le clavó la espada de madera y le dijo que no fuera maleducado y que tenía que decir «sí, por favor». Ella era una niña guapa, con pecas y unos ojos grises y sabios. Señaló hacia el callejón, a los grupos que charlaban bajo los toldos color caramelo de Tassos Kafeneo.

—Su madre está por allí. Llevan toda la mañana discutiendo sobre si organizar algo en la iglesia para su viejo amigo que ha muerto. —Miró hacia abajo e hizo un pequeño puchero.

—Ay, no, qué triste. ¿Era alguien de Hidra? —le pregunté.

La niña asintió.

—Antes vivía aquí, aunque no creía en Dios. —Le empezó a temblar el labio—. Yo también estoy triste, porque era gracioso, pero yo era pequeña cuando se fueron.

—Mentirosa —interpuso Axel—. Yo soy mayor que tú y no me acuerdo de él.

Les coloqué un dracma en la manita a cada uno y los dejé discutiendo para ir hacia donde había señalado la niña, en dirección a Marianne, quien estaba encorvada hacia otras dos mujeres, rodeada de gatos. Llevaba un vestido veraniego con un motivo de piñas y un pañuelo a juego en el cabello.

La llamé. Las otras mujeres se dieron la vuelta para ver quién había gritado; había vino en la mesa. Las gafas de sol de Marianne eran bastante grandes, y estaba fumando un cigarro griego.

Se bajó las gafas y pude ver sus ojeras.

—¿Te acuerdas de mí? Del verano de 1960. —Tuve que decirle cómo me llamaba.

—¿La dulce y bonita Erica de Londres? —Sonrió por fin. Se puso de pie para darme un abrazo y nos mecimos en los brazos de la otra. Su perfume era intenso, como de una tienda que vendía drogas, según me pareció. No era un olor que asociara con ella. Nos sentamos la una frente a la otra, tomadas de la mano, pero no encontramos las palabras necesarias, más allá de los suspiros que soltábamos, mientras tratábamos de leer la historia de la otra.

—Ni siquiera pensé en escribirte, con lo famoso que se ha hecho Leonard. Pensaba que os habíais mudado a Nueva York —le comenté.

Ella se encogió de hombros y me sonrió.

—*Pff*. He vivido acá y acullá, en todas partes, solo que ahora es verano, y no hay ningún sitio que me parezca más mi hogar que Hidra.

Me presentó a Lily y a Olivia, las madres de los amigos traviesos de Axel. Lily era rusa y llevaba unos pendientes largos, mientras que Olivia era más joven, llevaba un vestido de *hippy* y un montón de brazaletes.

—No esperaba encontrarme con una colonia extranjera, con todo eso —dije, echando un vistazo a un par de agentes con uniforme que patrullaban el puerto con armas en sus cinturones.

—Ah, no está tan mal —repuso Marianne, encogiéndose de hombros—. Al menos los transbordadores llegan a tiempo y no hay tanta basura en la calle. La situación es distinta en una isla; todo el mundo tiene que llevarse bien, y eso no ha impedido que vinieran los turistas.

—Sí, pero es un incordio tener que presentarse a la comisaría cada dos por tres —repuso Olivia, traqueteando cuando pasó el brazo por el respaldo de la silla de Marianne. Esta se inclinó hacia delante para servirme una copa de vino. Lily se bebió el que le quedaba y dijo que le tocaba recoger a los niños y darles de comer. Dos hombres jóvenes se sumaron al grupo y sacaron un par de sillas. Bill tenía barba y unos ojos brillantes, y Jean-Marc llevaba un cigarro de liar sin encender pegado al labio que se movía cada vez que hablaba.

»Cariño, hace mucho calor. Vamos a nadar —propuso Olivia, mientras los hombres pedían cervezas y colocaban un tablero de *backgammon*. Apoyó los pies sobre la silla que acababa de dejar Lily y se quedó allí sentada, tintineando y abanicándose mientras Marianne y yo hablábamos. Cuando eché un vistazo hacia abajo, vi que Marianne tenía una pulsera de campanillas plateadas a juego en uno de sus tobillos. Le hablé de mi hijo, y ella dio una palmada, contentísima por que hubiera tenido un hijo, y me preguntó por su padre. Olivia me dijo que le gustaría darme una sanación. Miré más allá de ella, hacia el malecón y el ajetreo del puerto que tanto me sonaba, los hombres y las barcazas que traían bienes desde Ermioni, los burros que se quejaban, las parejas que se dirigían a Kamini tomadas del brazo, antes de devolver la mirada hacia el rostro amable y encantador de Marianne.

—Me he animado nada más ver todo esto; he soñado tanto con la isla… Llevo soñando con volver aquí desde que me fui. Si no fuera por mi hijo en Londres, creo que no me volvería a ir nunca.

Marianne se encogió de hombros y me dedicó una sonrisa un tanto tristona.

—Era mejor cuando estuviste aquí hace tiempo, ahora ya no es igual. Éramos niñas inocentes, las drogas no habían empezado a afectar la cabeza de nadie… —Los policías estaban pasando por allí de nuevo, y Marianne les echó un vistazo y sonrió—. Pero bueno, todavía nos lo pasamos bien. La diferencia ahora que estos están aquí es que hemos escondido todas las drogas y que no hacemos tantas fiestas en público. Ah, y ni se te ocurra ponerte a nadar desnuda como solías hacer, Erica.

Olivia dijo que había visto a una joven alemana recibir un puñetazo en la cara por ello en Spilia.

—Incluso con el calor que hace, solo podemos desnudarnos en la privacidad de nuestras propias casas, ¿verdad, Marianne? —le preguntó, rodeándole el cuello con el brazo.

O bien Olivia estaba muy borracha o muy drogada. Le bajó el tirante del vestido a Marianne para masajearle el hombro con los pulgares mientras ella me preguntaba qué había pasado con mi marido, y decidí darle la versión resumida. Me había quedado embarazada y me había casado con mi jefe, un hombre con mucho talento. El equilibrio de poder había estado inclinado hacia su bando desde el principio.

—Creo que me ha llevado diez años darme cuenta de que no soy el tipo de persona que se conforma con la gardenia y el bocadillo en el escritorio de mi marido —dije con cierta incomodidad, pues no me gustaba nada hablar de mí misma y quería conducir la conversación de vuelta a ella y a Leonard.

Ella se liberó de Olivia y se volvió a colocar el tirante.

—Ay, Erica, qué bien nos lo pasábamos. Menudo verano... Fue como una montaña rusa, pero ya sabes, Leonard me hipnotizó. Habría hecho cualquier cosa por él...

—Sí, cielo, pasaste más cosas por alto que un ciego —interpuso Olivia, aunque Marianne seguía hablando.

—Todo se ha ido un poco al traste desde que perdí a nuestro bebé, y los dos nos hemos cansado. Pero dime, ¿crees que era feliz conmigo en aquel entonces? A veces creo que solo me lo imaginé.

Olivia soltó un gruñido y se llevó las manos a los oídos.

—Calla, mi pequeña trol nórdica, no creo que pueda soportar otro soliloquio sobre Leonard. —Recogió su cesta y dijo que nos vería en la playa.

—Hacíais muy buena pareja, y todo a vuestro alrededor parecía dorado —respondí, tanto para hacerla sonreír como porque era cierto—. Estaba muerta de celos. Solía pensar en todas las velas que encendía por ti, en cómo te miraba, en lo tierno que era con el pequeño Axel. Cuando me fui de Hidra pensé mucho en vosotros, en cómo vivíais. Era lo que soñaba tener.

Olivia volvió a mirarme y soltó unos ruidos como de arcadas.

—Hagas lo que hagas, no la dejes empezar a hablar de la dichosa canción —dijo, antes de darle un toquecito afectuoso a Marianne en la punta de la nariz mientras ella agitaba las manos para que se marchara.

Claro que sabía a qué canción se refería, pues la había escuchado un montón de veces, solo que Leonard siempre había sido más que enigmático.

—Bueno, sí que parece que amarga un poco al final... —empecé a decir.

Marianne me calló, todavía agitando una mano.

—A decir verdad, no creo que sea sobre mí. La llevaba tocando varios años, y se llamaba «Venga, Marianne», lo que le da a la canción un significado distinto si se presta atención a la letra, pero otro grupo ya tenía un disco con ese nombre, así que lo cambió. *Pff* —me explicó—. «Bird on the Wire» es la mejor que escribió para mí porque es más sincera. —Vi que los ojos se le anegaban de lágrimas—. *Pff* —soltó de nuevo, como si no tuvieran importancia—. Leonard no quiere tener hijos conmigo, así que ahí ha quedado la cosa.

—Ay, Marianne —contesté, meneando la cabeza—. Lo siento.

Contuvo las lágrimas e intentó esbozar una sonrisa.

—No pasa nada. Verte así me ha hecho recordar lo felices que éramos. Menuda lástima. Ahora ha encontrado una buena yegua judía… —Recobró la compostura y se disculpó por sonar tan amargada—. La última vez que estuvo aquí me dio una sorpresa muy desagradable.

Tiraba de una llavecita dorada que llevaba en un colgante de un lado a otro de la cadena mientras hablaba. Se trataba de un regalo de Leonard: la llave para su corazón, según me dijo con un sollozo.

—¿Qué clase de sorpresa? —la animé a seguir.

—Ya había tenido a esa mujer en nuestra casa, pero bueno, ¿quién era yo para quejarme de eso? Solo que aquel día fue como mirar a un fantasma a la cara —contestó—. Lo he visto destrozado muchas veces a lo largo de los años, agotado, vacío y con alucinaciones. Todo eso, pero nunca me había asustado. Cuando salió del barco, lo miré a los ojos y los vi tan muertos como los de los peces de esa caja de ahí —continuó, y se llevó las manos a la boca—. Perdona por ponerme a hablar así. Nos hemos puesto a beber esta mañana por las malas noticias. Es George quien ha muerto, el pobre. —Las lágrimas que habían estado a punto de caer de sus ojos se le deslizaron por las mejillas.

—¿George Johnston? —Era absurdo, seguro que estaba al caer. Eché un vistazo por encima del valle hacia donde Katsikas, añorando los diez años que se me habían escurrido de entre las manos, y esperé verlo allí, tragando un brandi y soltando una carcajada estridente ante su propia historia, brindando, tras recibir un cheque por correo que era más potente que cualquier cosa que pudiera haber comprado en la farmacia, con los ojos tiernos por el amor. Llamándola «Cliftie» antes de hacer chocar su copa con la de ella.

Solo que Marianne estaba asintiendo y se limpiaba las lágrimas.

—La tuberculosis se lo ha acabado llevando —dijo—. Hemos estado aquí desde que Lily ha recibido la llamada. Supongo que es apropiado que nos emborrachemos en su honor.

Pensé en su arrogancia, en su sonrisa de pistolero.

—Ay, Dios, pobre Charmian. ¿Ha hablado alguien con ella?

Marianne se puso pálida como la tiza y alzó las manos.

—Eh… ¿Quieres decir que no te has enterado? —Se quedó con la boca abierta.

Negué con la cabeza.

—¿De qué?

Tomó la botella y me volvió a llenar la copa.

—Bebe —me pidió.

—Ay, Dios, ¿qué ha pasado?

Volvió a hacerme un gesto para que bebiera, y di un gran sorbo.

—Charmian murió —me dijo—. Se suicidó el verano pasado.

Estaba en el hotel, en el mostrador de recepción, recibiendo las llaves de la habitación, subiendo por las escaleras. Tenía un vaso de agua en la mano. La habitación era sofocante, y podía oler mi propio sudor. Abrí las persianas del balcón con fuerza, me dejé caer sobre la cama y permití que el enorme torrente de incredulidad me arrastrara.

Me lo intenté imaginar, me obligué a hacerlo real. Charmian, menopáusica, sola y desesperada, y el odio de George se le había hecho imposible de soportar. Estaba borracha, claro. Había una botella sobre la mesa, y la copa en su mano estaba medio vacía. Me la imaginaba riéndose con tristeza mientras escribía los poemas de Keats. Fueron las pastillas para dormir de George, según me había dicho Marianne. Todo un bote, y el médico dijo que había fallecido sin dolor a la medianoche, tal como ella le había prometido que iba a hacer en su nota de suicidio.

Vacié mi bolsa de viaje, coloqué una foto de mi hijo junto a la cama y me la quedé mirando durante quién sabe cuánto tiempo. Pensaba en la última vez que la había visto, en ella diciéndome algo a gritos en la acera frente al Star and Garter mientras empezaba a llover. No muchas mujeres podían soportar el dolor de perder un hijo, me había dicho mientras nos tambaleábamos, borrachas, a punto de darnos nuestro último abrazo. ¿Se habría imaginado que aquello no era cierto al revés? Me costaba creer que hubiera infligido un dolor tan insoportable sobre sus propios hijos. Recorrí el pasillo para echarme agua en el rostro, sobrepasada por una ira repentina, por las ganas de huir.

Había montones de turistas; las tiendas vendían joyas, sandalias y esponjas; el olor a pescado frito fue demasiado para mi estómago. Los pies me llevaron hasta la calle Voulgaris, por los peldaños hasta mi antigua casa, atraída por una fascinación horrorosa ante lo doloroso que sería capaz de hacer que fuera aquel viaje. Ya me había quedado sin aliento para cuando doblé la última curva, y allí estaba, con sus persianas echadas y las ventanas tapiadas, con las puntas de los almendreros apenas visibles por encima del muro de la terraza. El corazón me iba a mil por hora. Me parecía imposible que en otros tiempos hubiera corrido de arriba para abajo por aquellos peldaños varias veces al día. Me di la vuelta para echar un vistazo por aquel paisaje que tan familiar me resultaba, por entonces vandalizado por unas líneas cruzadas de cables que venían desde el puerto y que resaltaban tanto como unos grafitis. Me senté y me llevé las manos a la cara. Había excrementos de gatos por todos los peldaños. Oía el zumbido de las moscas y me percaté de la presencia de los restos crucificados de una rata entre las raíces de una higuera, rodeada de latas tiradas sobre los polvorientos arbustos de adelfa.

Lo recordé entonces. Había sido Marianne quien me había acompañado de vuelta al hotel, quien había lidiado con Sofia en el mostrador, me había llevado hasta mi habitación y me había servido el agua. Me había sentado, como una niña paralizada, al borde de la cama, mientras ella se arrodillaba y me desataba las playeras. Me había dicho que el suicidio de Charmian había sido en la víspera de la publicación de la nueva novela de George. Una vez más, él la había avergonzado en público, solo que en aquella ocasión la había culpado de su muerte inminente por la tuberculosis al decir que se la había provocado el estrés de quererla.

—La situación se volvió muy fea con ellos aquí al final; parece que ningún matrimonio consigue sobrevivir a Hidra —me había dicho Marianne—. Si te digo la verdad, todos en la isla estaban desesperados por que se fueran los Johnston. George era un esqueleto, y Charmian le decía a cualquiera que tuviera delante que él ya no se la quería tirar. Durante mucho tiempo, estuvo prendada de mi amigo Tony. Se pasaban el día borrachos, se peleaban en público, y Leonard y Demetri solían tener que cargar con George para llevarlo a su casa. —Me había mostrado una cicatriz, una pequeña medialuna sobre su labio superior—. Esto es de cuando le lanzó un cuenco de yogur a Charmian y un fragmento rebotó y me hizo un corte.

»Se quedaron demasiado tiempo —había seguido, y yo me había quedado allí sentada, sin sentir nada, mientras ella me contaba lo que sabía de los niños. Martin escribía para un periódico de Sídney. ¿Podía creerme que Shane se hubiera casado? Jason vivía en el campo con sus primos. Que una luz tan brillante como la de Charmian pudiera apagarse parecía imposible. Marianne me había dejado llorando y me había dicho que me vería en la playa. Nada más irse, yo había empezado a reírme.

Me pareció la broma cósmica más lúgubre el haberme enterado de la muerte de Charmian como una posdata a la de George, y, además, en el mismo día en que por fin había vuelto a la isla de mis sueños.

Fui una idiota al pensar en volver. El sol era abrasador y yo necesitaba beber algo, pero, presa de un impulso que me había llegado una década más tarde de la cuenta, seguí subiendo. Los peldaños serpenteaban más allá de ruinas con andamios desvencijados, taladros y martilleos, cadenas de burros cargados con palés de ladrillos, mientras la sed me tornaba la saliva a una pasta espesa.

Seguí subiendo, más allá del desfiladero, hasta el camino superior, donde las ruinas de la casa de Ghikas coronaban la colina, unos arcos ennegrecidos como acueductos góticos por encima de fragmentos de madera chamuscada y suelos derrumbados. El camino estaba moteado por restos negros, y unas persianas quemadas todavía se encontraban entre la terraza derruida y los arbustos carbonizados.

Caminé por delante de la casa, como si fuera a tener mala suerte por quedarme allí más de la cuenta. Recordé con un escalofrío que Leonard me había dicho que había lanzado una maldición sobre el lugar.

No había nadie por allí; muy por debajo de mí, el mar era tan azul como el esmalte, y el sol había descendido lo suficiente como para hacer que las rocas desnudas parecieran de bronce. Iluminaba los arbustos de cebada de mi valle y llenaba el aire de polvo dorado. Los burros arrojaban unas sombras largas sobre los matorrales de las terrazas alejadas, y los gallitos cantaban mientras me acomodaba en la cresta que tan bien conocía. Un mulero pasó con su traqueteo, todo lleno de pezuñas, polvo y virilidad orgullosa, bigotes y chaleco. Un par de carneros con cuernos retorcidos estaban atados, uno a cada lado de sus riendas, y bramaban. El perro pastor ladraba, y la mula soltaba berridos de protesta. Una vez que pasó el alboroto, el silencio llegó con más violencia aún debido a la interrupción. Observé unos diminutos escarabajos que parecían joyas entre el polvo a mis pies. Me permití llorar por el fin de mi matrimonio y tragué el aire cargado de aroma.

Me había quedado sin lágrimas para cuando lo vi en la cima de la colina. Paseaba con su perro, y sus andares cómodos y hombros fuertes me ayudaron a reconocerlo varios pasos antes de que se detuviera en seco y se quitara el sombrero.

Me levanté de un salto, y él no podría haber parecido más sorprendido.

—¿De verdad eres tú?

—Ay, no, no me digas tú lo mismo. Marianne tampoco me ha reconocido —le dije, mientras nos dábamos un abrazo y nos echábamos a reír—. ¡Diez años! —Todavía estaba intentando asimilarlo. Al principio había creído que solo me lo había imaginado, pues parecía que lo había conjurado como de la nada al pensar en él en aquel momento y preguntarme si todavía iría allí en verano, con su saco de arcilla de Egina.

Había reproducido mi última noche en la isla tantas veces que había adquirido la calidad cambiante de un sueño. Había sido un paseo impresionante hasta la casa de Dinos. Nunca había escalado hasta la cima del monte Episkopi, y me sorprendió el valle en el que los tojos y los matorrales daban paso a almendrales, olivares, campos de cebada y pinares con sus orquestas ocultas de campanas de cabras. Llevé a Cato en una cesta durante todo el camino. La casa estaba situada tan en lo alto que se alcanzaba a ver el mar a ambos lados de la isla.

Dinos era amigo de Bobby, y, a pesar de que yo casi no lo conocía, no me hizo sentir tímida ni un solo momento. Me mostró el lugar y se detuvo en la cabaña del horno para enseñarme lo que había estado haciendo Bobby. Unas figurillas estaban tumbadas entre piedras del tamaño de canicas, algunas con poses relajadas, con la barbilla apoyada en las manos o bocabajo; otras con alas y expresiones exultantes. Dinos me dijo que estaba inspirado en algo que Charmian le había dicho a Bobby sobre que todas las personas eran Dédalo o Ícaro.

Saqué a Cato de su cesta y le dije que sería feliz allí. Dinos y yo no dejamos de hablar, ni aquella noche ni durante un solo minuto a la mañana siguiente, mientras descendíamos entre los almendros en flor hasta el transbordador, donde puse rumbo a Inglaterra. Me dio un cuenco que había hecho para mí, y me entristece pensar que no tengo ni idea de dónde está ahora.

Y allí estaba una vez más. Dinos, justo delante de mí, con su mochila y su perro, con el mismo aspecto que la última vez, a pesar de la década que había transcurrido. Sonreía y me ofrecía agua de su cantimplora. Casi tuve que pellizcarme para asegurarme de que no estaba soñando. Me dijo que Cato todavía era el rey de Episkopi. Me extendió su mano cuando le dije que me gustaría ir a verlo. Aquel lugar era mágico; siempre había notado el tirón de la magia, aunque nunca tanto como en aquel momento. En el mismo lugar en el que lo había encontrado, mi gatito negro estaba devolviéndome la suerte.

CAPÍTULO TREINTA

«Cambio. Soy el mismo. Cambio. Soy el mismo. Cambio. Soy el mismo». Leonard lo pintó en letras doradas alrededor del espejo de su pasillo. No me puedo imaginar que no siga aquí.

Hubo una noche en la que prácticamente me había tenido hipnotizada. Acabé casi mareada cuando terminamos de bailar y me hizo darme la vuelta para que me mirara en el espejo. La cabeza me da vueltas un poco, y los ojos se me llenan de recuerdos. Tuvo que sujetarme de los hombros para evitar que me escabullera, pero lo único que vi mientras me sostenía frente al espejo fue la llama de la vela reflejada en sus ojos verde caqui; cualquier cosa para no mirarme a mí misma. Leonard estaba bastante colocado, con los ojos de un rojo claro, y estaba tan cerca que lo oía tragar. Deslizó la mano de mi hombro a mi clavícula, luego más abajo aún, y yo dejé que lo hiciera. Notaba su aliento cada vez más caliente en mi cuello, y el entusiasmo lleno de culpabilidad que había eclosionado en mi interior en las rocas había alzado el vuelo con fuerza para cuando Marianne entró con una ráfaga de aire y rompió el conjuro. Llevaba su lámpara y un montón de leña, y, durante varias semanas, se negó a mirarme y a hablar conmigo. Leonard cambió y siguió siendo el mismo. Las palabras que había pintado alrededor de su espejo eran sinceras y ciertas.

También eran ciertas en mi caso. Llevo mi vejez como una capa y doy las gracias por los peldaños que me mantienen casi tan ágil como la niña que vive dentro de sus arrugas tan inoportunas. Llevo el puño al cielo en un gesto de desafío cuando la lluvia me golpea la cara. El mar parece plano como el hierro forjado. Harán falta más que unas gotitas de lluvia para impedirme nadar más tarde si me apetece. Pienso en las judías que tengo hirviendo a fuego lento con una pata de jamón en casa, en mi hijo y en los pequeñines que vendrán por Navidad, en nuestra casita acogedora, con su madera guardada para pasar el invierno. Pensar en mi hijo y en mis nietos me llena de un espíritu más poderoso que el dolor o que cualquier otro achaque que el paso del tiempo quiera lanzarme.

La lluvia que me cae en la cara tiene un picor salado. Me detengo en un hueco entre casas y observo cómo el sol se abre paso entre una rendija en las nubes e ilumina el mar. Sigo subiendo. Parece que no puedo dejar de pensar en Leonard y en Marianne, ahora que los dos han muerto.

Con el paso de los años, cada vez vi menos a Marianne. Se casó con su jefe en Oslo y adquirió hijastras y un gurú budista. Cuando murió, me pregunté si su marido se habría sentido dejado de lado cuando la carta que Leonard le escribió cuando ella estaba en su lecho de muerte llegó a ojos de todo el mundo.

Charmian tenía razón sobre el optimismo ciego de Marianne: se aferró a la esperanza mucho después de que esta hubiera desaparecido. Leonard la dejó esperando durante años.

Todavía seguía aferrada a ella en su casa durante el primer verano que vine aquí con mi hijo. Axel Joachim solo era un par de años mayor que mi hijo, por lo que esperaba que pudieran ser amigos. Recuerdo haber ido a Hamleys para comprar el juego Risk para la ocasión. Alenté a mi hijo durante todo el camino desde la casa de Dinos y le conté todo lo que recordaba de aquel niño tan listo. Le hablé de ir a pescar, de máscaras de *snorkel*, de carreras de burros y de hacer volar cometas. Axel Joachim había pasado por un internado de Inglaterra, por lo que no habría ningún problema por el idioma. Estaba segura de que se lo iban a pasar pipa.

La casa de Leonard no había cambiado nada: las palabras que rodeaban el espejo, la mesa con sus tesoros y su campana de monasterio resquebrajada, las paredes blancas y las alfombras tejidas. Un grupito de alumnos escandinavos preparaba el desayuno en la cocina, un chico en ropa interior y dos chicas delgadas con la nariz y los hombros quemados por el sol. Victoria era la que mejor hablaba inglés: se disculpó por lo desastroso que estaba todo y nos explicó que Marianne no estaba en casa. Sirvió café y echó varias cucharadas de azúcar en una jarra.

—Estuve aquí el verano en que Marianne y Leonard se conocieron —dije. Vi mi reflejo en el espejo, y una sonrisa tiró de mis labios—. No parece que haya pasado tanto tiempo.

Los demás paseaban por el lugar y sorbían cereales. Habían puesto uno de los viejos discos de Chuck Berry que tenía Leonard, y su coreografía lánguida me provocó una punzada de dolor ante la libertad que había podido disfrutar hacía una década. Victoria me contó que Marianne no había estado mucho por allí últimamente. Parecía molesta y, tras colocar una taza de café en las manos reacias de mi hijo, le insistió para que fuera al piso de arriba para decirle al vago de Axel Joachim que saliera de la cama si quería desayunar.

Tras lo que pasó después tuve que contener mi desaprobación cada vez que me encontraba con Marianne, pero el sentimiento siempre estaba allí, al acecho, oscuro y sin mencionar, como si el encuentro entre nuestros hijos aquel verano hubiera envenenado cualquier posibilidad de que pudiéramos volver a ser amigas. Había flotado en el aire entre nosotras la última vez que la había visto, lo cual fue muchos años después, en un ventoso día de octubre. Nos encontramos en la oficina postal y nos detuvimos para sentarnos en la terraza del bar Pirata para beber un chocolate caliente, ambas sorprendidas por la noticia de la muerte de Martin Johnston. El suicidio de Shane, tres años después del de Charmian, había sido algo incomprensible, y Martin había hecho lo mismo, solo que él había tardado un poco más y se había valido del alcohol como veneno. Caminamos juntas por la calle hacia la casa Australia y nos quedamos junto al pozo, sumidas en un silencio de incredulidad.

Unas últimas flores se aferraban a la trinitaria de Charmian, la cual había florecido y había resquebrajado su maceta. Alguien había plantado un ancla en hormigón junto a la puerta delantera. Sabía que la casa pertenecía a una mujer estadounidense en aquellos momentos, y, aun así, no era capaz de cerrar la cortina ante los Johnston. Esperaba que se aparecieran por su casa como fantasmas durante toda la eternidad. Si tan solo hubiera podido dejar de llorar y concentrarme lo suficiente, habrían estado allí todos, con Martin mirándome con los ojos entornados desde su microscopio, Shane haciendo girar su falda, George llevando a Charmian a su regazo. Lo único que habría tenido que hacer era cruzar la puerta y ayudarlos con algo. Recordaba todas las ganas que tenía de ser parte de aquel lugar, cuánto había bailado y cantado en cada audición para poder interpretar un papel en su familia.

—Muertos, y todos por su propia mano —estaba diciendo Marianne, y yo le dije que, años antes, en Londres, mi madre había sospechado que Charmian podría haber sido capaz de suicidarse, por lo que le había confiscado las pastillas para dormir—. Shane y ahora Martin, es demasiado. Creo que los hijos pagaron el precio de nuestra libertad, de verdad —continuó mientras empezábamos a recorrer el camino de vuelta a través de las calles. Pensé en la seguridad relativamente aburrida de mi propia infancia y en el sacrificio que había tenido que hacer mi madre para proporcionármela. Para entonces yo ya había ido a conocer a su amante, el médico Joe Leitz. Su club tenía una luz tenue, un whisky fuerte y muebles de cuero de suelo bajo. Me había maquillado y peinado para parecerme a ella y lo había hecho llevarse una mano al corazón cuando entré en la sala. Su insinuación fue galante, y, aunque me avergüenza reconocerlo, justo lo que había esperado.

Marianne se había puesto a hablar de Axel Joachim.

—Era un niño muy sensible, como recordarás, muy listo. Quizá tendría que haberle dado una infancia más estable. —Hablaba en voz baja, triste. Llevó una mano a la mía—. Desde su última recaída, los médicos dicen que nunca podrá llevar una vida normal.

Había oído rumores y había esperado de todo corazón que no fueran ciertos. No quería que Marianne pensara que los demás habían hablado a sus espaldas.

Se le habían encorvado los hombros con el paso de los años, y su respiración se había tornado sibilante. Se arrebujó en su manto.

—No fue nada feliz en ninguna de las escuelas a las que lo mandé. Después de Summerhill, Nueva York y luego Suiza, no encajaba en ningún sitio, así que cuando tenía quince años dejé que su padre lo llevara de viaje a India. Nunca tendría que haberlo dejado ir. Su padre era prácticamente un desconocido para él, y no estuve allí para protegerlo cuando el insensato de Axel le dio LSD...

—Ay, Marianne, lo siento...

—Y ahora nuestro niño tan especial ha pasado de una clínica a otra durante la mayor parte de su vida. Creo que cada padre debería saber lo que ha pasado, Erica —me dijo, y sus ojos mostraban una expresión suplicante—. Deberías escribirlo para el periódico. Para algunas almas frágiles, un solo viaje puede resultar un callejón sin salida en el infierno.

Pensé en Axel Joachim en el día en que dejé a mi hijo en su casa y me pregunté si no habría estado ya en camino a lo que le iba a suceder. La chica, Victoria, había sido un tanto mandona, y, después de enviar a mi hijo con el café, me dijo que lo mejor sería que me marchara y que volviera a buscarlo alrededor del anochecer, cuando Marianne pudiera haber vuelto.

Dejé un ejemplar de *La mujer eunuco* que había comprado como regalo para Marianne. No tengo ni idea de si llegó a leérselo, pues conseguí evitarla durante el resto de aquel verano.

Marianne todavía no había regresado cuando Dinos y yo volvimos a por mi hijo. Victoria parecía un poco mareada, y creo que solo fue el vernos plantados allí lo que le recordó que había niños en la casa.

—No vine a Grecia para ser la canguro de Marianne. Es como si solo pudiera ver una cosa. No ve a su hijo, ni siquiera que tiene que comer, porque tiene la vista puesta en ese fotógrafo francés al que persigue con su chachachá por toda la isla.

Encontré a mi hijo con Axel Joachim en su madriguera del piso de arriba. El ambiente estaba espeso por la marihuana, con las persianas cerradas, y la caja de Risk todavía envuelta en plástico. La música salía con un enorme estruendo de la radio, unas guitarras que gritaban, y los ceniceros estaban a rebosar. Axel Joachim estaba sentado con las piernas cruzadas en su cama, delgadísimo y vestido solo con su ropa interior y un collar de cuentas de cristal. Un solo icono de san Tadeo colgaba torcido de la pared. Axel Joachim tenía un enorme porro entre los dedos, con su cabeza rapada echada hacia atrás en un riguroso gesto de tocar la guitarra, y se lo estaba pasando tan bien que no se había dado cuenta de que mi pequeñín se había desmayado en el suelo.

Durante años después de eso, Dinos y yo discutimos sin parar sobre el tema. El corazón me dolía más cada vez que me iba, pero mi hijo debía estar tanto conmigo como con su padre en Londres. Me apunté a una asociación para la vivienda en Notting Hill y afilé mi pluma y mis conocimientos con empleos en las revistas *Spare Rib* y *Time Out*. En casa, colocaba una gardenia y un pequeño bocadillo en un escritorio en el que escribía sobre mis propias páginas, y otra década pasó con la isla y Dinos tan solo existiendo en mis sueños.

Estos días, cuando estoy sola en lo alto de mi valle, ya no suelo llorar. Sigue siendo una gran invitación a la introspección, como la primera vez que me senté allí, pues no hay ningún paisaje más pacífico que ese, pero ya no es un lugar que llenar de lágrimas. A medio camino por la colina más alejada, una cabaña en ruinas, con pollos y redes, es lo único que se ha añadido al lugar; las brisas siguen haciendo ondear el lago plateado que son los olivares de su hueco. El sol se adentra entre las nubes, y huelo la buena tierra y noto su calor en mi cara.

Me pone de los nervios pensar en todas las lágrimas que derramé por Jimmy Jones, en la desesperación ciega de mi yo joven, y entonces me echo a reír al pensar en lo aterradores que le debían haber parecido mis intentos por hacer que recorriera el camino al altar. Sin embargo, en 1960, lo cual en realidad fue casi media década antes de que empezaran los años sesenta, ¿cómo iba una chica sin rumbo ni madre a saber diferenciar entre la lujuria o el amor, o, tal como lo dijo Marianne una vez, entre el amor y la servidumbre?

Puede que Marianne hubiera sido un mal ejemplo, pero, durante un tiempo, Charmian sí que fue la madre que necesitaba. Recuerdo que vino a buscarme la noche después de que Jimmy Jones huyera, cuando pensaba que la isla bien podría disolverse con todas mis lágrimas.

Estaba agotada por la miseria y la sorpresa. El sol se estaba poniendo, y ella había llevado whisky e higos y se había sentado junto a mí, abrazándose las piernas a través de la falda. Yo tenía los ojos hinchados y me dolían. Su preocupación por mí fue un bálsamo más calmante que las pastillas que Bobby me había estado haciendo tragar.

Cuando le pregunté cómo había sabido dónde encontrarme, destapó el whisky y dio un sorbo antes de contestar.

—Es raro, ¿verdad? Es como si hubiera un hilo que tira de mí. No sé cómo explicarlo. —Entonces dio otro trago y me dedicó una sonrisa preocupada y preocupante.

Le dije que mi intención era seguir a Jimmy de vuelta a Londres y exigir que se enfrentara a mí, y ella soltó un ruidito de burla. Sollocé y gimoteé mientras ella pintaba cómo podría haber sido mi vida como mujer de Jimmy, y me dijo que había sido una bendición que hubiera visto cómo era de verdad.

—Piensa en cómo tu madre estaba atada a esa cocina de Bayswater, cielo. Sé que soñó con algo menos terrenal para ti que estar postrada de rodillas como una criada…

Los últimos atisbos de sol se escondieron tras el mar; el anochecer morado resultaba agradable.

—Antes de que George se pusiera enfermo solíamos venir juntos hasta aquí cuando se hacía de noche. Nos sentábamos aquí mismo con una botella de vino y planeábamos lo que íbamos a escribir al día siguiente... —Me dedicó una sonrisa rota—. Ojalá pudiera volver a sentir ese encanto, con todo dorado, vilano y cebada, piedra y tierra; la vida que nos habíamos labrado... —Y soltó un suspiro, como si todos sus sueños ya se hubieran soñado.

Se sacudió a sí misma para salir del ensimismamiento, me acercó a ella y me dio un beso en la coronilla.

—Cariño, no desperdicies tus lágrimas en ese chico tan ordinario —me dijo, y la combinación del whisky de su aliento y su aroma cálido me hicieron olvidar que estaba sola en el mundo. Me meció entre sus brazos, mientras, una a una, las estrellas se iban iluminando en el cielo.

Solía pensar que mi hambre por Charmian era unidireccional. Una vez que Bobby me había metido en la cabeza que era un mosquito molesto, me anduve con cuidado. Traté de no ser codiciosa, pero ella se entregaba con generosidad. Me recogió cuando Jimmy me tiró a la basura, me ayudó durante la mala etapa con Bobby y volvió de El Pireo con un cuaderno de cuero y me insistió en que escribiera cada día. Me alimentaba de Brahms y de bocadillos de cangrejo mientras se quejaba de los anticonceptivos y me cobijó bajo su ala. Fuera harta, con resaca, cansada o tan solo hambrienta, siempre había tenido un refugio en la casa junto al pozo.

Charmian sigue conmigo en el trapo de cocina que llevo en el hombro, en el cordón que uso para atarme el cabello; está conmigo en la comida que cocino y en cada página que he luchado por poder escribir.

Unos años después de la muerte de Martin, un amigo de Dinos en Australia envió un recorte de periódico que me hizo sentir

tan rara que tuve que tumbarme mientras lo leía. «Jennifer».
¿Había imaginado que alguna vez me había llamado con ese
nombre? Todavía no estoy segura, pero creo que capté algo.

El rostro de la página me lo contó todo. La mujer de cabello
oscuro, huesos fuertes y boca generosa era clavada a su madre.
Se llamaba Suzanne Chick y había escrito un libro. Tenía la misma edad que yo.

Los ojos de la hija se inclinaban hacia arriba y eran profundos de un modo que me resultaba muy familiar, y mi visión se
tornó tan borrosa por las lágrimas que no pude seguir leyendo.
El rostro de Charmian se apareció en mis pensamientos, blanca
por el terror. Estábamos fuera de donde Johnny Lulu, y ella se
abalanzó sobre George, quien retrocedió y alzó las manos como
si ella fuera a pegarle.

Jennifer era el nombre de aquella sorpresa que me podía
haber llevado el día en que encontré a Cato, estoy segura de
ello. Fue el día en que había encontrado a Cato, el día del
festival, y él se había pasado el día bebiendo. Charmian había
estado flirteando con Corso, quien la hacía soltar risitas, y
Gran Grace se quejaba de que la mujer de George solo tenía
tiempo para otros hombres. Yo había empezado a decir que
no era así... y *bum*, la actuación pública. George con el dedo
acusador para entretener a su público: «Hay un buen motivo
para que tenga tanto tiempo para la pequeña Ricky, ¿verdad,
Charm?».

El corazón se me rompió conforme leía. A la hija le habían
dicho que su madre había muerto durante el parto, y, en un
sentido más fundamental, tal vez había sido así. Charmian la
había llamado Jennifer y la había dado en adopción, sin su nombre, con tres semanas de edad. El querido hermano de la matrona y su mujer no tenían hijos; Charmian tenía diecinueve años
y no estaba casada, por lo que no tenía ningún sitio al que acudir más que a la caridad del hospital. Era guapa y gozaba de
buena salud; hablaba con una voz culta. No tenía ni una posibilidad.

—Esta es especial —dijo la matrona, colocando a la bebé, bien vestida con su encaje, en los brazos de su cuñada. Me imagino que Charmian no tuvo mucho tiempo para cambiar de opinión. Con su primera hija lejos de ella, perder cosas acabó definiéndola. Sabiendo eso, no me sorprendió que permitiera que George se quedara con todo el oxígeno de la sala en la que escribían ni que hubiera dejado que su vida se saliera tanto de control que acabó perdiendo las riendas. Ninguna mujer puede soportar el dolor de perder a un hijo.

Echo un vistazo por mi valle, hacia el mar, y me sorprende que yo haya acabado viviendo la vida que ella soñó tener.

Fue en la mesa de Charmian que Dinos y yo nos conocimos; no puedo evitar ver un brillo en sus ojos; Bim teniendo que cambiarse de sitio para que yo pudiera estar al lado de él, el modo en que Charmian se aseguró de que Dinos supiera que yo había preparado las *dolmas*. ¡Gracias! ¡Gracias! Lo grito como la vieja loca isleña en la que me he convertido. Y gracias por haber escrito el libro que me condujo hasta aquí, a pesar de los aullidos de desesperación que he aprendido a encontrar entre sus páginas. Por todas las veces que me he quedado aquí sentada para llorar sobre lo que he perdido, nunca he sentido nada siquiera similar al dolor de la soledad que ella sufrió durante tanto tiempo. No puedo imaginarme dejando atrás a un hijo, igual que no puedo imaginarme perdiendo las riendas de esta motita de polvo astral. No me extraña que no consiguiera encontrar el alivio entre las estrellas y pasar página.

La mantengo conmigo, como una sabia amiga imaginaria, y su voz es mi oráculo. Dejo que pase el tiempo. Soñar está bien.

Son de lo más vívidos, los personajes de aquel primer verano; están aquí en cada fase de la luna, como si mi yo de dieciocho años apareciera durante toda la eternidad bajo la capa traslúcida del presente. Cambio. Soy la misma.

No mucho después de que Marianne muriera, Bobby me envió una revista de Estados Unidos, además de una elegante invitación a la fiesta por las bodas de oro de Trudy y él en Boston. Me leí el artículo. El titular era predecible —Hasta siempre, Marianne, como el título de la canción de Leonard— y las imágenes eran de Hidra en 1960. Traté de recordar la cara del fotógrafo que no dejaba de venir desde Atenas. Se llamaba Jim y era un viejo amigo de prensa de George; habían estado en situaciones peliagudas juntos, y, de hecho, George le había salvado la vida una vez en el Tíbet. Habíamos oído las historias tantas veces…

Trudy había pintado una flecha en lo que sin duda era la parte de atrás de mi cabeza, con mi coleta brillante mientras me inclino hacia un círculo en el que Leonard toca la guitarra. Charmian está a su lado, tan cerca que parecen pareja, y un halo de luz reluce en su cabello. Tras ellos, la luna está tan llena como un globo plateado enganchado en las ramas de un pino viejo en la taberna Douskos. Leonard toca la guitarra como si fuera una prolongación de su cuerpo, sentado con las piernas cruzadas sobre el muro, de espaldas al tronco pintado de blanco. Charmian tiene el pelo recién lavado y lleva un jersey noruego de lana color burdeos con patrones blancos que Marianne le ha donado para pasar el frío de Inglaterra.

Todos hemos hecho un pacto para dejar de pensar en la partida del día siguiente, para estrujar hasta la última gota de placer de la noche. Ha habido discursos y muchos brindis, tanto que parece una boda. Mañana George y Charmian se van de la isla por un tiempo, pero esta noche estamos llenos de espaguetis, y Stavros Douskos no deja de traernos jarras de *retsina*.

Leonard está tocando «Red River Valley», y todos nos sumamos a la canción como siempre, aunque son los ojos brillantes y la sonrisa dulce de Charmian lo que echaremos de menos mañana. Axel se sienta a los pies de Leonard, abrazándose las rodillas y mirándolo desde abajo como si fuera su discípulo. Pide que toque «Don't Fence Me In», pero balbucea las palabras, y el buen barítono de Charlie Heck lo rescata, y el resto de nosotros se suma en cada estribillo. Marianne nota la mirada de Axel y menea la cabeza, y él se inclina hacia ella para susurrarle algo en noruego que la hace sonreír y pretender que le da un bofetón.

Todos estamos radiantes. Leonard deja la guitarra. Se ha vuelto un poco más estudioso y serio y reajusta su postura. Reconocemos el rasguido de apertura de una de sus canciones. Solo George y Didy siguen hablando, lo cual me parece de mala educación, dado que ha sido George quien ha sugerido que tocara alguna de sus propias canciones.

Leonard ha estado componiendo versos para ella durante todo el verano, y Charmian parece de lo más alegre, con la cabeza en su hombro, mientras canta.

Se lanza hacia un nuevo verso; hay besos, una boda y todas las mujeres que lo han conocido al amanecer, y Charmian se da la vuelta para mirarlo.

—Nunca he estado enamorada de ti, Leonard —le dice, y él no rompe el ritmo para contestar:

—No, yo tampoco.

Y ambos se echan a reír.

AGRADECIMIENTOS

Muchas gracias a Lola Bubbosh por compartir una corazonada y mucho más conmigo. Este libro no habría sido una realidad sin tu entusiasmo ni tu apoyo.

Le estoy eternamente agradecida a Charmian Clift por abrirme los ojos a Hidra con sus memorias *Peel Me a Lotus*, y a sus familiares y Jane Novak por permitirme citar de entre sus páginas. Gracias también a Nadia Wheatley por enfrentarse a los mitos y las calumnias con una biografía excelente y por recopilar sus ensayos para que pudieran llegar hasta mí. Mientras escribo, los libros de Charmian Clift han dejado de imprimirse, por lo que doy las gracias de antemano a cualquier editorial que tenga el buen gusto y los recursos necesarios para devolverlos a imprenta.

La serendipia ha sido mi amiga a lo largo de mi trabajo en este libro, y ha sido todo un privilegio, así como una gran alegría, poder pasar un tiempo con Jason Johnston. Muchas gracias a él en especial por las tortugas y por la palabra «crapuloso», pero, por encima de todo, por ser tan cortés con respecto a este libro.

El tener acceso al set completo de las fotografías que James Burke hizo en Hidra en 1960 ha sido inestimable, y debo darles las gracias a Charles Merullo y Bob Ahern de Getty Images New York por facilitarme su contacto.

Muchas gracias a Leonard Cohen y a sus herederos por las palabras de las cuales poseen los derechos de autor y que se reproducen en este libro con permiso de The Wylie Agency LLC, así como a Ira B. Nadel, Jeff Berger, Helle Vaagland, Rob O'Connor, Ray Connolly, Bård Oses, Sandra Djwa, Malka Marom, Jed Adams y Donald Brittain por registrar dichas palabras. Muchas gracias también a Robert Kory.

Annabel Merullo ha sido una fuente constante de ánimo e inspiración, al igual que Rosie Boycott, a quien también debo agradecerle que compartiera conmigo una historia sobre Gregory Corso que he adaptado en estas páginas. Nicola Marchant ha ido mucho más allá de lo que le exigía el deber, así que les doy millones de gracias a ella y a Jaz Rowland. Gracias también a Kathy Lette, por su entusiasmo infinito, por espolvorear unas cuantas expresiones australianas más y por presentarme a Thomas Keneally, quien fue muy generoso al compartir conmigo sus recuerdos de Charmian Clift y George Johnston.

Por las historias de Hidra, *efcharistó* a Michael Pelikanos, Manos Loudaros, Natasha Heidsieck, Katyuli Lloyd, Bill Pownall, Phainie Xydis, George Xydis, Gay Angelis, Vangelis Rafalias, Myrto Liatis, Dimitrios Papacharalampous, Linus Tunstrom, Alice Arkell, Fiona Cameron, Kip Asquith, Mariora Goschen, Sula Goschen y Victoria Lund. Pude conocer mejor los últimos años de sus vidas a partir de las cartas que Sam Barclay le escribió a Marianne Ihlen, además de mediante ensayos de varios contribuyentes recogidos por Helle V. Goldman en el libro *When We Were Almost Young*. En cuanto a las novelas de George Johnston, estoy particularmente en deuda con *Closer to the Sun* y *Clean Straw for Nothing*, así como con su biógrafo, Gary Kinnane.

En el mundo cibernético, debo dar las gracias a Alla Showalter por la ya difunta pero genial *Cohencentric*, y a Jarkko Arjatsalo por el excelente *Leonard Cohen Files*. La página web *Hydra Once Upon A Time*, dirigida por Yianny y Micky Papapetros, ha sido muy inspiradora. Las entrevistas de Kari Hesthamar con Marianne Ihlen y Leonard Cohen, las cuales se transmitieron por primera vez en la BBC, me han sido de una ayuda inestimable, así como la biografía de Kari, *So Long, Marianne*. Muchas gracias a ABC Radio por preservar palabra por palabra las entrevistas a Charmian Clift y George Johnston, así como a la National Library of Australia de Canberra, donde se mantienen sus documentos. Un ensayo de Tanya Dalziell y Paul Genomi me llevó al archivo de Redmond «Bim» Wallis, el cual se encuentra en la Alexander Turnbull Library, en Wellington, Nueva Zelanda, y recomiendo su excelente libro *Half the Perfect World* a cualquier persona que quiera saber más sobre la comunidad de Hidra. Muchas gracias también a Susan A. Perine por su traducción del noruego del libro *Joachim* de Axel Jensen, publicado en 1964 y conservado en los archivos de la Universidad de Columbia, y también a la Biblioteca de la Universidad de Princeton, por proporcionarme documentos y fotografías de la colección de Gordon Merrick. Gracias a Jana Krekic por traducir del sueco obras de Göran Tunström. He consultado las cartas de Gregory Corso en la fascinante *An Accidental Autobiography*, editada por Bill Morgan, y he comprobado en todo momento la excelente biografía de Leonard Cohen escrita por Sylvie Simmons, *I'm Your Man*.

Los lectores de los primeros borradores han contribuido en gran medida a este libro. Miles de gracias a Cressida Connolly, Damian Barr, Charlie Gilmour, Esther Samson, Sarah Lee y John Sutherland. Romany Gilmour ha sido una muy buena Marianne mientras escribía este libro, así que muchas gracias por todos los tés y las tostadas con judías que siempre me traías en el momento más oportuno. Muchas gracias también a Janina Pedan, Olinka, Gabriel, Joe y Barbounia Gilmour.

Muchísimas gracias a Sofka Zinovieff por salvarme de cualquier errata relacionada con el griego. Clare Conville, Darren Biabowe Barnes, Kate Burton, Paul Loasby, Chris Salmon, Alexandra Pringle, Sarah-Jane Forder, Lauren Whybrow, Ros Ellis, Rachel Wilkie, Allegra Le Fanu: gardenias y bocadillos para todos vuestros escritorios.

Como siempre, no sería capaz de encontrar espacio para las palabras sin David Gilmour, mi compañero tanto en la escritura como en la vida.

CRÉDITOS

El poema de P. B. Shelley citado en el capítulo veintiuno es «Fragment. Supposed to be an epithalamium of Francis Ravaillac and Charlotte Cordé».

La novela de Leonard Cohen, *Beauty at Close Quarters*, acabó publicándose bajo el título *El juego favorito*. La meta, tanto entonces como ahora, quedó fuera de alcance.

SOBRE LA AUTORA

Polly Samson es la autora de dos colecciones de relatos cortos y dos novelas previas. Sus obras han sido finalistas de distintos premios, han sido traducidas a varios idiomas y se han serializado en BBC Radio 4. Ha escrito letras para cuatro álbumes número uno y es socia de la Royal Society of Literature.

Pollysamson.com
@PollySamson